L'HONORABLE MONSIEUR GENDRE

DU MÊME AUTEUR

Deux Journées à Bassora, Milan
Le Deuil de l'image, Philippe Olivier
Le Vent mauvais, Lucien Souny
Les Eaux profondes (*La Folie des justes*), Lucien Souny
Les Caramels à un franc, Lucien Souny
Le Domaine de Rocheveyre, Presses de la Cité
Les Vignerons de Chantegrêle, Presses de la Cité
Jours de colère à Malpertuis, Presses de la Cité
Quai des Chartrons, Presses de la Cité
Les Compagnons de Maletaverne, Presses de la Cité
Le Carnaval des loups, Presses de la Cité
La Tradition Albarède :
1. *Les Césarines,* Presses de la Cité
2. *Grand-mère Antonia,* Presses de la Cité
Une maison dans les arbres, Presses de la Cité
Une reine de trop, Presses de la Cité
Une famille française, Presses de la Cité
Le Crépuscule des patriarches, Presses de la Cité
La Rosée blanche, Presses de la Cité
L'Homme qui rêvait d'un village, Presses de la Cité
L'Auberge des Diligences, Presses de la Cité
Le Notaire de Pradeloup, Presses de la Cité
L'Or des Borderies, Calmann-Lévy
Soleil d'octobre, Calmann-Lévy
Les Encriers de porcelaine, Presses de la Cité
Les Noces de soie, Calmann-Lévy
La Villa des Térébinthes, Calmann-Lévy
Rendez-vous à Fontbelair, Calmann-Lévy
L'Armoire allemande, Presses de la Cité
La Folie des Bassompierre, Calmann-Lévy
La Retournade, Presses de la Cité
Chronique des Strenquel, Calmann-Lévy
Les Sœurs Querelle, Calmann-Lévy
La Bastide aux chagrins, Calmann-Lévy

Jean-Paul Malaval

L'HONORABLE MONSIEUR GENDRE

Roman

Terres de France

PRESSES DE LA CITÉ

ISBN 978-2-258-11918-5

Presses de la Cité un département **place des éditeurs**

place des éditeurs

1

Cinq heures de l'après-midi, c'était le moment de la journée où Elisabeth Straub abandonnait, toutes affaires cessantes, ses activités pour aller se recueillir dans la chambre du fils. Elle y entrait sur la pointe des pieds en prenant soin d'utiliser les patins. Le parquet passé à la cire d'abeille brillait comme un miroir. Bien sûr, elle en faisait un point d'honneur, dans cette pièce où l'on ne pénétrait que pour y faire ses dévotions. Madame Straub s'installait devant le petit bureau américain à cylindre en chêne blond et grimaçait un peu pour étouffer son émotion et écraser les larmes qui lui venaient au bord des paupières. Depuis ce fameux jour de mai 40, on ne comprenait pas dans son entourage que le deuil, avec le temps, ne se fût atténué. Mais Elisabeth restait mutique sur la question, l'œil dans le vague, sans colère ni acrimonie, assurée qu'il ne s'agissait, après tout, que d'une affaire intime dont personne, jamais, ne pourrait lui disputer la nécessité.

Pourtant madame Straub, tout à son chagrin, comme une histoire sans fin, restait sans secours, si ce n'est par les seules forces rationnelles qu'elle portait en elle, car Elisabeth ne croyait en rien, la mort étant à ses yeux le terme final de tout. Avec le temps, elle ne s'était découvert aucun remède, sinon la résignation apprivoisée avec orgueil. Ne rien montrer dans la vie quotidienne qui eût pu contrarier le monde autour d'elle, telle était sa règle de conduite.

Mais ici, seule, sans témoin, dans la chambre de Raphaël, elle pouvait renouer avec ses souvenirs, tout en fixant le portrait posé sur le bureau vide. Il représentait un jeune homme tout juste sorti de l'adolescence, avec des traits fins et réguliers, une chevelure fournie, un front volontaire et un regard pénétrant, un peu triste. Madame Straub se disait en fixant ce regard que son fils avait toujours eu la prescience d'une courte vie. Du bout des doigts elle alla toucher le regard figé sous verre de Raphaël, tant ce mouvement la rassérénait. C'est une faveur du destin de nous avoir laissé cette belle et ultime image, se disait-elle en s'écartant un peu, tant le recul qu'elle prenait soudain avec le portrait en renforçait l'expression. Il lui semblait alors que Raphaël reprenait vie et qu'il lui suffirait de se retourner pour le sentir derrière elle, entrant dans sa chambre à pas feutrés.

Un jour, je deviendrai folle, pensait-elle en se prenant le visage dans les mains. A force de fuir la compagnie... Ma vie est amputée de cette chair-là, de cette âme, de cet enfant que j'ai tant aimé. Tout ce qui nous est donné est repris, du même geste. Une plaie ouverte et jamais refermée, tant secrète qu'indicible.

Se pourrait-il qu'il revienne un jour, cet enfant

perdu, que l'on achemine ses restes jusqu'à Amiens pour qu'il trouve enfin une sépulture décente ? C'était la question qu'Elisabeth ne cessait de se poser et de poser à son entourage. Visiblement, on ne savait que lui répondre. La dernière nouvelle connue était un papier des autorités militaires, signé par un officier d'infanterie, un parfait inconnu : *Le soldat R. Straub a été tué à l'ennemi devant Gravelines, le 23 mai 1940...* C'était tout. L'histoire s'était écrite, ainsi, des milliers de soldats français piégés avec le corps expéditionnaire anglais dans une tenaille formée par les régiments blindés de Reinhardt et de Guderian. On raconta que le soldat d'infanterie Straub trouva la mort au quai Vauban et qu'il fut enterré sommairement sur place, tandis que l'on ensevelissait aussi d'un même mouvement les victimes de la débâcle, deux cents civils qui avaient tenté à ce moment-là de traverser le pont tournant Lamartine. Fut-il jeté lui aussi dans les fosses communes, ou lui réserva-t-on, comme elle l'espérait, le carré des militaires ?

Antoine Straub avait mené sa petite enquête. Sans succès. On lui répondait invariablement du côté des autorités de Gravelines que ces journées du 22 au 24 mai avaient été un indescriptible massacre et qu'il était encore impossible d'en dresser un état fiable. Il ne restait plus guère de témoins de cette bataille, puisque les rescapés du régiment d'infanterie Corap, auquel appartenait Raphaël Straub, avaient rejoint ensuite, tant bien que mal, la poche de Dunkerque pour un sauve-qui-peut hypothétique.

C'était une explication qu'Elisabeth n'acceptait

pas, jugeant que son mari eût dû remuer ciel et terre pour savoir enfin où se trouvait leur fils, où il reposait, et quand on se déciderait enfin à rapatrier son corps. « Je ne comprends pas ton indifférence. Tu as des relations partout. A quoi nous servent-elles ? » Puis, devant l'indécision du père, les larmes finissaient par l'emporter, les cris, la colère… Surtout lorsque Antoine Straub venait à ajouter : « Ça ne nous le ramènera pas. » C'était la seule parole qu'elle n'avait pas envie d'entendre, cet accommodement avec le destin. L'esprit de fatalité chez les hommes était ce qui la révulsait le plus au monde, cet esprit propre à l'espèce mâle, pour qui la vie continue toujours d'un même pas égal.

Puis avec le temps, les désastres des jours de guerre, les humiliations, la survie dans les misères quotidiennes avaient fini par éroder, comme une lime passant et repassant sur le métal brûlant, cette colère qu'Elisabeth portait en elle. Loin, si loin, désormais, dans la sourde douleur.

Madame Straub quitta la chambre du fils et s'en revint vers son salon qu'elle passait des heures à briquer, à la paille de fer et à l'encaustique. Elle voulait que tout demeurât en état, comme autrefois, avant que la peste ne se jetât sur la cité. C'était un honneur rendu à sa mémoire que tenir en ordre la maison, car dans ses instants de folie passagère, pour une mécréante comme elle, elle imaginait que Raphaël s'en revenait quelquefois et qu'il prenait plaisir à voir que rien n'avait changé. L'ordre, la rectitude, les bonnes odeurs du propre dans un monde si sale…

Dans ces moments d'extrême solitude, Elisabeth errait d'une pièce à l'autre, sans but. Ses dévotions faites, en cachette, elle estimait que sa journée était achevée. On attendrait le retour d'Antoine, vers dix-neuf heures, assise près de la fenêtre donnant sur le jardinet. C'était l'habitude, monsieur Straub entrait par la porte de derrière, et non par celle de la rue Bénard, qu'on avait condamnée depuis les bombardements de 40. Une partie du mur d'enceinte s'était effondrée jusque sur les trois marches permettant l'accès. Certes, les voisins avaient proposé aux Straub de les aider au déblaiement, mais Antoine avait refusé. « A quoi bon, ça recommencera tôt ou tard… Et tout sera à refaire. Espérons seulement que la maison restera debout », avait-il dit. Puis monsieur Straub avait fini par expliquer qu'il y avait assez de personnel dans la briqueterie Gillard, des ouvriers polonais surtout, pour faire ce travail. Mais il n'avait jamais estimé que le moment était arrivé d'en faire la demande. « Nous verrons quand la guerre sera finie… » C'était le seul optimisme qu'on s'autorisait encore, croire que les Alliés libéreraient le pays au début de la prochaine année 44.

Pour l'heure, Amiens n'était qu'un champ de ruines. Dans le centre-ville, seule la cathédrale avait échappé aux bombes en mai 40, puis, par vagues successives, les Henkel de la Luftwaffe avaient atteint les quartiers périphériques, déclenchant un incendie monstre qui avait duré cinq jours. Ensuite, autour du 20 mai, la cité avait été investie par l'armée allemande, jetant sur les routes de l'exode des milliers de familles, dont les Straub.

Antoine, Elisabeth et leur fille Claire atteignirent en quatre jours la zone sud, à Fontafie-Genouillac. Le directeur des Briqueteries d'Amiens, Régis Gillard, leur avait prêté là, pour la circonstance, une maison de campagne. Et les Straub y attendirent la fin des hostilités jusqu'à juillet 40, après la signature de l'armistice, puis s'en revinrent à Amiens, rue Bénard.

Ils retrouvèrent une maison pillée, saccagée, ravagée. Des soldats allemands avaient occupé les lieux, une semaine ou deux tout au plus, et s'en étaient donné à cœur joie, brisant vaisselle, mobilier, brûlant les livres de la bibliothèque et recouvrant les murs de graffitis : *Ein Volk, ein Reich, ein Führer*...

Pourtant, dès ce jour, Elisabeth se refusa d'évacuer les reliefs du saccage. Les morceaux de vaisselle en porcelaine, les éclats de verres, les pièces des meubles fracassés furent soigneusement remisés à fond de cave dans des cantines métalliques, au grand désespoir d'Antoine. Lui, ce fétichisme du malheur le désespérait. Il eût cent fois mieux préféré partir, à quelques kilomètres d'Amiens, du côté de Villers-Saint-Charles, où était installée depuis les années vingt la briqueterie Gillard et Remusot. C'était là qu'il avait passé les plus belles années de sa vie en tant que contremaître, puis directeur adjoint. Il avait tout appris de Léon Remusot jusqu'à sa soudaine disparition : le mélange de la terre, le moulage, le pressage, le séchage, la cuisson... Ensuite, les Gillard se décidèrent à reprendre la fabrique de Villers et l'ajouter à celles de Pargny et de Ciry-le-Noble.

« Nous sommes ridicules, Elisabeth, de conserver tout ça, lui avait reproché Antoine Straub. La guerre a fracassé nos petits trésors fleurant bon le bonheur d'autrefois, certes, mais ça ne nous consolera pas de les garder. Au contraire, nous aurons toujours ce spectacle sous les yeux, pour nous rappeler ces jours terribles de 40 où nous avons tout perdu, nos biens intimes, et, pire encore, notre fils. »

Sur ce sujet douloureux, madame Straub gardait le silence. Il lui suffisait juste, de temps à autre, comme maintenant, de descendre dans sa cave pour contempler sur les éclats de vaisselle les bleuets et les coquelicots de son service à dessert, les arabesques orientales du service trente-six pièces, et encore les nappes de tissu brodées de branches de mimosas, farandole de fleurs ou lin granité avec dentelle de Venise, toutes sauvagement lacérées au couteau ou à la baïonnette, pour qu'elle se sentît revenir longtemps en arrière. C'était un temps où Raphaël l'aidait à préparer des quenelles de brochet ou un vol-au-vent de ris de veau qui faisaient le délice de ses invités, ce qui l'autorisait ensuite à louer sa serviabilité, sa gentillesse, son affabilité, à un âge où les garçons rechignent à rester dans les jupons de leur mère. Mais il ne lui fallait pas trop insister sur toutes ces qualités en présence de visiteurs, car monsieur Straub craignait toujours qu'on ne décelât chez son petit homme élégant une tendance efféminée.

A cette époque, les Straub tenaient table ouverte

le dimanche, jour sacré entre tous. Avec les beaux jours, on occupait le jardin, sous la tonnelle, on faisait descendre les plats par le monte-charge. On ouvrait de bonnes bouteilles, dont des blancs de Bourgogne, qu'on tenait au frais dans le puits familial, soigneusement disposées dans une seille posée à fleur d'eau.

Ce jour-là, elle resta de longues minutes devant ses trésors, sachant que ce n'était pas chose à faire que raviver ainsi, journellement, les blessures du passé. Une torture morale, une faiblesse sentimentale ? Elle ne savait comment justifier sa tentation mortifère.

A la vérité, Elisabeth souffrait de sa solitude. Avant la guerre, elle avait occupé un emploi dans une sucrerie. On lui avait même confié quelques responsabilités lorsqu'un des directeurs avait découvert qu'elle possédait une belle écriture soignée, régulière, maîtrisée. On la mit donc aux registres, et bien qu'elle ne possédât qu'un certificat d'études, elle y accomplit des prodiges. Mais au bout de plusieurs mois, Elisabeth demanda à ses chefs la permission de revenir à l'atelier parce qu'elle s'ennuyait dans les bureaux. La compagnie des ouvrières lui faisait défaut, elle qui s'était toujours sentie appartenir à ce milieu.

Des bruits de pas à l'étage la firent monter en hâte. Elle n'avait pas envie qu'on la voie ainsi, au milieu de ses reliques. Elle rabattit la trappe et fit glisser le tapis qui la dissimulait aux regards.

Mais ce n'était rien, rien de plus qu'une fausse alerte, car depuis l'occupation allemande la milice française avait l'habitude de pénétrer dans les maisons sous les prétextes les plus fallacieux. On y traquait toujours avec zèle ce fameux « ennemi intérieur », et il n'était aucun lieu dans la ville qui ne fût à la merci de ces visiteurs, aucun endroit sûr, aucune échappatoire. Il fallait incessamment vivre avec les portes ouvertes, dans les demeures et dans les esprits, prêts à la fouille, à l'interrogatoire, à la dénonciation.

— Je t'ai déjà dit, Claire, de donner trois coups de sonnette... C'est un signal entre nous. Tu ne veux rien entendre.

La jeune fille dans une robe en coton écru ornée de papillons rouges se tenait appuyée contre le buffet de la cuisine.

— Ma pauvre maman, cesseras-tu un jour de vivre dans les transes ?

— Tu ne te rends compte de rien. Voilà ce qui m'inquiète, cette insouciance.

Claire chercha de quoi grignoter dans le buffet, n'y trouva qu'une poignée de fruits secs. Les Straub échappaient en grande partie aux restrictions du moment grâce à leurs relations du côté des Gillard. Même si l'on dépensait beaucoup d'argent pour se nourrir correctement au marché noir, la famille n'avait jamais manqué de beurre, de lait, d'œufs et, une ou deux fois par mois, de volailles et de poissons. Et lorsque la situation l'exigeait, Antoine Straub allait s'approvisionner à bicyclette dans les hortillonnages ou chez les mariniers de la Somme.

Elisabeth prit sa fille dans ses bras et la serra de toutes ses forces, comme pour conjurer sa peur. Je ne voudrais pas la perdre aussi, ma petite Claire, se disait-elle. Il ne me reste plus qu'elle. Elle se mit à l'embrasser, à la cajoler, à caresser sa belle chevelure bouclée.

— Tu ne devrais pas aller toutes les après-midi aux Trois-Cailloux…

— J'y ai mes copines. Tu ne comprends pas ça ?

— Trop dangereux, lui reprocha Elisabeth. Avec tous ces voyous qui se sont mis aux ordres des Allemands, tu ne te rends pas compte.

— Papa ne me dit jamais des choses comme ça. Tu voudrais que je reste cloîtrée ici ?

Madame Straub ne répondit pas, bien qu'elle se sentît prise de colère à l'idée que sa fille lui résistait, une fois encore. Malgré ses dix-huit ans, qui dataient du mois précédent, elle la sentait si immature, à force de l'avoir surprotégée. Après la mort de Raphaël, trop d'affection avait rejailli sur elle, comme si l'on avait désiré, chez les Straub, compenser l'effacement de son frère aîné par un surcroît d'ascendance. Seul le père avait réalisé la situation et corrigé en partie cette emprise excessive.

— Ton père n'a aucune autorité sur toi. Il te passe tous tes caprices. Mais moi, ma petite, je ne vois pas les choses ainsi.

Elisabeth parut réfléchir dans le recoin de sa cuisine où elle se tenait toujours, un œil sur la rue, aux aguets, près de la fenêtre dont il ne suffisait que d'écarter un peu le rideau au crochet pour satisfaire sa curiosité craintive.

— Je regrette que nous soyons restés à Amiens. J'aurais préféré qu'on déménage, après notre retour de la zone libre.

— Pour aller où ? Mais où, maman ? La guerre est partout.

— A Picquigny ou Coissy...

Elle énonça ces lieux d'un geste de lassitude. Elisabeth avait une partie de sa famille dans ces secteurs. Elle y aurait trouvé, lui semblait-il, un peu de sécurité, des connaissances, des amis, qui eussent pu dissiper sa peur. Alors qu'à Henriville il n'était personne qui fût proche d'elle, en ce moment où les soupçons entre Amiénois étaient décuplés.

— Papa a voulu rester près des Gillard.

— Je sais.

— Sinon, il aurait fallu s'installer en zone libre, en Charente.

— Tu n'en as aucun souvenir.

Claire, contrariée, soupira profondément.

— Vous m'avez perdue au moment de l'exode. Tu ne te souviens pas ?

C'était encore une péripétie de ces journées noires qu'Elisabeth avait préféré enfouir dans sa mémoire. La famille Straub était demeurée une semaine dans l'incertitude et l'angoisse, à craindre que leur fille n'ait été victime d'un mitraillage des Stukas sur les routes de l'exil.

— Ton père n'avait qu'un désir, c'était de revenir à Amiens, de reprendre possession de notre maison, de retrouver sa place chez les Gillard.

Claire se mordillait les ongles en écoutant sa mère. C'était une litanie qu'elle connaissait par cœur : sa détestation d'Amiens, une cité où elle s'était sentie si heureuse pourtant, mais c'était avant, bien avant qu'elle ne la reconnaisse plus, ravagée par les bombardements. Désormais, ça ne ressemblait plus à rien d'ouvrir ses volets, le matin, pour ne voir que des immeubles effondrés, des façades ébranlées, des décombres à chaque coin de rue.

Quand donc tout ça renaîtra-t-il ? se demandait Elisabeth en se prenant la tête dans les mains. Quand donc ces cicatrices s'effaceront-elles ? Pour l'heure, on ne faisait qu'ajouter aux ruines des baraquements sommaires pour y loger les familles. Et Elisabeth ne comprenait pas qu'elles fussent attachées à ces lieux, à leurs murs ébranlés et crevassés.

J'aurais tellement voulu que notre maison s'effondre, au moins Antoine aurait choisi un autre lieu pour se fixer, déplorait-elle.

Mais c'était un souhait qu'elle gardait pour elle, car sa fille n'aurait pu comprendre. Claire se plaisait ici, où elle avait fait des études jusqu'au brevet et où elle avait conservé toutes ses amies de la rue des Trois-Cailloux et de la rue Allart. C'étaient surtout avec Colette Joffroy, Pierrette Lameur et Jeanne Rivière qu'elle passait le plus clair de son temps. On aimait à courir les environs en vélo, jusqu'aux quais de Somme, flemmarder au Bélu, se faire inviter sur les péniches pour un bout de trajet. Les mariniers avaient toujours des histoires passionnantes à raconter sur leur vie de labeur, les crues mémorables, la navigation à vue dans les brouillards de l'Escaut, les écluses bloquées par la glace… Mais aussi des pêches mirifiques, des repas pantagruéliques et des bals improvisés au bord du canal, avec ces dimanches passés à danser, à boire et à chanter.

« Je m'ennuie, maman, se plaignait souvent Claire.

— Je sais. Crois-tu être la seule dans ce cas ?

— Quand est-ce que la guerre finira ? »

Madame Straub se sentait prise au dépourvu. Submergée de questions, elle répondait : « Demande à ton père... » Il était le seul dans la maison à lire les journaux. Mais ceux-ci n'annonçaient que les victoires allemandes. De temps à autre, il s'absentait dans son grenier pour y écouter Radio Londres. Elisabeth ne voulait rien savoir. « Tu es prudent au moins ? » Il avait un léger sourire sur le bord des lèvres, comme pour signifier que la police allemande avait autre chose à faire, par ces temps, que de chasser les auditeurs de la BBC. Néanmoins, il avait l'œil. Il surveillait le trafic dans la rue, le passage des camions gonio allemands. Ça brouillait, ça traquait, ça sentait le roussi.

Mais face aux questions de sa fille monsieur Straub restait évasif. Sans doute souhaitait-il que Claire restât en dehors, le plus longtemps possible, de la tragédie française. L'ignorance des faits et des événements ne pouvait que la protéger, lui éviter des conversations inutiles en ville. « Les murs ont des oreilles, disait-il. Et moins on en sait, moins on en dit... »

Lorsque sa mère se montrait ainsi distante, qu'elle la traitait en petite fille qui ne devrait grandir enfin que dans le mariage, comme elle disait, Claire allait se réfugier dans sa chambre. Elle jouxtait celle de son frère – toujours fermée à clé –, grande et spacieuse, avec une fenêtre donnant sur le jardin, sa tonnelle, ses fouillis de vieux rosiers mal entretenus et poussant à la diable, mais un décor de verdure tout de même, un tant soit peu réconfortant face à la grisaille des maisons voisines, où les gens ne montraient jamais le bout du nez. Chacun vivait chez soi, vigilant à ne pas communiquer avec l'extérieur, baignant dans la suspicion et la peur.

Claire lisait des histoires de grands voyages, consultait des atlas, mesurait le vaste monde, seulement accessible dans ses rêves. Elle se demandait si un jour, enfin, elle pourrait partir vers ces continents, ou si elle devait se préparer à mourir d'ennui dans ce plat pays où elle était née et avait grandi. Une vie sans histoire. Rien à raconter. Sinon des fantasmagories.

Avec son amie Pierrette Lameur, elle avait imaginé écrire un journal intime à quatre mains. « Mais à quatre mains, avait relevé Pierrette fort justement, ce ne sera plus un journal intime… » Claire avait répondu : « Nous sommes tellement complices… que ce sera un jeu d'enfant de nous confronter à cet exercice. Toi et moi, nous pensons la même chose, n'est-ce pas ? » Claire se lança la première, puis laissa son pensum à Pierrette pour qu'elle le poursuive, et ainsi de suite. Il y avait un tel mimétisme dans l'écriture qu'il eût fallu être bien malin pour repérer que ce journal était composé par deux personnes. Elles s'en amusèrent, y trouvèrent même quelque ravissement à le poursuivre, l'une et l'autre espérant se surprendre dans ce jeu littéraire.

Cette fois, mademoiselle Straub raconta une scène si intime qu'elle se demanda, après avoir terminé, si elle devrait la recopier sur le fameux cahier. C'était confier à Pierrette des sentiments trop personnels. Peut-être à cette seconde mesura-t-elle ce que signifiait au juste un journal intime, une pensée habillée par des mots résolument secrets. En effet, Claire avait narré sa dernière soirée avec son frère. « Ne t'inquiète pas, petite sœur, je reviendrai. Je suis comme papa, je m'appelle "reviens". » Hélas, le lendemain matin, Raphaël était parti aux aurores, avant même qu'elle se fût réveillée. Elle ne devait jamais le revoir. Des mois durant, et même encore tant cette idée demeura tenace en elle, Claire en voulut à sa mère de ne pas l'avoir réveillée ce fameux matin, de n'avoir pu dire adieu à son frère et lui transmettre comme elle l'avait souhaité un petit mot. Sans doute lui aurait-il porté chance. Un petit mot qu'elle possédait toujours, et qu'elle n'avait jamais eu le courage de relire.

Lorsque la société Gillard se porta acquéreur de la briqueterie Remusot, monsieur Straub crut son sort scellé. De son propre avis, il n'offrait pas les qualités requises pour y poursuivre ses activités. L'usine de Villers-Saint-Charles était si archaïque qu'on ne pourrait rivaliser avec les méthodes Gillard, pensait-il. Un coup de jeune, un effort de modernisation sans précédent, se devait opérer. Et jusqu'au bout Antoine avait cru qu'il était lui-même, malgré son jeune âge encore et comme la briqueterie du vieux Remusot, dépassé par l'évolution des techniques. Il se mit aussitôt en quête d'un emploi dans la Somme, où existaient de semblables fabriques, mi-familiales mi-artisanales, à sa mesure. Peut-être elles aussi seraient rachetées un jour par Gillard, pensa-t-il, mais en attendant, avec un peu de chance, un sursis lui serait accordé.

Néanmoins, le jeune président-directeur de la Société d'Amiens, Régis Gillard, le convoqua dans ses bureaux. Le premier contact fut glacial. D'un aspect sévère, tranchant comme une lame de couteau, Gillard le considéra d'un œil noir par-dessus ses fines lunettes rondes.

— Je ne suis pas l'homme de la situation, reconnut d'emblée Straub, bras croisés.

— Vous avez commencé contremaître puis additionné les postes dans la maîtrise, dit Gillard en compulsant son épais dossier. Une expérience, quand même.

— Aucune, releva Straub. Léon Remusot ne lâchait jamais la bride. On était sous tutelle, dans cette fabrique. Il suffisait d'avoir une idée pour se rendre suspect. Je n'ai fait qu'obéir, même aux ordres les plus stupides. Tel, peut-être, est mon destin.

Gillard l'observa d'un sourire crispé.

— Autant prendre les devants, monsieur le président-directeur, je ne suis pas bien noté.

— Et pourquoi donc, selon vous ?

— Mes opinions politiques.

Un sourire glissa sur ce visage sans en affecter les traits, ni grimacier ni hautain.

— Il n'y a rien de semblable dans votre dossier. Autrefois, les patrons interrogeaient les curés pour connaître les idées des postulants.

— Dans mon cas, ce sera difficile. Je ne fréquente pas les cercles catholiques.

— Franc-maçon ? questionna Gillard.

Straub fit non d'un mouvement de tête.

— Communiste ?

Nouveau mouvement de tête.

— Alors quoi ? Socialiste ?

— J'ai toujours admiré Jaurès.

— Moi aussi, glissa Gillard. Vous tombez mal.

Le président-directeur le considéra d'un regard insistant, de pied en cap.

— Asseyez-vous donc. Nous avons à parler.

Puis Gillard prit la lettre de démission d'Antoine Straub et la déchira d'un geste vif.

— J'ai besoin d'un homme comme vous. Parce que vous saurez parler aux ouvriers. Les Italiens, les Polonais, les Espagnols, ce sont de fortes têtes, mais travailleurs. On ne peut pas avoir que des défauts, monsieur Straub.

Régis Gillard confia une semaine plus tard à son nouvel ingénieur la mission de prospecter le secteur de Villers pour y exploiter une nouvelle carrière d'argile, celle de la fabrique Remusot étant épuisée. Antoine partit en chasse avec sous le bras les plans des ressources géologiques et minières du secteur. Il fit effectuer plusieurs prélèvements dans la zone de Villers. Il lui fallait trouver un terrain apte à fournir assez d'argile pour alimenter une reprise des activités de la briqueterie sans que celui-ci fût trop éloigné. Le transport des terres se devait opérer en circuit court pour limiter le coût. A force de prospecter, Antoine et son adjoint Desgenette dénichèrent cinq à six hectares susceptibles de produire une carrière de choix. Les premiers prélèvements indiquaient que cette terre argileuse présentait peu de défauts minéraux ou organiques. Néanmoins, les conseillers de Gillard se montrèrent plus méfiants qu'il ne l'avait pensé.

Par carottage en divers lieux de la fameuse parcelle, on vérifia qu'elle ne contenait pas de craie, car celle-ci se transforme en cours de cuisson en chaux vive et altère la brique, ni de pyrites sulfureuses, qui produisent les mêmes effets.

Dans la deuxième phase, on procéda à des études en laboratoire sur les composants de l'argile : silice, alumine, magnésie, oxydes alcalins, etc. Ceux-ci se situaient tous dans le seuil de tolérance. Ainsi pouvait-on exploiter le sol sans risque d'obtenir une brique médiocre. Toutefois, on dut modifier le périmètre d'exploitation de la future carrière. De deux propriétaires fonciers, on passa à quatre, ce qui compliqua les transactions, ces derniers faisant de la surenchère sur le prix de vente. Mais Régis Gillard était roué à ces manœuvres. Il paya le terrain exploitable au double de sa valeur et agrémenta le tout de quelques avantages négociés par ses avocats.

— Si l'argile est aussi bonne que vous le dites, messieurs, alors ce sol n'a pas de prix.

Les actes signés, on procéda à la découverte au bulldozer Caterpillar, puis l'entreprise fit venir deux excavatrices à godets pour extraire l'argile. Des machines nouvelles, terriblement efficaces, des Bucket-Wheel modèle 1920 utilisés conjointement avec des bandes transporteuses dont le réglage retarda les opérations de six mois au moins.

La remise en marche des malaxeurs, des presses mécaniques, des filières, exigea une restructuration de l'outil industriel. Tout le personnel Remusot dut être formé aux techniques modernes, non sans difficulté. Quant au séchage des briques, on conserva les anciennes installations. Puisque la production mécanisée avait accru les quantités, on s'employa à élargir les aires de dessiccation. Cette méthode exigeant beaucoup de main-d'œuvre, on engagea une trentaine d'ouvriers supplémentaires. Les quatre fours de cuisson parurent convenir à Gillard. C'était du reste ce qui l'avait incité à racheter l'entreprise Remusot. Ferdinand Strenquel, le nouveau directeur, disait ouvertement à qui voulait l'entendre que dans l'affaire de Villers-Saint-Charles les Gillard avaient fait une fructueuse opération financière.

En juin 40, la fabrique interrompit ses activités six mois durant, puis Gillard décida de sa remise en marche sans enthousiasme. La férule allemande lui imposait contrôles et tracasseries, de quoi jeter l'éponge. Car Régis Gillard était peu favorable aux nouveaux occupants et franchement hostile au régime de Vichy. Mais le chef d'entreprise se sentait investi d'un devoir moral, celui de donner du travail à une centaine de familles, d'assurer les lendemains difficiles en attendant que la France tout entière recouvre sa liberté et sa souveraineté.

Le directeur de Villers-Saint-Charles, Ferdinand Strenquel, avait préféré rester en zone libre et démissionner de toutes ses responsabilités. « Travailler pour l'occupant lui pose un cas de conscience insoluble », c'est du moins par ces mots que Régis Gillard justifia son départ.

— Et vous, monsieur Straub, est-ce que ça vous pose un cas de conscience ? lui demanda-t-il ce même jour.

— Je ne suis pas revenu par hasard. Il faut que l'industrie française continue ses activités, quel que soit le prix à payer, argua Antoine Straub. Le temps viendra où nous vivrons des jours meilleurs.

— Vous n'êtes pas aussi idéaliste que Strenquel.

— Ne lui jetons pas la pierre.

— Certes. Tout homme est libre de ses choix. Puisque telle est votre disposition d'esprit, vous allez prendre la suite. Diriger cette usine… Nous ferons ce que nous pourrons avec les moyens du bord. Sans mauvaise conscience, sans zèle. Restons debout dans la bourrasque. Tel sera notre honneur, monsieur Straub. Et sans doute, plus tard, bien plus tard, vous et moi, on nous demandera des comptes. Nous devrons nous justifier. Dire que, certes, nous avons travaillé pour l'Allemagne nazie, mais aussi pour nourrir des familles françaises, n'est-ce pas ?

Antoine Straub baissa la tête. Pour la première fois de sa vie, il se sentait sale et méprisable. Il se dégoûtait à l'idée de traverser cette période de sa vie la mort dans l'âme. Cependant, il accepta de faire ce que Gillard lui demandait, avec juste un profond soupir de lassitude.

2

Depuis son retour en zone occupée, après la débâcle de 40, Antoine Straub n'avait pas fait une nuit complète, chaque fois tiré du sommeil par un cauchemar. S'en revenaient les inépuisables images de l'exode, les cadavres de femmes et d'enfants sur le bord des routes, les chevaux de trait agonisant debout dans le feu des bombes incendiaires, des blessés, partout, en si grand nombre qu'on ne pouvait rien faire, sinon se boucher les oreilles pour ne plus les entendre crier leurs souffrances. La marche aveugle des réfugiés sur des routes incertaines. La cinquième colonne s'étant ingéniée à déplacer les panneaux indicateurs, on faisait tourner en rond les égarés, jusqu'à ce que les avions d'attaque de la Luftwaffe s'en viennent les mitrailler. Dans ce sauve-qui-peut généralisé, le casse-pipe était un jeu d'enfant pour les envahisseurs.

Chaque nuit, Straub revivait la même scène, un chemin qui ne mène nulle part, où l'on finissait par s'enliser dans un paysage désolé de marécage et de fin de jour crépusculaire. Il se noyait avec Elisabeth, la main de Claire dans la sienne.

Je voudrais tellement vous éviter ça… Mais comment ?

répétait-il. Puis les larmes et les cris s'estompaient et il était vivant, seul au monde, perdu sur cette terre mouvante qui l'absorbait peu à peu.

Trois heures du matin, il s'habillait en hâte, puis allait s'asseoir dans la cuisine devant un café, à attendre le jour. La disparition de son fils s'en venait alors le hanter, mais tout comme Elisabeth il se refusait à verser des larmes. Pourquoi ne puis-je me résigner à croire que Raphaël n'est plus de ce monde ? Que je n'entendrai plus le timbre de sa voix, son pas nonchalant sur le carrelage de la cuisine, son rire si particulier, parfois forcé, de fond de gorge ? se disait-il. Et ce déni de réalité qui l'assaillait souvent au fil des heures, lorsqu'il se retrouvait seul face à lui-même l'angoissait au plus haut point. Deviendrais-je fou ? Tant qu'il n'aurait pas vu son corps dans un cercueil, il ne croirait pas à sa mort. Pourquoi se fierait-on à une pièce administrative, établie par une armée en déroute, par un officier dont il n'avait pu déchiffrer le nom ? Signature illisible. Régiment fantôme. Fuite des responsabilités. De cela Straub n'osait s'ouvrir à Elisabeth. Il savait qu'elle entretenait un curieux commerce avec l'au-delà, avec des forces obscures qui ne la gratifiaient que d'irrationnelles réponses.

Cette nuit-là, elle le rejoignit dans la cuisine.

— Tu ne dors pas.

— J'ai le sommeil d'un vieillard insomniaque.

— Tu devrais demander à Justinien de te donner des cachets.

— A tout bien choisir, je préfère encore rester

lucide. Tout entier à moi-même. Sans aide de personne.

— Tu es si fort, Antoine. Et moi si faible. Comment peux-tu encore me supporter ?

Il lui prit la main pour y déposer un baiser. C'était une tendresse qui la rassurait, car elle avait tellement craint de les perdre, lui et Claire. Et cette crainte n'était pas près de disparaître.

— Promets-moi de ne rien faire qui puisse nous jeter dans les flammes de l'enfer, dit-elle en caressant son visage.

Il la regarda, incrédule.

— De quoi parles-tu, Elisabeth ?

— De ces gens qui font de la résistance. Tu n'es pas avec eux, au moins ? Si je te perdais, que deviendrais-je ?

Antoine Straub ne répondit pas. Il écoutait la BBC en cachette, il savait que les Alliés venaient juste de débarquer en Sicile, que les messages sibyllins de Londres annonçaient un accroissement des activités gaullistes, que les groupes de résistance se fédéraient dans un comité central… Mais il n'en disait mot, de peur que par quelques indiscrétions bien innocentes on attirât l'attention de la police allemande et des miliciens français sur sa famille. Il ne se passait pas une journée sans que *Le Progrès de la Somme* annonce dans la rubrique des faits divers l'arrestation de « terroristes », selon la formule consacrée.

— Tu nous ferais fusiller tous les trois… Oh mon Dieu ! Tu y songes, parfois ?

— Il y a des choses dont on ne parle pas, trancha Antoine Straub. Faisons comme si de rien n'était…

— Tu m'inquiètes... Je te connais, Antoine. Tu serais bien capable de te fourrer dans ce pétrin. Je ne vis plus. Je ne sors pas. J'évite les gens. La moindre conversation, je la fuis comme la peste.

— Tu as raison.

Straub prit sa femme dans ses bras et la serra de toutes ses forces. Il la devinait si fragile qu'il regrettait de ne l'avoir pas laissée à Fontafie avec Claire en août 40. C'était une perspective qu'il avait envisagée un temps, mais Elisabeth avait refusé de le sentir loin d'elle, sans se douter que la vie en zone libre, du moins avant que l'armée allemande ne s'en vienne l'occuper, était plus confortable.

— Dans six mois ou un an au plus tard, tout sera terminé, promit-il.

Elisabeth ne l'écoutait pas. Elle avait trop longtemps entendu de semblables pronostics, qui s'étaient révélés illusoires. Ça n'en finira jamais, se répétait-elle en se prenant la tête dans les mains, personne ne viendra à bout de cette barbarie. Monsieur Straub répondait invariablement que l'histoire était en marche, que la chute du IIIe Reich est inéluctable, aussi inéluctable que le cours des saisons.

Aux six coups du carillon, Antoine partit se préparer dans la salle de bains, tandis qu'Elisabeth allait lui chercher son costume dans la penderie. Avant qu'il le passe, elle tenait à y apporter un coup de fer. Elle l'avait habitué à cette coquetterie, que rien ne devait être laissé au hasard, un fil qui dépasse, un bouton lâche, un revers mal ajusté. En *drape cut* gris, avec de larges rayures ton sur ton, monsieur Straub portait le costume avec élégance. Il détestait le lin, qui n'a pas de tenue, comme il disait, les genoux se marquent dans le pantalon… Il quitta sa douche en un temps record, enfila une chemise blanche sans même défaire les boutons de manche. Puis Elisabeth lui apporta son complet sur un cintre.

— Tu as choisi les rayures ?

Elle haussa les épaules. Antoine possédait trois autres costumes de même coupe, un beige, un noir et un bleu foncé.

— Pour voir Gillard, ce sera plus correct, jugea-t-elle.

D'un coup de peigne, il ramena ses cheveux en arrière, y passa un coup de gomina pour les tenir bien plaqués sur le crâne.

— Crois-tu que je doive porter encore le deuil ?

Du plat de la main, il caressa le revers de sa veste où était accroché un crêpe noir.

— Ce sera comme ça, longtemps…

— Nous devrons un jour tourner la page, Elisabeth…

— Moi, je n'ai pas envie. Et s'il te prenait l'envie de l'ôter, ce crêpe, je serais bien malheureuse.

Monsieur Straub baissa la tête, le regard dans le vague. Il faudra sans doute qu'on nous rende la dépouille, un jour, un jour enfin, et alors le deuil pourra s'accomplir, pensa-t-il. Se tapotant les poches, il vérifia qu'il avait pris ses lunettes, son paquet de cigarettes.

— Que vas-tu faire chez Gillard ? demanda Elisabeth.

— Une des deux réunions mensuelles. Depuis le temps, tu devrais le savoir…

— Et de quoi parlez-vous ?

— De l'usine de Villers. Un petit bilan de nos activités.

— La production est en hausse ?

— Hélas non.

— Dans la moyenne ?

— Stable, dit-il pour mettre un terme à la conversation.

Monsieur Straub n'aimait pas parler de ses affaires. L'époque ne s'y prêtait guère. D'autant que Gillard avait donné des consignes sur cette question. « Ne rien dire, même à vos femmes… » C'était assez d'avoir sur le dos régulièrement les inquisiteurs de la production industrielle, sans compter celui de la main-d'œuvre, le contrôle des étrangers, etc.

Il prit un dernier café sur le pouce avant de parfaire sa tenue en ajustant un chapeau Fedora. Ainsi se sentait-il bien dans sa peau quand il portait la tenue du bourgeois élégant pour traverser cette époque infâme. Peut-être croyait-il qu'il ne pouvait rien lui arriver, que les affres du temps glisseraient sur lui sans laisser la moindre trace. Que pourrait-il advenir de pire que la mort d'un enfant ? Il croyait aisément avoir payé son tribut pour que le destin le laisse enfin tranquille.

Sa femme l'embrassa sur les joues, affectueusement. Il voulut de nouveau la serrer contre lui, mais elle se libéra d'un petit geste de recul. C'était une attitude qui le surprenait chaque fois, comme si son amour avait vécu. Monsieur Straub se demandait souvent, depuis la mort de Raphaël et l'apparition de ces froides distances qu'on lui opposait, si Elisabeth l'avait jamais aimé, si elle l'avait épousé en croyant faire une bonne opération. Il y a de quoi se rendre fou, à se poser mille questions, jour après jour, sans discerner la moindre réponse sensée. En vérité, Antoine préférait se noyer dans le travail, jusqu'à y perdre ses repères, et cultiver de franches camaraderies avec ses adjoints et ses ouvriers. On attendait tellement de lui qu'il n'avait qu'une ambition, ne point décevoir son entourage.

Après avoir enfilé ses gants de cuir, malgré les chaleurs de l'été – question de style –, il s'engouffra dans sa Peugeot 202 noire et prit la direction de la place Gambetta. Face à la Kommandantur, les soldats de faction lui firent signe de s'arrêter. On pouvait compter les voitures dans le centre d'Amiens, tellement le secteur était quadrillé jusqu'à la préfecture. Les Allemands ne s'occupaient guère des vélos et des passants. Quelquefois, après un coup de main des résistants, la situation se durcissait et les patrouilles exigeaient de voir les papiers d'identité.

Monsieur Straub baissa sa vitre, mais l'un des soldats allemands lui fit signe avec la pointe de sa mitraillette de descendre. Machinalement, Antoine leva les mains à hauteur des épaules.

— *Ausweis ?*

— *Passierschein*, fit Straub en déboutonnant sa veste.

L'Allemand pointa le canon de son MP 40 contre sa poitrine. Straub ne se démonta guère. Il avait l'habitude des pratiques peu amènes de ces barbares prêts à ouvrir le feu au moindre geste suspect. Il le fixa dans les yeux, comme il en avait l'habitude.

— Antoine Straub, dit-il. Directeur de la briqueterie Gillard, place Gambetta. Je vais à mon travail. Je ne suis pas là pour m'amuser...

Monsieur Straub avait l'habitude de parler en allemand. En vérité, il avait passé toute son enfance à Saverne et à Otterswiller et possédait sur le bout des doigts la langue de Goethe. Une partie de sa famille, désormais perdue de vue après la guerre de 14-18, vivait à Hambourg. Il n'avait jamais tenté de renouer avec elle, contrairement à ces Alsaciens français qui ont gardé des liens forts avec le IIIe Reich et qui souhaitent dans leur for intérieur la victoire de l'Allemagne hitlérienne. C'était le cas de son oncle, Paulus Straub, qui avait profité de l'invasion de 40 pour conduire des affaires florissantes avec l'occupant.

Le chef de patrouille fit circuler le laissez-passer entre les mains de ses coreligionnaires, se pencha à l'intérieur de la voiture et poussa même le zèle à visiter la boîte à gants. Pendant ce temps, Antoine demeurait stoïque, bras croisés. Il ne se laissait guère intimider dans des situations semblables. Elles étaient fréquentes à Amiens, Albert ou Abbeville, où il avait l'habitude de se rendre. C'était courant de traverser cinq, dix barrages par jour et, chaque fois, de s'attendre au pire. Sans doute ai-je une tête qui ne leur revient pas ? pensait-il chaque fois, trop élégant, trop suffisant, trop sûr de lui. La police allemande aimait surtout qu'on s'aplatisse devant elle. Mais

Straub affichait toujours un air détaché et froid ; par ces temps incertains, l'indifférence passait pour de l'arrogance.

Sur le trottoir d'en face, un agent de la Gestapo observait la scène avec curiosité. Soudain, il s'approcha de la voiture, prit le *Passierschein* dans la main d'un des soldats allemands et le rendit à Straub.

— Où avez-vous appris l'allemand ?

— J'ai de la famille à Hambourg, répondit-il.

L'Allemand fit signe à Straub de remonter dans sa voiture. Antoine lui rendit la politesse d'un hochement de tête. La Geheime Staatspolizeï m'a à la bonne, se dit-il, pourtant je n'ai rien fait pour mériter ça. Puis il se mit à ricaner en jetant un œil dans le rétroviseur. Il posa son chapeau sur le siège à côté de lui, poussa un grand soupir. Petit plaisir surprise, pensa-t-il, dans ce grand désespoir quotidien.

Régis Gillard ne le faisait jamais attendre, cinq minutes tout au plus, et une secrétaire venait le chercher dans le hall. On redoublait de politesse à son égard. C'était une situation assez confortable car, chaque fois, il éprouvait le sentiment d'être apprécié dans la grande maison, bien que sa situation fût atypique. Lui, du moins, il ne sortait pas des grandes écoles. Son métier, il l'avait appris sur le tas, dans les petites fabriques. Peut-être était-ce un avantage de connaître le métier autrement que par les manuels et les savantes théories sur les fours Hoffmann. Lui, il s'était coltiné tous les procédés de cuisson, ceux au bois, à la tourbe et au charbon… Il lui suffisait de pétrir la pâte d'argile entre ses doigts pour juger de sa qualité et éviter aux petites mains de perdre du temps à décoller la tuile du moule de bas. Une des mille petites astuces acquises au fil du temps, dans le contact journalier avec les enfourneurs et défourneurs.

Les bureaux d'Amiens étaient installés rue des Vergeaux, dans une vieille demeure distinguée en briques roses à chaînage de pierre, sur le modèle des hôtels particuliers de la cité, dont celui de Berny. L'intérieur était assez lumineux, avec ses plafonds élevés et ses hautes fenêtres du XVIIe siècle. Mais les bombardements de 40 avaient endommagé la partie droite de l'édifice. En hâte, pour éviter que les dégâts se propagent, les Gillard avaient alors apporté quelques soutènements de bois. Sous l'effet des bombes, les vitres avaient été soufflées en grand nombre, et certaines n'étaient toujours pas remplacées, en particulier sur la partie arrière. Mais l'hôtel Gillard était assez vaste et imposant pour contenir les services administratifs, même si une partie se trouvait désaffectée.

Le président-directeur occupait une vaste pièce, si bien ordonnée qu'on devinait aisément combien l'homme était à l'image de son antre, soigneux et perfectionniste. Straub s'avança jusqu'à son bureau et s'en vint s'asseoir, juste en face de lui. Il lui tendit une main énergique, que le président-directeur accueillit avec sa froideur habituelle.

— Je n'ai pas de bonnes nouvelles à vous apporter, dit Straub. En un mot, notre rendez-vous aurait pu être différé, si ce n'était…

Le président-directeur lui fit les gros yeux et lui intima d'un geste de se taire.

— J'ai lu les bilans, Antoine. Il n'y a rien à dire. On produit au ralenti, juste de quoi occuper le personnel.

— Qui voudrait reconstruire, aujourd'hui, alors que l'issue de la guerre est incertaine ? On loge les familles dans des baraquements sommaires. L'insalubrité, la misère, le dénuement font craindre le pire.

Gillard hochait la tête. Rien ne lui était étranger, et il lui suffisait de traverser les quartiers voisins de la cathédrale pour mesurer l'étendue des difficultés à la longueur des queues devant les magasins.

— Je sais tout cela, Straub. Et pourtant, il nous faut tenir nos entreprises à bout de bras, si nous voulons donner à manger à nos ouvriers.

Ils s'observèrent en silence. Puis le président-directeur se leva, fit le tour de son bureau, alla vérifier que le couloir menant à son cabinet était désert.

— On ne se sent jamais en sécurité, même chez soi, murmura-t-il.

Ils allèrent ensemble dans un angle de la pièce, là où personne ne pourrait les entendre, ni les secrétaires, ni les comptables, ni les administrateurs. Ça traînait assez, toute la sainte journée, comme des mouches à merde, disait Gillard, la voix cassée.

— Dans une semaine, un parachutage de Londres.

— On fait comme d'habitude.

— Même procédure, dit Gillard.

Il alla chercher une feuille de papier sur son bureau, puis revint à l'endroit sécurisé, la plaqua contre la tenture. Il écrivit : *Jedburgh zone A1. Douze containers dont trois H1 explosifs et accessoires, deux H2 Stens, deux H3 armement, deux H4 incendiaires, trois H5 sabotage. Procédure habituelle. Livraison le 6 juillet, vingt-deux heures.*

— Bien noté, confirma Straub.

— Stockage dans le four désaffecté. OK ? Prévoir une vingtaine d'hommes.

Straub opina de la tête. Ça l'amusait toujours autant, ce style télégraphique. On avait appris ainsi en peu de mots à résumer la situation, et sans qu'il fût nécessaire de se concerter on savait ce que contiendraient les containers du SOE[1], outre les armes, les pains de plastic, les détonateurs, les cordeaux Bickford, les allumeurs, les bombes incendiaires, les grenades Mills... La cache de Villers-Saint-Charles était une des plus sûres dans le secteur d'Amiens, grâce à Straub, qui avait su recruter ses hommes.

Gillard porta à la flamme de son briquet le papier sur lequel il avait noté ses consignes, puis le regarda se consumer au-dessus d'un cendrier.

— Vous n'irez pas à la réunion du 4 juillet, dit-il. C'est assez.

— Pourquoi ?

— Poivrier s'occupera des parachutages. Il choisira son groupe. Pour le reste, c'est leur affaire.

Gillard parlait d'une voix éteinte. Aucune réaction sur le visage de Straub. On ne discutait guère les

1. Pour *Special Operations Executive* (« Direction des opérations spéciales »), service secret britannique mis en place pour soutenir les mouvements de résistance en Europe pendant la Seconde Guerre mondiale.

consignes. Chacun savait ce qu'il avait à faire. Et rien de plus. Le réseau était si bien cloisonné que Straub ne connaissait pas les hommes de main, de sorte qu'en cas d'arrestation on ne pourrait rien obtenir de lui, même sous la torture.

Ils s'installèrent de nouveau au bureau, évoquèrent les chiffres de production de l'usine de Villers.

— On pourrait essayer d'augmenter un peu. Ça sera plus discret.

— Sauf le four 5. Il faudrait des mois de travail pour le remettre en état.

Gillard lui fit un clin d'œil. Celui-là était réservé à la cache d'armes. On avait laissé pousser la végétation alentour. Les opulents ronciers laissaient deviner qu'il ne s'y passait jamais rien.

— Que faire d'autre ? demanda Straub.

— Attendre des jours nouveaux.

— Croyez-vous, Gillard, que nous le rallumerons un jour, ce four 5 ?

— Bien entendu.

Le président-directeur se mit à hocher la tête.

— Vous êtes un optimiste indécrottable, dit Straub.

— Nous ne verrons peut-être pas ce jour. Mais nous aurons travaillé à cette remise en marche. C'est notre philosophie de l'existence. Là où il se trouve, un homme digne de ce nom doit faire ce qui doit l'être. Puis, si c'est nécessaire, hélas, un autre homme arrive pour poursuivre l'œuvre entreprise.

— Je partage cette philosophie, acquiesça Straub.

Ils songeaient tous les deux à la même chose, à toutes ces familles juives qu'ils avaient fait passer en zone sud. La moitié du contingent polonais. Les inspecteurs du contrôle des étrangers s'étaient un temps interrogés sur la réduction des effectifs. Régis Gillard avait dû fournir des registres trafiqués pour cacher le motif de ces départs.

— Avez-vous des nouvelles de Strenquel ?

Le président-directeur posa l'index sur ses lèvres pour intimer le silence.

— Suivez-moi.

Ils descendirent dans le jardin, là où l'on avait entassé les gravats des bombardements de 40. Ils s'installèrent sous un tilleul, devant une table de jardin et trois chaises.

— Mes bureaux sont infestés de petits salopards. C'est un avantage de les bien connaître pour faire passer de fausses informations. C'est la ligne directe avec la préfecture. Mais aussi avec la milice.

Gillard énonça quelques noms, sans surprise. Straub les connaissait tous, au moins cinq administrateurs, dont Pellegris, qui dirigeait à ses heures perdues la section locale des miliciens, avec sa petite moustache taillée à la Darnand. Il gardait l'uniforme à demeure, dans son bureau, en cas d'urgence, car ces oiseaux-là étaient mobilisables à tout moment pour faire un coup de main.

— Strenquel, dites-vous ? Sans nouvelles.

— Il est en Corrèze.

— Oui.

Ils firent quelques pas dans l'herbe haute.

— Son fils Adrien s'est caché dans la briqueterie d'Amiens après son évasion. Puis il a réussi à passer la ligne de démarcation avec l'intention de gagner Londres.

— Il y est arrivé ?

— Oui. Pour reprendre du service sous le pseudonyme de Rochelle. Aux dernières nouvelles, il a été arrêté à Toulouse et puis, la suite, vous la devinez, n'est-ce pas ? Envoyé dans un camp ou fusillé ou je ne sais quoi…

— Mon Dieu, quelle douleur !

— Le pire est que Ferdinand Strenquel ne sait rien de ces événements. Je n'ai pas le courage de lui envoyer un mot. On finira par le lui apprendre, tôt ou tard. Après tout, il vivra quelques mois de tranquillité avec l'idée que son cher enfant combat dans le juste camp.

— Raphaël est tombé dans les premières semaines de la guerre… Parfois, je me dis qu'il a eu au moins cette chance de ne pas connaître les horreurs présentes.

— Cela nous ramène à notre fameuse philosophie, reprit Gillard. Nous sommes, nous, les justes, un peuple de fourmis. Pour traverser une rigole d'eau, les fourmis forment un pont flottant. Les premières se noient, et le nombre finit par former un passage pour les autres. C'est ainsi que nous viendrons à bout des nazis, par d'immenses sacrifices. Nos rêves, nos amours, nos libertés… Jusqu'à ce que ceux qui nous suivent recouvrent le droit de vivre libres. Sauront-ils un jour, ceux-là, tout ce que cette philosophie aura coûté ?

Ils se mirent ainsi à tourner en rond autour du grand tilleul, sous un ciel sans nuages, si bleu et immense. Les mots s'étaient évaporés de leurs lèvres, devenus superfétatoires.

3

Antoine Straub n'était pas fâché de se voir dispensé de sa réunion clandestine à Albert. Il s'était assez mouillé ces derniers temps et bien plus que toutes les règles dans la clandestinité ne le recommandaient, et cependant, si on lui avait demandé plus encore, il se serait exécuté. Sa seule hantise n'était pas de perdre la vie – il s'était préparé à cette idée, surtout après la mort de son fils – mais de voir Elisabeth et Claire arrêtées, torturées, déportées dans un camp. Elles ignoraient tout de l'autre visage d'Antoine Straub, de ses activités clandestines, et ne pouvaient imaginer une seule seconde le risque qu'il leur faisait courir.

Ce soir-là, il rentra chez lui, comme si de rien n'était, faisant des réponses évasives sur la réunion de Gillard. Il donnait quelques chiffres sur les activités du dernier trimestre, les dépenses engagées et les gains engrangés, sans s'appesantir sur le sujet, car en vérité ces données étaient assez fantaisistes. On gérait la fabrique de Villers à vue, sans autre préoccupation que de dégager assez de recettes pour payer les salaires des ouvriers et entretenir l'outil de production.

Elisabeth parut se satisfaire des réponses. Elle aimait partager avec son mari ses projets, ses réussites et ses échecs. Peu lui importait en vérité que les bénéfices fussent au rendez-vous, pourvu que le président-directeur gardât sa pleine confiance à Antoine. Elle avait une haute idée de son mari, de sa probité, de son honnêteté et de son souci de la justice. Elle jugeait même qu'il était parfois trop social, que ses anciennes amitiés jaurésiennes gâtaient sa carrière.

« Tu es écartelé, mon pauvre Antoine, entre tes idées généreuses et tes ambitions dévorantes. Il faut parfois choisir pour être du bon côté de la barrière. Gillard doit fricoter avec les Allemands… Forcément. »

Monsieur Straub ne répondait pas. A peine un sourire se dessinait-il sur son visage lisse. Et Claire finissait par intervenir, elle aussi, dans cette conversation :

« Fiche donc la paix à papa. Ne vois-tu pas que tu l'embarrasses ? N'est-ce pas, mon bon papa ? »

Elle venait s'asseoir sur ses genoux pour quérir quelques papouilles. Il n'osait la repousser, même si ces gamineries l'embarrassaient, lui qui l'eût souhaitée moins immature.

— Je compte t'inscrire à la rentrée prochaine au lycée Saint-Rémi, pour apprendre la dactylographie. Nous te trouverons une place dans l'entreprise Gillard.

Chaque fois qu'on évoquait son avenir, Claire faisait la moue, le dos rond, en attendant que la bourrasque passe. Elle ne se voyait pas dans un bureau, et encore moins enchaînée à une machine à écrire. Elle imaginait des occupations extravagantes : modiste chez

Lauvernoy mais pas pour un emploi de petite main, plutôt créatrice de mode, ou parfois conductrice de péniche, rien que pour voir du pays.

Straub n'écoutait guère ces élucubrations. Sur le sujet, il se révélait plutôt sévère : Claire avait suivi des études cahotantes et avait dû quitter l'école l'année du brevet, sans l'obtenir du reste. Dès lors, monsieur Straub avait estimé non sans dépit qu'on ne pourrait faire de grands projets pour Claire, ni lui espérer un grand destin. En revanche, Raphaël avait été tout le contraire, un brillant élève au lycée d'Albert. Aussi Antoine l'avait-il fait inscrire à l'Ecole normale d'Amiens pour devenir instituteur. C'était bien parti, trop bien parti en vérité, car après une première année la déclaration de guerre l'avait embarqué sur le front de Belgique… Mais était-ce utile de rappeler tous ces souvenirs si douloureux, de se morfondre sur la génération sacrifiée, celle qui avait eu vingt ans en 1940 ?

Monsieur Straub se délesta de sa fille pour aller faire un tour dans son grenier. Cela faisait plusieurs minutes qu'il consultait sa montre, qu'il présentait des signes d'impatience.

— Tu vas écouter Radio Londres ? demanda Claire. Les Français parlent aux Français…

Elle se mit à ricaner. Son père l'observa, incrédule.

— Tu vois bien que ta fille se moque de toi. Des manies de vieux père, déjà… ajouta Elisabeth.

— Nous devrions y aller, à Londres. Nous serions mieux qu'à Amiens, où l'on s'ennuie comme des rats morts, dit Claire avec sa moue des mauvais jours.

— Pour y faire quoi ?

— Il doit bien y avoir des briqueteries, là-bas ? reprit-elle. Au moins, le pays n'est pas occupé.

— Bombardé, sauvagement bombardé, souligna Antoine.

— Mais libre, répliqua Claire.

Elisabeth soupira en fixant son mari. Elle cherchait à deviner son état d'exaspération. Voici un homme si tranquille, si préoccupé par son travail et détestant les moindres embrouilles, mais sa famille, hélas, lui pèse, pensa-t-elle, et elle eut un sourire d'attendrissement.

— En effet, il y a de grosses entreprises dans le Bedfordshire. Pour le reste, tu ne sais pas de quoi tu parles, Claire...

Monsieur Straub était souvent tenté de donner des détails sur l'évolution des événements, mais il se ravisait chaque fois. Peut-être n'eût-il pas été engagé dans la partie, dans cette drôle de partie où chaque mot, chaque geste, chaque acte avait des répercussions souvent imprévisibles, il eût joué sans doute au docte professeur, comme avant la guerre, lorsqu'il passait de longues heures à converser avec ses enfants, attaché à leur inculquer quelques grands principes. Du reste, Elisabeth l'avait toujours trouvé trop moraliste et n'hésitait pas à rappeler qu'aucune génération ne se ressemble, que ce qui est bien pour l'une peut être préjudiciable à la suivante.

Il tapota le verre de sa montre, comme pour vérifier que l'aiguille des minutes ne s'était pas bloquée sur le cadran. Crainte superstitieuse de rater son rendez-vous, chaque fois renouvelée, au point d'en faire des cauchemars. Et il disparut dans l'escalier du grenier.

Une unique pièce occupait les combles de la maison. On y avait entassé tous les objets inutiles des déménagements successifs : Péronne, Saint-Quentin, Châlons. Mais les souvenirs attachés aux divers lieux d'habitation se logeaient encore dans l'âme de ces vieilleries. Comment s'en défaire, sans perdre une partie de sa vie ? Sur ce point, Elisabeth partageait la même opinion. C'eût porté malheur de toucher à ces armoires, lits, tables et chaises, à ces malles emplies de nippes démodées. Et pourtant, tant d'attention n'avait point évité le pire.

Antoine se glissa derrière un rideau tendu sur un fil de fer. Il alluma une lampe de bureau style notaire, écarta de la main les journaux qui encombraient la table, y posa son poste émetteur caché dans une misérable valise en carton bouilli. Antoine attendit vingt heures pétantes, puis se porta sur la bonne fréquence. Avec une maîtrise parfaite, il dicta de mémoire son message pour sa *Fany* de la SOE, avec les formules codées correspondantes et son indicatif de sécurité.

Une fois le message envoyé, monsieur Straub coupa aussitôt l'alimentation du poste. Les messages devaient être brefs et précis. Machinalement, il jeta un œil dans la rue en entrouvrant le carreau de la lucarne passé au bleu de méthylène. Il voulait s'assurer qu'une voiture gonio ne traînait pas dans le secteur. Naïve réaction en vérité, car les systèmes de repérage étaient particulièrement efficaces, c'est pourquoi le service recommandait de ne jamais émettre deux fois du même lieu. D'ordinaire, monsieur Straub partait à la campagne pour établir ses liaisons, mais s'il avait contrevenu à la consigne pour cette fois, c'était en raison du caractère d'urgence. Il rangea son AMK III dans la valise prévue à cet effet, la recouvrit de vieux dossiers, puis redescendit aussitôt dans le salon.

— Quelles nouvelles ? demanda Elisabeth.

Antoine ne répondit pas. Il alla se mettre à la fenêtre, les coudes posés sur le rebord. C'était une nuit de pleine lune. Assez favorable pour un parachutage, pensa-t-il. Six feux suffiront pour borner le secteur de largage. En cet endroit, à Puylaye, le pré était entouré par des bois épais, des haies rectilignes. Facile à repérer du hublot d'un Lancaster, se dit-il.

Tout le long de la soirée, Elisabeth se plaignit des restrictions. C'était la musique habituelle. Comment obtenir des tickets de rationnement supplémentaires ?

— Ce n'est pas toi qui fais le pied de grue devant les magasins, reprocha-t-elle. Bien sûr, je suis assez poire pour faire la queue et du coup entendre, mon Dieu, de ces insanités… Tous ces gens qui sont prêts à s'entretuer pour trois cents grammes de viande…

Pour calmer le jeu, Antoine promit d'aller faire des achats au marché noir, des légumes aux hortillonnages, du beurre et du lait à Saveuse, où il connaissait des paysans, les Cayeux, des gens qu'un billet de cent francs rendait soudain coopératifs. Mais c'était une aventure, chaque fois, de circuler sur les bords de Somme à bicyclette par les petits chemins pour éviter les contrôles. L'expédition lui prenait une journée alors que monsieur Straub avait une activité débordante à la fabrique.

Sa proposition rasséréna Elisabeth. Elle était possédée par la crainte de manquer de nourriture. Pourtant il lui fallait bien peu de provisions pour réaliser des miracles. C'était le beurre surtout qui faisait le plus défaut, car madame Straub se refusait à cuisiner avec d'infâmes margarines. Et pour ce faire, Antoine dépensait des fortunes. Même les œufs étaient devenus introuvables. Si d'aventure il ramenait un lapin, on en faisait des festins pour cinq jours au moins.

Trois jours plus tard, son dîner achevé, monsieur Straub quitta la table, embrassa sa fille sur le front et fit de même avec Elisabeth.

Que veux-tu te faire pardonner ? se demanda-t-elle en le voyant agir de la sorte, d'ordinaire ses gestes affectifs étaient rares et peu démonstratifs.

— Je vais prendre l'air, annonça-t-il.

Le visage de madame Straub se décomposa. Il n'était rien qui la désespérait plus que de voir partir son mari à l'heure du couvre-feu.

— Où vas-tu encore traîner ? Décidément, cet homme ne tient pas en place… Tu m'inquiètes, Antoine. Et toi, Claire, pourquoi ne dis-tu rien ? Soutiens-moi, au moins !… J'ai des raisons de m'alarmer. Sortir à cette heure alors que ça grouille de patrouilles allemandes, c'est aller au-devant du danger. Que deviendrons-nous sans toi, s'il t'arrivait malheur ? Ne trouves-tu pas que nous en avons eu assez notre compte, de malheur ?

Antoine Straub sourit avec tristesse. Lui suffirait-il de brandir un laissez-passer pour être quitte ? Peut-être finissait-il par le croire lui-même, que les gardes allemands seraient amadoués par son petit papier. De jour, sans doute était-ce moins risqué. Mais de nuit ? Hélas, tout chat noir errant dans le quartier est un ennemi potentiel qui prépare un mauvais coup. Cette pensée le fit sourire.

Il posa son chapeau sur sa tête et sortit par le jardin. Il savait qu'Elisabeth ne retrouverait pas sa tranquillité avant son retour. Ses angoisses ne lui étaient pas indifférentes. Mais il n'était que ses dénégations pour atténuer les mille soupçons qui pesaient sur lui pour des activités clandestines supposées. Pourtant, dans sa manière d'agir, Antoine Straub n'avait jamais laissé paraître le moindre signe d'appartenir à l'armée des ombres. D'autant que cette question était confuse dans la tête d'Elisabeth. Elle imaginait que les hommes de la Résistance étaient tous en habits débraillés, portant béret et Sten, et se cachant dans les profondeurs de la forêt comme des loups traqués.

Antoine avait ses habitudes. Il aimait faire une courte balade digestive après le dîner du soir, mais rarement au-delà du boulevard et en rasant les murs, hélas. Ça lui coûtait de devoir agir ainsi, lui qui avait fait sa guerre comme artilleur dans la Meuse et qui avait espéré, comme tous les poilus de 14, que ce serait bien la dernière, au point, un temps, d'avoir été tenté par les idées pacifistes d'un Romain Rolland.

Il alla jusqu'à la place Goblet, comme il l'avait projeté, se choisit à côté du square un petit endroit discret pour goûter le silence de la nuit. Alentour, le quartier avait souffert des bombardements même si quelques façades de beaux immeubles paraissaient intactes. Ce n'était qu'une illusion dessinée par la nuit de pleine lune, une impression d'être revenu avant les jours funestes, car aucun n'avait échappé au chambardement. On avait sommairement évacué les décombres pour permettre la circulation sur la place et dans les avenues voisines.

Enfin monsieur Straub consulta sa montre et se dit qu'il n'aurait plus à attendre longtemps. C'était l'heure où le Lancaster allait remonter la baie de Somme. Il surveilla le ciel et, soudain, les premières lueurs de la Flak d'Abbeville apparurent, assez désordonnées. C'était le comité d'accueil, comme prévu, pour l'avion britannique qui allait parachuter dans quelques minutes les containers à Puylaye sur le terrain improvisé. Il sentit monter en lui un sentiment de fierté en entendant les moteurs de l'avion. Il chercha sa présence dans le ciel, puis le Lancaster surgit enfin à neuf cents pieds, tel un oiseau noir aux ailes déployées. A ce stade la Flak était impuissante à l'atteindre, comme si elle avait été prise de court, après le passage d'Abbeville, où se trouvait une grosse concentration de DCA. Antoine frappa dans ses mains, instinctivement. C'était une petite victoire remportée, une goutte d'eau sans grande importance certes, mais celle-ci ajoutée aux autres se transformerait en une grande rivière.

Un matin de septembre, Claire insista pour accompagner son père à la fabrique. Sans doute l'idée lui en était-elle venue pour s'épargner une inscription au lycée Saint-Rémi.

— Tu ne vas pas trouver ça drôle, l'usine... la prévint-il.

— Je ne suis pas aussi bête que tu le penses.

— Mais non, je ne pense jamais cela de toi, ma petite Claire. Je voudrais seulement que tu te prépares à un bon métier. Secrétaire, par exemple. Chez Gillard, on a besoin de dactylos pour traiter les commandes, faire le courrier aux clients, et autres, fit-il d'un mouvement de manche.

Par la vitre baissée de la Peugeot, monsieur Straub expédiait ses cendres de cigarette au-dehors. L'air ramenait vers lui des étincelles.

— Tu vas te brûler la chemise et maman ne sera pas contente.

— On ne trouve que du mauvais tabac au marché noir coupé à la va-comme-je-te-pousse.

Finalement, après avoir jeté un regard furtif sur sa belle chemise blanche amidonnée, il se débarrassa de son clope d'un geste rageur. Claire eut un vague sourire en pensant que son cher papa ne voulait pas fâcher Elisabeth. C'était un avantage, à ses yeux, de les voir si bien ensemble, si attentionnés, alors que tant d'autres couples passaient leur temps à se disputer. La mort de mon frère les a rapprochés, songeat-elle avec attendrissement. Maintenant, il ne reste plus que moi.

Elle sentit le vague à l'âme l'envahir, comme chaque fois qu'elle pensait à son frère. Je ne me sens pas prête pour le remplacer, se dit-elle en se grattant les ongles, nerveusement. Car elle avait peur, une peur panique, de se voir propulser dans un monde d'adulte auquel on ne l'avait pas préparée. Et les péripéties de la guerre, avec ses jours d'exode, la mort de Raphaël et le retour à Amiens dans une ville à moitié détruite, une maison dévastée, n'avaient fait qu'accroître son angoisse et la pousser à se cacher encore plus dans les jupes de sa mère.

— Tu vas me montrer les bureaux, dit-elle. Peut-être me ferais-je une idée précise de ce qui m'attend. Ce ne sera pas nécessaire de me faire perdre mon temps dans un lycée...

— Malicieuse ! releva Antoine. Tu ne m'auras pas aisément. Rien ne te dispensera d'apprendre un métier, fût-ce celui de secrétaire, sinon il n'y aura pas de place pour toi dans l'entreprise.

Claire fit la moue, le visage tourné vers le paysage monotone défilant sous ses yeux.

— C'est à toi de décider, pourtant, papa. Tu es le chef à la fabrique, non ?

— Je dirige cette entreprise qui appartient au groupe Gillard. Je dois rendre des comptes sur mes agissements. Sinon, ce serait trop facile.

— Gillard t'a à la bonne. Tu peux tout obtenir de lui.

Monsieur Straub mesurait encore une fois le degré d'immaturité de sa propre fille. Trop choyée, trop protégée, surtout après la disparition de Raphaël, pensa-t-il. Il coupa court à cette conversation qui ne menait nulle part en fixant son attention sur la conduite.

Au bout de la ligne droite, un barrage de contrôle. Juste trois ou quatre soldats allemands. Il stoppa sa voiture sur l'injonction de l'un des hommes, puis leur tendit son Ausweis. L'homme fit le tour de la voiture et rendit les papiers. Les autres soldats écartèrent le barrage pour laisser passer la voiture.

— Combien de temps encore allons-nous supporter ça ? s'agaça Claire.

Antoine ne put résister à l'envie de rallumer une cigarette. Qu'importe ma chemise. Il faut bien s'offrir quelques compensations, dans la vie.

— Tu ne dis rien, papa.

— Que veux-tu que je te dise, ma chère petite. Nous sommes occupés. Ce sont eux qui font la loi. Nous devons subir.

— Tu n'as pas envie, de temps en temps, de te rebeller ? Je te sens si calme, si détaché, indifférent même, comme si cette situation t'agréait au fond.

Monsieur Straub gardait le silence, intrigué par les paroles de sa fille dont il se sentait si proche à ce moment.

— Ce serait mettre nos vies en péril…

— Le sort des vaincus n'est pas enviable. Chaque minute est une minute d'humiliation, dit-elle.

— Oui, dit Antoine.

— Mais tu ne fais rien pour que ça change. L'usine continue de tourner. La marchandise part en Allemagne. C'est horrible.

— Tu dois rester en dehors de tout ça.

— Et jouer à la poupée, faire l'innocente jeune fille contente de son sort…

Monsieur Straub posa sa main sur le genou de sa fille. Elle s'en empara et la serra dans les siennes.

— Tu dois trouver ma colère bien ridicule ?

— Elle est juste et généreuse. Mais il y a des jeunes gens comme toi qui meurent en ce moment pour cette juste et généreuse colère.

La briqueterie Gillard s'étendait en rase campagne à la sortie de Villers-Saint-Charles, avec ses bâtiments roses et ses cinq cheminées. Alentour, il n'y avait que des fermes éparses aux bâtisses sinistres, des pacages, des terres jaunes à betterave et à blé.

Monsieur Straub présenta fièrement sa fille aux ouvriers qui faisaient sécher les tuiles sous des galeries paillées, sommairement aménagées. Quelques femmes œuvraient aussi en cet endroit, habillées avec des pantalons d'homme patinés de glaise. Elles portaient des chapeaux de paille ou des fichus. On les reconnaissait à leurs coiffes, tant leur féminité était gommée par l'habit en bleu de chauffe des hommes de peine. Les hommes, eux, portaient des casquettes de toile, comme les mineurs du Hainaut.

— Je n'aimerais pas faire ce travail, reconnut Claire en observant les ouvrières enveloppées dans leurs défroques.

En vérité, Claire ne comprenait pas que son père pût utiliser de la main-d'œuvre féminine pour un labeur aussi dur que pousser des wagonnets de briques encore saturées d'eau. Soudain, elle se sentit honteuse dans sa petite robe en vichy aguichante qui contrastait avec l'affublement des ouvrières. C'était comme une touche de couleur vive, esseulée, sur un tableau sombre où les personnages seraient apparus fantomatiques, difformes et asphyxiés par cette grisaille.

L'incessant ballet des brouettes soulevait une poussière jaune sur les étroits passages entre les galeries de séchage.

Antoine ne résista pas à la tentation de vérifier l'état des argiles. C'était devenu un réflexe pavlovien, chaque fois qu'il se trouvait en face d'une glaise. Le contremaître en habit noir et casquette de marinier s'approcha du patron.

— On est à trois mille.

— C'est bien, Pierre, répondit Straub en lui tapotant l'épaule. On atteindra l'objectif.

— Remplir le four 2 ?

— C'est cela même, le four 2.

— A quoi bon se forcer à allumer le 3 si c'est pour faire rigoler les frisés, ajouta le contremaître avec un air de complicité.

Chaque fois Antoine se refusait à entrer dans son jeu. Pourtant, le contremaître ne manquait jamais l'occasion de jeter des réflexions, par petits coups appuyés, espérant obtenir un acquiescement. Antoine se montrait obstinément neutre dans ses conversations. C'était une règle imposée par Gillard lui-même. « Nous sommes entre le marteau et l'enclume, disait le président-directeur pour justifier sa prudence. On ne doit pas laisser voir notre dégoût de l'ennemi, sinon on se grillera à jamais pour le rôle que nous devons tenir… Même si nos hommes croient jusqu'au dernier moment que nous ne sommes que des collabos au service de l'Allemagne. »

Straub avait adopté la même posture avec sa famille, pour la protéger de la guerre en une période critique où les consciences se sentaient enrôlées dans un camp ou dans l'autre. Il cultivait cette figure du « bon citoyen français » neutre, qui attend la fin des hostilités, bien à l'abri dans son petit monde. Ce n'était pas un hasard si Pellegris lui avait fait ses offres de service un soir, au sortir d'une réunion du conseil d'administration. « Non merci, avait-il répondu, je suis bien trop lâche pour cette aventure... » Straub avait ressenti quelque fierté d'avoir été contacté. Je dois être un sacré comédien pour cacher ainsi mes véritables sentiments à l'égard des nazis, s'était-il dit en quittant Joseph Pellegris.

Le directeur adjoint, un jeune ingénieur formé à l'usine mère, fin et élégant dans son costume de lin, prit Straub à part pour lui faire part des derniers événements : une panne sur la machine à mouler, des altercations violentes entre Espagnols et Polonais, un remplissage du four 1 qui avait du coup pris du retard... La litanie habituelle, chaque fois que Straub s'en revenait à la fabrique après deux ou trois jours d'absence.

— Nous attendons les pièces de rechange, expliqua Desgenette. En ce moment, c'est difficile de trouver un atelier d'usinage pour fabriquer une pièce.

— Demandez à Pargny. Ils ont les mêmes machines que les nôtres. Il suffira d'ôter les éléments nécessaires sur les bécanes réformées. Ça pourrit dans un terrain vague. Vous pouvez me croire, Bretenier a ce qu'il faut. Demandez au magasinier d'aller les chercher, avec une boîte à outils et de la graisse, parce qu'ils ne les démonteront pas pour nous.

— Je n'y avais pas songé, répondit Desgenette, pensif.

Straub s'amusa de son désappointement. Ces jeunes ingénieurs sont tous les mêmes, pensa-t-il. Pas un gramme d'esprit de démerde. Il lui tapota l'épaule pour lui signifier de se remuer un peu.

— On n'a pas un gros carnet de commandes, mais quand même, ce ne serait pas une bonne idée de prendre du retard à cause d'une machine à mouler...

— Bien sûr, monsieur.

Desgenette se tourna vers Claire et la détailla attentivement. Straub se rendit compte de sa surprise et reconnut aussitôt qu'il aurait dû lui présenter sa fille de prime abord.

— Nous en ferons peut-être une secrétaire, dit Antoine d'un sourire malicieux.

Le directeur adjoint eut envie de répondre qu'il y avait déjà pléthore de secrétaires chez Gillard, surtout aux Briqueteries d'Amiens.

— Je vous souhaite bonne chance, mademoiselle, dit poliment Desgenette.

Le garçon était naturellement charmeur et Claire plutôt timide, surtout hors de la maison familiale. C'était une constatation que Straub avait faite, que sa chère petite fille, si choyée et protégée, avait un contact difficile avec le monde extérieur.

— Vous la verrez de plus en plus parmi nous. N'est-ce pas, Claire ?

Elle se fendit d'un sourire de circonstance.

— N'ayez aucune crainte, poursuivit Antoine, dans un premier temps elle visitera les ateliers, se familiarisera au fonctionnement de notre usine. Sans oublier les bureaux, bien sûr. Car je la destine à ce travail, s'il lui convient.

— Quel travail ? s'étonna Desgenette, partisan acharné de la réduction d'effectifs.

— Le secrétariat. N'écoutez-vous pas ce que je dis ?

Le garçon tendit la main à Claire, la serra chaleureusement, comme si son contrat de travail était déjà en route.

— Mon père va vite en besogne, convint-elle.

— Crois-tu ? s'indigna Straub.

— Je ne connais rien à l'entreprise.

Desgenette éclata de rire.

— Au moins, tout cela a le mérite de la franchise.

— Que saviez-vous faire, Octave, lorsque vous êtes arrivé à Amiens dans la briqueterie Gillard ?

— Un diplôme d'ingénieur, tout de même, des Arts et Métiers.

— Mais vous n'avez pas songé un seul instant que nous pourrions trouver les pièces qui nous manquent à l'usine de Pargny-sur-Saulx ?

— C'est vrai. Je l'avoue, monsieur.

Desgenette se retira aussitôt, le feu aux joues. Ce n'était pas l'entente parfaite entre Straub et son adjoint. Il lui reprochait précisément d'avoir été insuffisamment préparé dans son premier poste, de posséder une vision trop théorique de l'outil industriel et de ne juger l'avenir d'une entreprise que sur des données statistiques. Antoine ne ratait jamais l'occasion de relever les insuffisances de son adjoint, et sans doute y prenait-il plaisir, comme si le Straub autodidacte se délectait chaque fois à prendre une revanche sur le destin.

— Papa, reprocha Claire ensuite, tu n'aurais pas dû lui parler sur ce ton… Devant moi, c'est humiliant.

— Qui est le directeur ici ?

— Ce n'est pas la question.

— Tu ne sais pas de quoi tu parles, affirma le père.

C'était une de ses réflexions favorites à l'égard de sa fille. Même quand elle soulevait des questions pertinentes, il lui opposait son inexpérience de la vie. Par principe. Par facilité de langage. Il s'évitait de répondre ainsi à des interrogations profondes qui l'embarrassaient et qu'il renvoyait aux calendes grecques. Quand donc mademoiselle Claire aurait-elle l'âge d'engager une conversation sérieuse ?

— Depuis cinq minutes que tu viens de mettre les pieds dans mon usine, tu trouves déjà à redire… Te rends-tu compte ? Tu es venue ici pour apprendre. Devrai-je te le rappeler ?

Claire baissait la tête. Elle savait jusqu'où aller sans attiser sa colère. Il l'observa quelques secondes d'un air amusé. Quoi de plus naturel, qu'un enfant se rebelle contre son père ? Raphaël a eu aussi ses heures de désobéissance, se dit-il en poussant un haut soupir. Les filles, finalement, sont aussi coriaces que les garçons. Nous, pauvres parents, nous ne savons jamais par quel bout les prendre…

— Je vais te présenter à Odette Blanchet.

— Qui est-ce ? demanda Claire.

— La secrétaire de direction. Enfin, se reprit-il, toutes les paperasses lui passent entre les mains. Sans elle, que deviendrions-nous ? Elle est sacrément plus utile qu'un Desgenette.

— Allons, papa, releva Claire. Tu ne vas pas recommencer. Laisse-le donc en paix.

Soudain, elle eut un éclair dans le regard. Elle venait juste de comprendre les origines de ce différend au sommet de la briqueterie de Villers-Saint-Charles.

— Ce fameux Octave Desgenette, il a été imposé, n'est-ce pas ? C'est ce vieux roublard de Régis Gillard qui te l'a mis dans les pattes…

Antoine passa une main affectueuse dans les cheveux de sa fille.

— Tu as déjà compris ça ?

— Tout de même, ce n'est pas bien difficile.

Elle savoura sa découverte sans effusion supplémentaire. Peut-être à ce moment-là se sentit-elle plus proche de son père. Cette situation lui permettait de comprendre les propos vifs dont il avait fait usage. Une manière de se défendre, de préserver son pré carré, ne serait-ce que pour signifier : « Mon cher Desgenette vous n'êtes pas encore le directeur. Il vous faudra acquérir un peu plus d'expérience… »

Odette était une forte femme, frisant la cinquantaine, les cheveux poivre et sel, une voix grave de fumeuse de cigarettes. Il était visible, avec l'attention que Straub lui témoignait en toute occasion, qu'elle était une pièce maîtresse dans son dispositif directorial. Il s'appuyait sur elle en toute confiance.

— Croyez-vous que nous en ferons une petite secrétaire ? fit-il en tenant Claire par les épaules. Elle a du caractère et de la perspicacité.

— Comme toutes les femmes, ajouta Odette. Mis à part celles qui ronronnent à la vue d'une braguette.

Antoine éclata de rire. Il adorait ses saillies verbales, ses piques assassines. Il s'approcha de sa secrétaire et lui glissa au creux de l'oreille, mais assez fort pour que Claire l'entende :

— Figurez-vous qu'elle a deviné le rôle joué par Desgenette.

Odette apprécia d'un mouvement de tête.

— Puisque nous parlons du loup dans la bergerie, fit-elle avec un clin d'œil de connivence, Octave m'a tenu un curieux discours. Il ne comprend pas qu'on ne donne pas suite à la demande de Weller.

— Leur livrer nos stocks de briques ? Pour qu'ils partent en Allemagne…

Elle hocha la tête avec une moue appuyée en faisant saillir ses grosses lèvres.

— Le loup dit que nous devrions nous ranger au diktat du commissaire aux achats. Vous me comprenez ?

— Bien sûr.

— Attendez-vous à ce qu'il revienne à la charge. Le commissaire a dû lui promettre un sacré pactole.

— N'est-ce pas moi qui ai dit à Weller que nous n'avions pas d'ordre de Gillard pour cette sorte de collaboration ? Et ce jour-là, le loup, comme vous dites, était présent. Il n'a pas pipé mot.

Odette fit un geste de la main pour signifier qu'Octave avait sans doute contourné sa décision.

— Gillard aurait-il changé d'avis ? s'interrogea Straub. Nous subissons de telles pressions…

— Si ces livraisons pour l'Allemagne doivent se faire, tout viendra de Gillard, en secret, parce que, comme vous dites, Antoine, les pressions auront été trop fortes. Et nous n'y verrons que du feu.

Monsieur Straub fit les cent pas devant sa secrétaire, assise derrière son bureau si bien rangé, comme à l'ordinaire. Il allait et venait, bras croisés, pensif. D'un côté nous travaillons pour la Résistance, se dit-il, et de l'autre, nous donnons des gages aux Allemands. C'est une manière habile de jouer. Mais forcément Straub garda le silence, car Odette ignorait tout des activités clandestines de Gillard, et c'eût été faire montre d'une grave imprudence que d'en dévoiler ne serait-ce qu'un centième. « Après la guerre, nous rendrons des comptes », avait dit Régis dans son bureau d'Amiens, et Straub songea que cette parole ne lui avait pas été adressée par hasard, comme si ces gages avec l'ennemi allaient lui coûter sa réputation alors qu'il aurait apporté une aide décisive aux réseaux de la France libre et que le moment venu, sans doute, il connaîtrait les plus grandes difficultés à se disculper.

Pour cette première matinée, Odette prit la fille Straub sous son aile. Elle lui fit visiter les bureaux de l'administration, tenta de lui expliquer avec force détails comment l'entreprise était organisée, le suivi de la fabrication et des livraisons. La secrétaire avait compris que pour une mise à l'essai elle pourrait lui confier la mise à jour des cahiers de commandes et de livraisons. Parfois, dans l'urgence, madame Blanchet se contentait d'amasser les bordereaux et de les épingler, dans l'idée de les répertorier plus tard sur les registres correspondants. Ce travail minutieux serait une manière de voir si la fille du directeur se montrait à la hauteur des ambitions de son père. Elle avait quelques doutes, car l'établissement des fiches imposait qu'on connût au moins la nomenclature du matériel : briques pleines, creuses ou perforées, dimensions et formats variables. Claire se fit un pense-bête et finit par mémoriser les codifications. Mais elle perdait beaucoup de temps à chercher, à fouiller et vérifier, par crainte des erreurs qui eussent faussé l'état du répertoire.

— Nous les avons sur le dos, régulièrement, les contrôleurs tatillons de Vichy, expliqua Odette Blanchet. Ça épluche nos registres avec un zèle maladif. Heureusement que votre père est sacrément diplomate. Il tente toujours d'arranger le coup.

— Mon père, diplomate ? s'esclaffa Claire. Je n'en crois rien.

Odette la mit ensuite sur une Underwood, histoire de la sortir de ses pattes. Elle la trouvait bien sympathique, cette demoiselle Straub, mais un peu collante avec ses questions.

— Votre fille s'ennuie, dit-elle plus tard à Antoine.

— Oui, reconnut-il. Dans cette période sombre, tout le monde s'ennuie et tout le monde a peur.

— Elle a besoin d'avoir une occupation.

— Je vais vous la laisser quelques semaines. Le temps de voir si elle s'adapte.

— A voir comment elle torture la machine à écrire, nous finirons par en faire quelque chose, estima Odette.

A la fin de la journée, alors que les hommes avaient quitté leur poste, Straub se rendit au four numéro 5 en compagnie de Valin, un homme du réseau.

— Vous n'êtes pas venu à la réunion ?

Antoine ne répondit pas. Il naviguait par l'étroit sentier au milieu des ronciers. Machinalement, il se retourna et scruta les entourages. Quand donc cette suspicion s'évanouirait-elle ? Il avait attendu que Desgenette eût quitté, lui aussi, l'usine pour faire son inspection. Pourtant rien dans son attitude ne pouvait éveiller des soupçons. Certes, il était d'avis de satisfaire les commandes des autorités allemandes, mais cela n'en faisait pas pour autant un collabo.

Valin portait une barbe fournie, poivre et sel, dissimulant une peau vérolée. Il s'approcha de l'entrée du four. Avec son bâton, il écarta les hampes de ronce, pour faciliter le passage de Straub.

— Ils y sont, Maxime (son pseudonyme dans la Résistance). Comme prévu, nous viendrons les chercher dans trois jours pour le maquis d'Albert.

Antoine s'introduisit dans le goulet en évitant de salir son costume, avec d'infinies précautions. Ça faisait rire Valin, ces petites manières de bourgeois maniaque, mais tout de même, il l'aimait bien, Maxime, pour tout ce qu'il avait fait, déjà, pour les familles juives. Après tout, pensait-il souvent, il aurait pu se contenter de profiter de son poste de directeur, se la couler douce et faire des risettes aux boches, comme Gillard...

Ils allèrent vérifier les containers.

— C'est du sérieux, fit Straub en se redressant. Vous veillerez à l'acheminement ?

— Oui, confirma Valin. N'ayez aucune crainte, Maxime. Il y aura assez d'hommes.

— Mais pas trop ?

— Comptez sur moi.

Antoine lui tapota l'épaule.

— Avec nos gars, on va faire péter trois convois au moins.

Straub lui fit signe de se taire. Pourtant, Valin se sentait enjoué. Lui, il n'avait plus peur depuis son évasion. Il en avait même assez de tous ces silences. Il avait hâte de prendre le maquis avec ses camarades FTP et d'affronter les Allemands au corps à corps. C'était là sa vraie mission, et non cette guéguerre sourde accomplie en rasant les murs.

4

Elisabeth passait de longues heures le nez à la fenêtre, surveillant l'activité dans la rue Bénard. L'angoisse atteignait son paroxysme chaque fois qu'elle repérait les tractions avant de la milice ou pire encore pour elle, sans qu'elle pût se l'expliquer, des agents de la Gestapo. Madame Straub en était arrivée à la conclusion que le secteur d'Henriville connaissait une recrudescence de surveillance. Il y avait donc anguille sous roche, mais laquelle ? Elle en avait parlé à son mari : « Nous devrions quitter la ville, aller vivre dans une maison dans la campagne. » Mais monsieur Straub faisait la sourde oreille. Il vaquait à ses occupations, comme si de rien n'était, sans montrer la moindre inquiétude. « Caractère heureux », lui reprochait Elisabeth, en le toisant du regard. Son flegme la désespérait, sa maîtrise de soi lui faisait horreur. Elle eût aimé qu'il partageât ses craintes au moins de temps en temps, peut-être s'en serait-elle sentie plus rassurée.

Un soir, alors qu'elle se trouvait assise devant la fenêtre, elle vit distinctement un soldat allemand aller et venir devant la maison. Machinalement elle se recula en poussant un cri d'effroi. Ça y est, se dit-elle, cette fois, c'est pour nous... La curiosité était plus forte qu'elle, plus forte que la peur, elle revint à son poste, l'œil aux aguets. Et ce qu'elle vit de nouveau ne fit que confirmer ses appréhensions. Le soldat traversa la chaussée, alla se poster sur le trottoir d'en face, pour mieux scruter la façade de l'immeuble. Il restait ainsi, de longues minutes, immobile, hésitant, indécis. Elisabeth sentit confusément que ça ne ressemblait pas au mode opératoire de la police allemande. Le soldat était seul, sans véhicule. En observation, peut-être ? Mais sa manière était si peu discrète... Nous avons été habitués à des opérations plus expéditives, comme lors des rafles de l'Oratoire, pensa-t-elle. Secteur encerclé par des hommes en armes, ratissage en règle des appartements... Des cris, des ordres, des aboiements plutôt, avec des SS excités, violents, jouant de la crosse, sous l'air goguenard de deux ou trois gradés au pied de leurs véhicules blindés, voilà ce dont elle avait été témoin, en janvier 43. Personne n'avait échappé aux mailles du filet. Une longue file s'était formée le long du trottoir, armes pointées sur elle. Puis les hommes de la Gestapo, trois, pour autant qu'elle s'en souvenait, avaient épluché les *Ausweispapiere* en prenant tout le temps nécessaire. A droite, la sortie. A gauche, embarquement immédiat dans le camion prévu à cet effet.

Maintenant le soldat faisait les cent pas devant l'immeuble. De temps à autre, il jetait un regard sur la façade, comme s'il n'était pas assuré que cette demeure fût la bonne. A un moment l'homme alluma une cigarette. Elisabeth vit distinctement que sa main tremblait autour du briquet. Il aspira profondément une bouffée, la rejeta, le nez en l'air. Et il se remit à marcher avec l'air d'attendre, sans but, sans direction, comme égaré.

Madame Straub hésitait toujours. Elle ne savait pas s'il lui fallait rester à la fenêtre pour surveiller le soldat allemand ou monter dans le bureau d'Antoine pour lui décrire la scène de la rue. Lui, lui seulement, saurait ce qu'il convient de faire. Mais elle craignait, en abandonnant son poste d'observation, que la scène ne lui échappât. Elle ne voulait rien perdre de cet événement, au risque de se trouver, soudain, prise au piège, une flopée de nazis forçant sa porte. Pourtant, elle se décida à monter dans le bureau d'Antoine. Il lisait son journal un stylo à la main, c'est-à-dire qu'il traçait des arabesques sur les articles parcourus, puis dessinait des moustaches sur le portrait du Maréchal, de grandes oreilles d'âne sur celle de Laval.

— Jette donc ces idioties, ordonna Elisabeth, les Allemands sont en bas. Tu veux nous faire fusiller ?

Prestement, monsieur Straub fit disparaître le journal.

— Comment ça, « les Allemands » ?

— Il y a un soldat dans la rue. Il observe notre maison. Depuis dix minutes au moins.

Antoine pensa à son AMK III et à la manière de le faire disparaître au plus vite. Il fut pris d'un haut-le-cœur à l'idée que toute sa famille allait être embarquée vers Drancy. De son sort personnel il se fichait plus qu'un peu.

— Je descends, dit-il.

Puis il s'arrêta à mi-chemin, dans l'escalier.

— Un seul Allemand, c'est bizarre…

— Tu es fou ou quoi ! Qu'est-ce que ça peut faire qu'il y en ait un ou deux, ou trois ou dix ?

A son tour, Antoine alla observer la scène de la fenêtre. Le type s'était adossé au mur d'en face, et il regardait la façade.

— Qu'est-ce qu'il nous veut, le doryphore ? murmura Antoine. Qu'on l'invite à notre table ?

Elisabeth ne goûta guère son ironie. Elle était assez rare dans sa bouche, en vérité, sauf dans les situations critiques. Ainsi surmontait-il sa peur, par une sorte de clin d'œil au destin…

— Je vais aller lui parler, dit Antoine.

— Tu ne vas pas faire ça ! Ce serait une folie…

— Quoi ? s'énerva monsieur Straub. Nous n'allons quand même pas rester toute la soirée à nous interroger ! Il faut que je sache. Après tout, je n'ai rien à me reprocher.

Depuis le mois de septembre, Elisabeth n'était plus si sûre qu'il fût blanc comme neige. Elle le soupçonnait, et bien plus même, de faire partie des résistants, de s'être acoquiné avec toute la bande d'Albert, tous des gens dont la peau était mise à prix.

— Toi ? Mon œil.

— Je vais aller voir ce qu'il nous veut, le doryphore.

Elle voulut le retenir en s'agrippant à lui. Il hésita à la repousser.

— Si l'on doit m'arrêter pour un interrogatoire

à la Kommandantur, alors je préfère prendre les devants. Claire et toi, vous serez épargnées. C'est l'essentiel, non ?

Il parut alors réfléchir, remonta dans le grenier. Elisabeth voulut le suivre, mais il le lui interdit vivement, d'une voix forte et autoritaire. Une fois là-haut, il mit le poste émetteur en lieu sûr dans un recoin de la toiture où il serait difficile de le dénicher. Il redescendit aussitôt.

— Tu as des toiles d'araignée sur ta veste... Qu'as-tu été faire ?

— Rien.

— Tu me mens.

— Rien, te dis-je.

Elisabeth épousseta le veston de son mari, énergiquement, avec une brosse à poil dur. Cette attention l'agaçait tant et tant qu'il finit par la repousser, d'un geste un peu vif. Elisabeth se mit à geindre, à pleurnicher, tant l'anxiété la possédait tout entière, comme aux premiers jours de la guerre. Il la retrouvait si dévastée qu'il pensa sur le coup que l'expérience passée n'avait décidément servi à rien, comme si cet état extrême se pouvait dominer.

— Va donc rejoindre Claire dans sa chambre et lui expliquer ce qui se passe, ordonna-t-il pour s'en défaire.

Mais elle revint à la charge, s'accrochant au revers de sa veste.

— Tu ne vas pas aller au-devant du soldat ?

Il ne répondit pas. Sa décision était prise. Irrévocable, pensa-t-il. C'est l'idée que je me fais de l'honneur et de la liberté, songea-t-il. Puis il se découvrit un brin pompeux, ridicule. Tu ne te diras plus la même chose, lorsqu'ils t'écraseront les doigts et qu'ils t'arracheront les ongles…

Une fois dans la rue, face au soldat qui se tenait immobile sur le trottoir d'en face, Straub resta interdit. N'était-ce pas à l'Allemand de se signaler ? A cet instant, Antoine sentit que la situation n'était pas ordinaire. La peur s'estompa en lui, comme une digue qui se rompt soudain. De la fenêtre, Elisabeth surveillait la scène et c'était peut-être ce qui le dérangeait le plus, qu'elle n'eût point obéi à son ordre de rejoindre Claire dans sa chambre. Il détestait qu'elle le surveillât, et qu'elle pût voir ce qui allait advenir de lui, au cas où l'Allemand en viendrait à l'arrêter, et qui sait, le molester peut-être, l'arme à la main.

Machinalement, Straub sortit ses papiers. Il préférait prendre les devants. Ça ne servirait à rien, probablement. Ils ont été formés à la haine de l'ennemi, ces SS, à l'idée d'être une race supérieure, d'avoir le pouvoir de vie et de mort sur n'importe quel individu, enfin à torturer et tuer, le cas échéant, sans devoir rendre des comptes, se dit-il.

— Je suis Alexandre, dit l'homme d'une voix singulièrement craintive. Alexandre Straub-Obertz. Le cousin Obertz, précisa-t-il.

Antoine s'approcha, d'un pas soudain hésitant.

— Que fais-tu ici dans un uniforme nazi ?

De la main, Antoine caressa les insignes SS cousus sur le col de veste. Il n'en croyait pas ses yeux.

— Drôle de déguisement, petit imbécile.

Le jeune homme ôta sa casquette et baissa la tête.

— Hélas, ce n'est pas un déguisement.

— Tu veux dire que tu appartiens à la Waffen-SS ! C'est ton père qui t'a incité à cette bêtise ? Pour un Français, c'est une sale affaire. Tu t'en rends compte ?

D'un geste de colère, Antoine arracha le brassard rouge frappé de la croix gammée. Ça le rassurait qu'il se laissât faire, le petit cousin Obertz, car il portait un Luger parabellum. Et Straub entendait bien le lui ôter avant toute explication.

— Je me suis engagé dans la brigade Frankreich...

— Belle connerie, répliqua Antoine. Ils vont t'envoyer sur le front russe. Et là-bas, je ne donne pas cher de ta peau.

Alexandre Straub-Obertz hocha la tête, craintivement.

— Mon Dieu, quelle histoire, soupira Antoine.

Il le prit par les épaules, énergiquement, le conduisit dans le couloir de sa maison, puis referma la porte violemment d'un coup de talon.

— Tu nous fais honte, petit salopard ! Honte à notre famille, à ta mère qui au moins, là où elle est, la pauvre femme, ne voit pas ce déshonneur. Paix à son âme. Ton père, je m'en fiche, c'est un des leurs. Tu auras suivi ses conseils. Le misérable collabo. Il finira fusillé et il l'aura bien mérité. Et toi aussi. Tu finiras avec dix balles dans la peau !

Soudain, sous l'emprise d'une fureur grandissante, Antoine ne put se retenir de lui envoyer gifle sur gifle en plein visage, suivies de coups de poing dans la poitrine, jusqu'à ce que le jeune homme se laissât tomber sur le carrelage en gémissant.

— Voilà la correction que tu mérites !...

— Je... je te demande pardon, lâcha Alexandre, toujours gémissant.

— Trop tard. Tu as commis l'irréparable.

— Je n'en pouvais plus. J'étais à bout. Comprends-moi... A cause des bombardements, tous les jours, ça tombait, les pilules, des heures durant, vagues après vagues, boum, boum, boum... On ne savait plus où se mettre. Mes camarades sont tous morts, dans les ateliers, dans les baraquements, dans les culs-de-basse-fosse... Nous n'avions pas droit aux abris, nous les volontaires du Reich. Pour les Allemands, nous n'étions rien, que des petits Français à leur solde. De la chair à canon. Qu'en avaient-ils à faire ? D'autres volontaires arrivaient par wagons entiers, ça ne manquait pas, les franzoses... Tandis que ça canardait jour et nuit. Sans repos, sans trêve. Je ne voulais pas finir comme mes camarades, dans cette usine d'Essen, sous les décombres...

Alexandre se redressa, craintif, tremblotant comme un chien battu.

— Non, tu n'as pas d'excuse. Un uniforme de SS sur le dos, quelle honte ! Et même en Feldgrau, je ne le supporterais pas non plus.

Straub se mit à tirailler sur l'uniforme avec colère, jusqu'à ce qu'il eût arraché plusieurs boutons.

— Qu'est-ce que tu es venu chercher ici ?

La petite figure pâle, hâve, amaigrie jusqu'aux os, le fixait d'un regard gris-bleu éperdu.

— Du secours, mon oncle. Un peu de pitié. Peut-être le pardon.

Antoine l'écoutait distraitement. Il se souvenait du petit garçon de Saverne, si sage avec ses manières de fille. Sur le canal de la Marne au Rhin, il lui avait appris à pêcher les poissons-chats à la tirette au vif ou aux vers de terre. Peu téméraire, le garçonnet, en ce temps-là, plutôt peureux même aux abords des écluses, lorsqu'il fallait s'approcher à la barque des profondeurs. Monsieur Straub, oncle et à l'occasion père de substitution, lui avait tout appris sur la faune et la flore dans la forêt de Gottenhouse. Et plus tard, quelques parties de chasse mémorables au sanglier. Monsieur Alexandre, jeune homme, n'était pas des plus courageux pour attendre le gros gibier à l'affût. « Reste près de moi, oncle Toine, au cas où ça chargerait… Sait-on jamais. » On en avait bien ri, dans la maisonnée Obertz, de la couardise du petit Alexandre. « Quand donc seras-tu un homme ? disait souvent Paulus, la barbe généreuse, ventripotent et hâbleur comme un Sardanapale. Ce garçon a l'âme d'une fillette. S'il ne tourne pas à la jaquette flottante, nous aurons bien de la chance, Marguerite… » Et la petite mère de prendre son fiston contre elle, en le serrant bien fort : « N'écoute pas toutes ces horreurs ! » répliquait-elle en lui posant ses mains sur les oreilles pour qu'il n'entende pas.

Monsieur Straub fit signe à Alexandre de descendre dans la cave, là où Elisabeth avait entreposé dans des caisses empilées les reliques du bombardement. Il le fit asseoir sur une chaise, tout contre le mur du fond en briques rouges. Sur le sol, il n'y avait qu'un affreux carrelage vert bouteille, passablement ébréché. Les bras croisés sur sa poitrine, Antoine se sentait bien embarrassé, sous l'abat-jour en tôle émaillée, vert bouteille lui aussi sur le dessus et blanc côté ampoule, dont la lumière jaune tombait crue sur le garçon, tandis que lui se tenait suffisamment en retrait pour rester hors du cercle. Il ne voulait pas que son neveu voie son embarras.

Tout de même, songeait Straub, voici un garçon que nous avons accueilli dans notre maison de la rue Bénard, que nous avons soigné comme un coq en pâte lorsque Paulus ne le supportait plus dans ses jambes et que sa mère, Marguerite Obertz, ne savait qu'en faire pour l'éloigner de Saverne. Après tout, ce gamin n'était rien pour nous, rien de plus qu'un petit-neveu par alliance…

Marguerite avait eu Alexandre avec Joseph Obertz avant que ce dernier ne soit tué d'un coup de grisou dans la mine de Courrières. L'année suivant le drame, elle s'était remariée avec Paulus Straub, et l'enfant avait plutôt mal supporté les méchancetés du beau-père, pour ne pas dire les vexations, les coups… Côté des Straub d'Amiens, plus de nouvelles, aucun signe de vie, pas même une lettre de temps en temps. Ainsi, l'adolescent ne se souvenait plus des Straub d'Amiens et de leur bonté à son endroit.

Et voilà qu'il nous retrouve, l'animal, se dit Antoine, amèrement, avec un uniforme nazi sur le dos, comme si de rien n'était, en se présentant à notre porte comme un chien perdu… Que faire, mon Dieu, que faire ? se demandait Straub en tournant autour de lui. Le jeter à la rue ? Lui dire d'aller retrouver ses camarades de la Französische SS Freiwilligen Sturmbrigade ?…

— Donne-moi ton Luger ! ordonna-t-il.

— Ne fais pas ça, mon oncle…

Antoine éclata de rire.

— Tu crois que je vais te tirer une balle dans la tête ? Pour qui me prends-tu ? Je ne suis pas un assassin. Par contre, mon petit gars, si tu retournes à la rue, d'autres s'en chargeront.

Alexandre se décida à dégrafer son étui et lui tendit le revolver par la crosse, d'un geste mou. Antoine s'en empara vivement, ôta le chargeur et le glissa dans sa poche de veste.

Un type capable de s'engager sur un coup de tête dans la Schutzstaffel peut tout aussi bien se laisser aller à un sale coup contre sa propre famille, se dit-il en abandonnant l'arme, désormais inoffensive, sur un meuble.

— Tu as fait ça par idéal ? questionna-t-il. Comme tous ces fous de la Division Charlemagne… Qu'espérais-tu ? Une vie meilleure avec les nazis ? Servir leur idéologie criminelle ? Pourtant, je n'ai jamais eu vent que tu fréquentais la LVF et tous les cinglés de la collaboration active en 1940. Je ne comprends pas. Tu détestais ton beau-père, Paulus, qui est le plus fieffé salaud que je connaisse. Son exemple dans les rangs de Doriot aurait dû t'inspirer la plus vive détestation. Et voilà qu'il a réussi à t'entraîner chez ces voyous... Est-ce à force de brimades et d'humiliations que tu as fini par céder à ses volontés ? Même un animal possède assez d'instinct pour discerner qui lui veut du bien et qui lui veut du mal.

Straub prit un tabouret et s'assit en face d'Alexandre, le fixant droit dans les yeux. Il avait besoin de comprendre ce qui avait poussé ce garçon sans caractère à prendre une telle initiative. Il doutait en vérité qu'il l'eût prise seul, comme un grand garçon, en toute lucidité. Il ne pouvait s'empêcher de lui chercher des circonstances atténuantes avant de prendre une quelconque décision, à moins de considérer qu'il n'y aurait décidément rien à sauver chez ce garçon. Antoine hésitait, se cherchait de bonnes raisons de l'épargner. Le remettre au réseau eût entraîné sa liquidation presque immédiate. Après l'exécution des résistants du groupe Michel, dans la Citadelle, au mois d'août, on avait la gâchette facile chez les FFI. Mais Antoine ne pouvait se résigner à adopter cette solution. Sa conscience répugnait à envoyer un homme à la mort, à froid, sans jugement.

La pâleur sur son visage, les larmes naissantes sur ses joues amaigries, ce tremblement imperceptible qui agitait ses membres, tout cela indiquait que le jeune Obertz avait compris quelle sorte de dilemme se jouait sur sa tête.

— Je ne t'ai rien fait, oncle Toine, se défendit-il d'un air suppliant. Je ne t'ai jamais voulu du mal.

Straub soupira, les mains glissées dans les poches de sa veste et l'une d'elles tripotant nerveusement le chargeur. Il en faisait sauter une à une les balles dans le creux de sa poche. Ce geste le rassurait sur lui-même, comme si chaque balle extirpée éloignait un peu plus Alexandre du peloton d'exécution.

— Je sais, répondit-il enfin, que tu n'as jamais voulu nous faire de mal, ni à moi, ni à Elisabeth, ni à Claire. Sinon, tu serais venu avec cinq ou six hommes pour rafler la famille tout entière. N'est-ce pas ?

— Je n'ai jamais fait ça, moi. Jamais.

— Que t'ont-ils fait faire, alors ?

— Des entraînements à n'en plus finir à côté d'Essen, à Düsseldorf.

— Tu n'as assassiné personne ? Jure-le-moi.

Le garçon ne répondit pas. Il tremblait de tous ses membres. Antoine comprit que cette question n'obtiendrait pas de réponse et que son silence valait mille aveux. Mais après tout, il n'avait pas besoin de le savoir pour prendre sa décision, car dans cette guerre il y avait mille façons d'assassiner, une dénonciation, une simple dénonciation, une parole de trop, une indiscrétion, une confiance mal placée ; dans la longue chaîne des responsabilités, il suffisait de mille petits faits d'apparence anodins pour conduire un homme dans un camp de la mort.

— A quoi servais-tu, alors, dans cette brigade Frankreich ? Tu n'étais pas là en simple figurant, en touriste, en innocent protagoniste ?

— Lorsque j'ai décidé de déserter… C'était il y a trois jours, juste au début de ma permission… Je venais juste de terminer ma formation militaire.

— Tu n'as pas encore déserté, mon garçon, précisa Straub, puisque ta permission n'est pas terminée. Si tu t'y décides, comme je te le conseille vivement, ça commencera au jour et à l'heure de ton retour à Düsseldorf. On y fera l'appel. Et tu seras noté manquant. Dès lors, la machine se mettra en marche. La Gestapo sera à tes trousses pour te ramener devant un peloton d'exécution. C'est le sort de tous les déserteurs en temps de guerre. Tu en es conscient, Alexandre, n'est-ce pas ?

Le jeune homme hocha la tête.

— Je ne veux pas revenir à Düsseldorf. Si j'y revenais, je serais envoyé sur le front russe.

— En effet. Combien as-tu touché pour ton engagement ?

Straub dut le secouer pour le faire avouer. C'était une question, certes, subalterne, mais pour Antoine elle avait son importance.

— Trente-sept Reichsmark mensuels. Plus la prime d'engagement.

— Combien, pour vendre son âme au diable ?

— Quatre cents... je crois. Travailleur volontaire dans l'usine d'aciérie d'Essen, j'avais huit Reichsmark par mois. Une misère.

— Tu as voulu gagner plus ? C'est pourquoi tu t'es engagé ? Sans voir plus loin que le bout de ton nez, Alexandre...

— On nous avait distribué un fascicule, à nous les ouvriers, dans lequel tous les avantages d'un engagement étaient consignés. Je n'ai pas été le seul. Certains sont allés avec les Feldgrau. Mais ça gagnait pas assez, les Feldgrau...

— Alors tu as choisi la brigade Frankreich ?...

— J'ai choisi ce qui rapportait le plus, reconnut Alexandre.

Antoine se prit la tête dans les mains, effaré par autant de naïveté. Il se mit à ricaner, à glousser d'étonnement.

— En définitive, peut-être aurais-je été refusé, ajouta Alexandre.

— Comment cela ? fit Antoine Straub.

— Ils n'en prennent que très peu. Mon engagement définitif m'aurait été signifié au retour de permission. Je ne le saurai jamais.

— Pour servir de chair à canon sur le front russe, je ne crois pas qu'ils soient si regardants…

— C'est une formation d'élite. En cas de refus, on m'aurait versé dans la Wehrmacht, chez les Feldgrau. Et mon destin aurait été identique, sous un uniforme moins prestigieux.

— C'est un mot que tu ne devrais pas employer. Il n'y a rien de prestigieux à servir dans cette armée-là. Au contraire, c'est le pire des déshonneurs, une traîtrise pour un Français. Mais je crois que ce sont des questions qui te dépassent. Rien ne t'intéresse, semble-t-il, hors ton cas personnel. Comment te sortir de ce mauvais pas, comment échapper au châtiment, comment survivre en somme ? Le reste t'indiffère. Pas de cas de conscience. Pas d'états d'âme. Ni regret. Ni remords. Rien. Sans doute, insista Antoine Straub, faut-il posséder une conscience aiguë de ce qu'est le mal pour décider librement de son destin. Et de cela tu es dépourvu. Peut-être à cause de Paulus… Paulus ! s'exclama Straub.

Il se mit à ricaner en songeant à son frère. Lui, il avait marché à fond dans la Nouvelle Allemagne, au point de multiplier des déplacements à Munich, à Nuremberg, à Berlin, pour assister aux défilés organisés par Speer. Paulus avait applaudi les théories de Hitler sur la supériorité de la race aryenne, ça lui plaisait bien, cette idée de faire partie de la race élue, et donc de s'octroyer droit de vie et de mort sur n'importe quel individu qui n'en était pas, et qu'il pouvait mépriser et haïr en toute tranquillité, les Juifs, les francs-maçons, les communistes, les Tziganes, les « métèques », comme il disait, et même les zazous, c'est-à-dire, les jeunes, tous les jeunes attirés par l'esprit de décadence.

— C'est Paulus qui t'a foutu ces idées dans la tête. Bien sûr. Ne t'a-t-il pas poussé à t'engager chez les nazis ?

Antoine attendait une réponse, elle ne vint pas. C'était donc une sorte d'acquiescement. Alexandre voulut se lever de la chaise.

— Ne bouge pas.

Il resta assis, bien sagement, surpris lui-même par sa docilité. Après tout, je n'ai pas à obéir à l'oncle Toine, pensa-t-il. Les gifles et les coups de poing lui revinrent alors en mémoire. Straub n'y était pas allé de main morte, avec même une rage épouvantable.

— Tu veux déserter, donc ?

— Oui, dit-il d'une petite voix.

Monsieur Straub le fit répéter, un ton au-dessus.

— Oui.

— Tu as réfléchi aux conséquences ? Quoi qu'il arrive, tu assumeras ton choix jusqu'au bout ?

Alexandre ne comprenait manifestement pas le sens de cette phrase.

— Si la Gestapo te coince, tu leur diras que tu as déserté et que personne ne t'a obligé à le faire ?

Antoine insista pour qu'il le lui affirmât d'une voix claire. Et il obtint même plus que des assurances, son allégeance totale pour des décisions futures qu'il prendrait à sa place, l'installant en quelque sorte de facto sous tutelle morale, puisque le jeune homme, pris ainsi sous l'aile protectrice de son oncle, était incapable de jugement et de raisonnement. Je ferai ton éducation, se promit Antoine.

Le garçon eût accepté n'importe quoi pour échapper à une quelconque punition. Et d'évidence ce ne lui paraissait guère la mer à boire que d'être soumis au diktat d'un homme qu'il avait toujours admiré dans son enfance, et dont les conseils trancheraient radicalement avec ceux de Paulus. Alexandre se laissait donc retourner comme une crêpe, lui qui avait déjà juré fidélité à Pétain, à Darnand, au Hauptsturmführer de Düsseldorf... Que vaudrait sa parole, à l'avenir ? D'autres promesses, d'autres jurements, d'autres serments...

— Enlève ton uniforme.

Le garçon dégrafa sa veste et la lui tendit. Straub s'en saisit du bout des doigts avec dégoût, le regard posé sur les écussons noirs frappés des deux *S* runiques argentés. Il la laissa tomber à terre, pendant qu'Alexandre ôtait ses bottes et son pantalon, sans se hâter.

— Que vas-tu en faire ?

— Les brûler dans la cuisinière.

Elisabeth poussa des hauts cris en apprenant la nouvelle, tandis que Claire s'amusait de la situation.

— On ne peut pas le garder sous notre toit. Il va nous faire fusiller, ce petit imbécile, protesta madame Straub.

Mais elle comprit aussitôt que son mari avait pris sa décision et qu'il ne reviendrait pas dessus. C'était un homme ainsi fait d'un seul bloc, solide comme un roc, calculateur certes mais appliqué à conduire sa résolution jusqu'au bout pourvu qu'elle fût conforme à son éthique personnelle. Pour toutes ces raisons, Elisabeth l'avait toujours admiré. Elle eût sans doute révisé son jugement si elle avait su, à ce moment, qu'il faisait partie d'un réseau de résistance. Car elle continuait à penser qu'Antoine faisait passer sa famille en premier, alors que ses responsabilités clandestines démontraient le contraire, qu'il était prêt à la sacrifier pour des lendemains incertains.

— Moi, je trouve que papa a raison, le défendit Claire.

— Tu ne connais pas Alexandre. Si tu savais combien il a toujours été sournois, ce garçon.

— Certes, admit Claire, je l'ai entrevu deux ou trois fois à Saverne, au temps de ma petite enfance. Mais comment aurait-il pu en être autrement, puisque nous n'avons jamais entretenu de contact avec les Obertz ? Je ne sais même pas à quoi il ressemble, ce jeune homme, dit-elle en rajustant sa chevelure, comme si on allait le lui présenter, là, sur-le-champ. Quant à mon oncle Paulus, on m'a toujours dit que c'était un gibier de potence.

Elisabeth se tenait la tête dans les mains.

— Pourquoi a-t-il choisi notre maison pour se cacher ? Il n'avait qu'à aller trouver son beau-père, lui au moins a des amis dans la Légion, la Milice...

— Comment peux-tu imaginer une chose aussi stupide ? releva Antoine. En désertant de la brigade Frankreich, il ne peut que se mettre sous la protection de gens comme nous, qui détestons les nazis et les collabos. Paulus le renverrait à son régiment à grands coups de pied au cul, ma chère.

— Crois-tu que Marguerite le laisserait faire ?

— Marguerite ! s'exclama Straub. Il y a longtemps qu'elle n'a plus son libre arbitre. Qui sait ? Peut-être qu'elle aussi a été endoctrinée ? Je crois qu'en se tournant vers nous Alexandre a tapé à la bonne porte. Et quoi qu'il nous en coûte...

Il hésita à terminer sa phrase en songeant que les Straub avaient déjà largement payé leur tribut à la guerre, et qu'il serait malencontreux d'envisager une suite funeste.

— Nous le cacherons, reprit Antoine, jusqu'à ce qu'on l'oublie, jusqu'à ce qu'on renonce à le chercher. Et ensuite, quand cette putain de guerre sera terminée, nous le prierons de s'éloigner de nous, enfin, le plus loin possible. Il n'obtiendra jamais de moi le moindre pardon. Ce qu'il a fait là est une faute irréparable, scandaleusement irrécupérable.

Claire estima à ce moment que son père aimait à se gargariser de mots, de certitudes, de fermes résolutions. Après la mort de Raphaël, il avait ainsi promis à ses deux femmes de les protéger des horreurs de la guerre. Les deux mois de travail passés au sein de la fabrique avaient éveillé en elle quelques soupçons sur ses activités clandestines. Mais sur ce point elle l'approuvait à cent pour cent, tout en redoutant que son cher papa s'exposât inutilement.

— Où allons-nous le loger ? s'inquiéta Elisabeth.

— La resserre du grenier ? proposa Claire.

— Dans la cave, trancha Straub. Nous réduirons les accès à une trappe dissimulée sous un tapis. Voilà tout. Il y a des familles qui cachent ainsi des israélites dans leur demeure. Nous, déplora-t-il, ce sera moins honorable, un petit nazillon français...

Le premier soir, Straub lui apporta des vêtements civils et un repas. Alexandre aurait aimé qu'on le présentât à Elisabeth et à Claire, mais Antoine refusa.

— Nous verrons plus tard, lâcha-t-il.

— Je vais trouver le temps long...

— C'est ça ou mourir, lâcha Straub.

— Des livres, des journaux...

— Des livres, conseilla Antoine. Ce sera parfait. Les contes de Voltaire. Les romans de Balzac, Maupassant, Zola, énuméra-t-il sans que pour autant le garçon parût intéressé.

Antoine était disposé à lui mettre toute sa bibliothèque entre les mains, généreusement, du moins la partie qui avait survécu à la mise à sac de sa maison en juin 40. Il attendit une sorte d'emballement pour cette perspective, qui l'eût rassuré, mais rien, Alexandre se montrait indifférent. Il n'avait envie de rien, en vérité, sinon d'un endroit où se cacher, à la condition qu'on n'y apportât aucune contrainte.

— Que lisais-tu à Düsseldorf ?

Le jeune homme n'avait pas envie de parler de son endoctrinement, des messes solennelles contre les Juifs, les communistes et les métèques, les défilés au pas de l'oie, les autodafés sur les places où, précisément, on pillait les bibliothèques des maisons bourgeoises en déversant les livres sur le pavé avant de les arroser d'essence.

— *Au pilori*, *Je suis partout*, *Le Franciste*... Nos chefs en faisaient une obligation. On ne parlait plus que de ça, la défense de l'Europe chrétienne contre le bolchevisme...

— La bonne littérature te remettra les idées en place, s'amusa Straub.

Mais Alexandre n'était pas plus convaincu désormais qu'il l'avait été hier dans la caserne de Düsseldorf. L'époque exigeait donc qu'on fût enrôlé dans un camp ou dans l'autre avec les mêmes contraintes. Ça l'ennuyait prodigieusement, parce qu'il n'avait aucune opinion sur le sujet. Il n'avait jamais conduit la moindre réflexion sur le sens de l'histoire et sur les valeurs morales dans la civilisation judéo-chrétienne. Il avait suivi la pente qui s'offrait à lui, pour de l'argent et des commodités matérielles. Rien d'autre. C'eût été trop pénible pour Straub d'entendre que son nouveau protégé était un nazi convaincu, parti en guerre pour la victoire de l'Allemagne…

— Je n'ai jamais eu l'esprit guerrier, se défendit Alexandre. Je n'ai jamais eu de convictions politiques. J'adopte le premier point de vue qui se présente à moi, et s'il est séduisant, je cours derrière sans me formaliser.

— Tant mieux. Tu seras d'autant plus vite décrassé de toutes ces folies meurtrières.

Lorsque Antoine lui descendit dans la cave une première pile de livres, le jeune homme parut aussitôt découragé. Il se persuada de les feuilleter, de picorer par-ci par-là une phrase ou deux, mais sûrement pas de s'y tenir des heures durant. Faire semblant, pensa-t-il, voilà ma doctrine pour survivre. J'ai fait semblant de réciter les bréviaires de la brigade, de chanter les louanges du régime, je ferai de nouveau semblant de m'intéresser aux lectures de mon oncle. Et le temps finira par me délivrer de tout ça, de ces contraintes, de ces obligations…

— Il faudra songer à m'installer plus confortablement, dit-il. Un lit, une table, une chaise et…

Straub fut le premier surpris de n'y avoir pas pensé plus tôt.

— De quoi satisfaire mes besoins… Sinon, m'autoriser à accéder aux étages de la maison. Je me ferai discret, mon oncle.

Antoine répliqua qu'il allait y réfléchir, car pour l'instant il n'était pas question de se balader dans les pièces, de se montrer aux fenêtres… Antoine, tout comme Elisabeth, craignait que les voisins ne s'interrogent sur cette présence.

Depuis leur retour à Amiens en zone occupée, les Straub ne parvenaient pas à se faire une opinion exacte des Mélincourt, des Salpertois, des Martin, et des Guilloteau, ces gens qu'ils croisaient journellement, avec juste quelques paroles de politesse échangées, sans malice. Peut-être étaient-ils pour la France libre ? Ou bien attentistes ? Ou encore radicalement maréchalistes ? La conscience publique était, plus que jamais en octobre 43, un terrain miné. Bien que monsieur Straub tentât de minimiser les dangers, comme toujours, Elisabeth se faisait un sang d'encre. Du reste, Antoine lui conseillait de sortir le moins possible, d'éviter tout contact, car elle avait la plus grande peine à dissimuler son embarras. On devinait aisément qu'elle n'était pas comme d'habitude, cette chère Elisabeth. Que cachait-elle, sous ses airs fuyants et préoccupés ?

« Cette affaire me rendra folle, répétait-elle.

— Tu l'es déjà, maman, répondait Claire. Tu es inquiétante, parfois. Mais nous t'aimons bien quand même… »

Antoine gardait son self-control, bien que la présence du petit nazillon repenti lui pesât sur l'estomac. Il n'y avait personne dans son entourage qui pût recueillir ses confidences, aucun ami de confiance à qui se confier, pas même Gillard, qui avait d'autres chats à fouetter. Du reste, le président-directeur l'eût désavoué à cent pour cent. N'était-ce pas mettre le réseau en danger que de couver en son sein un individu aussi compromis ? Les règles en usage dans la Résistance étaient formelles sur ce point : ne pas s'encombrer de relations douteuses, écarter sans hésitation les brebis galeuses.

Mais il se présenta, au bout de deux semaines de cette singulière cohabitation, un problème que monsieur Straub avait jusque-là sous-estimé : la curiosité de Claire. Bien sûr, elle voulait connaître Alexandre, voir enfin à qui il ressemblait.

— Ce jeune homme vit sous notre toit, et je n'ai pas le droit de le croiser, de lui parler. C'est insupportable. Comme s'il était pestiféré, soumis à la quarantaine. Quand sera-t-il enfin fréquentable ?

Antoine ne sut comment prendre le problème. En s'enfermant dans le mutisme, il ne faisait qu'amplifier sa curiosité. C'était apporter une dimension au personnage qu'il ne méritait pas.

— Qu'y a-t-il de si extraordinaire ? Nous hébergeons un lointain cousin, et nous lui interdisons notre salon. Ce n'est pas dans notre manière de faire. Aurions-nous perdu le sens de l'hospitalité, mon pauvre papa ?

Un matin qu'ils se rendaient tous deux à Villers-Saint-Charles, la voiture dut stopper pour un sempiternel contrôle, cette fois plus musclé que d'habitude, avec des types de la police allemande, des miliciens en appui et une douzaine de SS sur le qui-vive. Cette opération était consécutive à un attentat FFI perpétré sur la ligne SNCF entre Amiens et Albert.

— Des SS, repéra Claire, on n'a pas l'habitude de les voir sur les barrages…

— En effet, dit Antoine en hochant la tête.

Après que la voiture eut franchi le contrôle, il lui expliqua que quelques Français portaient aussi cet uniforme.

— C'est extravagant, dit-elle. Des Français dans l'armée allemande, on a dû mal à l'imaginer…

— Et pourtant, cela existe.

— La Milice, les GMR…

Monsieur Straub hésita à lui expliquer, bien que le moment parût bien choisi, que le fameux pensionnaire de leur cave, qu'on traitait si mal, en était lui aussi, de ces Français. Il laissa fuser quelques allusions que Claire ne reprit pas au bond. Et il n'insista pas, en voyant que sa fille paraissait tellement étrangère à ces ignominies. On ne lui avait jamais parlé des difficultés d'approvisionnement, ni montré, comme s'il s'agissait d'une affaire honteuse, les cartes d'alimentation, de rationnement et de carburant… Certes, Straub comprit qu'il eût été dangereux de lui raconter l'histoire d'Alexandre, alors que, de toute évidence, on le recherchait activement. Mais il éprouva une sorte de honte et de dégoût de ne pouvoir dire la vérité à sa propre fille, tandis que le mensonge était élevé au rang de la bonne conduite.

Voici une guerre ignominieuse et infâme, qui nous aura détruits jusqu'au plus profond de l'âme, se dit-il, en nous obligeant à renier nos valeurs les plus hautes…

Claire ne comprit pas la signification des larmes muettes qui roulaient sur ses joues.

— Qu'y a-t-il, papa ?

— Rien.

— Pourquoi ne me dis-tu ce qui te préoccupe ? Peut-être juges-tu que je ne suis pas capable de comprendre ?

Elle s'enferma dans le mutisme, la tête appuyée contre la vitre de la portière. Elle regardait défiler le paysage morne.

— A cause de Raphaël ?

Il tourna vers elle un sourire contrit.

— Tu comprendras plus tard, dit-il.

Sans doute était-ce la réplique la plus maladroite qui fût, mais il n'en connaissait pas d'autre. Sinon le silence salvateur, et ses mille soupirs.

5

Monsieur Straub ne l'eût pas avoué pour un empire, mais quelquefois il s'assoupissait dans son bureau fermé à double tour, surtout en milieu d'après-midi. C'était son heure de grande fatigue et de petits délassements. Ça lui prenait une demi-heure, jamais plus, car au-delà il eût été démasqué par sa secrétaire. Odette Blanchet ne comprenait pas pourquoi il se renfermait ainsi à clé, comme s'il avait quelque chose à cacher à certaines heures de la journée, car d'ordinaire sa porte restait toujours entrouverte. Du reste, elle n'entrait jamais sans frapper, craignant sans doute le trouver en charmante compagnie. Ces hommes ! Ah ces hommes... se disait-elle dans une sorte d'effarement burlesque.

Antoine dégrafait son gilet, étirait sa cravate, défaisait le bouton du col et un cran ou deux de sa ceinture, puis posait ses pieds sur le bureau. Tout était oublié d'un coup, heureux homme : la guerre, Raphaël, les tracasseries de Desgenette... Il se rêvait petit garçon dans la forêt des Ardennes, à Dieulet, aux côtés de son grand-père chassant le loup avec son Hammerless calibre 12. Il avait juste le droit de porter le carnier pesant son poids de cartouches. C'était de la bonne chevrotine, amoureusement préparée dans le cellier de la maison, avec juste une petite pincée de poudre noire en sus pour donner de la vigueur aux plombs. Rodolf Straub lui laissait juste sertir les cartouches au final d'un petit coup de moulinet. « Pourrais l'essayer, ton grand fusil ? » Le vieux grand-père faisait non de la pointe de l'index. « Tu te retrouverais cul par-dessus tête, mon garçon ! Ça a un sacré recul, ces engins… » Antoine demandait ensuite à quel âge, enfin, il pourrait commencer à devenir un chasseur de loups, lui aussi. Rodolf faisait semblant de ne pas entendre tout en lissant ses moustaches broussailleuses. « Plus tard, il n'y aura plus de loups… Ne te rends-tu pas compte que nous traquons les derniers ? » Il jubilait en disant cela d'une voix rauque. « Ils ne reviendront pas ? » insistait le petit Antoine. « Pas ceux-là… » Et l'enfant demandait : « Lesquels, alors ? Ceux de Bessarabie ? » Le vieil homme se mettait à sourire avec tristesse : « Des Uhlans à deux pattes… »

Straub émergea de sa torpeur, embrumé, puis consulta sa montre de gousset. Ça lui faisait un bon quart d'heure de trop. A cause du grand-père Rodolf, pensa-t-il. Et un sourire de bienveillance éclaira son visage.

Le temps de se refaire une tenue présentable, il sortit en trombe de son cabinet, comme s'il venait de réaliser une expertise de terre à brique pour les prochaines extractions sur la parcelle 62. Pourtant son rapport était prêt depuis longtemps : conclusion, on ne prendrait pas le risque d'engager des travaux sur ce site, trop de chaux... Voici qui contrarierait le bon Desgenette. Et la seule perspective de la présentation de son rapport le mettait déjà en joie. Il n'y a pas de petit plaisir dans la vie.

— Je vais descendre à l'atelier de fabrication, prévint-il en posant son chapeau sur la tête.

Odette Blanchet l'arrêta en lui tendant un bristol sur lequel elle avait posé quelques notes.

— Votre frère veut vous voir, le plus vite possible.

— Mon frère ? s'étonna-t-il.

— Oui, Paulus Straub. Je ne savais pas que vous aviez un frère. Vous ne m'en avez jamais parlé.

Il ôta son chapeau, le posa sur les dossiers recouvrant un coin du bureau et s'assit en face de la secrétaire. Elle se tenait debout, occupée à compulser des séries de factures. Claire travaillait dans la pièce voisine, tapant une lettre sur l'Underwood. Elle faisait des progrès plutôt lents, à en juger par le rythme saccadé des frappes. Celles-ci étaient espacées de longs silences, le temps de chercher encore les touches sur le clavier. Parfois, les porte-caractères s'emmêlaient, formant comme un mastic qu'il lui fallait dégager à la main. Devant tant de maladresse, elle fulminait tant et plus, tout en ôtant l'encre sur ses doigts avec un chiffon. Mademoiselle Blanchet l'avait mise en garde : la moindre tache sur le papier et la missive serait à refaire.

Antoine fit signe à Odette de fermer la porte de son bureau pour qu'elle n'entende pas la conversation.

— Que de mystère, ce frère ? s'amusa-t-elle.

— En effet, j'ai un frère, expliqua Straub d'une

petite voix qui ne lui était pas habituelle. Nous ne nous fréquentons pas. Pour ainsi dire jamais, précisa-t-il. Du reste, si vous le connaissiez, ma chère Odette, vous me comprendriez.

Elle hocha la tête. Antoine n'avait point besoin de livrer de longues explications pour qu'elle le crût. Elle le tenait depuis toujours pour un homme honnête, droit et inflexible. C'était sans doute la raison qui l'avait poussée à rester chez Gillard, où elle ne pouvait espérer plus de promotion.

— Un homme infréquentable ?

— Un homme aux mille défauts, ajouta Straub, dont la seule ambition dans la vie est d'en jouir sans entraves et de parvenir à ses fins par tous les moyens, quitte à piétiner ses semblables.

— Le voici exécuté d'une phrase…

Antoine compulsa les notes en blêmissant sous l'œil attentif d'Odette.

— Irez-vous à sa rencontre, comme il vous le demande, Antoine ?

— Aurais-je le choix de me défiler ? Présentement, non.

— On a toujours ce choix-là, le contra la secrétaire. Faire comme si vous n'aviez pas eu ce message. Quitte à me mettre cet oubli sur le dos. J'ai l'habitude.

Il plia le bristol en quatre et le glissa dans sa poche.

— Je connais les raisons de son invitation. Mais je ne puis vous les dire.

— Il parle d'un beau-fils, un certain Alexandre Obertz, dont il est sans nouvelles. Je suppose que vous n'en savez guère plus, Antoine. Ce serait aussi simple de lui adresser un message pour lui dire en trois mots que vous ignorez où il se trouve.

— En effet, ce serait assez simple, vu ainsi. Mais la vie est plus compliquée.

Odette comprit qu'il n'en dirait plus, pour cette fois. Elle l'avait de la sorte questionné sur Raphaël, par petites touches incisives, sans succès. Le chagrin est une terre lisse et froide sur laquelle rien ne pousse.

Il sortit aussitôt, traîna un peu dans le couloir, évitant les employés en se prêtant un air absorbé.

— Ça ne va pas ? le questionna Octave Desgenette.

Il lui répondit d'un geste, sans se retourner, en faisant pivoter sa main de droite à gauche. La coursive conduisait aux escaliers descendant à l'atelier. De celle-ci, on avait une vue plongeante sur toute l'activité de la fabrique. Le sous-directeur y passait des heures, parfois, pour surveiller les ouvriers et pincer les tire-au-flanc. Straub lui avait confié la notation du personnel, et cette activité semblait lui plaire. A la vérité, Antoine ne lisait jamais ses rapports. Il connaissait trop ces familles pour leur infliger des tracasseries inutiles.

A la balustrade, Antoine déplia de nouveau le bristol. Paulus avait fixé le jour et l'heure du rendez-vous, sans se soucier de savoir s'il serait libre ou non. Cet excès d'autorité lui ressemblait si bien, il correspondait à sa vraie nature, celle-ci se trouvant sans doute renforcée depuis qu'il travaillait pour les Allemands. On ne donnait plus que des ordres, on formulait des diktats, des ukases…

De retour rue Bénard, Antoine et Claire trouvèrent

Elisabeth en train de tailler les rosiers et la lambruche. Tout cela s'était entremêlé au point de former un fouillis indescriptible contre l'angle de la maison. Le fond du jardin n'était plus accessible à cause des gravats entassés à la diable. En reprenant possession des lieux, en juillet 40, monsieur Straub s'était contenté de déplacer les décombres, s'estimant heureux que sa maison fût restée debout. « Mais on ne répare rien, avait-il dit à Elisabeth, d'autres bombardements peuvent survenir... »

Claire se blottit instinctivement contre son père. Depuis des semaines, ils craignaient que leur mère et épouse ne devînt folle, à tourner ainsi en rond dans les pièces de la maison, avec surtout ces longues veillées funèbres dans la chambre de Raphaël. Antoine n'avait pu l'en détacher. Il n'avait pas insisté, imaginant que ces dévotions mortifères lui apportaient un peu de consolation et que l'en arracher ne ferait qu'amplifier son mal.

— Pourquoi fais-tu ça ? demanda Antoine.

— J'en ai assez de ce fouillis. Mes rosiers doivent retrouver la lumière pour fleurir. Et quant à cette saloperie de vigne vierge, je m'en vais la massacrer définitivement...

Ajoutant le geste à la parole, Elisabeth se mit à frapper au hasard dans l'exubérante végétation à coups de serpe répétés. Monsieur Straub se sentit alors au bord du découragement, à l'idée de devoir lui prêter main-forte. Il détestait cette maison depuis qu'elle avait été lézardée et endommagée sur tout le flanc droit par une bombe et il ne désirait rien faire pour en améliorer les abords. Au contraire, il lui plaisait bien que la végétation la submerge, dissimule ses plaies, en attendant enfin qu'il décide de son avenir. L'abandonner ? La vendre ? Un jour, sans doute, après la guerre, monsieur Straub prendrait le taureau par les cornes et trouverait de quoi loger sa famille ailleurs, dans un lieu plus hospitalier, sans souvenir, sans chagrin.

— Je veux ouvrir le chemin jusqu'au mur d'enceinte, dit Elisabeth.

— Mais il n'y a plus de mur... Il s'est effondré. Tu le vois bien.

— Non, je ne vois rien. Même si c'est absurde de croire à l'existence de ce mur, je veux qu'il existe. J'ai besoin de savoir qu'il nous protège.

— Ce n'est pas un petit muret de brique qui nous protégera, fit Antoine.

Elle désigna le soupirail de la cave de l'index en roulant de gros yeux.

— Défais-nous de ça, tu veux bien ? A la longue, nous en paierons les pots cassés.

Straub tenta de s'emparer de la serpe, mais elle lui résista vivement. Il se ravisa aussitôt.

— Laisse donc, papa, conseilla sa fille. Elle a besoin de faire ce travail. Ça lui donne le sentiment d'exister.

Claire et Antoine repartirent ensemble vers l'escalier de la maison, bras dessus, bras dessous, serrés l'un contre l'autre. Les marches étaient tapissées de débris, car au fil des jours les plaques de mortier et les briques fracturées continuaient à tomber du haut de la demeure. A croire qu'elle n'en finirait jamais de se dégrader, infestée par un mal dont on ne parviendrait jamais à la défendre.

— Es-tu entrée dans la chambre de Raphaël ? demanda-t-il.

— Non, papa. Je ne veux pas parler de ça avec toi. Je sais à l'avance tout ce que tu pourrais me dire sur le sujet.

Dans la cuisine, ils se servirent un verre de lait et burent en silence. Des mouches prisonnières derrière les rideaux de coton ajourés bataillaient contre la vitre en zézayant. C'était une musique insupportable. Antoine se leva pour abréger leur sort.

— Un jour, j'espère, nous récupérerons sa dépouille pour la conduire au cimetière. Et tout ça sera terminé. Ta mère comprendra enfin qu'il ne reviendra pas.

Claire partit dans sa chambre sans un mot. Monsieur Straub emplit de nouveau un verre de lait, le posa sur un plateau avec deux tartines de pain et du beurre. Il y ajouta, presque à regret, un œuf dur. En ce moment, il était malaisé d'en trouver ne serait-ce qu'une douzaine dans les hortillonnages. Les maraîchers et les fermiers ne cessaient de faire grimper les prix. Dix francs pour un œuf, et parfois quinze. Et chaque fois, c'est comme si on nous faisait une fleur, se dit Antoine. « Rendez-vous compte ce que nous risquons, monsieur Straub ? Avec tous ces mouchards qui traînent, ces jaloux et ces envieux… »

Il descendit dans la cave d'un pas discret. Alexandre était allongé sur un lit picot sous le soupirail qui lui apportait assez de lumière pour lire. Mais à cet instant il paraissait assoupi, le livre ouvert posé sur sa poitrine.

— Tu dors ?

— Je réfléchis, mon cher oncle. Et je m'ennuie de réfléchir. Tout est sombre pour moi, l'avenir bouché. J'ai de quoi m'inquiéter.

— A cette heure, imbécile, tu serais sur le front russe, aux portes de Kiev, sous le feu des katiouchas…

Alexandre posa les pieds au sol et approcha la table basse sur laquelle il prenait ses repas. Un peu de viande, cent grammes, guère plus, de bœuf ou de poulet bouilli une fois par semaine, c'était tout. Le reste du temps, pain, beurre ou margarine, et rarement des fruits. Des patates à l'eau avec un filet d'huile, presque chaque jour. Bref, il ne se plaignait pas, le reclus de la rue Bénard, bien que la solitude commençât à lui peser, à force de parler aux murs et de guetter par le soupirail les débuts et les fins des jours.

— Il y a du nouveau, annonça Straub, énigmatique.

— Je vais pouvoir sortir ?

— Tu es fou, Alexandre. Ce n'est pas le moment. Bien au contraire.

— La nuit, seulement la nuit, mon oncle. Je me ferais discret en rasant les murs, rien que pour respirer l'air des quais, les odeurs de la rivière…

Mais le jeune homme savait, sans que son geôlier eût à lui faire un dessin, que c'était une perspective à bannir.

— Quoi donc, alors ?

— J'ai reçu un message de ton beau-père…

— Paulus t'a écrit ? Il veut me récupérer, n'est-ce pas ? Ah ça non, ce ne serait pas une bonne idée de me fourrer entre ses pattes…

— Bien entendu, admit Straub. Cela signifie qu'on te recherche du côté de la police allemande. Tu es déserteur désormais, c'est-à-dire bon pour la peine capitale.

— Je sais, dit le jeune homme avec tristesse.

Antoine vit que ses mains tremblaient et que son regard, soudain, s'était assombri.

— Tu es sous ma protection, dit-il. Peut-être me faudra-t-il te cacher ailleurs ? Ce sera à haut risque, mais nous trouverons une solution, si c'est nécessaire.

— Tu as peur pour tes femmes, mon oncle. Moi, tu t'en fiches au fond. Que je tombe entre leurs mains t'indiffère. Ce qui compte, sauver sa peau. Même au prix d'un sacrifice. Ferais-je parti du marché ?

Il parlait d'une voix haletante, oppressée par l'angoisse. Est-ce bien la peine de prendre autant de risque pour ce pétochard ? se demanda Antoine.

— Ne renverse pas la situation, petit con ! fulmina-t-il. C'est toi, et toi seul, qui t'es mis dans de si sales draps…

— Je sais, admit Alexandre. Mais tu ne peux pas m'abandonner. Ce serait un risque trop grand…

— Comment cela ?

— Tu es complice de ma désertion. C'est toi qui as insisté pour que je reste ici. Tu as brûlé mon uniforme, mes papiers…

Straub joignit les mains avec effarement, puis contint sa colère, jusqu'à ce qu'elle se perdît en lui.

— Je dirai à Paulus que je ne t'ai pas vu depuis dix ans au moins.

— C'est un soupçonneux, lui rappela Alexandre. Il aura envisagé cette hypothèse… Que je sois venu me cacher à Amiens, dans ta maison... Malheur, les types de la Gestapo vont tous débarquer ici, encercler la maison, la fouiller de fond en comble... Je ne suis pas né de la dernière pluie. Personne ne leur échappe jamais...

Cette peur panique ne reposait sur rien de tangible aux yeux d'Antoine. Il ne croyait pas que son frère orienterait la police allemande vers la rue Bénard, sinon à quoi bon écrire et fixer un rendez-vous ?

— Je vais m'entretenir avec Paulus pour savoir ce qu'il a dans la tête, insista monsieur Straub. En discutant je découvrirai ses intentions réelles. Il sera toujours temps d'aviser, assura-t-il d'une voix posée.

— Je ne vois pas les choses comme toi, répondit Alexandre en se rongeant les ongles.

Puis il se renversa sur son lit, tira sur lui la couverture et se tourna vers le mur.

— As-tu songé à ta mère ? Paulus ne prendrait pas le risque de la trahir ? Ce serait ignoble.

Sur ces mots, Antoine se retira, en déplorant que le jeune Alexandre ait quitté une prison pour entrer dans une autre. Mais celle-ci, pour le moins, lui offrait la perspective un jour de recouvrer sa liberté, lorsque plus personne ne se soucierait du déserteur de la brigade Frankreich.

Lorsque ses parents étaient en froid, Claire restait dans sa chambre pour rêvasser, lire ou poursuivre le fameux journal à quatre mains avec Pierrette Lameur. Les deux amies ne se voyaient que le samedi ou le dimanche, depuis que Claire travaillait à la fabrique.

Quant à Pierrette, elle avait trouvé un petit emploi dans une mercerie de la rue Delambre. Elle devait supporter les humeurs d'une vieille fille qui passait son temps à maudire les Juifs et les communistes, « les rouges », disait-elle en postillonnant. « Heureusement que le Maréchal est là pour nous sauver », ajoutait-elle en exigeant que sa petite employée fût d'accord avec elle. La mégère lui faisait même promettre de surveiller autour d'elle les « micmacs », comme elle disait, pour renseigner la police.

Cependant, Claire avait une entière confiance en son amie, dont la probité morale était égale à la sienne. Elles se confiaient aisément tous leurs secrets, par écrit la plupart du temps, bien que ceux-ci eussent un prolongement naturel dans leurs conversations. Ainsi, Pierrette Lameur savait que la famille Straub hébergeait un jeune homme recherché par la police. « Je ne comprends pas pourquoi on te refuse de le voir. Moi, disait son amie, je ne sais pas si j'aurais résisté à la curiosité de le connaître... »

La réflexion de Pierrette donna des idées à Claire. Après tout, elle a raison. Je ne vois pas où est le mal, se dit-elle. Alexandre ne fait-il pas partie de ma famille, même si ce n'est que par remariage ?

Souvent, le soir, elle collait une oreille contre le conduit d'évacuation des eaux. Elle entendait des bruits bizarres dans les profondeurs de la maison. Le jeune homme allait et venait, comme un animal en cage, parfois monologuait dans son infinie solitude. Il lui arrivait de pousser des jurons, d'être pris de crises de larmes, sans retenue.

Au milieu de la nuit, d'un pas hésitant, le captif montait à l'étage, s'attardait dans la cuisine, la salle de bains. C'était l'heure autorisée par la famille Straub où il pouvait faire sa toilette, sans jamais allumer la lumière et en veillant à ce que les volets fussent clos. Puis il redescendait dans sa cave, d'un pas lourd et las. Cette visite s'opérait, généralement, entre deux ou trois heures du matin.

Une nuit, Claire se força à rester éveillée pour le surprendre.

— C'est vous le fantôme ? murmura-t-elle dans l'angle de la cuisine où elle s'était cachée.

Alexandre sursauta et voulut s'enfuir dans un mouvement de panique. Monsieur Straub lui avait vivement recommandé de ne jamais entrer en contact avec Elisabeth et Claire. « Encore heureux que je t'héberge. Alors fais-toi discret, inexistant même, et tout ira bien », avait-il prévenu d'un ton autoritaire.

Sans doute, dans l'esprit du maître de maison, le pensionnaire restait et resterait infréquentable, tout le temps de son passage rue Bénard. Car Antoine n'avait pas imaginé une seule seconde qu'un lien puisse s'établir durant cet épisode fâcheux, ceci afin que son départ le moment venu se déroule tout aussi discrètement que son arrivée. Monsieur Straub caressait même l'idée qu'une fois l'affaire achevée Alexandre s'évaporerait dans la nature et qu'on n'en parlerait jamais plus. Quelque part, l'idée d'avoir hébergé un soldat de la Waffen-SS, fût-il un membre de sa propre famille, lui était insupportable. Il craignait même, dans ses moments de neurasthénie, que cette sale histoire ne lui retombât sur le dos et qu'il eût à s'en justifier devant quelque autorité morale.

— Claire ? murmura le jeune homme. Vous êtes Claire, n'est-ce pas ?

— Et vous Alexandre. Notre hôte bien discret.

— Par la force des choses.

Il s'approcha pour contempler son visage. Elle l'observa aussi, en silence.

— Une bien jolie jeune fille, constata-t-il.

— Je vous en prie. Ce n'est pas le moment.

— Pardonnez-moi.

Il se prit à sourire.

— Pardon, pardon, encore pardon, je n'arrête pas de prononcer ce mot. Je suis devenu une carpette, à faire ainsi amende honorable, du matin au soir. A moi tout seul, je représente le mal absolu. Regardez-moi, Claire. Ça vaut le spectacle. Ce n'est pas tous les jours, qu'il est donné à quelqu'un de côtoyer le diable en personne.

— Ça ne me fait aucun effet.

— Tant mieux.

Alexandre baissa la tête. Il avait envie de redescendre dare-dare dans sa geôle et de s'y cacher, tant il se sentait sale.

— Pourquoi dites-vous ces choses terribles ?

Il ne répondit pas. Sa barbe lui couvrait le visage, après toutes ces journées de réclusion. Certes, Alexandre eût pu se raser aisément, mais il s'y refusait, comme s'il voulait changer de visage pour qu'on ne reconnût plus le garçon qu'il était à son arrivée, bien propret dans son uniforme allemand.

— Je conserve le souvenir vague d'une petite fille, murmura-t-il. Du temps de Lutzelbourg, du château du Haut-Barr...

Elle paraissait fouiller dans sa mémoire mais sans y trouver les noms et les lieux qu'il lui indiquait, comme s'il parlait d'une autre petite fille. Une étrange impression la submergeait, sans doute ne souhaitait-elle pas connaître ce passé de sa petite enfance.

— Peut-être la visite d'un château perché sur un éperon rocheux. Comme une dent creuse, fit-elle.

Elle se mit à rire.

— En ruine, en effet. Et alentour une colline boisée avec des chemins escarpés, ajouta Alexandre. Papa nous portait, vous et moi, sur chacun de ses bras. Certes, nous ne pesions pas bien lourd.

— Pourquoi nous portait-il ?

— Paulus était grand et fort. Il aimait bien ça, nous montrer sa force. Souvent, il nous faisait tâter ses biceps. « Du plomb, de l'acier », disait-il. Et sans doute jugeait-il que nous ne marchions pas assez vite. Ça l'agaçait de nous voir à la traîne.

Claire balança la tête de droite à gauche pour dire qu'elle ne se souvenait pas.

— Et que faisais-je là-bas, à Saverne ? J'étais avec mes parents ?

— Oui, je crois.

— Et mon frère aussi ?

— Raphaël, dit-il en baissant la tête.

— Nous ne le verrons plus. Vous saviez qu'il était mort ? demanda Claire.

Alexandre ne répondit pas.

— Il faisait partie de ces soldats héroïques qui ont résisté jusqu'au bout dans la poche de Dunkerque. Ce n'était pas l'endroit où il fallait être, de toute évidence. Pourtant, Raphaël avait toujours dit qu'il ne lui arriverait rien. Qu'est-ce que j'ai pu être stupide de croire à cette promesse !

Le jeune homme détourna le regard.

— Vous, Alexandre, vous avez eu plus de chance.

— Si l'on peut dire...

— Tout de même, la guerre vous a épargné jusqu'ici ?

Il tendit sa main vers elle. Elle resta suspendue dans la faible lumière de la nuit.

— Jusqu'ici, répéta-t-il dans le vide, sa main retombant mollement sur ses genoux. J'ai honte d'être vivant...

— Mais non, protesta-t-elle. Il ne faut pas. Notre désespoir ne doit pas vous atteindre. Personne ne vous en veut, Alexandre. La preuve, nous vous cachons. C'est héroïque, ce que vous faites.

Il fronça les sourcils, avec inquiétude. Il ne comprenait pas. Il se sentait prêt à crier, crier, qu'il ne méritait pas le moindre égard, et qu'au contraire il n'était rien d'autre qu'un lâche, un pitoyable lâche.

— Pour ce que j'ai fait, si l'on me trouve, Claire, ma peau ne vaudra pas grand-chose.

— Que dites-vous ? Ce n'est pas vrai. Vous allez vous en sortir. Il faut reprendre courage.

Cette fois, leurs mains se joignirent ; et si celle de Claire était vive et forte, celle d'Alexandre était molle et froide.

— Je l'ai toujours su que papa faisait partie d'un réseau…

— Quel réseau ?

— Ne soyez pas stupide, Alexandre. Inutile de jouer avec moi.

Elle s'approcha de son visage pour lui murmurer à l'oreille :

— La Résistance.

Alexandre se recula, atterré.

— Et vous croyez que j'en suis, moi, de ce réseau ?

— Bien sûr.

— Vous faites fausse route, Claire… Au contraire, je…

Elle lui coupa la parole :

— Si papa vous cache, c'est parce que vous avez fait quelque chose d'héroïque. Que sais-je un sabotage, une « menée terroriste », comme ils disent dans *Le Progrès de la Somme*. On vous recherche pour ça, bien sûr. Mais ils ne vous trouveront pas. La police allemande, les miliciens, ils ne sont pas assez malins.

Claire eut un rire jubilatoire. La situation l'enthousiasmait, elle avait toujours rêvé de partager un secret, et, de surcroît, ça lui prêtait une certaine ascendance sur son père qui, lui, la prenait encore pour une gamine écervelée.

— Je ne suis pas ce que vous croyez, Claire. Hélas, dit-il. Mille fois hélas.

Mais Alexandre Obertz-Straub ne se sentit pas assez courageux pour couper court à ce malentendu. Dans les premières secondes, il le laissa fuser, trouvant même plutôt flatteur qu'elle le vît sous cet angle, celui d'un héros de la Résistance que monsieur

Straub cachait dans sa cave. Ensuite, il mesura que cet indigne mensonge, s'il le laissait courir ainsi, en l'état, sans lui couper les ailes avant qu'il prenne son envol, plus rien ne pourrait l'arrêter. Mais il ne se découvrit pas la force de briser cette imposture. Et il sut à cet instant qu'elle l'accompagnerait toute son existence, sans relâche, une imposture contre laquelle il devrait sans répit se débattre, comme un homme coincé dans un couloir étroit dont les parois se rapprochent peu à peu, inexorablement.

— Non, ne vous dévalorisez pas, Alexandre. Je devine les risques que vous avez pris...

Elle l'observait, les yeux mouillés. Il la laissa s'approcher de lui, alors qu'il eût dû s'effacer, goûta même à cette exaltation dont son regard était empreint.

Je ne dis rien aujourd'hui, pensa-t-il. Aujourd'hui seulement. Mais demain ? Demain, oui, j'aurai la force de le faire. Briser enfin ce miroir. Un héros, moi ? Quelle blague ! Faut-il que je lui aie tapé dans l'œil, à cette jolie Claire, pour qu'elle me voie sous ce jour favorable ! Voici qui pourrait être d'une drôlerie sans égale, si je ne me dégoûtais pas tant moi-même...

Il la laissa faire lorsqu'elle vint lui baiser la main.

— Je voudrais tellement que nous soyons amis... proposa-t-elle, avec une effronterie que l'épaisseur de la nuit, seule, rendait possible.

Il ne voulut pas répondre. C'eût été pourtant honnête de lui dire qu'il ne désirait pas son amitié, parce qu'il n'en était pas digne. Certes, il eût fallu ensuite en apporter les raisons. Car c'eût été cruel et lâche tout de même de lui dire qu'elle en était indigne, en se défaussant. Briser ce cœur pur et exalté lui sembla à ce moment au-dessus de ses forces.

— Vous m'aimeriez, si je vous le demandais ?

Il se recula au fond de la cuisine, comme pour échapper à cette illusion qui l'encerclait peu à peu : croire que de cette mystification pourrait naître un amour.

— Oui, je comprends, se ravisa Claire. Vous ne pourriez vous engager, dans la situation précaire qui est la vôtre. Suis-je stupide. Vous ne m'en voudrez pas ?

— Non, dit-il.

Et il l'observa jusqu'au dernier instant, jusqu'à ce qu'il s'effaçât dans la cage de l'escalier.

6

Monsieur Straub retrouvait Saverne, sans plaisir et encore moins de nostalgie… Son adolescence passée entre la rivière Zorn, sinistre avec ses berges encombrées de végétation, et le canal de la Marne au Rhin, prisonnier de hauts murs coupant la cité en deux, avait été teintée d'ennui et de tristesse. L'arrivée de la guerre de 1914 l'avait sauvé en quelque sorte d'un destin tracé d'avance par un père autoritaire. Ce dernier voulait qu'il fût employé à la brasserie de Dettwiller, la toute nouvelle usine que les Gerber avaient fait construire sur les hauteurs de la cité. La seule perspective de passer sa vie à la malterie au pied de la touraille dans les effluves d'orge lui paraissait une épreuve insurmontable. Après six mois de besogne, la mobilisation d'août 14 le cueillit comme une fleur, le délivra de son enfer pour un autre enfer dont il réchappa par on ne sait quel miracle, sans dégâts. « Moi, je puis dire haut et fort, sans rougir, que la guerre m'a rendu l'espoir », disait-il souvent d'un ton malicieux, sachant les inimitiés qu'une telle réflexion lui attirerait inévitablement : « Planqué, alors, Straub ? Sinon tu ne dirais pas ça !… » A quoi il rétorquait :

« Ni plus ni moins exposé que la moyenne... » Il lui suffisait alors de montrer ses états de service pour faire comprendre à tous que le jeune soldat avait été de toutes les campagnes, celles de la Marne, de la Somme et de la Meuse.

Ce jour d'octobre, courant à son rendez-vous, Straub gara sa 202 à proximité de la gare et se rendit d'un pas rapide rue de l'Orangerie, qui borde le canal et les jardins du château de Rohan. Deux guérites allemandes barraient le passage. Pour la dixième fois, Antoine présenta ses papiers. Les soldats de faction n'avaient pas l'air très motivés. Ils zieutaient surtout les jolies filles qui passaient en marchant à côté de leurs bicyclettes. Et au bout de la rue il atteignit enfin la taverne Hotter, hésita sur le seuil. Il respira profondément pour juguler en lui de vifs tremblotements causés par l'abus du café. Il avait roulé une partie de la nuit sur des routes incertaines, afin d'éviter au maximum les contrôles. Chaque fois, ça le crispait en vérité de devoir se soumettre aux interrogatoires, de justifier son déplacement sous couvre-feu, de subir des fouilles en règle les mains sur la tête. Et cette nuit, entre Châlons et Nancy, il avait eu sa dose de canons MP40 pointés dans le dos. *Schnell ! Rasch !*

Paulus l'attendait au fond de la salle en faisant les cent pas. Quand il aperçut son frère, il lui ouvrit largement les bras, mais Antoine demeura sur sa réserve.

— Quoi ? s'esclaffa Paulus. On n'embrasse pas son vieux frère ?

Ils se firent des accolades.

— Est-ce que ça te poserait des états d'âme

d'étreindre un franc-garde ? Moi, j'en suis plutôt fier, d'être milicien, qui plus est chef de cohorte.

— Devrais-je t'en féliciter ?

Paulus lui montra sur le col de sa veste l'écusson gamma, appuyé d'un clin d'œil qui se voulait de connivence. Antoine resta de marbre, bien qu'il eût envie de dire qu'il ne goûtait rien moins que cette engeance.

Ils s'assirent face à face dans un recoin de la taverne. Le patron du Hotter leur apporta deux chopes de bière. Et d'un geste énergique de la main, salut bras tendu d'un ridicule affligeant, Paulus lui fit comprendre de se retirer. Depuis que les loups étaient en meute et que celle-ci ne cessait de croître, attirant à elle tous les frustrés, lésés et sans-grade de la société, et ceux-ci mesurant éblouis ce que la force brutale pourrait leur apporter, on vivait dans la crainte jour et nuit. Et le patron de la taverne Hotter aussi, qui ne partageait pas ces idées-là. Il tremblait devant Paulus Straub et ses réactions imprévisibles de petit tyranneau. Il se serait mis en quatre pour le contenter, à genoux ou en rampant, comme on le lui avait appris lors d'une fameuse soirée à coups de schlague.

— J'ai toujours souhaité la victoire de l'Allemagne. Tu me connais, Antoine… Ce n'est pas une surprise. Alors ne fais pas l'étonné, si je porte au revers de la boutonnière le svastika. D'ailleurs, je me suis toujours senti plus allemand que français. Je dirais même pas français du tout.

Il partit dans un rire tonitruant qui agita sa grosse

carcasse. Et pour savourer ses dires, il avala cul sec la moitié de sa chope de bière, puis essuya d'un revers de manche la mousse sur ses lèvres.

— Mais c'est un détail, tout ça, poursuivit-il, flagorneur, pour montrer – depuis que Darnand avait obtenu que ses hommes portent enfin une arme – qu'il était devenu un membre à part entière de la race des vainqueurs. Car il y a aussi une Allemagne qui me dégoûte… Des sales capitalistes profiteurs, repartit-il en tapant du poing sur la table. Même le Reich est gangrené, et si Hitler n'y prend pas garde, ces salopards le boufferont, lui aussi.

— Une Allemagne qui ne marcherait pas au pas derrière le Führer ? Je doute qu'elle existe encore, soutint Antoine.

Paulus fit la moue en tordant le menton, à la Mussolini. Il avait la tête pour ça, grosse et ronde, avec de fortes mandibules, un air carnassier empreint d'arrogance et de suffisance, le tout mêlé dans une haine farouche et déterminée. Il avait appris à se donner cet air supérieur en fréquentant assidûment les rassemblements du PPF avec les braillards en première ligne, dont il était, pour entraîner la foule sur des mots d'ordre coupants comme lames de rasoir, et les autres derrière emportés par la force de la marée montante. Appel à la dénonciation de tous les « parasites » – mot utilisé à toutes les sauces –, à l'intimidation, au meurtre… C'était l'audace du troupeau, de marcher à l'unisson, de courir à sa folie sans se retourner, chacun puisant sa force dans celle du voisin.

— On a débarrassé la race de tous ses parasites, les

Juifs, les Tziganes, les pédérastes, les francs-maçons, les rouges, les débiles mentaux et asociaux, bref tous les déchets de la société ! C'est une grande œuvre pour l'Europe nouvelle.

Le milicien leva les yeux vers le plafond de la taverne ornée de chapelets de drapeaux et d'oriflammes. Ça faisait fête permanente, ce décor, où l'on chantait le *Horst-Wessel-Lied, Maréchal, nous voilà* et *Le Chant des cohortes* du SOL. Il priait à sa façon, les mains jointes comme un samaritain, les mâchoires serrées. Au moins une fois par jour, il lui fallait éructer sa sainte horreur des « parasites et profiteurs » de la société, ceux qui, selon lui, étaient responsables de la guerre. Heureusement, de bons apôtres, comme lui, Paulus Straub, étaient arrivés à temps pour accomplir la Révolution nationale derrière le Maréchal. « Le redressement est en marche », répétait-il souvent avant de faire son petit salut personnel.

Il l'accomplit soudain, d'un geste raide, comme pour libérer ce trop-plein de haine qui l'émouvait jusqu'aux larmes.

— Je sais que tu n'es pas des nôtres, hélas, Antonius. (C'était le prénom qu'on lui avait attribué à sa naissance et dont Straub s'était débarrassé au plus vite dès qu'il avait été en âge de le faire.) Tu es un ventre mou, tu l'as toujours été. Sans caractère, sans volonté. Tu ne tiens pas des Straub. Tu es une honte pour nous.

Et il énuméra la branche allemande des Straub, les dix ou douze Straub de Hambourg. Pendant ce temps, Antoine baissait la tête.

— On aurait dû t'occire, dans les Ardennes. Te livrer aux loups. Ainsi tu n'aurais pu nous nuire, à nous, les vrais Straub.

Antoine releva la tête et le fixa droit dans les yeux. A cette seconde, il comprit qu'il ne flancherait pas. Ce sera à lui de baisser la garde, se dit-il. Et il attendit, patiemment, dans cette violence muette, que Paulus baisse les siens.

— Tu devrais avoir honte, fit-il.

— Je ne t'aime pas, fit Paulus. Nous ne sommes pas de la même race. Sans doute que notre mère a dû fauter. Tu ne nous ressembles pas. En rien, en rien du tout. Ta peau glabre, ta mine de papier mâché de petit Juif, ton air de victime… D'où sors-tu, Antonius ? De quelle paire de couilles ? Je m'interroge. Notre mère était une chienne. Tu le savais ? Elle forniquait à droite et à gauche. Moi, je suis aryen.

Paulus se mit à tambouriner sur sa bedaine.

— Et toi, une face de métèque.

— Honte sur toi, répéta Straub. De salir notre mère, qui nous a mis au monde. Que tu le veuilles ou non, tu sors de son ventre, tu as de son sang chrétien dans les veines…

Le milicien se recula en faisant crier sa chaise sur le parquet. Il posa la main sur son étui de revolver. C'était sa manière ultime de se faire entendre, en dégainant. Il en avait descendu plus d'un, ainsi, d'un geste froid. Et à cette seconde il avait envie de dresser son arme. Le regard d'Antoine resta fixé sur lui.

— Tu as fait la guerre à l'arrière. N'est-ce pas ?

Loin des tranchées... Navré de te rappeler ces choses détestables.

Accusant le coup, la tête du milicien s'agita de droite à gauche, le regard éperdu. La sueur perlait son front haut et dégarni.

— Si l'on en venait à l'objet de ce rendez-vous ? Plutôt que ces petites chicanes infâmes qui nous déshonorent, Paulus.

Celui-ci se leva de la table en bousculant sa chaise. Antoine resta assis, à le suivre du regard, sans bouger. Son frère reprit sa place, un peu sur l'arrière pour croiser ses jambes. C'était une manière de se montrer décontracté, comme si ce rappel de 14-18, une guerre esquivée dans l'intendance, avait été sans effet. Une mesquinerie de plus d'un frère étranger. Passons, passons, se dit-il. Nous réglerons tout ça plus tard...

— As-tu des nouvelles d'Alexandre Obertz ? Tu sais bien, le petit Obertz que j'ai élevé comme un prince...

— Pourquoi devrais-je en avoir ?

— Il s'est mis dans de sales draps.

— De quoi parles-tu ?

— Il a déserté, le petit salopard !

Antoine attendit la suite de l'histoire, en affichant un moindre intérêt, comme si cette affaire au fond ne le concernait pas.

— Je l'ai fait engager chez les Waffen-SS.

Paulus se mit à dodeliner de la tête, tandis que des gouttes de sueur roulaient sur son visage.

— Il en avait assez de l'usine d'Essen où il s'était porté volontaire. Et puis il voulait gagner plus d'argent... Se faire lui aussi une place honorable dans la grande Allemagne... Mais quoi ? s'excita-t-il soudain devant l'air d'ébahissement feint de son frère. Nous sommes des Allemands. Toute l'Alsace est allemande. C'est notre pays. Notre vraie patrie...

— Je comprends, fit Antoine pour couper court à cette assertion dont son enfance avait été marquée.

— Il a fui, ce petit con. Il a fui sa brigade. Et maintenant, nous le recherchons.

Le « nous » de Paulus navrait Antoine, qu'il se comptât ainsi parmi les gens de la Gestapo.

— Il faut qu'il paye comme tous ces lâches, poursuivit Paulus. J'en ai honte. Une si grande honte. Même que ça me porte à la tête. Je risque de perdre gros dans cette affaire...

Machinalement, Paulus caressa du bout des doigts son insigne de milicien.

— Laisse-le donc décider de son sort, plaida Antoine en sachant qu'il n'avait aucune chance d'être entendu. Quel pouvoir as-tu sur lui ? Au nom de quel principe t'arroges-tu le droit de décider à sa place, son engagement aveugle et maintenant son châtiment ?

Paulus n'entendait rien, tellement sa volonté était annihilée par le désagrément que son beau-fils lui créait. A la vérité, il craignait, lui aussi, en tant que tuteur du jeune Obertz, de devoir rendre des comptes. Interrogatoires. Suspicions. Mise à l'index. Peut-être aussi des représailles sur sa propre personne... Mais Antoine comprit à sa peur qu'il était déjà passé entre leurs pattes, qu'il les avait assurés de lancer ses hommes à ses trousses et de livrer le jeune Obertz à la police allemande, mort ou vif. C'était la règle. On ne pouvait se défaire d'une trahison que par une autre trahison, sans fin.

— Ils vont le fusiller, se rassura-t-il. Et ma foi, il l'aura bien mérité. Moi, je connais les huiles du Reich, pourtant… Le Gauleiter Wagner, d'Illkirch. Mais non, impossible d'obtenir la moindre indulgence. Quand les lions sont lâchés… Ça ne plaisante pas.

— Et Marguerite, qu'en pense-t-elle ?

— Comme toutes les femmes, elle pleure et se lamente. C'est pourtant une vraie Allemande. Elle devrait comprendre où est son devoir.

— C'est son fils tout de même, rappela Antoine en feignant quelque étonnement.

— Il n'y a pas de fils qui vaille devant le devoir.

Antoine Straub croisa les bras sur sa poitrine, fixant son frère d'un air indifférent.

— Je pensais qu'Alexandre avait pu aller se cacher chez toi… Tu me le livrerais, n'est-ce pas ? Tu ne me ferais pas ça, Antonius ? Après tout, tu n'en as rien à faire, du petit Obertz. Ce n'est rien. Un déchet humain. Tout juste bon à crever.

— Bien entendu, dit Antoine. Comment peux-tu imaginer, moi avec ma gueule de Juif, que j'aiderais un nazi à échapper à ses coreligionnaires ? C'est con en diable, ton histoire. Débrouille-toi avec ton Gauleiter. S'il veut te faire une fleur, pour bons et loyaux services, il enverra le petit Obertz sur le front russe. Ça lui fera les pieds. Pour une fois, je te donne raison, Paulus, un engagement est un engagement. On ne déserte pas. Surtout de la valeureuse Waffen-SS.

Paulus Straub recommanda deux chopes au tavernier. On allait fêter ça, cette entente retrouvée.

— Je suis bien plus important que tu ne le croies dans l'organisation. Wagner m'a à la bonne. Il a besoin de types dans mon genre, de vrais patriotes. J'ai monté une sacrée section de francs-gardes. Des jeunes purs et sains, prêts à donner leur vie. En juin 40, on a incendié la synagogue de Lauterbourg, confia-t-il d'un ton secret, et puis celle de Strasbourg le 12 septembre 40, avec les Hitlerjugend et les SA. On regardait ça du Marais vert, le fameux nid à rats en flammes. Après on est allés se soûler comme des Polonais, à la bière et au schnaps, chez Hantsi. C'était notre fief, la taverne du vieux Hantsi...

Antoine Straub repoussa sa bière d'un geste d'agacement. Pris de nausée, il se leva pour se rendre aux toilettes. A son retour à la table, Paulus faisait l'article au patron sur sa misérable cause. Hotter l'écoutait en silence, parfois hochant la tête. On ne savait pas s'il partageait ses dogmes ou s'il les réprouvait.

— J'ai été reçu, moi, se glorifiait Paulus en se tapant sur la poitrine du plat de la main, le regard empreint d'arrogance, à la Villa Baumann, chez le Gauleiter. Même la clique du Maréchal n'a pas eu cet honneur. Car en vérité Wagner déteste les courtisans de Vichy, toute cette racaille qui s'empiffre... Pétain, Laval, Déat, ça faisait déjà partie de la Troisième République, celle qui nous a conduits au désastre, au déclin, à la riflette...

— Adieu, dit soudain Antoine en se levant. Les affaires m'attendent.

— C'est monsieur brique, mon frère, fit Paulus en le considérant avec ironie, tout en prenant le tavernier Hotter à témoin. Un ploutocrate affairiste. Je déteste ce que tu es devenu.

— Et moi donc, répliqua Antoine. Je ne t'envie pas.

Il sortit aussitôt d'un pas rapide, sans se retourner, un goût de vomi dans la bouche.

Qu'est-ce donc qui l'attirait vers ce garçon ? Claire n'eût su répondre. La curiosité ? L'ennui ? Ou peut-être des raisons plus inavouables...

Dans son journal à quatre mains, on eût pu chercher en vain la moindre trace de cette histoire. Si elle avait ressenti le besoin de la garder secrète, c'est qu'elle revêtait une importance plus qu'intime, une sorte de secret qu'elle cultivait effrontément. Parfois, elle se demandait si c'était bien ou mal de désobéir à son père. Ne lui avait-on pas conseillé de ne fréquenter ce jeune homme sous aucun prétexte ? La raison lui échappait, partiellement. Car Claire croyait, naïvement, qu'Alexandre Straub appartenait à l'armée des ombres, qu'il était une sorte de héros, provisoirement soustrait à ses ennemis, en danger de mort. Ça le rendait d'autant plus attrayant et mystérieux. Peut-être même que son rôle dans cette maison était de lui venir en aide, à tout le moins de l'aider à supporter sa réclusion.

Hormis les heures passées à la fabrique, le reste du temps Claire ne pensait plus qu'au jeune homme, à l'instant où il sortirait de sa nuit pour un petit brin de conversation dans la cuisine. Singulièrement, Alexandre Obertz ne profitait guère de la situation. Il eût volontiers fait de cette jeune fille fraîche, un brin innocente, sa petite maîtresse, ne serait-ce que pour occuper son temps et se donner à bon compte quelques émotions fortes. Mais il craignait par-dessus tout les réactions d'Antoine Straub. Son hôte généreux et compréhensif n'aurait eu qu'à le jeter à la rue ou à signaler sa présence pour que son sort fût scellé. En somme, Alexandre lui était redevable d'une largesse qui n'avait pas de prix, son existence même. Dès lors, Claire, tout appétissante et désirable qu'elle fût, lui paraissait intouchable.

Je n'ai jamais été joueur, se disait-il en tournant en rond dans sa cellule sombre et empuantie de moisi. Dépourvu de courage et sans un gramme d'audace. Rien qui puisse me rendre intéressant à moi-même. Car en vérité je me découvre, chaque jour qui passe, d'une médiocrité sans nom, d'une petitesse affligeante. Comment ai-je pu trouver la force de déserter ? C'est le seul acte de mon existence que je ne puis comprendre. Il aura fallu sans doute que je perde la raison à ce moment de mon existence, que je m'égare sur ce chemin, croyant que tout l'univers se mettrait à mes pieds pour me sauver. Avais-je besoin d'être sauvé, au juste ? Puisqu'il n'y a rien qui vaille chez moi, c'est sans utilité. Avec un peu de chance, j'aurais fait une cible idéale pour un ruskoff sous le ciel de Smolensk…

Et tout en faisant son examen de conscience, Alexandre arpentait sa cave, parfois s'arrêtant net pour écouter les bruits de la rue. Le passage des voitures surtout le faisait tressaillir de peur. Car il savait qu'en cas de descente de la Gestapo on l'aurait vite déniché dans son trou à rats.

Les jours étaient interminables, malgré les paquets de livres que monsieur Straub lui apportait. Il commençait à lire un chapitre, puis quittait l'ouvrage pour en prendre un autre. Son esprit ne parvenait pas à se fixer sur la page. Ainsi, il alla de Balzac à Maupassant, de Zola à Stendhal, sans trouver le moindre intérêt à ses lectures. Sans cesse, les mots terribles de Paulus lui revenaient en mémoire : « Les livres sont un poison... » Devant la pile généreusement offerte par Straub, il n'était pas loin de partager cette opinion. Et pour s'amuser quelquefois, il en saccageait quelques-uns, trouvant plaisir à arracher des pages entières. Ils ne sont pas faits pour moi, se disait-il, puisque je n'y entends rien, et même je trouve ridicules ces longues expositions de scènes où il ne se passe jamais rien. Comme si ma vie triste et sans relief ne me suffisait pas, il me faudrait encore me plonger, me délecter de celle des autres...

Ce soir-là, précisément, le maître de maison descendit à pas comptés, presque à regret, comme s'il s'ennuyait déjà de ce qu'il allait trouver, c'est-à-dire un jeune imbécile dont il ne savait plus que faire, un muet, un angoissé, un repenti. J'ai trop de bonté, se murmura-t-il en repoussant de la main l'abat-jour vert qui éclairait faiblement le recoin de l'escalier, l'oscillation de la lampe faisant danser son ombre sur le mur chaulé. Il attendit un peu avant d'ouvrir. Derrière la porte, l'idiot l'attendait, assis sur son lit picot, le regard fixé vers la porte, un regard vide et sombre.

Monsieur Straub s'approcha de lui, s'assit sur un tabouret comme d'habitude, dans un grand soupir.

— Je veux tout savoir sur Paulus, dit-il.

— Comment cela ? N'ai-je pas donné assez d'informations sur mon histoire ?

— Tu es venu me demander de l'aide, j'ai le droit d'exiger une contrepartie. Donnant-donnant.

Alexandre paraissait ne pas comprendre. Il prit un livre sur la pile, se mit à le feuilleter pour se donner une contenance. Antoine le lui ôta des mains, sans délicatesse.

— Qu'ai-je fait ? Je ne te reconnais plus, dit Alexandre.

Obertz se demanda dans un éclair de lucidité si Straub n'avait pas fini par découvrir les liens qui se tissaient peu à peu, au fil des nuits, avec sa fille. Déjà, il se préparait mentalement à nier avec la plus féroce énergie ce contact, à dire haut et fort que Claire avait inventé cette histoire pour faire l'intéressante.

— Est-ce Paulus qui t'a forcé la main ?

Alexandre fronça les sourcils. Il ne comprenait pas. Il ne voyait pas ce que son beau-père venait faire dans cette conversation.

— A t'engager dans l'armée allemande ? Ne suis-je pas clair ? Je veux savoir si cette idée ignoble vient de lui ou de toi.

Le jeune homme parut fouiller dans sa mémoire. Ce n'était pas si facile de répondre, d'autant que cette question sur les origines de son engagement dans la brigade Frankreich lui paraissait négligeable.

— Quelle importance ? Je ne vois pas l'intérêt, dit-il pour se défiler.

— C'est une question morale. Hautement morale, insista Straub. Si Paulus t'a obligé à le faire, ça dégage en partie ta responsabilité. Car c'est un sacré salopard, mon frère. Une ordure de premier ordre. Un nuisible. Je le connais sur le bout des doigts. Le national-socialisme lui a ravagé les méninges. C'est un homme endoctriné au possible, prêt à livrer sa famille à la Gestapo si on le lui ordonne.

Le garçon parut sceptique. Ce jugement était exagéré à ses yeux.

— En effet, je lui ai écrit une lettre d'Essen pour lui dire que j'en avais assez de prendre des bombes sur la tête. Alors, il m'a répondu que pour moi, la seule solution à mes problèmes, c'était de m'engager. J'ai suivi ses conseils. Ça me paraissait judicieux. Une échappatoire à ma triste condition et un peu d'argent pour vivre une vie normale.

— C'est Paulus, n'est-ce pas, qui a entamé les démarches ? Je voudrais tellement croire que tu n'as fait que suivre ses recommandations. Mais peut-être n'est-ce pas le cas ?

— Le recruteur avait un dossier sur moi, dit Alexandre.

— Qu'est-ce qu'il contenait, ce dossier ?

— Un certificat de moralité, de bonne vie et

mœurs, précisa-t-il. Un casier judiciaire vierge. N'être pas juif…

— Y avait-il aussi une lettre de recommandation ?

— Je ne sais pas.

— Quoi d'autre encore ?

— Le recruteur m'a présenté les choses sous un angle favorable : « De très belles conditions, très avantageuses… », à l'en croire. J'ai signé…

— Qui donc a transmis ce dossier ? Paulus, n'est-ce pas ? Par les services du Gauleiter Wagner ?

— « Tu seras à l'abri du besoin », disait le recruteur. Un type plutôt aimable, avec une voix caressante. Et plein de Reichsmark en poche. « Bien plus que tu n'en gagneras jamais dans ta misérable existence », disait-il.

Straub alluma deux cigarettes, en tendit une à Obertz. Ils fumèrent en silence. Antoine était soucieux et cette inquiétude ne semblait atteindre son voisin.

— Tu n'as pas peur ?

— Non, dit Alexandre.

Straub ne le crut pas, car lui avait peur, terriblement peur. Il savait que le temps, désormais, travaillait contre eux, que d'ici un jour ou deux, tout au plus, la Gestapo viendrait frapper à sa porte.

— Dès demain, tu vas quitter cette maison. Ici, ce n'est plus une cache sûre.

— Pour aller où ?

— Je ne sais pas encore. C'est moi qui déciderai où et quand, ajouta Straub. Tu n'auras qu'à te laisser conduire, comme un somnambule.

Obertz voulut se rebiffer, par orgueil, comme s'il avait été, d'une quelconque façon, maître de son destin. Peut-être le croyait-il. C'était en vérité ce qui le rendait pathétique.

— Libre à toi de partir… lui rappela Antoine.

La réticence s'éteignit toute seule, dans une sorte de vague à l'âme.

— Nous ferons ce que nous devons faire, mes amis et moi, rien de plus, lui confia Straub. Maintenant que j'ai établi ton degré de responsabilité dans cette scabreuse mésaventure, je puis prendre les miennes avec une certaine tranquillité d'âme.

Cette notion échappait au petit Obertz, mais ça lui paraissait très beau, ainsi exprimé. Il se sentait même quelque peu valorisé, pour une fois. Son visage triste et son regard vide reprirent quelques couleurs. Antoine se retira aussitôt en lui laissant son paquet de cigarettes. C'était l'idée qu'il se faisait de la générosité due à la dernière visite à un condamné.

7

Sur le coup des dix heures, Antoine Straub déboula au siège des Briqueteries d'Amiens. Le président-directeur le reçut aussitôt dans la salle du conseil d'administration. Depuis que les verrières, endommagées durant l'été 40, avaient été remplacées et que l'endroit n'était plus livré à tous les vents, Régis Gillard aimait y travailler et recevoir dans un mobilier entièrement changé, fauteuils anglais Chesterfield rouges et longue table ovale en palissandre.

— Puis-je parler en toute sécurité ? s'inquiéta Straub.

Gillard ôta ses lunettes rondes et les posa devant lui sur un petit carnet de cuir havane qui lui servait de pense-bête.

— En effet. En toute tranquillité. Pas de grandes oreilles, si vous voyez ce que je veux dire.

— Vous avez fait le ménage autour de vous ?

— Les maquisards ont fait la peau à Joseph Pellegris.

Cette nouvelle laissa un long silence. Puis, comme le président-directeur ne disait plus rien, Antoine, d'une voix hésitante :

— Vous y êtes pour quelque chose ?

Gillard se prit à sourire.

— Personne ne peut se réjouir de la mort d'un homme. Même si nous l'exécrons. Et Dieu sait si je le haïssais, ce type.

— Comment est-ce arrivé ?

Le président-directeur fronça les sourcils. Visiblement, la question l'embarrassait, mais Straub était trop proche de lui pour l'esquiver.

— Cette histoire vous intéresse ?

— Je suppose que oui.

Gillard hocha la tête et posa ses mains à plat sur la table, caressa le bois délicatement. C'était voluptueux, un tel confort, dans une époque aussi triste et rugueuse.

— Près de l'hôtel de Berny, non loin de chez vous du reste, peu avant minuit, un de nos hommes est arrivé à sa hauteur, d'un pas tranquille, sans éveiller les soupçons, et lui a tiré trois coups de revolver dans la poitrine. Puis un dernier, une fois à terre, en pleine tête. Une sorte de coup de grâce, en somme. C'est aussi fort pratiqué par la Milice, ce genre professionnel des tueurs de sang-froid.

De nouveau, un long silence.

— C'était le plus dangereux de nos administrateurs, reprit-il. Ensuite, j'ai été entendu par les services de la Gestapo. J'ai fait l'imbécile, comme de juste, avouant mon ignorance sur les activités de Joseph Pellegris, tout en affectant une grande émotion. J'ai payé le service funèbre à la veuve et assuré cette dernière de toute ma sympathie avec un gros chèque.

Le président-directeur remit ses lunettes, contempla le ciel gris à travers les verrières, d'un air rêveur. Tout l'ennuyait désormais, le jeu du chat et de la souris entre Allemands et Français, la solitude après les grands mensonges et le goût amer des incertitudes.

— Combien de temps nous faudra-t-il attendre encore avant que les Alliés débarquent sur notre sol ? Et le front russe, où en est-on ? Le savez-vous, Antoine ? Il est difficile de se faire une opinion avec toute cette propagande qui déferle…

Monsieur Straub donna son avis en y adjoignant une bonne dose d'optimisme. Gillard fit semblant de le croire pour lui faire plaisir, car le président-directeur était plutôt d'un tempérament défaitiste. Ils échangèrent ainsi durant quelques minutes leurs espoirs et leurs craintes.

— Sinon, nous quitterons la vieille Europe pour nous exiler. Les israélites nous ont précédés, du moins ceux qui disposaient de moyens. Je crains que nous n'ayons pas d'autre choix que partir un jour. Et Staline ? Avez-vous confiance en ce séminariste ? Le pacte germano-soviétique m'est resté en travers de la gorge. Qui nous dit qu'il ne recommencera pas à pactiser avec Hitler ? Dans cet endroit du monde, on hait encore plus les Anglo-Américains que les nazis…

Régis Gillard fit venir sa secrétaire, lui commanda du café et des gâteaux secs. Bien qu'il eût déjà pris son petit déjeuner, Antoine n'osa pas refuser. Le président-directeur était tellement épuisé qu'il avait envie de s'offrir en compensation quelques petits plaisirs, tant il prisait fort aussi la conversation avec

Straub. C'était une récréation rare, par ces jours tristes, de partager quelques instants de pure amitié. Car il n'entretenait aucune relation de cette sorte avec ses conseillers et ses administrateurs, même ceux qui étaient les plus enclins à partager ses inquiétudes. A la vérité, Gillard craignait la trahison, sachant d'expérience combien l'esprit humain est velléitaire sous la chape de plomb.

Après qu'on leur eut apporté un plateau, Straub évoqua sans grands détails son histoire :

— J'ai besoin d'un petit service. Que vous cachiez un jeune homme recherché par la police allemande.

Monsieur Gillard n'était point homme à s'engager à la légère, même s'il avait envie de rendre service à son collaborateur.

— Qui est ce jeune homme ? Un résistant ?

Etrangement, Straub ne s'était pas préparé à cette question. Son hésitation fut si palpable que Gillard n'insista guère :

— Quelqu'un de proche pour vous ?

— Oui, accorda son subordonné.

— Mais il ne faut pas que ce fugitif entre en contact avec notre réseau, n'est-ce pas ?

— Nous devons le tenir en dehors, indiqua Antoine.

— Ce serait préjudiciable au réseau ou à lui ?

— Au réseau, reconnut Antoine.

— Donc, il pourrait parler au cas où…

— En effet.

Le président-directeur se prit la tête dans les mains pour réfléchir. Puis il redressa la tête, vivement, l'air courroucé.

— Vous rendez-vous compte de ce que vous me demandez, Antoine ? De cacher un individu qui pourrait nous porter tort ? Et dont l'arrestation risquerait de faire tomber notre organisation ? Quel risque énorme…

— En effet. Je comprends vos réticences.

— En vaut-il la peine, au moins ?

— Je le crois. Chaque fois que des types rejoignent le maquis, le même risque est patent. Sont-ce des patriotes ou des mouchards ? Si jeunes et si inconstants, ils pourraient tout aussi bien verser dans la Milice que dans la Résistance…

Monsieur Gillard se mit à dévorer les gâteaux, goulûment, puis à se resservir un, puis deux cafés. Devant autant d'hésitation, Antoine pensa qu'il serait plus sage d'abandonner, de ne pas mettre plus longtemps Régis Gillard devant un choix qui le répugnait. Il lui suffisait juste de dire : « Oubliez tout ça. Faites comme si je ne vous avais rien demandé. Et restons-en là… » Mais la perspective d'abandonner le jeune Obertz lui était insupportable, comme s'il s'était agi de son propre fils. Et probablement, par ce sauvetage, cherchait-il à accomplir ce qu'il n'avait pu faire avec Raphaël, le tirer d'une mort certaine.

Puisque je n'ai pu préserver mon pauvre garçon, que celui-ci au moins échappe à son destin. Pâle consolation. Après tout, Alexandre n'a que deux ans de moins que Raphaël et le même visage d'ange.

— Je vous sens nerveux, dit soudain Régis Gillard en interrompant sa collation.

Il repoussa le plateau d'un air dégoûté.

— Avez-vous remarqué ? C'est maladif chez moi.

Il s'essuya les lèvres avec un mouchoir, très soigneusement, épousseta son plastron pour en éliminer les miettes.

— Que voulez-vous dire ? s'interrogea Straub.

— On croirait que j'ai passé mon enfance à avoir faim. C'est loin d'être le cas. Je vous le garantis.

— Peut-être que ma demande vous importune à un point tel que...

— Taisez-vous ! coupa Gillard d'un geste vif et tranchant.

Tant d'aménité n'est qu'une façade, se dit Antoine. Le président-directeur a une main de fer dans un gant de velours. Il se souvint de réunions du conseil d'administration interrompues ainsi, du même geste, d'un « Taisez-vous » sans appel, parce que le fond de l'air lui était devenu hostile et que les palabres de ses collaborateurs l'empêchaient de réfléchir.

Straub se leva de son siège, mais Gillard lui ordonna sur-le-champ de s'asseoir.

— Vous ai-je donné ma réponse ? Non... Elle ne vous intéresse plus ? Vous craignez de m'avoir posé un problème insoluble ? Ça vous honore, Antoine. Moi, je sais ce que vous êtes. Si vous venez frapper à ma porte pour me demander de l'aide, c'est que la question est d'importance.

Il lui rappela à mots couverts les parachutages, les sabotages d'Albert, sans s'étendre, et selon son habitude par deux ou trois mots-clés compréhensibles par eux deux seulement. La guerre continuait, sans répit, sans faiblir, opiniâtre. Pour Gillard, ironie de l'histoire, la dernière demande de Straub en faisait partie. Même si le président-directeur n'en comprenait pas la motivation profonde, ce n'était pas à lui de juger.

Antoine attendait, les bras croisés sur sa poitrine, le regard scrutant l'espace au-delà des verrières. La cathédrale apparaissait imposante au milieu des ruines. On se demandait par quel miracle elle avait échappé aux bombes. Ce désastre impressionnait aussi Gillard chaque fois qu'il venait dans cette vaste pièce si bien éclairée jusqu'au soir, en se disant que la reconstruction de la ville demanderait des efforts considérables. Il était impatient de connaître ce moment, d'y participer en faisant tourner ses fabriques à plein pour fournir les matériaux nécessaires.

— Je dispose d'une petite maison dans le quartier Saint-Leu, rue des Archers, précisément. Ce n'est pas luxueux, certes, mais assez confortable au demeurant pour y cacher votre protégé…

Antoine se fendit d'un sourire embarrassé. Le mot « protégé » sans doute employé à dessein lui paraissait fort ambigu.

— Il me faudrait l'y conduire au plus vite, avant que la Gestapo ne descende chez moi.

— A ce point-là !

Le visage de Gillard se mit à pâlir.

— Je vous fais déposer une enveloppe au secrétariat dans dix minutes, l'assura-t-il, avec les clés et l'adresse précise. Ne perdez pas de temps.

En quittant les bureaux, Antoine Straub se rendit aussitôt à l'adresse du quartier Saint-Leu. La maison était en briques rouges, comme celles des ouvriers construites entre les deux guerres dans le faubourg Saint-Maurice, à proximité des usines et des fabriques bordant la Somme. On y accédait par une étroite allée, en repoussant de la main la végétation qui en fermait l'accès. La physionomie des lieux rassura Antoine. De la rue, on distinguait à peine la présence d'une maisonnette à toiture basse, à cause d'un écran de saules et de lilas qui avaient proliféré sans contrainte. La demeure des Gillard paraissait abandonnée, livrée à la friche qui l'encadrait au plus près des murs. Il en fit le tour en piétinant des massifs d'orties blanches et d'iris et en écartant précautionneusement des hampes de rosiers qui avaient crû à la diable.

Straub poussa la curiosité jusqu'à visiter l'intérieur de la maison. Devant les amas de poussière qui recouvraient le mobilier, Antoine jugea que le jeune Obertz aurait au moins de quoi occuper son temps.

Après mille hésitations, elle se décida enfin, à tâtons dans le noir, non sans précaution. Il ne fallait pas que son pas fît craquer les marches d'escalier, qu'un geste par trop hésitant alarmât toute la maison. Ensuite, s'interrogeait-elle, m'ouvrira-t-il ? Il se peut qu'il dorme et que je ne parvienne pas à le réveiller.

Claire sentait son cœur battre à un rythme accéléré tant l'émotion la submergeait. C'était à la fois exaltant et terrifiant, ce défi qu'elle s'était lancé. Il lui semblait qu'ensuite, une fois le but atteint, elle ne serait plus la même Claire, pour le reste de sa vie. Du moins était-ce ce qu'elle pensait, profondément, et peut-être aussi ce qu'elle écrirait dans son petit journal, entièrement personnel cette fois. Car elle s'était rendu compte qu'un journal à quatre mains n'était d'aucune utilité pour ce genre de confession intime.

A chaque pas, elle écoutait le silence de la maison. Se pourrait-il qu'on la surprenne ? Sa mère, surtout. Elle avait le sommeil léger. Une épingle tombant sur le plancher attirait son attention. La jeune fille s'enhardit enfin, en atteignant les marches de brique. Celles-ci ne pourraient la trahir. Alors elle se hâta jusqu'à la porte de la cave.

Au début, monsieur Straub avait enfermé son pensionnaire jusqu'à ce qu'il se rebellât. C'était humiliant et ridicule de devoir faire ses besoins dans un pot de chambre. Alors, Antoine avait accédé à sa demande, à la condition qu'il ne sortît de sa cave qu'au milieu de la nuit.

A ce moment-là, Straub n'avait pas imaginé que cette privauté conduirait sa fille à rencontrer Obertz, et qu'une complicité se dessinerait entre eux. Peut-être aussi ne se décidait-il pas à voir que Claire avait l'âge, depuis longtemps, de courir les garçons.

Ce n'est pas aux filles de faire le premier pas, songea-t-elle, à l'instant de frapper à la porte. Elle retira sa main, comme si elle craignait de se brûler. C'était la première fois quelle s'autorisait une telle audace. Elle coupa sa respiration, posa son oreille contre le bois. Elle l'entendit aller et venir, ce qui parut la tranquilliser. Ainsi n'aurait-elle pas à insister, commettre des bruits inutiles. Il était impensable qu'elle pût se faire prendre à ce jeu. J'en mourrais de honte, se dit-elle.

Son poing entra en contact avec la porte. A deux reprises. Le bruit à l'intérieur de la cave cessa soudain. Un silence. Puis :

— Qui est-ce ?

— Claire, dit-elle d'une petite voix, si menue qu'elle trahissait son désarroi.

Un désir bien plus fort que la timidité. C'était peut-être le pas irréversible vers une passion ouvertement affichée.

La porte s'entrouvrit en grinçant un peu sur ses gonds. Claire se glissa dans l'entrebâillement avec une vivacité qui surprit le jeune homme. Elle avait craint sans doute qu'il ne la refermât aussitôt, pour honorer sa promesse à monsieur Straub de ne laisser entrer personne.

— J'avais envie de vous voir, Alexandre. Ce n'est pas bien, je sais, mais...

Le garçon s'était emparé d'un bougeoir pour le porter à hauteur du visage de sa visiteuse.

— Moi aussi j'avais envie de vous voir, dit-il. Mais tout m'est interdit, ici.

Puis Obertz la prit par la main et la conduisit à une chaise, tandis qu'il allait s'asseoir sur le bord du lit. Il posa la bougie sur un guéridon entre eux deux.

— Je ne suis pas très fréquentable, mais votre visite me touche profondément.

— Je ne sais rien de vous. C'est interdit d'en parler. Il y a comme ça des sujets de conversation qu'on ne peut aborder, dans cette maison.

— Bien sûr, dit-il d'un air résigné.

— Mais moi je me fiche de ça. Je suis libre d'aller et venir où je veux et quand je veux.

Il salua sa détermination d'un hochement de tête.

— D'ailleurs, je ne vais pas rester longtemps ici.

— Comment cela ?

— Pour ma sécurité…

Il prit un air important en annonçant la nouvelle :

— Votre père va me conduire dans un endroit plus sûr.

— Je pourrai aller vous voir, au moins ?

— Je ne sais pas, dit-il.

— Vous me donnerez votre future adresse ? Promettez-le-moi !

— Je vous le promets.

Il y eut un long silence pendant lequel on s'observa avec de légers sourires embarrassés.

— Est-ce bien raisonnable ? dit-il enfin.

— Si l'on ne devait faire que des choses raisonnables dans la vie…

Alors Obertz lui fit signe d'approcher pour la regarder de plus près. Sa main caressa sa chevelure.

— On devrait se tutoyer. Ça fait un peu ridicule, maintenant que nous nous connaissons, dit-elle.

Obertz en convint, ajouta qu'il ne s'était rien autorisé depuis son arrivée dans la maison des Straub parce qu'il s'estimait n'être rien de plus qu'un étranger, tout juste toléré.

— J'aime quand tu caresses mes cheveux, dit-elle.

— J'en avais envie, tellement envie. Mais je ne sais pas si c'est correct…

— C'est à moi d'en juger.

— En effet. Il y a longtemps que je n'ai pas caressé une chevelure de fille.

— Tu en as connu beaucoup, des filles ?

— Quelques-unes... mentit-il avec aplomb.

Claire alla s'asseoir à côté de lui.

— Moi, avoua-t-elle, je n'ai jamais connu de garçons. Je ne sais pas comment m'y prendre. Pourtant, je ne voudrais pas paraître effrontée. Ou alors, ce serait bien involontaire.

— Non, reconnut-il, tu n'es pas ce genre de fille, évidemment.

Elle parut rassurée. C'était une question à laquelle elle avait longuement songé, les premiers pas avec les garçons. Et pour lui montrer qu'elle n'était pas aussi stupide qu'elle en avait l'air, elle ajouta :

— Les hommes, eux, sont moins timides. Ils ne se posent pas de questions. Ils se précipitent sur tout ce qui se présente.

— Comment sais-tu ça ?

— De ma mère, reconnut-elle. Elle m'a mise en garde contre les garçons. Une fois qu'ils ont obtenu ce qu'ils désirent, ajouta-t-elle en singeant le propos de sa mère, ils nous laissent tomber comme des vieilles chaussettes.

Alexandre se défendit d'avoir de telles idées en avouant, au passage, que les hommes avaient tendance à exagérer le nombre de leurs conquêtes. Claire comprit alors qu'il n'était guère plus aguerri qu'elle. Elle s'en amusa. Après tout, cette découverte lui allait bien. Ça correspondait mieux à sa vision romantique des choses.

— Je ne sais pas grand-chose, confessa-t-elle, et quand on ne sait pas grand-chose on ne voit le monde qu'à travers l'expérience des autres. C'est une dépendance fâcheuse. On a peur de s'engager, même si on en a un vif désir. Peut-être que le désir doit primer sur tout le reste ? Sinon, rien n'arrive.

Alexandre posa ses lèvres sur celles de Claire, furtivement, comme un baiser volé. Sur le coup, elle lui en voulut d'une telle audace. Mais je l'ai bien cherché, se dit-elle. Il voulut recommencer, mais elle esquiva son geste.

— J'ai besoin de réfléchir, dit-elle en signe d'excuse. Ça va trop vite, pour moi.

— Oui, reconnut-il. Tu n'es pas ce genre de fille.

— Ce n'est pas tout à fait ça. Je te trouve à mon goût, oui, bien sûr, tout à fait attirant même. Mais je ne sais pas encore si je t'aime assez. Pourtant, je me sens bien avec toi. Peut-être est-ce une idée folle qui me traverse l'esprit, mais nous devons, l'un et l'autre, nous donner un peu de temps.

Claire retourna s'asseoir sur le tabouret, à petite distance. Maintenant, elle se reprochait d'être venue près d'Alexandre, trop près sans doute, mais se refusait à croire qu'il s'était mal conduit avec elle en brûlant les étapes. C'était elle, bien sûr, qui avait été imprudente.

— J'ai des sentiments pour toi, dit-il en tentant d'effleurer ce long corps mince drapé dans une robe de chambre en satin pastel.

— Oui, sans doute sommes-nous attirés l'un vers l'autre, mais ça ne fait pas tout, dit-elle, comme négligemment.

Il tenta d'agripper ses genoux par-dessus le guéridon, pour sentir sous ses doigts sa chair nue, là où les pans de la robe de chambre bâillaient un peu, qu'elle avait distraitement laissés aller. Elle se reprit en ajustant le tissu, là juste où elle avait surpris son regard.

— Que sais-je, moi, des garçons, s'ils sont sincères ou non ? Comment pourrais-je en être sûre ? Tout ce que je connais d'eux et de l'amour, je l'ai lu dans les livres…

— Les livres ? fit-il en poussant un soupir. Il n'y a que ce qu'on ressent qui compte. Et moi, j'ai des sentiments pour toi. Tu m'attires. Tu m'attires tellement que je voudrais que nous soyons ensemble, tout le temps. Au lieu de ça, je croupis dans cette cave à attendre je ne sais quoi. Mais j'ai bien compris que les événements tendent à nous séparer alors que nous ne le souhaitons pas.

— Je ne sais pas ce que je souhaite. Mon opinion sur ce sujet change d'une minute à l'autre. Tantôt je voudrais me jeter dans tes bras, et tantôt me tenir à distance pour te mettre à l'épreuve… Si tu avais lu certains romans, tu comprendrais tout cela.

— Je ne les ai pas lus. Lequel parle de ça, au juste ?

Il caressa du bout des doigts la pile de livres que monsieur Straub avait mise à sa disposition, et maladroitement en fit chuter une demi-douzaine. Claire alla en ramasser un, le tendit au jeune homme.

— Celui-ci, dit-elle.

— *Madame Bovary*… C'est quelqu'un comme toi, cette madame Bovary ?

— J'espère que non. Enfin, c'est plus compliqué. Sa passion est comparable à toutes les passions, mais son destin, finalement, n'est guère enviable.

— C'est triste ?

— La fin est très triste.

— Alors je ne le lirai pas. J'ai mon compte.

— Lis donc autre chose, alors.

Il se mit à feuilleter le roman de Flaubert, piquant une phrase par-ci, une phrase par-là.

— Je suis trop préoccupé par ma situation. J'ai comme une épée de Damoclès sur la tête. Mais je ne peux pas me plaindre. Ce ne serait pas juste. En vérité, c'est moi, et moi seul, qui me suis fourré dans ce pétrin. Encore heureux que ton cher papa veuille m'en sortir.

Claire haussa les épaules en l'observant d'un regard brillant.

— Tu n'as fait que ce que tu devais, fit-elle. Pourquoi se reprocher de combattre ces barbares ?

Il se prit la tête dans les mains. C'était le mensonge qui le dévorait déjà, pernicieusement.

— Tu ne sais pas tout de moi…

— Certes non. Mais sur cette question, je ne veux rien savoir.

— Tu voudrais que nous soyons amis et rien d'autre ? Non, se défendit-il, ce serait trop triste.

— Je ne sais pas.

Elle se mit à réfléchir en silence en fixant la flamme

de la bougie qui oscillait, sensible au courant d'air du soupirail.

— Souvent, l'amitié vient après la passion amoureuse, lorsque celle-ci s'éteint. Ce serait comme une sorte de compensation.

— Alors je ne veux pas de ton amitié, Claire.

Elle se mit à rire, se leva en rajustant sa robe de chambre. Il s'en vint vers elle pour la prendre dans ses bras. Elle se laissa embrasser de nouveau, mais lui demanda aussitôt de desserrer son étreinte. Cette défense parut le blesser. Il tomba à ses genoux. Elle lui demanda de se relever, que cette manière était indigne d'un héros.

— Moi, un héros ? Où as-tu été chercher ça ?

— Modeste, fit-elle en lui tendant le dos de la main pour qu'il la baisât. N'aie crainte, Alexandre, nous nous reverrons.

— Je ne sais pas, maugréa-t-il en se tournant vers le mur.

Puis Claire quitta la cave d'un pas précipité.

8

Monsieur Straub, en homme avisé et prévoyant, avait fait le ménage dans le grenier. Il avait transporté le poste émetteur AMK III à Villers-Saint-Charles, ainsi que deux revolvers, le sien, un Browning Baby, et le Luger d'Obertz. Cela fait, il était revenu rue Bénard pour terminer le travail : journaux, dossiers, documents, des archives assez anodines en vérité, mais l'époque exigeait dix fois plus de prudence qu'à l'ordinaire. Ce qui apparaît dans une situation normale sans importance peut prendre des tours dramatiques dans une période troublée et infâme comme celle que nous vivons, pensa-t-il.

Attirée par le remue-ménage, Elisabeth monta dans les combles pour y questionner son mari. Tout en s'affairant, Straub ne prit pas la peine de lui répondre. A la vérité, il n'avait rien à lui dire. Mais elle entra du coup dans une vive colère. Cela lui était devenu insupportable à vivre, toutes ces cachotteries, ces épais silences.

— Que suis-je devenue, pour toi ? Une étrangère ? Même Claire en sait plus que moi…

Il releva la tête, s'essuya le visage avec un mouchoir. La poussière charbonnait sa peau. Il n'aimait pas se montrer sous cet angle-là, pris dans une agitation qu'il ne parvenait plus à dissimuler. En vérité, monsieur Straub se laissait dominer par son angoisse, lui dont le contrôle des émotions était légendaire, à l'usine, dans les bureaux, sur le terrain.

— Tu ferais mieux de redescendre, conseilla-t-il. Il n'y a rien d'intéressant pour toi, ici.

— S'il n'y a rien à voir pour moi, pourquoi y aurait-il quelque chose pour toi, d'intéressant ? insista-t-elle.

— Nous risquons d'avoir de la visite, lâcha-t-il.

— De quelle visite veux-tu parler ?

— Une visite peu plaisante. Je ne puis en dire plus.

Elisabeth décida à ce moment, piquée au vif, de faire de la résistance. Elle s'assit sur une caisse au centre du grenier, dans la poussière qui la faisait éternuer. Elle ne voulait rien perdre du remue-ménage. Et peut-être avec un peu de chance trouverait-elle la réponse. Il consulta les vieux livres, en ôta quelques-uns qui lui paraissaient compromettants. Même les boîtes de vieilles cartouches, la bourre, la petite poudre grise à fusil et les plombs furent retirés promptement. Tout cela lui faisait pourtant un beau souvenir d'enfance, un cadeau de son grand-père Rodolf, le chasseur de loups des Ardennes.

— J'ai compris ! s'écria soudain Elisabeth. Oh mon Dieu, qu'allons-nous devenir ?

— Rien de plus que ce que nous sommes présentement.

Straub fouilla et refouilla méticuleusement le moindre recoin des combles, sachant qu'on laisse toujours des choses derrière soi, par inadvertance, par étourderie. La présence d'Elisabeth perturbait sa méthode. Il s'obligeait à revenir là même où il était passé, quelques minutes auparavant. Enfin, son examen l'ayant conduit à la sortie du grenier, il jugea qu'il pourrait refermer la trappe au cadenas, la conscience apaisée. Si ça les amuse, ils n'auront plus qu'à ratisser l'espace, millimètre par millimètre… Qu'on ne compte pas sur moi pour les aider, se dit-il. Nous les laisserons aller et venir à leur guise, n'est-ce pas ? maugréait-il en se parlant à lui-même.

Enfin, pour parfaire son œuvre, Antoine éparpilla quelques *Signal* dans la poussière, parmi les cruches brisées et les casseroles usagées. On dirait que personne n'a fait le ménage dans ce grenier depuis dix ans au moins, nota-t-il, l'âme tranquille.

— C'est à cause de l'autre ? demanda Elisabeth.

Antoine répondit par un mouvement de tête. Puis il alluma un bon cigare que lui avait offert Gillard. C'était un plaisir qu'ils partageaient ensemble à la sortie des réunions du conseil d'administration, en faisant les cent pas, échangeant discrètement en mots codés leurs impressions. Ce doucereux plaisir leur caressait les neurones, excitait leur alacrité.

— Tu crois que nous avons été dénoncés ? s'inquiéta Elisabeth.

— Et alors, quelle importance !

— Bien sûr, je ne te demanderai pas où tu l'as caché ?

— Non, ce serait inutile.

— Et si l'on nous interroge ? Avec ces manières

brutales et sauvages qui les caractérisent, que dirons-nous ?

— Rien.

— Toi, tu pourrais parler, parce que tu sais où il se cache. Mais moi ?

— Tu ne sais rien et tu ne diras rien. C'est mieux ainsi.

— Ne serait-ce pas plus sage, si cette affaire tourne au vinaigre, de le leur donner ?

Monsieur Straub entrouvrit la fenêtre pour laisser partir la fumée de son cigare. Il se mit à tirer des bouffées à la suite, rageusement, tout en mordillant l'embout.

— Ça n'arrivera pas.

Il fut pris d'un doute, regretta d'avoir déposé au four numéro 5 son revolver de poche. Certes, ce n'était pas raisonnable de le garder avec soi, mais il se sentait extrêmement démuni sans lui. Souvent, il s'était juré, au cas où il se ferait prendre, de se tirer une balle dans la tête. L'idée même de la mort ne l'angoissait guère, tant qu'elle restait une affaire lointaine. Certes, aller à sa rencontre d'un geste décisif et radical n'était pas la même chose que de l'attendre de loin. Cette sorte d'indifférence lui était venue après la mort de son fils. Dans l'explosion du chagrin, il avait jugé que son existence même perdait tout sens. Puis la rage lui était venue contre l'occupant, une rage animale, bestiale, une colère froide qui ne l'avait jamais possédé auparavant et qu'il avait dénichée en lui, non sans volupté. Dès lors, s'était-il dit, je puis me venger, tuer, assassiner, sans un gramme de réprobation. Décidément, s'avoua-t-il en tirant sur son cigare, la guerre aura fait de nous des bêtes sauvages, sanguinaires, alors que nous n'étions que d'aimables citoyens enclins à la bonté et à la bienveillance.

Straub descendit dans la cave et se mit à vider sur le sol les fameuses caisses où Elisabeth avait rassemblé les débris de sa vaisselle, toutes les porcelaines d'avant-guerre, les couverts d'argent, les batteries de cuisine en cuivre... Cela fit un sacré vacarme en s'éparpillant sur le sol. Je dirai à mes visiteurs que c'est là toute leur œuvre, ce saccage, et que nous n'avons pu nous résigner à y mettre bon ordre.

Boum boum boum... Minute de vérité.

— C'est eux ? s'écria Elisabeth. Entends comme ils frappent à notre porte... Des barbares !

— Tais-toi donc. Va dans la chambre. Et laisse-moi les recevoir.

Monsieur Straub boutonna son complet, resserra le nœud de sa cravate. Puis il descendit à leur rencontre, sans se hâter, d'un pas égal, un peu las. Je me doutais qu'ils viendraient à la tombée du soir, se dit-il, assurés de nous trouver, ou plutôt de nous surprendre dans notre intimité. Beaucoup de Juifs ont été ainsi arrêtés à la table familiale, au moment où tout paraissait calme et serein.

— Antonius Straub ? fit l'Unteroffizier.

Ses deux acolytes, trois pas en arrière dans un ciré en cuir noir, se tenaient près de la Traction avant, portières ouvertes. L'un d'eux portait une mitraillette, canon à hauteur de la ceinture. On ne distinguait pas leurs visages sous le chapeau feutre, ce qui paraissait plus inquiétant encore. Straub prit le temps de les observer. Le sous-lieutenant de la Gestapo reposa sa question d'un ton sec.

Antoine tendit ses papiers. L'homme prit le temps de les examiner avec sa lampe de poche.

— Interrogatoire, lança-t-il en faisant signe à ses deux Oberschütze d'approcher.

Et sans ménagement ils entrèrent dans le couloir, montèrent à l'étage en parlant haut et fort, comme s'ils ne savaient s'exprimer autrement qu'en aboyant. Ils parcoururent les pièces de la maison au pas de charge et n'y trouvèrent, évidemment, qu'Elisabeth, puisque Claire avait eu la bonne idée d'aller passer sa soirée chez Pierrette Lameur, rue des Trois-Cailloux.

L'un des hommes redescendit quatre à quatre en bousculant Straub, s'arrêta à la hauteur de son chef.

— La cave !... dit celui-ci en claquant des doigts.

Puis il poussa Straub jusque dans son salon.

Là, il ôta ses gants de cuir sans se hâter, tout en continuant à fixer Antoine. Il y avait de la défiance dans son regard, et un peu de moquerie. La morgue des vainqueurs, pensa Straub.

— Connaissez-vous Alexandre Obertz ?

Antoine tarda à répondre. Alors l'homme s'approcha jusqu'à venir lui saisir l'encolure de son veston.

— Oui, mais si peu...

— Comment cela ?

— Mon frère s'est remarié avec une certaine Marguerite Obertz. Ce jeune homme est donc son beau-frère. Peut-être connaissez-vous Paulus Straub ?

— Ce n'est pas vous qui posez les questions.

Antoine hocha la tête en soutenant le regard de l'officier de la Gestapo. Ni l'un ni l'autre ne baissaient les yeux. Straub savait qu'en abaissant le regard il perdrait la partie.

— Pourquoi devrions-nous connaître votre frère ?

— N'est-il pas l'ami du Gauleiter Wagner ?

L'officier poussa un éclat de rire.

— Personne n'est l'ami du Reichsstatthalter Wagner, et surtout pas un Français. Un petit Français…

Il insista sur cet *elen kleines Französisch* en postillonnant. Straub serra les mâchoires tout en continuant à soutenir son regard.

— Alsacien et forte tête. *Elsässer und starker Kopf…*

Straub répéta ces mots en y mettant le ton et ajouta :

— *Und leutnant in den Körpern-offen während des Krieges von 14 mit, zwei Zitaten…*[1]

— *Patriot !* s'exclama l'officier de la Gestapo.

— *Ist es eine Unehre ?*[2]

L'Unteroffizier se mit à tourner autour de Straub en martelant le sol de ses talons. Antoine demeura immobile, sans un cillement du regard, peu impressionné par le jeu de son interrogateur. Il s'attendait au pire, en vérité, qu'on l'emmenât au siège de la Gestapo pour une confrontation plus sévère. L'homme

1. « Et lieutenant dans les corps francs durant la guerre de 14, avec deux citations… »

2. « Est-ce un déshonneur ? »

guettait sur le visage du Français les premiers signes de la peur, quelques perles de sueur, des petits tremblements...

— Que voulez-vous savoir sur Alexandre Obertz ?

— Nous le recherchons.

Temps de silence. Monsieur le sous-lieutenant de la Gestapo avait sa manière bien à lui d'interpréter sa partition, aboiements, silences, gestes intempestifs. Il aimait à bousculer ses proies pour ensuite juger de leurs réactions. Peu à peu, il les poussait dans leurs derniers retranchements. Ce n'était qu'ensuite que l'on jouait de la manière forte : gifles, coups de schlague et tutti quanti.

— Pourquoi le recherchez-vous ?

Le sous-officier le considéra d'un sourire amusé. Comme si nous ne savions pas, vous et moi, semblait-il penser, que le petit Obertz a déserté sa brigade et qu'il se cache, honteusement, pour échapper à sa punition.

— Allons, monsieur Straub. Vous savez parfaitement ce qui nous amène chez vous. Nous avons toutes les raisons de croire que vous cachez ce jeune homme. Cette complicité vous coûtera la vie.

Il fit le geste d'une lame de couteau qui tranche la gorge.

— Je n'ai pas vu Alexandre Obertz depuis dix ans au moins, affirma Antoine.

— Monsieur joue l'innocent. Mais personne n'est jamais innocent. C'est ainsi. Avec nous, on ne veut jamais dire la vérité. C'est pourquoi, monsieur Straub, nous sommes souvent contraints d'employer les grands moyens. *Kleine schlau !* N'auriez-vous pas vu récemment votre frère ?

— Oui, sans doute. Mais nous n'avons pas parlé d'Alexandre Obertz...

— Menteur !

— Paulus ne me fait pas de confidence. Il n'a aucune confiance en moi, pour tout vous dire, monsieur l'officier. Nous n'avons jamais été en bons termes. Et je ne vois pas pourquoi j'aurais caché le jeune Obertz ? Il n'est rien pour moi. Rien du tout.

Pour la première fois, le chef de la Gestapo parut décontenancé. La fiche de renseignements concernant Antonius Straub ne comportait rien qui puisse laisser entrevoir une activité dans un réseau de Résistance. Et dans le cas contraire, il eût été illogique qu'un Straub cachât un individu aussi insignifiant qu'Obertz, membre de la brigade Frankreich.

L'Oberschütze réapparut à cet instant, prit son chef à part pour lui faire un rapport succinct. Il avait visité la maison Straub de fond en comble, de la cave au grenier, et n'avait rien découvert. Elisabeth, qu'il avait interrogée aussi, s'en était tenue à la version de son mari. « Notre dernière rencontre avec Alexandre Obertz remonte à dix années au moins... C'était alors un garçonnet bien sage, qui passait ses journées à pêcher dans le canal... »

Les agents de la Gestapo se retirèrent en bon ordre, jurant qu'on les surveillerait aussi longtemps que ce serait nécessaire. Rien ne se pouvait conclure sans menaces. Mais Antoine reçut celles-ci avec flegme.

A la vérité, il jubilait intérieurement de la facilité avec laquelle il avait roulé la police allemande.

— Bien sûr, expliqua-t-il plus tard à son épouse, encore toute tremblante sous l'effet de la peur, ces gens ne peuvent pas imaginer une seule seconde qu'un patriote comme moi, soldat de 14 aux deux citations, puisse venir en aide à un petit salaud comme Obertz…

— Et pourtant, c'est bien le cas.

Antoine se mit à hocher la tête. Même Gillard ne parvient pas à comprendre mon geste, pensa-t-il, dans ce monde tourneboulé où l'on privilégie la terreur à la pitié.

9

Pierrette Lameur l'avait pourtant mise en garde, mais est-il plaisir plus exaltant que la désobéissance ? Et donc, sans rien dire à personne, même après avoir promis à son amie des Trois-Cailloux de se tenir à carreau… à fort vifs coups de pédale, de bon matin, Claire se rendit au quartier Saint-Leu. Elle fut interceptée deux fois par les Allemands, mais la jeune fille n'eut qu'à tendre sa pièce d'identité avec un joli sourire pour passer sans difficulté. On ne prit pas la peine de fouiller son sac arrimé sur le porte-bagages. On n'y eût rien trouvé d'extraordinaire : une bouteille de cidre, de la confiture de lait, du bisteu et deux misérables saucisses. Mais aussi, et là c'eût été plus difficile à justifier, une fiole de calvados qui, elle, avait été acquise au marché noir, chez la mère Poupard, rue de Noyon. C'était là, dans une cave infâme, en se faufilant entre les barriques, ployant la tête pour ne pas se cogner aux jambons qui pendaient aux solives, qu'elle avait tendu ses trente francs aux doigts crochus de la maquerelle (on disait de cette mégère qu'elle faisait turbiner une douzaine de filles sur le quai de Somme). « Du fort ou du coupé ?

— Du fort. — Alors ce sera dix de plus... — Vous ne me roulerez pas. Je connais vos tarifs. » Et sans prévenir, Claire Straub lui avait arraché des mains la bouteille de calva, avant de disparaître sous les injures : « Traînée de bourgeoise ! Petite salope ! Raclure ! Toi aussi, tu finiras tapeuse, comme les autres, les pattes en l'air !... »

Elle décida d'allonger son trajet en évitant les ruelles encombrées autour de la cathédrale, gagna la Somme par le pont du Cange. C'était un secteur d'Amiens que Claire connaissait bien. Avec son père, elle avait souvent emprunté ces chemins pavés pour se rendre au port d'Amont, aux hortillonnages ou à Rivery, acheter du poisson, de la tourbe ou des légumes frais. Ainsi aborda-t-elle la rue des Archers, côté petit canal. Elle posa un pied à terre et avança en tenant son vélo par le guidon. Bien sûr, elle repéra aisément la petite maison des Gillard, bien qu'elle fût cachée de la route par cette exubérante végétation propre aux jardins laissés à l'abandon. Depuis le début de la guerre et l'exode des habitants, ça ne manquait pas, à Amiens, les parcelles en déshérence, surtout dans les quartiers périphériques tels ceux de Saint-Leu ou de La Hotoie. Claire s'enfila sous les saules dont les hautes branches débordaient sur la toiture. Elle sentit une odeur de fumée de bois et comprit que le petit cousin Obertz faisait cuire ses repas dans le fond du jardin, bien que papa Straub lui eût formellement interdit de se signaler par quelque exploit de ce genre.

Claire le dénicha devant l'entrée de la maison en

train de faire sa toilette. Il avait accroché une glace sur le panneau de porte et se rasait avec un coupe-choux. Elle se tint en silence derrière lui, ne voulant point le surprendre de peur qu'il se coupât. Quand le jeune homme eut terminé, il rinça son rasoir à main dans la bassine d'eau. La visiteuse contempla son torse nu avec l'envie d'y plaquer soudain les mains. Elle se retint en faisant volte-face, jugeant que sa conduite n'était pas correcte pour une jeune fille comme elle.

— Toi ? Ici ? Déjà ? s'écria Alexandre.

La jeune fille ôta son chapeau, le tint plaqué contre son ventre. Quelques mèches de cheveux s'étaient déployées sur son visage où on lisait à la roseur de ses joues qu'elle avait pédalé énergiquement sur sa bécane. Alexandre s'avança pour la prendre dans ses bras, mais elle lui montra quelque timidité. Il se souvint alors de leur dernière rencontre dans la cave et de la manière dont elle avait fui ses avances. Pourtant, à la voir ainsi revenir vers lui, n'y avait-il pas de quoi reprendre espoir ?

— Pas comme ça, Alexandre, se défendit-elle. Ce serait trop bête. Si tu as autant d'estime pour moi que j'en ai à ton égard, alors tu peux me comprendre.

— Il n'empêche que…

— Quoi, Alexandre ?

— Rien.

Il rentra dans la maison pour aller enfiler une chemise. Claire demeura sur le seuil, hésitante, plantée dans sa jupe en drap violine qui lui tombait jusqu'aux genoux. Le haut de son complet était de même couleur, avec des fantaisies brodées ton sur ton. Elle portait des sandales en chevreau violet et des socquettes blanches roulées sur les chevilles.

— Les pièces sont humides, dit-il en revenant. J'ai commencé à faire un peu de feu dans la cuisinière, mais ça ne tire pas du tout. Et puis le bois est rare. Il a perdu toute son essence, du reste. Ou ça brûle comme des allumettes, ou ça se consume sans fin en faisant une fumée d'enfer…

— Je t'ai apporté de quoi déjeuner.

Elle alla chercher sur le porte-bagages de sa bicyclette le sac en cuir. Puis elle déballa les affaires sur une table grise qu'Obertz avait appuyée contre le mur de la maison.

— Ça me changera des boîtes de conserve, dit-il d'un sourire attristé.

De sa cuisine Obertz rapporta une assiette pour y déposer le pâté de pommes de terre. Il était assez imposant pour faire deux parts généreuses. Et quand il vit la bouteille de cidre, il n'y tint plus, fit sauter le bouchon et lampa une gorgée à même le goulot.

— Ça fait chaud au cœur, dit-il en tendant la bouteille à Claire, qui la refusa. Je me dis parfois que j'ai beaucoup de chance. Sans ton père, la Gestapo m'aurait repris…

— Comment ça, « repris » ? Tu n'es jamais tombé entre leurs mains. Sinon, il ne t'aurait pas relâché. Je sais comment ils traitent les résistants. Ils les torturent pour les faire parler et ensuite ils les fusillent.

Obertz cacha son visage derrière ses larges mains. Il se sentait envahi par la honte.

— Que crois-tu, petite ? Je sais tout ça.

— Que fais-tu de tes journées ? demanda-t-elle en ramenant deux chaises qu'elle installa près de la table sous les frondaisons des lilas et des charmes.

— Je réfléchis, je dors et je m'ennuie.

— Et il t'arrive de quitter cet endroit ?

— Le soir, je vais aux hortillonnages ou vers le chemin de halage. Ton père m'a donné des adresses pour acheter à manger.

— Tu as de l'argent ?

— Assez.

— Comment ça ?

— Je ne peux rien dire.

Malgré le petit vent qui apportait les odeurs de vase de la Somme, il faisait une température assez douce pour la saison. Claire décida de visiter le jardin en suivant l'allée. Au fur et à mesure de ses pas, elle écartait les branches basses de saules, mais elle s'en revint rapidement, à cause de la végétation qui empêchait d'atteindre le mur en briques rouges.

— Cette jungle me protège des regards indiscrets, dit-il d'un air important. C'est salutaire pour moi.

— Je ne te demanderai pas ce que tu faisais dans la Résistance… Mais à mon avis, tu dois être quelqu'un d'assez important, pour qu'on se donne autant de mal à te protéger.

Il ne répondit pas. Mais à sa manière de réagir, par petits sourires de connivence, on aurait pu voir qu'Obertz prenait goût au jeu. Et après tout, sa dignité devrait-elle en prendre un coup, il trouvait la situation des plus confortables. Aux yeux de Claire, elle le plaçait sur un piédestal. Il ne demandait pas mieux, pour satisfaire, présentement, ses ambitions. Et son mensonge, soudain, l'enhardit à se montrer plus entreprenant, comme s'il reprenait la scène de la cave, là même où elle s'était interrompue. Il voulut la faire asseoir sur ses genoux, mais Claire n'y resta que le temps d'un soupir.

— Nous devons nous conduire en adultes, Alexandre.

— Justement, releva Obertz. Nous ne sommes plus des enfants. Tu sais combien j'ai des sentiments pour toi.

Elle se mit à le regarder avec tendresse.

— Tu ne devrais pas courir les rues d'Amiens, la nuit. C'est tenter le destin. Risquer de te faire arrêter, alors que tu es recherché ?

— N'aie crainte, tout est prévu, défendit-il en tapotant la poche arrière de son pantalon.

— Comment cela ?

— Je ne devrais pas le dire, mais…

— Mais quoi ? Je veux tout connaître sur toi.

— Je t'intéresse à ce point-là ? Première nouvelle !

Elle lui prit le visage dans ses mains et le gronda, le morigéna, si subtilement qu'il n'en saisit pas tout le sens, car elle ne voyait en lui, à cet instant, qu'un homme égaré dans un combat trop grand pour lui.

— Je sais que tu ne peux pas tout me dire. Mais de belles confidences venant de toi, ce serait une preuve d'amour. Crois-tu que je pourrais te trahir ? Me crois-tu assez stupide ?

— Oh non, fit-il en la prenant dans ses bras.

Mais Claire tenait à cette preuve d'amour. Il sentit que sans cela leur histoire n'irait plus loin.

— J'ai de faux papiers.

Il tira de sa poche un porte-cartes dans lequel était glissée une pièce d'identité.

— Désormais je m'appelle Aulnois, Patrice Aulnois, et je suis né à Beauvais en 1921. C'est aussi simple. Une vie toute neuve s'ouvre devant moi, aussi longtemps que durera la guerre.

— Et aussi longtemps, ajouta Claire, que cette fausse identité te servira.

— Que veux-tu dire ?

— Ne fais pas l'idiot, Alexandre. On pourrait découvrir un jour la supercherie au cours d'un interrogatoire. Ne sous-estime pas les services de la police allemande... Ils sont venus à la maison et ont interrogé mon père.

Obertz se mit à trembler de peur. Il se détourna ostensiblement pour cacher son désarroi. Mais Claire vit son trouble et en fut étonnée. Sa réaction ne collait guère avec l'image qu'elle s'était faite d'Alexandre, un combattant de l'ombre, traqué mais courageux et téméraire, et que rien ne saurait ébranler.

— Rassure-toi. Ils sont repartis bredouilles. Papa a su leur parler. Nous, les Straub, nous ne savons pas où tu te caches.

— Ils ont gobé ça ?

— Bien sûr.

— Ton père est formidable. Je ne saurai jamais comment le remercier.

— En faisant preuve de prudence, jusqu'à ce que

tes camarades te récupèrent et que tu retournes bien au chaud dans ton réseau.

Alexandre se mit à branler la tête de droite à gauche.

— Je n'en ai pas la moindre envie. Je veux rester caché. Bien au chaud, comme tu dis, ici. Avec tes visites régulières, je peux tenir jusqu'à la fin de la guerre. Nous avons besoin de cette tranquillité pour nous aimer, Claire, affirma-t-il en la prenant dans ses bras et en posant un baiser furtif sur ses lèvres.

Quelques instants plus tard, ils décidèrent de profiter des victuailles qu'elle avait apportées, tout en buvant du cidre. En entrant dans la bicoque des Gillard, Claire fut surprise par la tristesse des lieux, elle qui était accoutumée aux intérieurs confortables avec tentures, rideaux, cadres et meubles de caractère. C'était une maison de pauvre, avec tout juste le strict nécessaire, des chaises, une table, un lit et une petite commode. Les murs étaient gris, l'atmosphère sentait le renfermé, le moisi. En vérité, Obertz avait fait le minimum de ménage, juste un coup de balai pour enlever la grosse poussière. Elle se proposa de l'aider, mais il refusa. Ce n'était pas ce qu'il attendait d'elle et, au fond, il se fichait bien que son refuge ne fût pas un palais.

Ils s'installèrent sur la petite table du dehors, l'un en face de l'autre, genoux contre genoux. Elle lui laissa les deux parts de bisteu, qu'il dévora. Cette saveur de lard rance imprégnant la purée de pommes de terre était répugnante. Alexandre s'en accommoda volontiers. Depuis plusieurs jours, il ne mangeait que des boîtes de mauvais pâté accompagné de tord-boyaux.

A la fin, Claire ôta le papier journal qui enveloppait la fiole de calvados. Elle accepta de trinquer avec lui.

— Tu as dû payer ça une fortune ?

— C'est du fort, dit-elle en repensant à la mère Poupard.

Alexandre jeta un œil sur l'étiquette, reconnut une bonne marque du pays d'Auge, une vieille réserve. Il paraissait s'y connaître en la matière. Peut-être était-ce tout ce qu'il avait retenu des leçons de Paulus, épicurien avant de devenir fasciste. Il se resservit un demi-verre et le dégusta avec volupté.

— Ça ne fera pas long feu.

Elle se mit à rire. Il pressa de nouveau ses lèvres contre les siennes, comme pour se rassurer sur la suite des événements.

— Ça fait si longtemps que je n'ai pas bu de la bonne gnôle, ajouta Obertz.

Et il songea au misérable kartoffelschnaps d'Essen, que l'on servait dans les bouis-bouis proches des baraquements français et qui coûtait les yeux de la tête. Il avait espéré, un temps, que sa seule qualité de travailleur volontaire pour l'Allemagne lui vaudrait la vie de château. Quelle déception, mazette !

Claire connut l'amour en quatrième vitesse. Son amant n'avait pas les idées assez claires pour lui laisser un souvenir impérissable. En se détachant d'entre ses bras, elle comprit qu'Alexandre n'avait pas connu autant de femmes qu'il le prétendait. Peut-être, pensa-t-elle, un brin déçue, un brin désenchantée, a-t-il croisé l'amour avec deux ou trois filles tapinant autour de la gare d'Essen. Sans doute n'était-elle pas si éloignée de la vérité.

Elle se hâta d'aller laver sa culotte dans l'évier de la cuisine, avec tristesse. Les taches de sang, qu'il avait tirées d'elle, sans ménagement, à grands coups de reins, étaient tenaces sur le tissu. Pourtant, elle ne voulait pas que sa mère puisse découvrir la vérité, que sa petite Claire n'était décidément plus la jeune fille rangée qu'elle espérait garder longtemps encore auprès d'elle.

L'amant, toujours au lit, la cigarette au bec, les bras croisés derrière la tête, la regardait aller et venir, fier de son exploit. Il se disait qu'il remettrait bien le couvert, mais peut-être était-ce trop demander pour une jeune fille à peine déflorée. Car monsieur Obertz avait tout imaginé, mais point qu'elle fût vierge. C'était un cadeau qui ne lui faisait même pas plaisir. Et il avait beau répéter d'un ton énamouré qu'il l'aimait, l'aimait si fort, si intensément, sa Claire chérie, ça sonnait faux dans sa bouche. Alexandre n'était peut-être pas doué pour les sentiments. Mais pour quoi donc l'était-il ?

A la réflexion, il se trouvait plutôt bon sur ce coup-là.

Je vais la demander en mariage et ce sera une belle affaire… se disait-il en tirant sur son clope, bouffée après bouffée… L'alliance avec les Straub, un futur beau-père directeur chez Gillard, une bonne maison, de l'argent, des relations… Il est temps de te placer, mon cher Alexandre, de te faire une place au soleil, et ensuite de voir venir, petit à petit. Car du côté du beau-père actuel il n'y a rien à espérer, désormais. La voie est bouchée. Le saligaud, il t'aura entraîné dans la plus sale affaire du siècle, un engagement forcé chez les nazis. La guerre finie, place aux vainqueurs, les collaborationnistes passeront à la casserole. C'est couru d'avance. Et Paulus en tête. Pourvu qu'on m'oublie au passage. Mais après tout, je n'aurai été qu'un chien de paille. Je ficherais mon billet que cette alliance Obertz-Straub me sauvera in extremis. Si ce n'est pas du génie, mon cher Alexandre, ça y ressemble…

— Viens donc t'allonger près de moi, ordonna-t-il en tapotant le lit tout chaud.

— Non, dit-elle. Je dois rentrer. On s'inquiète déjà.

Elle regarda sa montre au poignet, poussa un cri d'effroi.

— Ce fut une belle journée, dit-il, content de lui et suffisant.

Et une fin en apothéose, pensa-t-il en écrasant son mégot contre le bois de lit. Puis il se fit apporter la bouteille de calva et s'en jeta une lichette au goulot. Il voulut forcer Claire à en tâter enfin, mais elle refusa. Elle ne tenait pas l'alcool et pour cause, puisqu'elle n'en buvait jamais. La main d'Obertz se fit baladeuse, comme s'il voulait vérifier qu'il existait encore, ce joli corps de fille qui s'était offert à lui, lui qui n'était rien qu'un petit homme médiocre, désespérément insignifiant, au point de signer des engagements sans même les lire, avec l'aveugle certitude que l'humanité tout entière ne lui voulait que du bien.

Il insista tant et plus qu'il parvint encore à lui arracher quelques baisers, comme une promesse à la nuit.

— On ne devrait plus se quitter, Claire. Car nous avons tant et tant de choses à découvrir l'un de l'autre.

— Je ne sais pas si je t'aime vraiment, se défenditelle en s'éloignant de la couche.

— Oui, je sais, la première fois…

Claire rajusta sa jupe un brin froissée, son bustier élégant passablement chiffonné. Sa chevelure, elle aussi, accusait un désordre coupable. Mais il n'y avait rien, rien de disponible ici, dans la bicoque des Gillard, pour se refaire une beauté. Néanmoins, elle ramena ses mèches rebelles sous le chapeau. Ça donnerait le change.

— Je ne sais pas si je reviendrai demain, annonça Claire, timide.

Pour le coup, elle ne se reconnaissait plus, elle si volontaire, si enjouée, moqueuse en diable sur toutes ces petites choses qui fleurissent la vie quotidienne et dont le bon ton consiste à se défier effrontément. Ce n'est donc que cela, l'amour ? s'interrogeait-elle. Et cette question la bouleversait intérieurement. Elle ne se sentait plus aussi assurée. Peut-être te faudra-t-il connaître d'autres hommes pour faire la comparaison ?

Elle s'éloigna de la chambre, s'attarda devant le minuscule miroir de la cuisine. Rien ne transparaissait de sa métamorphose. On ne verrait rien du côté des Straub, à coup sûr. On se dirait juste, pour justifier son retard, qu'elle s'était un peu dissipée chez son amie Pierrette.

10

Un samedi d'octobre dans le milieu de l'après-midi, sous un ciel d'encre, le président-directeur se fit conduire au quartier Saint-Leu par son chauffeur. Il s'était assis à l'arrière de sa berline noire afin d'étendre ses jambes et de profiter d'un relatif confort, au fil de ces rues d'Amiens fort délabrées, pour ne pas dire dévastées, depuis les bombardements. Le nez à la vitre arrière, il contemplait sa ville méconnaissable, la tristesse au cœur, tandis que lui revenaient en mémoire les images d'autrefois, celles de sa jeunesse joyeuse dans les quartiers bordant la rivière, avec le petit port peuplé de péniches et de bateaux d'hortillonnages. En ce temps-là, d'opulence et de richesse, les trailles et les chalands étaient amarrés flanc à flanc pour que les visiteurs pussent faire leur marché sur l'eau. De même, le quai ombragé par l'alignement des tilleuls se trouvait à ces heures de forte activité, dès la pointe du jour, encombré de marchandises, carottes, pommes de terre, salades, choux, rhubarbe et tomates… On s'étourdissait de boniments pour vendre aux meilleurs prix à une clientèle populaire qui discutait ferme, les doigts dans le porte-monnaie.

Je ne reconnais plus ma ville, pensait-il en fouillant du regard les hautes façades de la place Goblet. Çà et là, quelques immeubles offraient le triste spectacle d'avoir été touchés au cœur. Comment tiennent-ils encore debout, ces murs éventrés ? se disait-il. Finira-t-on par s'y accoutumer, à force de temps, sous le joug et la misère, et à ne plus les voir ?

Régis Gillard fit garer sa voiture dans la rue des Archers. Il n'aimait pas le quartier Saint-Leu. On l'avait puni, jadis, en l'obligeant à vivre en cet endroit avec sa grand-mère, précisément dans « la petite maison des pauvres », comme on disait. Son vieux père s'était amusé à lui faire découvrir que, bien que fils d'industriel, il n'était et ne serait jamais à l'abri de la misère. Elle pourrait fondre sur les Gillard, d'un jour à l'autre, au gré d'une crise, comme celle du 25 juillet 28, où le franc Poincaré s'était effondré d'un coup. Plus de constructions, plus de travail, mise à pied du personnel, et guerre sociale. « Désormais, nous devrons économiser pour sauver ce qui peut l'être, encore », avait proclamé Anthelme Gillard, le patriarche des Briqueteries de la Somme et de la Marne au cours d'une réunion de famille.

Machinalement, Régis retira de sa poche le petit sifflet à roulette en or qui avait appartenu à son père. Après la pause de dix heures, c'était lui qui descendait sur le carreau pour siffler, de trois coups stridents, la fin de récréation. L'armée des besogneux se remettait en marche, en rangs serrés, la tête basse, sous le regard dominateur du patron en costume trois-pièces, les bottines et le bas du pantalon crottés d'argile jaune. Régis le porta à ses lèvres, machinalement, et se mit à sourire. Anthelme le lui avait remis sur son lit de mort, comme on passe un relais. « A toi de siffler maintenant. Trois coups. C'est la règle. La loi des Gillard. »

Le président-directeur écrasa du bout de l'index une larme à peine éclose sur sa joue. Puis il fit encore avancer la voiture de quelques mètres pour venir se placer juste à l'entrée de la maison.

— Qui est donc cette jolie fille ? demanda-t-il à son chauffeur.

— Où donc, monsieur ?

— Sous les frondaisons du vieux tilleul... Vous ne voyez pas ?

— Je ne sais pas, monsieur.

— Ce que je vois, vous devriez le voir aussi, n'est-ce pas ?

Le chauffeur descendit de son siège et fit quelques pas jusqu'au portail rouillé. Il se mit à hocher la tête. Régis l'entendit maugréer dans sa barbe. Puis il revint s'asseoir au volant de la berline.

— Vous connaissez tout le monde, ici, à Amiens ? C'est pour cela que je vous paye.

— Oui, monsieur le président-directeur.

Gillard attendait la réponse, tout en contemplant la jeune femme qui se promenait nonchalamment dans un tailleur élégant, vieux rose, au milieu des rosiers, indifférente à l'attention qu'elle suscitait.

— Il s'agit de mademoiselle Claire, la fille de monsieur Straub, votre...

— Oui, je sais qui est Straub. Ne me faites pas

cette injure, Octavio. Mais sa fille ici, voici qui est singulier. Cependant, à la réflexion, ce n'est peut-être pas si surprenant...

D'une tape sur l'épaule de son chauffeur il lui ordonna de repartir, sans brusquer la mécanique. Car ce jour-là monsieur Gillard avait tout son temps devant lui.

— Nous allons aller déguster un œuf cocotte au maroilles, comme autrefois, chez la mère Jeannie au Grand Beffroi.

— Comme autrefois, monsieur... Vous voulez dire avant guerre ? C'était le bon temps.

Gillard éclata de rire et voulut s'en excuser, par crainte que son chauffeur n'en prenne ombrage. Mais après tout, quelle importance, il le payait pour supporter toutes ses excentricités quotidiennes, les casse-croûte chez Jeannie, les virées nocturnes chez la Duchesse, rue Flamant – celle qu'il appelait la Fontange pour ses coiffures extravagantes...

— Vous connaissez bien la famille Straub ? demanda-t-il.

Octavio jeta un regard furtif à son maître par le rétroviseur de bord.

— Aussi bien que vous, monsieur.

— Cette jeune fille, quel âge a-t-elle ? Le sauriez-vous ?

Le chauffeur hésita à répondre. Ça l'embarrassait, cette curiosité soudaine, connaissant son maître et sa vie dissolue en marge d'une honorabilité au-dessus de tout soupçon.

— Dix-neuf ou vingt, répondit-il. Disons à peine vingt.

— En effet. Elle a l'air fort jolie. Comme son malheureux frère, qui était aussi un beau jeune homme. Vous l'avez connu, Raphaël Straub, n'est-ce pas ?

— A peine, dit Octavio.

— Il laisse derrière lui un père inconsolable. Le bon temps, comme vous dites, Octavio, c'était lorsque toute cette belle jeunesse prospérait dans l'insouciance.

Le lendemain, à la réunion hebdomadaire des bilans, Régis Gillard prit Antoine à part, mais comme il y avait dans le voisinage trop d'oreilles indiscrètes il l'invita dans son bureau, où ils s'enfermèrent.

— Avez-vous des nouvelles de notre protégé ? demanda le président-directeur.

A son sourire espiègle, Straub se montra soupçonneux, et se borna juste à répondre qu'il s'était juste contenté de le conduire au quartier Saint-Leu, en lui confiant une petite somme d'argent pour subvenir à ses besoins.

— Pourquoi me demandez-vous cela, Régis ? Y aurait-il des difficultés ? La planque me paraît sûre. A moins que mon « protégé », comme vous dites, ne fasse des siennes…

Monsieur Gillard tripotait son coupe-papier à manche d'ivoire, attentif aux réactions de son voisin. Il attendait visiblement qu'on lui en apprenne plus, peut-être sur l'identité du jeune homme, ses activités, et les raisons qui l'avaient conduit à se cacher. Mais Straub était singulièrement mutique. Rien d'étonnant à ce silence, chez tous les patriotes de la Résistance on avait acquis l'habitude de ne rien dire de plus que le strict nécessaire. Monsieur Straub fut tenté de répondre, comme pour sa propre famille : « Moins vous en saurez et mieux vous vous porterez... » Mais Antoine avait deviné que Gillard n'était point dupe dans cette affaire, et qu'il se doutait que son « protégé » était tout sauf un combattant de l'armée des ombres.

— Je ne veux pas vous obliger, Antoine, comprenez-moi. J'ai trop d'estime pour vous. Nous avons traversé des champs de mines sans dégâts, l'un et l'autre. Le transfert des familles juives, les parachutages de Londres, les sabotages...

Il fit un grand moulinet avec son bras, comme pour brasser toutes ces péripéties qui eussent dû cent fois les conduire devant un peloton d'exécution. Rien n'avait eu prise sur eux, jusqu'alors, aucune rivalité, aucun soupçon, nulle défiance. Unis comme les doigts de la main, pensaient-ils en s'observant. Des frères d'armes, désintéressés, généreux, confiants l'un dans l'autre...

— Je ne voudrais pas que cette protection vous porte ombrage, poursuivit-il.

— Aucunement, se défendit Antoine d'un geste tranchant. Vous attribuez à cette affaire beaucoup trop d'importance, fit-il. Disons que tout ça est en dehors de nos activités clandestines, même si je souhaite que les mêmes règles soient appliquées à cette personne, qui aurait tout autant à craindre de nos camarades que de nos ennemis…

Gillard alla ouvrir son placard au fond du bureau et en revint avec une bouteille de whisky et deux verres. Il fit le service d'une dose généreuse, selon ses habitudes. Il savait que Straub ne finirait pas son verre, qu'il le laisserait sur le bord du bureau après avoir fait semblant d'y goûter.

— J'ai envoyé mon chauffeur rue des Archers. Par curiosité. Simple curiosité. Après tout, c'est ma maison, n'est-ce pas ? J'ai toute confiance dans vos fréquentations, mais l'époque ne se prête guère à un faux pas. Voici qui pourrait nous coûter cher à vous et à moi.

— En effet, reconnut Straub.

— Octavio n'a rien remarqué d'anormal. Si ce n'est un petit détail qui l'a surpris et dont il a jugé opportun de m'entretenir…

— Quoi donc ?

— La présence d'une jeune fille dans la maison. Saviez-vous que votre « protégé » avait des visites ?

— Une jeune fille ! s'exclama Straub. Ce n'est pas dans notre contrat.

Gillard se mit à rire.

— La nature humaine est ce qu'elle est, Antoine, ça ne vous surprendra pas. Ce garçon aura fait une connaissance… Il aura fait venir cette personne dans la cachette. Autant dire que ce n'est déjà plus une cachette sûre.

Soudain, monsieur Straub devint blême.

— Je vais y mettre bon ordre, promit-il. Et sans

doute lui demander de déguerpir, puisqu'il a trahi ma confiance.

Le président-directeur resta coi, observant les réactions de son ami, cherchant à deviner s'il avait compris qui était la jolie jeune fille présente rue des Archers.

Comme un fait exprès et chanceux pour une fois, Antoine trouva sa fille au bas de la rue Bénard. Il lui fit signe et elle arrêta sa bicyclette près du trottoir.

— Comment va donc Pierrette Lameur ? C'est vrai, ça... dit-il en faisant l'étonné. Tu ne nous en parles jamais.

— Quel intérêt. Comme si tu t'intéressais à mes fréquentations...

Claire haussa les épaules. Elle prit son père dans ses bras et se mit à le câliner. Il se laissa faire, sans montrer le moindre signe d'attendrissement habituel.

— Je vais m'y intéresser, désormais, dit-il d'un ton glaçant.

— Comment cela ? Je ne te suis pas.

Elle se recula, étonnée, abandonnant son vélo contre le mur. Le clair-obscur de la montée du soir envahissait la rue. On ne distinguait plus que les masses imposantes des immeubles. Depuis le début de la guerre, on avait renoncé aux éclairages. Ça ajoutait à l'ambiance tragique de la cité, cette nuit brutale qui tombait sans transition. Ainsi se sentait-on incité à entrer chez soi au plus vite, sans se retourner, d'un pas précipité. Il y avait peu de retardataires, peu d'oisifs, et encore moins d'attroupements, là où autrefois les gens se réunissaient, sur les terrasses de cafés, dans les parcs publics. Passé huit heures du soir, on avait l'impression que la ville tout entière était désertée, tant les habitants se terraient dans leurs réduits, seuls espaces où l'on se sentait à l'abri, protégé des agressions extérieures.

— Etait-ce bien toi, Claire, qui traînais au quartier Saint-Leu dans la maison de Gillard ?

Elle détourna la tête, pour ne pas croiser le regard de son père, qui se faisait insistant.

— Et alors ! se rebiffa-t-elle. N'ai-je pas le droit de sortir ? De rencontrer qui je veux... et sans devoir rendre des comptes...

Antoine leva la main pour gifler sa fille, mais le geste demeura en suspens lorsqu'il sentit qu'elle ne se déroberait pas. Et à cette seconde, dans un éclair de lucidité, il comprit que la violence ne serait d'aucune utilité. Il parut désemparé, tellement désemparé, que ce fut sa fille elle-même qui tenta de dédramatiser la situation :

— Oui, je suis descendue dans la cave. Malgré ton interdiction, papa... Comment pouvais-tu croire que je ne céderais pas à la curiosité ?

— Et alors, que s'est-il passé ? Je veux tout savoir. Ce petit Obertz n'est pas un garçon fréquentable. Je ne peux pas te dire pourquoi, mais si je te l'affirme, tu peux me croire.

Il entraîna d'une poigne ferme sa fille dans la rue, au milieu du trottoir, trois ou quatre pas en avant de l'entrée, pour qu'Elisabeth – la si curieuse Elisabeth, surveillant sans cesse l'activité du dehors par la fenêtre de sa cuisine – ne les voie pas.

— Ce n'est pas la peine de mêler ta mère à cette histoire lamentable. Elle a assez de peine comme ça avec Raphaël.

— Je ne vois pas le rapport.

Ils s'étaient mis tous deux à arpenter le trottoir, jusqu'à l'angle de la rue. Arrivés là, ils firent demi-tour et revinrent sur leurs pas, évitant de passer devant le 52 de l'immeuble.

— Il a fait de toi sa maîtresse, c'est bien ça, ce petit salopard !

— Papa, je t'en prie. Tu ne peux pas parler comme ça d'un garçon qui risque sa vie tous les jours en luttant contre les Allemands...

Elle prononça ces mots d'une petite voix chuchotée, comme si les murs avaient de grandes oreilles. Straub en devint blême de surprise.

— Il a été jusque-là ? s'esclaffa-t-il. Ce misérable a vraiment toutes les audaces...

Sur le coup de la colère, Antoine voulut tout révéler à sa fille, l'engagement dans la brigade Frankreich, l'uniforme de la Waffen-SS brûlé dans la cuisinière, son entretien avec Paulus... Il y avait de quoi briser la belle figure séduisante d'Obertz, ce petit Obertz qui n'était rien d'autre qu'un fieffé imbécile, un sinistre menteur, un mythomane au petit pied... Il n'était pas de mots assez forts pour le qualifier. Mais à l'instant où monsieur Straub allait enfin se lancer, Claire lâcha, d'un air angélique :

— Je l'aime, papa. Je crois que je l'aime. Nous

sommes si bien, ensemble. Tu ne peux pas m'empêcher de le voir.

Alors le père songea aux dégâts que ses révélations allaient faire. Et il se jugea bien fragile et démuni devant la force de ce sentiment qui liait sa fille au petit Obertz. Bien joué ! pensa-t-il avec amertume. Un coup d'avance. Un coup que je n'ai pas vu venir…

Tout en marchant en silence aux côtés de Claire, il mesura enfin d'un trait ce qui allait advenir de cette histoire dont il se tenait pour responsable. J'ai nourri moi-même ma propre infortune en offrant un asile à cet aventurier. Comment ai-je pu croire une seule seconde que Claire ne descendrait pas dans la cache ? Ma stupidité s'est révélée sans bornes. Peut-être n'ai-je jamais admis que ma petite fille, si douce et innocente, aux idées si fantasques, était déjà devenue une femme et qu'elle aspirait à aimer un jeune homme de son âge. Celui-ci ou un autre. Mais son attention s'est fixée sur celui-ci, avec son apparence trompeuse de héros.

— Il ne faut rien précipiter, expliqua monsieur Straub à sa fille, d'un ton mesuré.

Claire l'écoutait sans répondre, presque avec détachement, parce qu'elle avait déjà percé la nature de ses arguments, selon lesquels on devrait s'apprêter sans délai à ne plus rien espérer de cet amour, qu'il n'était point fait pour elle, ce jeune homme traqué par la Gestapo, et qu'à persévérer elle allait ainsi franchir les portes du malheur, et se laisser conduire vers une voie sans issue.

— C'est ton premier amour, certes, mais il y en aura d'autres, de bons partis, et de bien plus intéressants…

— Oui, admit-elle de bonne grâce, en prenant le bras de son père et se serrant contre lui, mais c'est Alexandre que j'aime. Nous avons même fait des projets…

— Des projets ! Tu ne vas tout de même pas me dire que… Oh là là, c'est aller vite en besogne.

Claire se montrait si joyeuse, dans cette nuit d'encre où les immeubles sinistres semblaient se pencher sur eux comme des ombres menaçantes, que monsieur Straub crut toucher le fond du désespoir, de ne pouvoir parvenir à inverser le cours des événements, alors que ceux-ci les emportaient sur une pente inexorable.

— Nous marier, affirma-t-elle. Je crois que je le rendrai heureux.

— Sans doute, admit Straub. Mais toi ? Ce sera un sacrifice, quelque part, un sacrifice…

— Pourquoi donc ? C'est idiot ce que tu dis, mon bon papa. Pourquoi me sacrifierais-je, puisque nous nous aimons…

— Le jeune Obertz ne te rendra pas heureuse. Je le connais suffisamment pour voir clair en lui.

— Tu ne crois pas que tu exagères ?

Monsieur Straub repartit doucement à l'attaque, trouvant qu'il n'avait pas su être assez persuasif. Il lui conseilla donc de réfléchir à cette passion et du risque qu'il y avait à trop se hâter.

— Ta mère et moi, défendit-il, nous avons attendu deux ans avant de nous marier, bien que nous fussions amoureux l'un de l'autre. A l'époque, j'avais envie que notre relation soit mise à l'épreuve du temps. C'est un redoutable révélateur, le temps, insista-t-il. Comme j'aimerais, de tout mon cœur, que vous agissiez de même...

Antoine proposa même d'aller en discuter avec Alexandre, mais Claire refusa avec la plus vive énergie, trouvant que son père s'était jusqu'alors bien trop mêlé de son existence.

— Tu as voulu que je devienne une secrétaire dans la fabrique. Je t'ai obéi, certes pour te faire plaisir, mais je ne suis pas sûre, en vérité, que ce travail me convienne.

Straub releva qu'il n'était, sinon en de rares exceptions, aucun métier exaltant de prime abord. Puis ils décidèrent de rentrer à la maison, avant qu'Elisabeth ne s'inquiète. A travers les vitres de la fenêtre, on distinguait nettement son ombre, allant et venant. Elle ne tarderait pas à jeter un coup d'œil dans la rue et découvrir le père et la fille en grande conversation. Ce serait allumer la mèche et mettre le feu à la maison, pensa Straub.

— Si tu veux, je lui parlerai, proposa Claire.

— Surtout pas, opposa Antoine d'un geste tranchant.

Elle ne comprenait pas ces réticences, doutant que sa mère eût les nerfs aussi malades que son père le prétendait. Certes, les dévotions interminables dans la chambre de Raphaël avaient de quoi inquiéter, surtout que celles-ci ne s'atténuaient pas avec le temps et que, saison après saison, le rituel du chagrin s'installait toujours plus mortifère et pesant, comme une nuit qui ne s'achève jamais.

— C'est nous ! s'écria Claire en jetant son sac à main sur la table de la cuisine et son manteau sur le dossier d'une chaise.

— Tu prendras l'habitude de ranger tes affaires.

— Oui, maman.

C'était tout ce qu'elle répondait, oui, toujours oui, jamais contrariante, mais sans rien changer, jamais, à ses habitudes. Telle était Claire, solidement installée dans un autre monde, avec des règles bien à elle, qui n'avaient que faire des obligations, des devoirs, des principes. Pour expliquer cet état, madame Straub avait une explication toute faite, imparable : « Nous l'avons trop gâtée, notre fille. » Le reproche s'adressait, bien sûr, en priorité, à Antoine. Il redressait à peine la tête.

— Que mangeons-nous ce soir ?

A la fin du repas, marqué par un long silence, avec monsieur Straub le nez sur son journal et Claire dans ses pensées parfois éclairées d'un sourire vague, Elisabeth posa enfin la question qui fit redresser les têtes d'un seul mouvement :

— Que devient notre pensionnaire ?

— Obertz ? fit Antoine.

— Tu pourrais le nommer par son prénom, tout de même, reprocha Elisabeth.

— Je l'appelle Obertz. Parce que c'est un Obertz. Pas un Straub, surtout.

— C'est malin ! dit Elisabeth.

— Oui. C'est clair. Très clair, ajouta Antoine agacé.

Ce n'est pas parce que Paulus a épousé une Obertz et s'est collé sur les bras en même temps ce garçon qu'il est de notre famille. Du reste, Paulus n'est rien pour moi. Mon frère, certes, me diras-tu ? Mais un nazi tout de même. Je le raye de mon existence, fit-il d'un geste si vif qu'il faillit renverser son verre.

— Moi, je ne vois pas les choses comme toi, papa.

Monsieur Straub fit les gros yeux à sa fille. Mais trop tard. Rien n'arrête la course d'un cheval emballé.

— Ma petite maman, tu dois savoir que ce garçon est important pour moi.

— Comment cela, « important » ?

Claire jeta un regard vers son père. Il parut lui répondre d'un air suppliant.

— Je veux vivre avec lui. J'étouffe, dans cette maison. J'étouffe de solitude. J'aspire à une vie nouvelle, conforme à mon âge. Enfin, je ne suis plus une petite fille…

— Est-ce bien vrai, ce que j'entends ? s'alarma Elisabeth. Allons, Antoine, dis quelque chose ! Nous avons une fille extravagante. On veut se marier avec le premier type qui passe. Celui-là ou un autre. C'est une affaire grave qui nécessite un peu de réflexion, il me semble.

— Oui, admit monsieur Straub en desserrant le nœud de sa cravate et en déboutonnant son col. Je voulais t'éviter ça. Mais l'affaire est partie comme un coup de fusil.

Elisabeth transporta les assiettes dans l'évier, l'une après l'autre, ensuite le reste des couverts. Soudain, elle se retourna, le visage blême. A ses grimaces, on crut qu'elle allait éclater en sanglots, mais depuis longtemps il n'y avait en elle plus une seule larme de disponible.

— C'était Raphaël qui devait se marier, avec Juliette Sainjon. Tout était prévu, pour après la guerre, disait-il…

— Je t'en prie, Elisabeth, épargne-nous ça, s'éleva Antoine.

— Mais Raphaël est mort, les coupa Claire. Ça ne sert à rien de nous rappeler ça. On a reporté sur moi toute l'affection qu'on éprouvait pour mon frère, mais c'est une charge trop lourde. Je refuse d'être sacrifiée au nom de cette tragédie.

— Comment cela, « sacrifiée » ?

— La sœur modèle. La sœur qui reprend le flambeau des Straub. Vous ne comprenez pas ? Juliette était un si beau parti pour Raphaël. Comme lui, une jeune professeure de mathématiques… De bonne famille. Chrétienne. Bien pensante. Pas un défaut. Rien qui dépasse. Evidemment, Alexandre Obertz est un bien piètre parti, en comparaison. Je m'en fiche, de l'oncle Paulus, de ses frasques et de ses idées tordues. Il n'est qu'Alexandre qui m'intéresse. Lui est à la hauteur. Il l'a prouvé. Ce n'est pas sans raison que nous l'avons caché… N'est-ce pas, mon petit papa ?

Elisabeth se torturait les méninges pour comprendre. Elle voulut approfondir la question, mais Antoine s'y opposa en plaçant une main sur son bras.

— Laissons-lui croire ce qu'elle veut, dit-il. Ça n'a pas d'importance.

— Son uniforme, tout de même, maugréa-t-elle. Ce n'est pas habituel de porter la tenue des…

— Ça suffit ! s'écria monsieur Straub.

— Alors, tu es donc d'accord pour ce mariage ?

— Nous verrons bien.

— C'est tout vu, dit Claire en quittant la table.

Elle se réfugia dans sa chambre pour noircir deux ou trois pages de plus dans son journal intime. Cela rassure, donne de la consistance à la vie qui va. Tant elle se sentait transportée par la passion, Claire eût pu marcher sur les eaux, partir à l'assaut du ciel. Sans doute, le lyrisme amoureux qui la possédait eût semblé bien ridicule au lecteur moyen, mais une confession de ce genre ne souffre aucun regard extérieur.

Plus tard, au milieu de la nuit, elle se sentit soudain happée par un doute. Se pourrait-il que je me trompe sur Alexandre ? Qu'il ne m'apporte pas tout ce que j'attends d'une passion ? Comme elle n'avait connu aucun autre homme avant lui, elle ne pouvait juger de celui-ci et d'elle-même, de la justesse de ses sentiments. Il lui répétait qu'il l'aimait, comme si ces mots si forts, à eux seuls, pouvaient la protéger de ses incertitudes. On n'épouse pas un premier amour. Un premier amour se vit, se perd, s'épuise, avant que tout recommence. Elle avait noté cette phrase, l'avait biffée d'un trait acéré au point de déchirer le papier.

Lors de leurs conversations, Pierrette lui avait assuré que la première fois laisse toujours un goût d'inachevé. Les garçons, lui avait expliqué son amie, ne songent qu'à leur plaisir. Ils ne t'accordent rien que tu ne prennes toi-même. Ensuite, ils croient t'avoir donné tout le plaisir du monde. Bien sûr, il ne faut pas les décevoir. Sur ce point, les garçons sont susceptibles. Et les mots d'amour qu'ils nous glissent au creux de l'oreille sont comme des compliments. Tu es digne d'être aimée, veulent-ils dire, mesure ta chance de le faire avec moi. Car tu pourrais aussi bien ne pas mériter cet avantage. Ils pourraient te faire lanterner pour mieux asseoir leur pouvoir de garçon. C'est ainsi, avait dit Pierrette.

Mais Claire n'avait pas ressenti grand-chose, la première fois, tout entière occupée à son affaire. Et en tout cas rien de ce tremblement, de cet ébranlement de tous les sens, dont Pierrette Lameur lui avait parlé. La seconde fois, elle avait demandé à Alexandre de l'attendre. Et il avait répondu : « Attendre quoi ? » Alors elle l'avait repoussé. « Il faut nous accorder », avait-elle dit. Pour lui, ces mots, « attendre », « accorder », c'était de l'hébreu. Et en replongeant en elle, comme un sauvage, sans délicatesse, car il avait craint d'en finir avant d'avoir atteint la plénitude, attentif à sa propre mécanique, il avait joui tandis qu'elle lui soufflait au creux de l'oreille : « Pas si vite, pas si vite… » Elle s'était tournée sur le côté du lit en serrant les cuisses, un étrange sentiment au cœur, rage et déception mêlées. Elle lui en voulait de ne l'avoir pas comprise, et pire encore ignorée.

La quatrième ou cinquième fois, Claire avait voulu prendre l'avantage, avec de petites résistances. Cette fois, se disait-elle, tu ne m'auras pas sans combattre. L'amant y montra de prime abord de l'amusement. Mais, peu roué à ces agaceries, il parut perdre pied et se montra agressif. C'était de caresses, de tendresse, qu'elle avait envie, mais l'amant ne savait faire autrement que la prendre à coups de reins répétés, et jouir promptement.

Durant les heures passées ensemble, parfois sans se dire un mot, Claire essayait de lui trouver mille qualités, comme pour justifier son amour. Elle s'y montrait prévenante, attentive et caressante, mais Alexandre n'y attachait guère d'importance, comme si c'était ainsi, la nature féminine, une chatte ronronnante.

« Tu ne songes qu'à cela, ma jolie... » Il ne terminait pas sa phrase, la suite eût été inconvenante. Elle se défendait en disant qu'un homme et une femme qui s'aiment d'un pur amour peuvent avoir des attentions et des gestes tendres, sans que ceux-ci exigent de faire l'amour ou de le refaire sur-le-champ. « Nous ferons notre éducation sentimentale », promettait-elle. Mais le mot faisait peur à Alexandre. Il ne se sentait pas à la hauteur pour atteindre ce sommet avec elle, cette marche conquérante de la passion main dans la main, corps contre corps, bouche contre bouche.

11

Peu avant Noël, pour la première fois, monsieur Straub se risqua à rendre visite au jeune Obertz, sans gaieté de cœur et par nécessité, la mort dans l'âme. Il se sentait mortifié de devoir engager cette démarche. Mais Antoine ne pouvait reculer cette confrontation plus longtemps, sachant par avance que les dés étaient pipés. Ou alors il lui aurait fallu accepter de perdre Claire, par un trop-plein d'orgueil stupide, hypothèse inimaginable…

Le rencontre se fit aux aurores, alors que le quartier Saint-Leu baignait dans une gangue de brume épaisse. Il gara sa voiture dans une rue voisine, loin des regards indiscrets, croyait-il – on se fichait bien de monsieur Straub, dans ce secteur désert et sinistre où chacun se claquemurait dans son logis. Et d'un pas martial Antoine descendit la rue des Archers par le côté opposé. Vieille précaution de résistant. Se garantir de pouvoir poursuivre son chemin sans mettre en péril son contact, vérifier de ne pas être suivi… C'était devenu comme une seconde nature, surtout en cette période où les activités du groupe Combat s'étaient intensifiées, de surveiller ses arrières. Il bascula la tête de côté, s'assura que personne ne le filait.

Soudain, Straub bifurqua brutalement pour traverser la chaussée, les mains enfouies dans les poches de son grand manteau. Il sentait le contact dur et froid de son Browning, en parut rassuré. Tous les chefs se devaient d'être armés, désormais, et de préférer tuer ou être tués, plutôt que tomber entre les mains de la Gestapo.

Devant la bicoque de Gillard, il prit le temps d'allumer une cigarette, de humer l'air alentour, comme si son instinct de chasseur avait repris le dessus sur toute autre considération. Ainsi éprouvait-il la même sorte d'impression chaque fois qu'il allait à un rendez-vous, que ce fût à la ferme Lacroix du côté de Millancourt ou au four numéro 5. Plutôt que son contact il craignait chaque fois de voir surgir les vert-de-gris, mitraillette en avant. Cette crainte avait éveillé en lui comme un second sens d'observation, odeurs sourdes, bruissements de l'air, palpitations de la lumière…

Il se décida enfin à prendre l'allée, bouscula discrètement les feuillages, se faufila avec une agilité de chat. Sans autre précaution, Straub entra dans la maison par la porte arrière. Le vieux plancher craquant de la cuisine sonna l'alarme.

— Ne vous gênez pas ! s'écria une voix dans le recoin obscur de la cuisine.

Antoine portait un chapeau feutre mou et un cache-col qui dérobait la moitié de son visage. Ce n'est qu'après avoir ôté son couvre-chef qu'Obertz le reconnut et qu'il soupira d'aise, tant il vivait dans la crainte de se faire arrêter.

— Toi ici ?

— Tu t'attendais bien à ma visite, non ?

Alexandre ne s'était pas rasé depuis une semaine au moins. C'était devenu chez lui une habitude de se laisser aller, l'attente, l'ennui, la solitude... Il avait toutes les raisons du monde de se négliger, mais sur le coup Straub en éprouva une détestable impression. Voici donc l'homme que ma fille veut épouser. Quel tableau ! Aurais-je manqué quelque chose d'essentiel dans son éducation ? Voudrait-elle me faire payer une faute passée ? Ou peut-être, tout compte fait, n'y suis-je pour rien, ni Elisabeth, ni moi, ni personne. Le destin en aurait décidé ainsi, sans lui offrir la moindre explication.

— Quoi ? s'étonna Alexandre en se redressant de la petite table où il avait pris place, légèrement de côté, face à la fenêtre. C'est Claire qui t'envoie. Je lui avais bien dit, pourtant, que...

Il y avait des reliefs de repas devant lui, une boîte de conserve ouverte, une bouteille de pinard, des tranches de pain déchiquetées, une assiette grossièrement saucée et des brisures de coquille d'œuf. Une forte odeur de café bouilli flottait dans l'air. Pour le reste, ça fleurait surtout la tanière de fauve.

— Tu lui avais dit quoi, Alexandre ?

— Rien, se reprit-il.

Obertz ne se sentait pas la force d'entreprendre une conversation. Il avait traîné une partie de la nuit autour des quais, dans les hortillonnages. Il s'était fait quelques connaissances de ce côté-ci, des mariniers, des pêcheurs, des maraîchers, des paysans. On le prenait en pitié, ce petit homme désœuvré, amnésique, sans histoire, sans famille. Car Obertz s'était construit une image de paumé, sans attaches, pour ne pas avoir à répondre aux questions habituelles. C'était assez astucieux, bien que difficile à vivre au jour le jour, même si au début cette situation l'avait diverti.

— Alors, je vais répondre à ta place, Alexandre. Tu lui as dit de faire en sorte que je ne vienne pas au quartier Saint-Leu, pour ne pas avoir à te justifier. Mais que crois-tu, petit Obertz, je sais tout. Tu es devenu l'amant de ma fille. Tu lui as fait un enfant. Et maintenant ? Où en sommes-nous ?

— Co… comment cela ?

— Toi et moi. C'est une question entre toi et moi, n'est-ce pas ? Claire est enceinte. Elle accouchera vers le mois de juin. Je suppose que tu ne contestes pas la paternité ? Sinon…

Machinalement, Straub serra la crosse de son revolver au fond de sa poche. Il se l'était promis : Si ce petit imbécile refuse de reconnaître l'enfant, je le tue comme un chien. Mais c'était une hypothèse fort improbable, bien dans les goûts du jour, où la vie ne valait pas grand-chose.

Ils sortirent l'un après l'autre, Obertz devant et Straub deux pas derrière. La brume tapissait le fond du jardin d'une ouate blanche épaisse. Antoine s'assit contre le mur de la maison. Et Alexandre resta à aller et venir dans son petit gilet gris en laine troué. Il n'y a pas à réfléchir deux heures, pensa-t-il. Ou alors, il veut se sauver, une fois encore, comme à Essen, par la porte de derrière. Mais si les schleus ne l'ont pas repris, ce petit con, c'est bien grâce à moi, non ?

Obertz réclama une cigarette. Comme dans la cave de la rue Bénard, il avait retrouvé sa petite figure craintive et son regard fuyant. Cette fois, Antoine ne lui tendit pas son paquet.

— La réponse d'abord.

— Je l'aime, Claire. Dès la seconde où je l'ai vue…

— Pas de littérature, coupa Straub. Je ne suis pas un sentimental.

Obertz éclata de rire.

— Nous avons décidé de nous marier. Elle ne te l'a pas dit ?

— Oui, elle me l'a dit. Mais moi, je veux l'entendre de ta propre bouche, mon petit Alexandre.

Obertz se mit à hocher la tête. Et Straub l'obligea à dire oui, dix fois au moins. Alors il lui tendit son paquet de cigarettes.

— On peut parler maintenant, n'est-ce pas ? dit monsieur Straub. Parler de l'avenir. Et pourtant, ça ne m'enchante guère. Je trouve, si tu veux connaître mon opinion, poursuivit-il, que ma fille a une drôle d'idée de vouloir vivre avec toi, Alexandre. Mais c'est son choix. Alors il me faut vivre avec, le plus intelligemment possible.

Alexandre l'observait avec une sorte de sourire béat. Lui, il n'avait jamais dit le contraire. Plus que tout autre chose, il désirait entrer dans la famille Straub. La branche Paulus l'avait déçu et désespéré, peut-être celle d'Antoine lui apporterait-elle des satisfactions.

— Tu épouseras Claire après la Libération. Il se peut que celle-ci tarde plus longtemps que nous ne le souhaiterions, mais qu'importe, on ne peut pas agir autrement. Et si l'enfant naît entre-temps, tant pis. Ce ne sera pas la première fois qu'on fait passer la charrue avant les bœufs, comme on dit.

Le jeune Obertz ne paraissait pas suivre la conversation. Il rêvassait à son aise, et tous ces grands projets le laissaient indifférent. Il avait acquis l'idée que son avenir était tout tracé, mariage, enfant, situation en vue et tout et tout… Casé, en somme. Quant au reste, les étapes de cette magistrale ascension, il s'en fichait dans les grandes largeurs. Laissons donc le futur beau-père planifier lui-même la chose, se dit-il.

— Et donc, mon garçon, tu ne pourras pas sortir du bois avant que le dernier boche ait quitté notre sol…

— Evidemment. Si bien que je continue à me terrer ?

— Que voudrais-tu faire d'autre ?

Ils réfléchirent ensemble sans se regarder.

— Rien, conclut Alexandre.

— Tu continues ce que tu fais, tranquillement, sans te montrer.

Et d'un geste circulaire, Straub embrassa l'étroit univers d'Obertz. Ce dernier se mit à soupirer. Il avait bien envie de lui dire, pour le coup, que son sort n'était pas très enviable, qu'il lui fallait sortir de temps à autre afin de se procurer de la nourriture, casser des bûches de bois pour se chauffer, tandis que la réserve s'amenuisait à vue d'œil. Mais monsieur Straub semblait indifférent à son sort. Au contraire, il le trouvait plutôt bien, dans sa maisonnette, encerclé par le fouillis des arbres et des arbustes.

— Claire t'a donné un peu d'argent, enfin, reprit Straub, la petite somme convenue entre nous ?

— Oui, dit l'autre. Il n'y a pas de quoi s'égarer. Surtout avec le marché noir. Les paysans des hortillonnages sont gourmands…

Antoine tira de son portefeuille deux mille francs et les lui tendit. Le jeune homme fit mine d'hésiter à les prendre, finit par accepter.

— Fais-en bon usage. Pas de folie inutile. Je compte sur toi. Et un peu de toilette de temps en temps. Ça ne serait pas du luxe.

— Je m'ennuie ici, tout seul.

— Oui, je comprends. Mais ton sort est enviable.

— Tant que la Gestapo…

Alexandre aimait à se faire peur. Quelquefois, il se réveillait en sursaut, se levait en catimini au milieu de la nuit et faisait le tour du jardin en se griffant aux ronces. Cette fois encore, il avait rêvé qu'on le traquait comme un gibier.

— Tu ne voudrais pas rejoindre le maquis ? Ce serait l'occasion de redorer ton blason. Ce serait un sacré parcours, fichtrement intéressant, ironisa Straub, passer de la Waffen-SS aux FFI…

— Non, se défendit Alexandre. Ce n'est pas une bonne idée. Je me suis engagé une fois, ça m'a guéri pour le reste de ma vie.

— Quelle curieuse vision du monde ! s'étonna Straub. Je vois que tu n'as rien compris.

— Peut-être, admit Alexandre. Mais sur ce coup-là je préfère avoir tort.

Antoine éclata de rire en ajustant son chapeau, tandis que le vent se levait un brin sur la rivière, plus loin, au-delà des alignements de maisons ouvrières, toutes semblables, petites et basses. La brume se dissipait en s'éclaircissant dans la lumière blanche. Monsieur Straub comprenait ce qu'Obertz avait voulu lui faire entendre, que le lieu, si triste et désolé, transpirait l'ennui.

— A ta place, je préférerais le maquis. Mais je ne suis pas à ta place.

— Je me cache. Je rase les murs, je fuis les conversations. J'erre comme un fantôme, en priant que les frisés ou la Milice ne me tombent pas sur le paletot.

Monsieur Straub enfila ses gants de cuir noir et les ajusta en croisant les doigts. Il répéta ce geste avec délectation.

— Avoir une arme à la main, dans ces moments, offre un avantage incroyable. Tandis que là, pris dans la souricière, tu n'auras plus qu'à attendre la sentence.

— Je suis comme les rats qui courent le soir le long des quais, je me fonds dans la grisaille, petit, si petit.

Antoine ressentit de la pitié, à ce moment, une telle pitié qu'il ne parvenait pas à imaginer que ce garçon, si pitoyable, deviendrait un jour son gendre et que peut-être, par la force des choses, il en ferait un contremaître dans son usine. Il eût voulu le consoler, ne trouva pas les mots justes. Et les deux mille francs qu'il lui avait remis, à tout le moins, compensaient largement sa désaffection.

Depuis que Claire était enceinte, on avait décidé chez les Straub, d'un commun accord, qu'elle ne travaillerait plus à la fabrique. « Je m'occuperai d'elle, avait promis Elisabeth. Nous n'avons plus que cette fille, il nous faut veiller sur elle. » Antoine avait alors soumis l'idée que Claire élèverait l'enfant quoi qu'en décidât le géniteur. Le géniteur, c'était le mot qu'avait employé Straub pour désigner Obertz, malgré les reproches de sa femme. Elisabeth jugeait fort opportunément qu'il ne fallait pas commencer par faire des différences dans le couple. « Nous nous obligerons à les aimer tous les deux, sans distinction, sans a priori, sans arrière-pensée », avait-elle clamé. Et monsieur Straub était resté stoïque, les mâchoires serrées, le menton en avant. Il n'avait pas jugé utile de répondre, ni oui ni non. Mais sa femme avait compris ce que ce silence signifiait, que le projet de mariage lui déplaisait au possible et qu'à son avis on devrait l'annuler, quitte ensuite à élever l'enfant sans le géniteur. Puis, au bout d'une semaine de réflexion, Antoine s'était enfin fendu d'une opinion, arrachée du bout des lèvres : « L'enfant, nous lui donnerons une famille. Voilà tout. N'est-ce pas, Claire ? » Cette dernière ne comprenait pas qu'on discutât de ses affaires dans son dos, comme si elle ne comptait que pour du beurre. « Mon avis aurait-il la moindre importance ? » Antoine avait compris que son avis tranché sur la question n'était plus à l'ordre du jour et qu'il lui fallait désormais passer à l'étape prochaine : « Que ferons-nous d'un Obertz dans la famille ? Un oisif entretenu par nos soins ? Un futur cadre d'entreprise, même sans instruction ? » Madame Straub n'avait pas hésité à répondre, alors que son mari avait espéré pour le coup la prendre au dépourvu : « Ce que nous aurions fait de notre fils, si... » Antoine avait ressenti une vive douleur au côté gauche. C'était une présence, cette douleur au-dessous du cœur, qui ne le lâchait plus. Il avait fini par l'apprivoiser, à la longue, parvenant à la dissiper assez vite. Tu ne me prendras pas, pour l'heure on a besoin de moi, ici-bas, je suis un homme indispensable, avec une fille enceinte, une épouse à moitié folle et un gendre qui ne sait rien faire de ses dix doigts... Que deviendrait ce petit monde, sans moi ? « Tu ne m'approuves pas ? avait insisté Elisabeth. Peut-être, si nous y mettons un peu d'intelligence, Alexandre remplacera-t-il le fils que nous avons perdu... » Et la douleur l'avait repris, vive et puissante, des petits coups de couteau répétés dans la poitrine. « Rien ne remplacera Raphaël. Et assurément pas ce petit imbécile que nous avons recueilli par une coupable pitié. » Elisabeth avait observé son mari avec gravité, une douleur sourdait de son regard. « Tu nous refuserais cette chance, ce malheureux garçon que le destin a mis sur notre chemin ? » C'est alors que monsieur Straub avait battu en retraite, différant à plus tard le moment de reprendre cette conversation.

Désormais, Claire se sentait plus proche de sa mère qu'elle ne l'avait jamais été auparavant. Jusqu'alors, dans la famille Straub, il n'était qu'un prince, un héritier, un descendant digne de ce nom, Raphaël, pour qui l'on avait dessiné mille projets : instituteur, et qui sait, peut-être professeur, à mesure qu'il avançait dans les études. Son père avait même pensé en faire un directeur dans sa fabrique, avec l'assentiment de Gillard.

— Je sens bien que j'ai déçu papa, avoua Claire à sa mère.

— Pourquoi dis-tu une chose pareille ? C'est insensé.

— L'homme que j'aime ne lui convient pas. Et en plus, il m'a fait un enfant. Autant dire que ce mariage envisagé pour la fin de la guerre lui fait l'effet d'une épreuve insurmontable. Crois-tu qu'il a honte de moi ?

— Bien sûr que non, fit Elisabeth en prenant sa fille contre elle et en essayant par des cajoleries de lui ôter ces idées de la tête.

— Pourtant, il n'est plus comme avant. Tout dans son comportement le montre...

Claire se mit à bafouiller. Elle n'arrivait pas à expliquer ce qu'elle ressentait mais ça la troublait terriblement, cette défiance d'un père qui avait toujours été aux petits soins avec sa fille chérie.

Madame Straub émit une explication plausible :

— Un beau matin, il a découvert que tu étais devenue une femme et qu'il ne restait plus rien de la petite fille d'avant.

Elisabeth l'accompagna dans sa chambre, où elle s'était construit un petit endroit douillet, un repaire de fanfreluches et de coussins où elle paraissait se cacher, n'osant plus se regarder dans un miroir, ni tenter d'évaluer ce qui était en train de changer en elle. Il semblait que le monde extérieur ne l'intéressait plus, qu'elle avait perdu le goût de sortir, hormis pour rendre visite à son amant. Par avance, elle s'en faisait une fête, sans pour autant se préoccuper particulièrement de sa beauté. Elle avait acquis la conviction que cet homme-là, qu'elle disait aimer plus que tout, ne s'intéressait guère à sa coquetterie. Il ne remarquait jamais son fond de teint, son rouge à lèvres, encore moins les changements apportés à sa coiffure. Il ne la regardait pas, pour ainsi dire. Il la renversait sur le lit et la prenait avec rage, toujours avec cette hâte d'en finir qu'elle n'était pas parvenue à lui faire passer.

« Un indomptable mâle », disait-elle à Pierrette Lameur. Son amie n'osait émettre le moindre diagnostic sur ce garçon, bien qu'elle en connût un rayon sur le sujet, sentant Claire tellement accrochée à lui. Un jour, elle lui dit simplement : « Tu devrais voir ailleurs... Histoire de comparer. Parfois, ça ouvre des horizons. On déniche des plaisirs là où on ne l'aurait pas imaginé... »

Cette liberté de ton l'embarrassait, la choquait même. Claire n'avait aucune envie de tromper Alexandre, même innocemment, rien que pour « comparer », comme disait Pierrette. Elle se sentait prête pour une grande et noble passion exclusive. Sa mère l'avait élevée dans cet esprit : être l'épouse d'un seul homme, quoi de plus exaltant, et lui appartenir corps et âme, sans défaut, sans faille, quels que soient les aléas de l'existence.

Pourtant, quoi qu'en prétendît Claire, monsieur Straub était inquiet. Il ne cessait d'interroger Elisabeth sur elle, de s'informer, jour après jour, sur ce qu'elle faisait de son temps. Peut-être regrettait-il de ne pas lui avoir conservé son travail à la fabrique de Villers-Saint-Charles. C'eût été un dérivatif utile, plutôt que cette longue attente, qui faisait d'elle une prisonnière des événements, comme si inconsciemment Straub avait voulu la punir de sa désobéissance. Aurais-je agi de la sorte, se demandait-il souvent, si Claire avait été la maîtresse du jeune Denis Gillard, par exemple, un garçon de bonne famille avec des projets plein la tête et assez d'argent pour se moquer de l'air du temps ? Lui en voudrais-je donc d'avoir choisi ce misérable Obertz, qui ne lui offrira que des déconvenues ?

Parfois, le soir, Antoine passait un moment avec sa fille dans la chambre où elle se cloîtrait, au milieu de ses livres. Leurs propos ne paraissaient jamais s'accorder. Ni l'un ni l'autre n'osaient affronter les questions de face. On biaisait en mièvreries et considérations des plus ordinaires.

— Nous ne ferons pas un grand mariage, lâcha un soir monsieur Straub.

— Non, bien sûr. A cause de Raphaël.

— Qui inviterions-nous ? Paulus ? Tu réalises que ce n'est pas possible.

— Marguerite, tout de même ? C'est sa mère !

— Si l'on invite Marguerite, il faudra aussi inviter Paulus.

— Tu l'as toujours détesté. Ça remonte à quand, cette détestation ? Bien avant la guerre. Si je me souviens bien, nous ne fréquentions pas notre oncle Paulus...

— Certes non, reconnut Antoine.

— Pourquoi ?

— Nous n'étions d'accord sur rien. Puis avec le temps l'indifférence s'est installée. Et la guerre a fait le reste. Lorsqu'il a dénoncé des familles juives, participé à l'incendie de la synagogue de Strasbourg, je l'ai rayé de mon existence.

— Un jour, il faudra que vous vous parliez, tous les deux. Notre mariage pourrait être l'occasion de retrouvailles. Tu n'y songes pas ? Ce serait une entreprise formidable.

Antoine eut un sourire contrit.

— Je ne voudrais pas être rabat-joie, ma petite, mais je doute que Paulus se sorte de la guerre sans éclats. Les libérateurs lui demanderont des comptes. S'il ne finit pas au cachot, ou pire encore, il aura bien de la veine.

— Avec ce qu'Alexandre a fait dans la Résistance, ça devrait compter. Il pourra demander des circonstances atténuantes pour son père.

Antoine s'obligea à ne pas répondre. Pourquoi faut-il que le mensonge soit plus fort que la vérité ? se demanda-t-il. La vérité est destructrice, elle exige tant de remises en question, de reniements… On fait donc semblant de s'accommoder du mensonge, à la longue ce mensonge nous dévore de l'intérieur, sans qu'on trouve jamais la moindre issue.

— Nous essaierons de faire pour le mieux, concéda Antoine en caressant la joue de sa fille avec une douceur infinie, inaccoutumée.

12

Trop de mauvais souvenirs, trop de sentiments douloureux imprégnaient ces murs, aussi les Straub s'étaient-ils enfin décidés à les quitter, sans regret, comme on tourne une page trop pesante, le sang encore à vif, des plaies à jamais ouvertes. Adieu, adieu donc. « Ne nous retournons pas », avait dit Antoine en tenant bien serré Elisabeth, qui gémissait comme au premier jour du drame, d'une plainte continue et lancinante.

Ainsi l'avait-il conduite dans la nouvelle villa qu'il avait louée, une semaine plus tôt, rue de l'Oratoire, confortable, coquette avec ses parements de pierres jaunes sur briques roses, mariage heureux d'une architecture propre aux beaux quartiers d'Amiens. Monsieur Straub avait toujours aimé le secteur de la Cathédrale et du parc de l'Evêché, si proche des bureaux Gillard. Du reste, c'était grâce au président-directeur qu'il avait déniché une occasion aussi belle, dans le marasme de la Libération, où les occasions de se loger étaient rares, sinon loin du centre, dans la périphérie d'Amiens.

A peine le portail franchi, le pied sur la première marche, Elisabeth s'était retournée, et à cette seconde

Antoine avait cru qu'elle allait faire demi-tour. « Oui, oui, lui avait-il promis, nous y installerons un endroit pour Raphaël, comme dans la rue Bénard. Un portrait, des vases et des fleurs… Et ses cahiers d'écolier. Puisque c'est tout ce qui nous reste, hormis des photos, des tas de photos. As-tu remarqué qu'elles pâlissaient ? Elles s'en vont, elles aussi, dans les limbes… »

Pourtant, les Straub prirent possession de leur nouvelle demeure sans autre difficulté. Elisabeth reconstitua dans une des chambres du deuxième étage l'autel de Raphaël avec ses reliques. Antoine avait espéré qu'avec le déménagement cette manie s'éteindrait de facto. Mais non, elle reprit de plus belle, et il comprit à ce moment-là que son épouse l'entretiendrait jusqu'à son dernier souffle de vie.

Maintenant que les FFI avaient repris la ville aux Allemands et que les Alliés s'étaient installés place Gambetta dans la liesse populaire, Obertz était sorti de sa cache pour vivre auprès de Claire et du petit garçon qui leur était né le 29 juillet. On l'avait prénommé Raphaël. C'était une exigence d'Elisabeth, que le prénom de son malheureux fils tué dans la poche de Dunkerque se perpétuât dans la famille. Monsieur Straub avait trouvé l'idée saugrenue, mais s'était incliné de bonne grâce, comme d'habitude. Il avait en tête d'autres préoccupations que s'en venir batailler sur ce terrain-là.

Il fut décidé qu'Alexandre et Claire occuperaient le second étage de la villa. Elle était suffisamment spacieuse, avec ses grandes fenêtres donnant sur la cathédrale Notre-Dame, confortablement meublée « avec des goûts de riches », disait Obertz, que rien dans ce monde ne contentait jamais. Le mariage eut lieu huit jours après la libération d'Amiens, c'est-à-dire dans la première semaine de septembre 44. La cérémonie fut expédiée rapidement, comme l'avait souhaité Antoine, et sans la présence de Paulus que le comité d'épuration de Strasbourg tenait dans ses filets. Néanmoins, Alexandre alla chercher sa mère. Mais celle-ci refusa de venir. Antoine regretta fort hypocritement son absence, mais promit qu'aux jours meilleurs on ferait un repas de famille digne de ce nom.

Au fil des jours, Claire se découvrit un instinct maternel insoupçonné, à la grande surprise d'Elisabeth, qui ne reconnaissait plus sa fille. Pourtant, elle avait tellement espéré que Claire lui abandonnerait son bébé, pour se consacrer à d'autres occupations plus en accord avec son jeune âge, qu'elle en éprouva de la déception. « Nous ne connaissons pas nos enfants, confiait-elle à Antoine. Il suffit qu'ils grandissent pour devenir des étrangers à nous-mêmes. C'est une sorte d'ingratitude, d'une sauvagerie inégalée. Vois ce qu'elle est devenue, cette petite, autoritaire, vindicative... Au point que j'hésite à taper à sa porte, de crainte de me faire houspiller... Pourtant, elle a tellement à apprendre de la vie. Elever un bébé est un art, qu'elle ne possède pas. Comment le pourrait-elle ? Elle qui fut une si mauvaise élève, même à l'école ménagère, où elle a traîné après son brevet. Ça ne l'intéressait pas. Ça ne lui chantait pas, la maternité. Il aura fallu que... »

Monsieur Straub s'agaçait vite de ces réflexions perpétuelles. Lui, il avait découvert, bien plus tôt, la métamorphose de Claire, s'en était ému, puis avait compris que cette transformation était dans l'ordre des choses. Et pour l'heure, il n'avait guère envie de faire la leçon à sa femme. Il se jugeait en dehors de toutes ces contingences matérielles et sentimentales.

Pendant ce temps, Claire enrichissait son journal de détails plus prosaïques, des réflexions sur sa nouvelle existence tout entière tournée vers son bébé. Du reste, Pierrette Lameur, la seule amie qu'elle avait conservée à Amiens, avait renoncé à la voir, l'idée d'être mère et de connaître un jour une existence mobilisée par les biberons, les couches et les layettes l'horrifiait. Elle ne s'imaginait pas suivre un tel chemin, comme une fatalité. Et dans une récente lettre, la jeune fille de la rue des Trois-Cailloux lui reprochait de s'être mariée à la va-vite avec un homme qu'elle n'aimait pas et, pire encore, de s'être fait coller un marmot. « Ta vie est fichue, ma belle. Tous nos rêves d'adolescentes s'écroulent. Pourtant, je t'avais jugée bien mieux armée que moi pour échapper à ces chausse-trappes. »

Claire n'avait pas jugé bon de lui répondre, faute d'arguments fiables pour défendre ses choix, en contredisant du même coup toutes ses anciennes promesses. Ainsi meurent les amitiés, pensa-t-elle, lorsqu'on se trahit au jeu de la vie.

Les longues journées de la Libération ne tinrent pas longtemps leurs promesses. La liesse se mua en une excessive colère. Le spectacle des femmes tondues, molestées, parfois violentées, rue Victor-Hugo, face au palais de justice et rue Rohaut, provoquait chez monsieur Straub des haut-le-cœur. N'y a-t-il pas mieux à faire ? pensait-il en passant devant les maisons en ruine près de l'hôtel de ville ou de la cathédrale. Mais trop de braillards, de héros de la dernière heure, armés de pistolets et de Sten, l'air menaçant, possédés par une envie de justice expéditive, tenaient le haut du pavé, sans contrôle. On arrêtait à tour de bras les collabos qu'on traînait en cortège jusqu'à la citadelle et puisqu'il n'y avait pas encore à Amiens de cour de justice en place les condamnations tombaient sans contrôle, les accusés mis dans l'impossibilité de se défendre et promptement livrés à leurs bourreaux de fortune.

Monsieur Straub avait traîné à son aise, dès le 31 août, dans les couloirs de l'hôtel de l'Univers où les FFI avaient installé un PC provisoire, avant que la préfecture, l'hôtel de ville et le central téléphonique fussent libérés. Pour les résistants, Antoine n'était qu'un étranger. « On ne t'a pas vu, camarade, sur le boulevard de Châteaudun faire le coup de feu contre les boches... » Et un autre : « Au pont Beauvillé ? T'étais aux abonnés absents ! » Il s'éloigna, écœuré par la tournure des événements. Ai-je rêvé ? se demandait-il en descendant la rue de la République, où l'on arrêtait les journalistes du *Progrès de la Somme*. Je n'étais donc pas l'un des responsables des parachutages d'armes anglaises, le « monsieur procédure habituelle », avec son petit poste émetteur dans son grenier de la rue Bénard ?

Depuis septembre 44, Régis Gillard était fort occupé à Paris, où la société possédait des bureaux, rue Rambuteau. Aussi avait-il nommé à Amiens, pour assurer l'intérim, Abel Jensimon, un jeune et fringant ingénieur de Polytechnique qui s'ennuyait ferme dans les affaires de Gillard. De l'avis même de certains membres du bureau, il travaillait en dilettante, traînant d'un bureau à l'autre sa superbe. On lui reprochait de survoler ses dossiers, sans s'attarder, ni apporter la moindre touche personnelle, « croyant les connaître avant de les ouvrir », disait, fort méchamment, son adjoint, Paul Miramont, « homme de basse extraction modelé dans la glaise », comme il se plaisait lui-même à se dépeindre. Sans être fin psychologue, il était aisé de voir que Jensimon n'aimait pas la brique et la briqueterie. A ses yeux, cette industrie était restée par trop archaïque, elle ne pouvait donc le satisfaire, lui, jeune homme ambitieux. Il s'imaginait plutôt fondé de pouvoir dans une grande banque d'affaires, ou à tout le moins inventeur dans le génie hydraulique ou électrique. Avec de telles ambitions, Abel J, comme on le surnommait dans le petit cercle des Grands Salons Godbert, dédaignait les entreprises Gillard, elles n'étaient pour lui, y compris celle de Pargny, dont les installations étaient plutôt modernes pour l'époque, qu'un pis-aller en attendant des jours meilleurs.

En l'absence du président-directeur, les réunions tournaient à l'affrontement. Il y manquait de toute évidence un capitaine. Et pendant ce temps, monsieur Straub faisait des petits dessins pour passer le temps sur la couverture de son bloc-notes. Bien qu'on eût aimé l'enrôler dans un camp ou dans l'autre, celui des modernes ou celui des anciens, des jeunots ou des vieux croûtons, Antoine se refusait à prendre partie, entre Jensimon et Miramont, car il ne prisait ni l'un ni l'autre. Le polytechnicien avait la science infuse et peu d'expérience, tandis que son voisin portait encore sur lui les relents du pétainisme. Il était résolument, et sans doute à vie, enlisé dans ce marigot, travail-famille-patrie.

Octave Desgenette, depuis quelque temps, avait réussi à se faire inviter dans le cercle des intimes du conseil d'administration, sans qualité particulière, simplement pour en apprendre le fonctionnement. Il n'avait donc pas voix au chapitre. Son rôle consistait à écouter et à se taire, puisqu'on ne lui reconnaissait aucune voix délibérative. Straub se serait bien passé de cette présence à ses côtés. Elle lui compliquait la tâche, parce que depuis son intronisation Desgenette se sentait pousser des ailes et s'encourageait à critiquer ouvertement son supérieur de Villers-Saint-Charles en s'appuyant sur les décisions prises en conseil. Straub avait acquis l'habitude d'interpréter à sa guise les ordres de l'assemblée, sachant qu'une briqueterie comme la sienne était comme un grand bateau difficile à manœuvrer et qu'un changement de cap ne se pouvait opérer qu'en plusieurs étapes, au risque de briser le rythme de la production et de décourager, voire désappointer, le personnel.

Sans doute, s'il avait été plus diplomate, monsieur Straub eût réussi à convaincre son directeur adjoint et à s'éviter tant d'aigreurs d'estomac. Car Desgenette souffrait intimement de n'être pas considéré à sa juste valeur dans l'usine de Villers. Mais voilà, diplomate, Straub ne l'était nullement, et s'en délectait, au grand dam de Gillard lui-même, qui ne comprenait pas sa raideur de caractère. « Mettre de l'eau dans son vin », voilà une formule qui revenait souvent et dont d'aucuns auraient apprécié qu'il fasse son profit. Antoine faisait semblant de ne rien entendre, comme si son rôle prépondérant dans le dispositif des Briqueteries d'Amiens le protégeait d'une solide carapace.

A la première réunion de novembre, un vendredi pluvieux et venteux, une journée à ne pas mettre un chien dehors, on leur annonça que Régis Gillard venait de reprendre son poste. Straub exulta par avance à l'idée qu'enfin on allait faire à nouveau du bon travail, cesser de lanterner et de tourner en rond sur des points de détail.

— Maxime, mon cher Maxime, fit Gillard en prenant Straub dans ses bras, vous ne pouvez pas savoir les misères qu'on me fait, là-bas, à Paris…

— Qui donc ?

— Les commissaires, les juges, les gratte-papier, tous les épurateurs zélés de la Libération. On veut me faire passer en conseil disciplinaire pour collaboration économique avec l'ennemi. Vous rendez-vous compte ? Moi, Gillard… Avec tout ce que j'ai fait dans la Résistance. A les en croire c'était une couverture, nos engagements dans la Résistance, et tout en concédant une cuillère de soupe pour la patrie nous offrions une grosse louche aux boches… Je dois fournir une comptabilité de tous les diables pour me justifier. Les livres, les grands livres, tout ce bataclan, pfutt, disparus. Envolés. En fumée.

Il éclata de rire, satisfait tout de même d'avoir échappé pour un temps, un temps seulement, à la question des petits Torquemada FFI et FTP.

Monsieur Straub s'interrogeait, les mains glissées dans les poches de sa veste, la tête inclinée vers le sol. Rien de cette conversation ne l'étonnait. Il avait toujours cru qu'un jour leurs positions ambiguës, un pied dedans un pied dehors, leur vaudraient des ennuis, et qu'ils auraient les plus grandes difficultés à se justifier. Nous y voici, pensa-t-il. Devant nos juges, c'est-à-dire les repentis de l'Occupation augmentés des bureaucrates de l'épuration. Ça nous fera des condamnations à n'en plus finir, de quoi remplir les prisons et occuper les pelotons d'exécution.

— Les fameux convois Weller, n'est-ce pas ? demanda soudain Straub.

— Certes oui. Il nous fallait bien donner des gages. Sinon, fermer la boutique et mettre les ouvriers à la rue.

— Mais, reprit Straub, vous voulez dire qu'il n'y a plus aucune trace des commandes Weller ?

— Aucune. J'ai fait le ménage. Pas fou, l'animal. On ne me coincera pas facilement. Enfin, reprit-il d'une voix haute et ferme, vous me connaissez, Straub, je n'ai jamais été nazi et j'ai toujours pensé que Vichy avec tous ses ministres carpettes, Laval en tête, n'avait fait qu'obéir, et bien plus que ça même, aux Allemands. Mais enfin, la situation nous a été imposée. Nous l'avons gérée au mieux, vous et moi. Et si ça les enchante, les FTP et les fifis, ils n'ont qu'à m'envoyer aux galères…

— C'est une vieille conversation que nous avons déjà eue, jadis, dans votre bureau, monsieur Gillard. Nous avons décidé de leur accorder de la marchandise pour préserver l'outil industriel. Voilà tout. Valin pourra le confirmer. Il était au courant.

— Sans plus.

— Forcément qu'il était au courant, ainsi que tout le réseau. Nous leur avons demandé exceptionnellement de ne pas faire sauter nos convois…

— Ce n'est pas bon pour nous, Straub. Valin n'admettra jamais que le réseau était au courant en 42 et 43 que nous livrions à l'Allemagne des matériaux avec leur assentiment. Les chefs de la Résistance ont la pétoche. Ils s'allongeront. Devant les petits juges de la Cour de justice et de la Chambre civique, ça se déballonne comme une baudruche. Chacun veut sauver sa peau et gagner des médailles, des reconnaissances, des honneurs, s'attribuer des faits d'armes imaginaires. Une foire d'empoigne !

— Les armes que nous avons collectées pour le réseau, les parachutages que nous avons organisés, et toutes les familles juives arrachées aux griffes de la police allemande et des flics français, faudra leur rafraîchir la mémoire. Et leur dire ce que nous avons fait, vous et moi, et tant d'autres aussi. Devrons-nous déterrer les morts, Chapenel, Armandin, Sicard, Mandon et le colonel Francey, pour les interroger aussi ?

Gillard et Straub entrèrent dans la salle de réunion. Le président-directeur, en récupérant son siège, se montra d'entrée de jeu autoritaire sur les orientations à venir. Remettre toutes les usines du groupe en état de marche maximum. Il fallait produire, produire et encore produire, sans se perdre dans des considérations secondaires, les heures hebdomadaires, les congés payés, les embauches. Trop tôt encore pour laisser libre cours à la revendication, disait en filigrane Gillard, qui craignait, dans le désordre ambiant et compte tenu de la vacuité du pouvoir, quelques grèves sur le tas.

— Nous devons fournir assez de briques pour reconstruire notre ville. Mais je sais que ça ne suffira pas. Il faudra trois ou quatre ans, peut-être plus, avant que nous retrouvions la ville d'hier, avant qu'elle soit défigurée par les bombardements de 40.

On applaudit vivement, on se leva tous ensemble et on fit un hourra d'honneur au président-directeur, qui n'en attendait pas autant.

Toutefois, Gillard ne réagit que modérément aux marques de sympathie de ses administrateurs. Il savait, lui, que d'ici un mois ou deux on lui demanderait de distribuer les premiers dividendes. Et la voix du portefeuille serait plus forte que la voix du sacrifice. Il se retira aussitôt, laissant à ses conseillers financiers l'exposé des derniers bilans. Monsieur Gillard avait donc repris ses bonnes vieilles habitudes, laissant les sujets qui fâchent à ses subalternes.

Avant de quitter la salle, il fit signe à Straub de le suivre. C'était une initiative assez inhabituelle pour qu'elle fût remarquée et commentée après coup. Que cherchait-il en courtisant ainsi un de ses directeurs, qui plus est d'une fabrique comme celle de Villers, de peu d'importance, comparée aux usines d'Amiens, de Pargny ou de Ciry-le-Noble ? Lui confier des responsabilités plus importantes ou au contraire s'en séparer ?... Dans le large couloir des pas perdus, les administrateurs optèrent plutôt pour la seconde hypothèse, mais tous déploraient dans un large soupir unanime que le big boss ne les eût point consultés. « Nous sommes ses financeurs et ses soutiers », clamèrent-ils en laissant paraître leur mauvaise humeur.

Monsieur Gillard réservait cet aparté dans son bureau, tout nouvellement refait, peintures, dorures, draperies et boiseries, à tout autre chose, en l'occurrence évoquer le cas de Monsieur Gendre. Une petite affaire, au regard de celles qui avaient été évoquées quelques minutes plus tôt.

— Alors, Monsieur Gendre ? fit le président-directeur en posant ses coudes sur le bureau en noyer. Il nous faut le caser, n'est-ce pas ? Que sauriez-vous me dire pour m'en convaincre ? Je ne le connais pas. Je ne sais même pas à quoi il ressemble. Quant à ses compétences, elles ne sont pas davantage à l'ordre du jour... C'est un luxe, un sacré luxe, que vous me demandez là, Maxime (il avait conservé l'habitude quelquefois d'appeler Straub par son petit nom de clandestinité) car un type comme lui dans nos bureaux, ça fait désordre, non ? Toutefois, j'ai compris qu'il s'agissait du jeune homme que vous avez caché dans votre cave avant que nous l'installions d'un commun accord dans le quartier Saint-Leu.

Straub opina de la tête. Ce fut bien inutile de donner son nom, son âge et sa lointaine parenté, car au fond

Gillard s'en fichait. Il l'interrompit d'ailleurs au milieu d'une phrase, ce qu'il faisait rarement :

— Ne me cachez rien sur Monsieur Gendre, n'est-ce pas, Antoine ? C'est la seule condition que je pose. Je veux estimer le risque que je prends, à ce moment même, en l'engageant.

— Bien sûr, assura Antoine, la gorge sèche.

— Ce ne fut pas un résistant ?

— Loin de là. Plutôt le contraire...

— Vous m'intriguez ?

— Lorsqu'il s'est présenté à moi, il portait sur les épaules l'uniforme allemand. Celui de la brigade Frankreich...

— Mon Dieu ! s'exclama Gillard. Voilà qui est singulier.

Antoine hocha la tête. Il n'y avait guère là de quoi applaudir.

— C'était un choix difficile, poursuivit Antoine Straub : le remettre aux autorités allemandes et pour ce faire il aurait suffi que je l'abandonne à son sort, ou le cacher, en ne sachant pas comment cette histoire finirait... Qu'auriez-vous fait, à ma place ? questionna-t-il.

— Permettez-moi de ne pas répondre.

Straub se rencogna dans son fauteuil, croisa les jambes et prit un air détaché.

— Personne ne me jettera la pierre.

— Oui, parce que personne ne connaîtra cette histoire, ici, en dehors de vous et de moi. Sinon, que croyez-vous, Maxime ? On vous dénoncerait sur-le-champ et, après un procès expéditif, on vous jetterait dans un cul-de-basse-fosse. Le collabo Straub, héros de la guerre de 14, avec ses trois citations, en passe d'être fusillé pour avoir caché son neveu à la mode de Bretagne, dénommé Monsieur Gendre, enfant de collabo et collabo lui-même… Ouste ! Expédié ! Et moi-même, là où j'en suis en ce moment, je ne pourrais certes pas vous servir de témoin de moralité. Alors, silence, en attendant que les passions retombent, que la France redevienne ce pays où il fait si bon vivre. Nous avons connu l'ignominie de la défaite, désormais la terreur épuratoire. Et demain ? Les petites affaires reprendront comme avant, au temps de Poincaré, lorsque le franc valsait et que la Bourse jouait au yoyo…

D'un commun accord, les deux hommes sortirent du bureau, passant par la coursive des archives où ils ne risquaient pas de croiser de collaborateurs. Une fois de plus, Régis Gillard avait quitté le conseil d'administration avant même les discussions. C'était une pratique dont il était coutumier, mais là on le lui reprocherait, après un éloignement de deux mois au moins d'Amiens. Après son escapade parisienne, mille questions demeuraient en suspens. Mais le président-directeur n'avait nullement le désir de discuter de stratégie future, pour la bonne raison qu'il n'avait pas encore toutes les cartes en main.

— Devant nous, la reconstruction de la ville, dit-il. Croyez-vous que Monsieur Gendre pourrait nous être utile dans cette affaire de marchés à prendre ?

Straub ne répondit pas. Et Gillard ajouta :

— Nous le testerons.

— C'est l'occasion, acquiesça Antoine, de le mettre à l'épreuve.

— Il a un mérite, à coup sûr, ce garçon, c'est de n'avoir aucune idée précise sur la situation présente.

— Et en quoi serait-ce une qualité ?

— Autour de nous, Maxime, tout le monde a trempé dans le chaudron de la Collaboration et de la Résistance. Deux camps irréconciliables. Je crains que cette guerre des idées, pour ne pas dire cet esprit détestable des règlements de comptes, ne finisse par paralyser les initiatives. A la vérité, l'innocent Monsieur Gendre...

Antoine se mit à ricaner.

— Vous me suivez, Straub ? Personne ne sait ce qu'il a fait pendant la guerre. En ce sens, nous disposerons d'un pion hors de tout soupçon, que nous pourrons utiliser même en terrain miné.

— Ne le surestimons pas, prévint Straub. Ce serait une erreur. Il ne connaît rien à nos affaires, rien à la production, à la fabrication, au marché.

— Cela nous sera un avantage. Nous le cornaquerons en sous-main. Je compte sur vous. D'une poigne ferme. Vous l'enverrez au feu, face aux nouveaux maîtres, un attelage hétéroclite de communistes, de socialistes, de gaullistes et de centristes. Aux innocents les mains pleines. Sur lui, les coups seront sans effet. Ce qui compte au final, vous l'avez compris, Maxime, c'est de se placer sur le futur marché de la reconstruction. Quand tous ces carnassiers verront arriver Monsieur Gendre, avec son air de ne pas y toucher, ils n'y prendront pas garde. Ils se diront : Voilà un homme qui n'a pas trempé dans les combines de la guerre. Peut-être attirera-t-il un peu d'estime sur sa personne... Lorsqu'on lui dira : « Que faisiez-vous pendant la guerre ? » Il répondra d'un air patelin : « Comme tous les Français, j'ai tenté de vivre... » Il apportera des gages à toutes les factions, un peu communiste pour les uns, un tantinet socialiste pour les autres, le tout saupoudré d'un soupçon de gaullisme par-ci et d'une pincée de centrisme par-là.

— Je doute que mon gendre soit l'homme de la situation...

— Essayons-le, cet Obertz. Je vous en prie.

— Puisque tel est votre désir, cher président-directeur...

— Allons, évitez avec moi ce ton précieux.

— C'est de l'ironie.

— Prenez-le donc sous votre aile, confirma Gillard.

— D'abord à Villers-Saint-Charles ? proposa Antoine.

Il attendit un acquiescement, mais comme il tardait à venir il ajouta, moqueur :

— Qu'on lui apprenne ce qu'est une fabrique, au moins ? Comment on extrait l'argile, comment on la travaille, comment on la cuit... C'est la moindre des choses, non ?

— J'ai de grands projets pour Saint-Charles, lâcha alors Gillard.

— Mais encore ?

— Rallumons tous les fours et produisons à plein. Quoi qu'il nous en coûte. Vous m'avez bien entendu ?

— Je vous suis, Gillard.

Le président-directeur prit Straub par les épaules, caressant et affectueux, comme il savait l'être lorsqu'il attendait l'impossible d'un subalterne.

— Je vais envoyer Desgenette à Pargny, ajouta-t-il. Je sais combien ce type vous agace, mais je l'avais mis là pour ça. Un peu de poil à gratter...

Il éclata de rire. Il se sentait fier de son aveu. Ça le rendait pontifiant, de pouvoir prouver encore une fois que les hommes ne sont que des pions, que l'on peut promener sur le grand échiquier des affaires, au gré des circonstances.

— Il ne nous a rien apporté, ni à vous ni à moi.

— Peut-être, admit Régis Gillard. Monsieur Gendre le remplacera. Directeur adjoint, après un brin de formation.

Straub opina de la tête.

— Je crois que votre fille lui sera d'un grand secours, aussi, ajouta Gillard d'un sourire perfide.

— Vous ne connaissez pas Claire. Comment pouvez-vous prétendre cela ?

— Voudriez-vous que je vous lise le rapport d'Odette Blanchet ?

— Certes non. Mais je suis le premier surpris que vous ayez demandé à ma secrétaire de direction un tel rapport...

— Qu'avez-vous peur d'y découvrir ? Votre fille possède des qualités certaines. Un franc-parler. Une sacrée dose d'audace. Bref, votre Claire, mon cher Straub, n'a pas froid aux yeux. Ça nous changera un peu de ces secrétaires ternes et indolentes qui remplissent nos couloirs.

13

Avant même que monsieur Straub ait eu le temps de parler à Obertz, Gillard avait adressé une convocation au jeune couple pour le rencontrer. Pris de cours, Antoine en fut déconcerté, si bien qu'il ne sut quoi répondre à Alexandre lorsque celui-ci lui demanda :

— Que nous veut-on ? Tu le sais, toi, cher beau-père ?

Le garçon insista en se rongeant les ongles, bourrelé d'inquiétude. A croire que depuis la libération d'Amiens, dans les premiers jours de septembre 44, sa situation lui paraissait plus périlleuse que jamais. S'il n'y avait plus rien à craindre du côté des nazis et de leur police, apparaissaient d'autres périls du côté des libérateurs, tout aussi pugnaces et féroces à ses yeux. Obertz redoutait qu'on s'en vienne sans tarder lui demander des comptes, que des factions vengeresses s'en prennent à lui pour l'exemple.

— Quoi ! s'agaça-t-il. Gillard voudrait-il que je lui paye un loyer sur les mois passés dans sa bicoque ? Ce serait le bouquet.

Antoine éclata de rire.

— Penser ça de Régis Gillard, c'est lui faire offense.

Le jeune homme voulut se reprendre, mais Straub l'interrompit d'un ton sec :

— Mon cher Alexandre, s'il t'a hébergé alors que la Gestapo était à tes trousses, en prenant des risques pour toi, ce n'est pas pour se livrer maintenant à des mesquineries de seconde zone...

— C'est un patron, tout de même, un patron qui a dû se faire des relations des deux côtés, et moi je ne pèse pas lourd. On n'est rien, pour les patrons. J'ai conscience de n'être qu'un misérable petit ouvrier. Mon cas personnel n'intéresse personne.

— Tu es mon gendre, le contra Straub, presque à contrecœur.

Il annonçait cette évidence dans un soupir, comme s'il le regrettait finalement. Mais Obertz était trop préoccupé par sa situation d'homme traqué pour en percevoir le sens. A la vérité, rien ne pouvait le blesser, tant il se voyait sans avenir, livré aux aléas du moment.

— J'ai plus à craindre des résistants que de la Gestapo, dit-il à voix éteinte, dans une sorte de murmure.

Mais il se parlait à lui-même, à cette angoisse sourde qui le tenaillait au ventre. Antoine se fichait bien de ses états d'âme. Tout homme fait un choix et doit les assumer, quelles que soient les conséquences, pensait-il en observant son gendre, penaud et pantelant telle une chiffe molle.

— Il va falloir te composer un autre personnage, dit Straub, t'inventer une histoire, celle d'un homme irréprochable. Et ne point trop te lamenter sur ton sort. En tout cas, éviter les épisodes de la guerre, dire que tu les as traversés en indifférent. Que je sache, l'indifférence n'est pas un crime. L'attentisme ne fut-il pas la posture préférée des Français ?

Le lendemain, Claire et Alexandre se rendirent au siège central des Briqueteries d'Amiens, rue des Vergeaux. Sur les conseils de Straub, ils s'étaient mis sur leur trente et un, tailleur gris clair et chemisier blanc pour Claire, costume couleur moutarde pour Alexandre Obertz. On avait fait des efforts pour lui trouver un habit de circonstance, une vêture à la hauteur de l'événement. Si la coupe du complet n'était pas du meilleur effet, elle était néanmoins bien au-dessus de l'ordinaire des Amiénois soumis à la restriction. Il n'y avait guère de boutiques en activité dans la ville. Pour conquérir un peu de chic, il aurait fallu descendre à Paris, mais on ne disposait pas du temps nécessaire.

— Quel beau couple, et si bien assorti, dit Gillard au premier contact.

Claire crut déceler dans la flatterie un peu de cette ironie que les maîtres s'autorisent lorsqu'ils s'apprêtent à prodiguer une faveur quelconque. Son front se plissa d'inquiétude.

— Un temps, vous avez travaillé chez nous, n'est-ce pas ?

Le président-directeur mima le geste de la dactylo. Claire baissa la tête parce que le regard de Gillard lui semblait par trop insistant, presque impudent. Voici un homme qui aime les femmes, pensa-t-elle. A sa façon. Comme des proies de luxe.

— Dans l'usine de Villers-Saint-Charles, confirma-t-elle. Mon père a voulu me faire découvrir l'entreprise. Je n'ai aucune formation de dactylographie. Ce fut laborieux, au début...

— C'est toujours difficile, au début, reprit Régis Gillard.

Les manches de son veston laissaient apparaître des boutons de manchettes en or et en nacre sur des poignets de soie blanche. Et cravaté grenadine, il faisait plutôt distingué, hors du temps, comme un grand bourgeois ignorant les restrictions de son époque.

— Vous avez cela de commun avec votre père, dit-il, la propension à paraître au-dessous de ce que l'on est.

Puis son regard glissa vers Obertz. Il le toisa avec insistance.

— Nous voudrions, jeune homme, mieux vous connaître. Car je ne sais rien de vous. Tandis que votre beau-père souhaiterait vous faire engager dans notre entreprise. Est-ce une bonne idée ?

— Je cherche du travail, reconnut Alexandre, presque confus de devoir se louer ainsi.

Le regard de Claire s'illumina d'un coup et elle parut soudain libérée de toute timidité. On lui avait appris à ne pas trop montrer ses sentiments, à cacher ses emballements. Mais comme ce n'était point d'elle qu'il était question, Claire se sentit à l'aise.

— Alexandre a de réelles dispositions, plaida-t-elle. Je puis vous l'affirmer. Certes, il ne sait rien du métier, mais il apprendra vite. Je l'aiderai à combler ces lacunes. Et puis, ajouta-t-elle, il faut bien débuter un jour, non ?

Comme Régis Gillard avait déjà pris sa décision, les piètres arguments de Claire Straub parurent tomber à plat. Il les écouta distraitement, son regard allant de l'un à l'autre, comme pour se faire une idée sur ce qui avait bien pu sceller leur alliance. Bien sûr, le garçon traqué avait fait un enfant à cette jeune fille, sans doute maladroitement, mais sans doute pas volontairement, comme on serait enclin à le penser dans son milieu. Peut-être l'amour, l'amour, en définitive, pensa-t-il.

En fin observateur, Régis Gillard vit ce qu'il y avait à voir, que la jeune femme aimait sans doute son mari, tant elle le couvait du regard et l'encensait à tout propos, alors qu'en revanche l'homme se montrait plus distant. Pas un geste affectif, pas un sourire de connivence, rien qui puisse laisser croire à une quelconque complicité. Le président-directeur se perdit dans cette réflexion qui l'éloignait, en vérité, de son sujet principal. Il se ressaisit, demanda à Claire de bien vouloir quitter son bureau afin qu'il puisse s'entretenir en tête à tête avec Obertz. Et une fois sortie, comme si l'impression que Claire lui avait laissée se prolongeait encore, il lui parla d'elle avec force compliments, concluant ainsi :

— Ne la décevez pas, monsieur Obertz. Les femmes cessent de nous aimer lorsqu'elles ne nous admirent plus. L'amour, bien sûr, on parle toujours de l'amour, comme si c'était un sentiment qui se suffirait à lui-même et que rien, jamais, ne saurait corroder. Mais, souvenez-vous de ça, monsieur Obertz, l'admiration. L'admiration.

Gillard parut ravi de sa démonstration, qui laissait le jeune homme indifférent. Alexandre songeait, lui, à l'entrebâillement de la porte devant lui, gage d'espérance. Encore étroite, si étroite, mais il lui suffirait juste qu'elle s'écartât un peu pour qu'il s'y engouffrât tout entier.

— Vous disiez que je pourrais espérer…

— Oui. C'est un vœu de votre beau-père. Il m'a convaincu que vous pourriez travailler pour nous. Certes, vous m'avez compris, il faudra tout apprendre.

— Absolument, monsieur le président, je ne vous décevrai pas.

Régis parut amusé en l'entendant reprendre ses propres mots.

— Oui, ne décevez personne surtout. Ni votre épouse, ni moi, ni votre beau-père. Et pour cela, il ne faut point s'appartenir tout entier. Il faut épouser la cause que vous entendez servir, c'est-à-dire nos affaires… nos affaires prometteuses, insista-t-il.

Alexandre opina de la tête.

— Vous débuterez dans l'entreprise que dirige monsieur Straub, poursuivit Gillard. Il a reçu cela pour mission, faire de vous un de nos futurs collaborateurs. S'il apparaît que vous ne faites pas l'affaire, bien entendu, nous interromprons notre collaboration.

Obertz comprit à cet instant qu'il lui fallait bien donner quelques gages. Question de confiance. Ainsi, pressé par les questions de Gillard, Alexandre raconta-t-il ses mésaventures à Essen, son engagement dans la fameuse brigade qui lui avait valu sa disgrâce. A vrai dire, le récit du jeune homme dépassa tout ce que Régis avait imaginé. Il le loua pour sa franchise et subodora, ensuite, qu'après une telle expérience sa nouvelle recrue était disposée à bien des accommodements, si ceux-ci se révélaient nécessaires.

— J'attends de vous une coopération sans réserve, exigea-t-il.

Il le répéta avec force avant de lui faire signer quelques papiers contractuels qu'Obertz négligea de lire, selon sa déplorable habitude, comme il n'avait point lu, en son temps, ceux de la brigade Frankreich. On parla ensuite des premiers émoluments et ceux-ci lui convinrent, bien qu'ils ne fussent guère conséquents, tout juste un salaire de petit employé. Mais il se sentait si heureux d'avoir déniché un travail, sans avoir eu à démontrer quelque qualité ou connaissance professionnelle que ce soit, qu'il n'éprouvait point le désir d'en négocier les termes ni les objectifs. Après tout, Alexandre s'en remettrait à son beau-père pour le reste, estimant que Straub n'avait pu que le favoriser dans cette affaire.

— Je voudrais tellement me racheter, dit-il, prouver que je suis un honnête homme. Tout le monde peut se tromper. A Essen, j'ai choisi la mauvaise voie. Et lorsque j'ai décidé de déserter, j'ai cru que ma vie entière serait entachée par cette malheureuse affaire, que je me verrais condamné à fuir, à me cacher à jamais.

Monsieur Gillard faillit bâiller d'ennui. C'était la partie la plus lassante de l'entretien, la repentance. Il n'aimait pas la repentance. Ni la sienne, ni celle des autres. Mieux valait n'en point parler, car la morale à elle seule possédait sa propre logique, qui se pouvait, elle aussi, accommoder au gré des circonstances. J'ai travaillé pour l'Allemagne afin de sauver mon entreprise, pensa-t-il, tout en donnant des gages à la Résistance. Ce jeune homme, se dit-il en l'observant avec lassitude, n'a fait que céder à son niveau aux mêmes contingences que les miennes, se préserver, survivre. Il en eût été tout autrement, s'il n'avait pas déserté et obéi à son serment jusqu'au bout...

Ils sortirent ensemble dans le couloir, où Claire attendait, anxieuse. Alexandre hocha la tête pour signifier que l'entretien avait été fructueux.

— Nous nous reverrons, glissa Gillard à l'oreille de la jeune femme.

Sur le coup, elle se demanda bien pourquoi. Et il saisit dans la même seconde ce que sa réflexion avait d'ambigu.

— Votre père et moi, nous sommes si proches. Nous avons fait du bon travail. Avant l'Occupation et pendant l'Occupation, précisa-t-il. Maintenant, nous entrons dans une autre période, dont il faut également relever les défis.

Il moulina l'air avec sa main, comme pour figurer la roue du destin emportant dans son sillage les déchets de l'histoire.

Vint le grand jour pour le jeune Obertz, celui où il entra, début février 45, à l'usine de Villers-sur-Charles. Les présentations furent rapidement expédiées dans une sorte de climat hostile. On n'aimait pas Desgenette, mais la façon dont il avait été écarté avait profondément déplu à Odette, tout comme cette « promotion à Pargny-sur-Saulx », qui déplut aussi, du coup, à tout l'encadrement de l'entreprise. On en fit des gorges chaudes. Car l'idée répandue qu'Octave Desgenette aurait grenouillé avec les Allemands sonnait faux, puait la rumeur montée de toutes pièces.

On attribua un minuscule cabinet de travail au nouvel arrivant, avec un bureau et deux fauteuils, et quelques rayonnages. Alexandre Obertz s'y assit et attendit en fixant le paysage alentour par la fenêtre. Ce n'était pas folichon, la petite armée d'hommes, couleur argile, si jaune et collante en ce pays, qui chargeait les wagonnets, les uns après les autres. Ce n'était que de la peine, enflée et dilatée jusqu'au ciel, teinté du gris des Flandres.

Si je ne suis pas à la hauteur dans ces papiers, pensait Obertz, on me versera à cette tâche. Ce sera pire qu'à Essen, près des fourneaux, où il y avait aussi ces mêmes figures d'hommes hâves et gris, épuisés dans leurs camisoles trop grandes. On me fera creuser jusqu'au centre de la terre, chercher cette mélasse collante et puante, gorgée d'eau croupie. Quand donc cessera-t-on de jouer avec moi ? se disait-il, tenté par son paquet de cigarettes devant lui, la seule chose qui occupait le dessus du bureau.

Il était entré, avait déplacé l'un des fauteuils, s'était assis, légèrement de côté pour voir le décor extérieur. Puis il avait vidé ses poches. C'était tout.

On ne me demande rien. Est-ce cela mon travail ?

Attendre le bon vouloir des secrétaires qui passent et repassent et rient dans les couloirs. Ne serais-je pas censé leur donner du boulot, précisément ? Mais là, je n'ai aucune idée. Je ne sais rien sur cette affaire-là : comment on traite l'argile, la façonne, la sèche, la cuit, etc.

Il rajusta sa cravate, se sentit soudain en perdition. Il imagina qu'un type finirait par entrer pour lui demander où il en était de son travail et il ne saurait rien répondre. « Mais d'où il sort, celui-là ? Qui donc nous a fichu un tordu pareil ? On se moque de nous. »

Le beau-père lui avait recommandé de se tenir à carreau en l'installant, ici, d'attendre sagement, et de ne répondre à aucune question. « Il n'est pas nécessaire de clamer à tout bout de champ notre parenté, n'est-ce pas ? L'entreprise, mon cher Alexandre, c'est la boîte à cancans. »

Il ouvrit les tiroirs. Vides, évidemment. Octave Desgenette n'avait rien laissé derrière lui, pas un crayon, pas une gomme...

A vrai dire, se dit-il, je n'ai toujours pas compris ce que monsieur Gillard désire de moi. Ses propos m'ont paru bien étranges. Trop de sous-entendus. Mais pour saisir le sens des sous-entendus, il faut savoir de quoi il retourne, sans quoi on reste là, assis, en silence, dans une si grande solitude, à douter de sa propre intelligence.

Il lui parut même que Claire en savait plus que lui sur son devenir dans la maison Gillard. A croire qu'elle avait le don de prescience et qu'il n'était point de lui expliquer les choses pour qu'elle les saisisse en leur entier. « On veut te charger d'une mission, lui avait-elle dit. Je l'ai bien compris, à demi-mot. — Quelle mission ? Je n'entends rien à ce boulot, moi... — Ne t'en fais pas. Gillard sait où il va et mon père aussi. — Il n'y a que moi, en définitive, qui ne sais pas où je vais », avait-il conclu. Elle avait ri en le prenant dans ses bras. Et il s'était reculé en protestant contre ses agaceries : « Non, vraiment, ce n'est pas le moment... »

Au milieu de la matinée, monsieur Straub vint délivrer Obertz de sa solitude. Discret, obéissant, effacé, parfait dans son rôle jusque-là, se dit-il, et de l'en féliciter.

— On ne te demande rien de plus, mon cher Alexandre. Rien. Tenir ce rôle jusqu'à ce que l'on puisse passer à la vitesse supérieure.

Antoine le prit par la main et le conduisit dans le couloir, comme un somnambule. Puis il l'arrêta, soudain, et lui glissa dans le creux de l'oreille :

— A partir de maintenant on se vouvoie. Il importe de montrer quelques distances, même si elles ne tromperont personne.

Dans le bureau d'Odette Blanchet, il régnait une certaine effervescence, secrétaires et comptables s'escrimaient sur les livres. Monsieur Straub avait commandé un bilan comptable comme si l'on s'attendait à un contrôle, ce qui n'était pourtant pas le cas. Ce n'est qu'au bout de quelques minutes qu'Odette se rendit compte de la présence du nouveau, « le petit nouveau », comme elle disait.

— Il faut nous laisser travailler tranquilles, protesta-t-elle. Desgenette, mine de rien, est parti en laissant la pagaille dans les créances clients. Pourtant, je lui avais dit de suivre ça, au jour le jour...

Straub ne releva pas la réflexion. Il avait participé lui aussi à la pagaille en effaçant, à la demande de Régis Gillard, les traces de commandes et de livraisons à Weller. Mais, ce serait un jeu d'enfant d'en retrouver les traces, pour peu que quelqu'un voulût s'en occuper. Mais qui donc ?

— Ah ! Ce jeune homme c'est...

Elle s'interrompit pour le toiser de haut en bas, Alexandre Obertz, les mains fourrées au fond de ses poches, l'air absent. Elle le trouva un peu falot, comme un chien perdu dans un jeu de quilles, honteux de se trouver là en terrain inconnu. Il se fit bousculer par le comptable. Il alla dans le coin de la pièce, près des casiers de rangement. C'était le seul endroit où il ne risquerait pas de gêner.

Soudain, Odette Blanchet poussa sa colère :

— Prenez chacun vos dossiers et allez travailler ailleurs, s'écria-t-elle. Faites-moi des fiches, détaillées pour une fois, et je recollerai tout ça. Tout de même, il nous faut un bilan sincère. Monsieur Straub a dit qu'il nous fallait redémarrer d'un bon pied !

Elle regarda Antoine avec un sourire forcé. Il confirma d'un hochement de tête. Puis il se crut obligé d'ajouter, pour donner corps à cette décision :

— On va restructurer nos entreprises d'Amiens.

— C'est-à-dire ? demanda Georges Lemonnier, le comptable en chef.

— Villers-Saint-Charles va jouir d'une autonomie de gestion.

— On grandit, alors ?

— C'est l'âge de raison, si je puis dire. Plus de tutelle des parents. Nous agirons comme des grands. Oui, c'est un fait, le président-directeur a décidé de nous laisser mener notre barque.

— Jusqu'au bout ?

— Nous aurons quelques comptes à rendre, évidemment, puisque la maison mère, c'est l'administration d'Amiens, sise rue des Vergeaux.

— Je ne comprends pas...

Antoine lui fit signe de déguerpir, sous le regard amusé d'Odette Blanchet. Puis elle attendit que Lemonnier eût quitté la pièce avec ses deux aides-comptables et les trois secrétaires pour dire à Straub que Desgenette avait été un précurseur en la matière, qu'il y avait deux comptabilités, une pour Gillard et une autre, interne à Villers. Ça lui plaisait fortement de mettre son patron devant l'évidence.

— Nous ne sommes plus en guerre, à végéter, à contourner les règles, à user de petites combines. Maintenant, il nous faut gagner des marchés sur le programme de reconstruction.

Il s'approcha d'Odette, la prit par les épaules, l'entraîna vers le petit nouveau qui se tenait appuyé aux casiers de rangement.

— Alexandre Obertz, le présenta-t-il.

Odette lui serra la main. Je ne le sens pas, pensa-t-elle en le dévisageant. Tout le contraire de Desgenette, un avorton sans entregent. Faudra que monsieur Straub le conduise par la main, s'il veut obtenir quelque chose de lui au bout du compte.

Elle soupira, hocha la tête.

— Enchantée, fit-elle.

— Enchanté, répondit Obertz.

— Alors, c'est vous, « Monsieur Gendre » ?

Le jeune homme baissa la tête, rougissant jusqu'aux oreilles. Straub éclata de rire tout en tapotant le dos de son protégé.

— C'est ce qu'on dit, c'est ce qu'on dit, répéta Antoine.

— Votre épouse a travaillé ici, quelques semaines, rappela Odette.

Et elle lui montra la pièce voisine, avec sa table recouverte d'une nappe verte en coton brodé sur laquelle trônait l'Underwood.

— Beaucoup de qualités. Aurons-nous le plaisir et l'honneur de sa présence, quelquefois ?

— Je ne crois pas, répondit Obertz.

Antoine réfléchissait, indifférent à ce papotage.

— Dans une semaine, il faut que nous ayons une idée exacte de nos actifs.

— Vous comptez engager des emprunts ?

— Evidemment.

— Augmenter la production, alors ? Avec de nouvelles machines ?

Straub fit signe à Alexandre de l'accompagner. Il l'emmena dans son bureau.

— Nous sommes autorisés à ne pas répondre à toutes les questions, lui dit-il. N'est-ce pas ?

— Oui, je comprends.

— Odette Blanchet est la personne la plus importante dans l'entreprise après moi…

Il se reprit :

— Après moi et vous, Obertz. Evidemment.

— On se vouvoie même lorsque nous sommes seuls ?

— Bien sûr, c'est une habitude à prendre. Allons, Obertz, vous n'êtes plus dans ma cave, le petit déserteur de la brigade Frankreich. Oublions tout ça. Oublions, insista-t-il.

— Qui a décidé de me surnommer « Monsieur Gendre » ? C'est agaçant. Vous ? Cher beau-père, je ne puis l'imaginer. Ce serait méprisant de votre part.

Antoine se gratta la tête. Il n'avait pas envie d'être mêlé à cet incident dont il se serait bien passé. C'était venu spontanément dans la bouche de Régis Gillard, une vieille manie de rabaisser en plaisantant ou même de se moquer ouvertement des gens, sachant que ceux-ci, lui étant toujours d'une position sociale inférieure, ne risquaient guère de se défendre.

— Non, bien sûr que non. Vous avez ma parole. Et c'est sans conséquence.

Il ajouta juste, du bout des lèvres, que c'était venu dans une conversation et que le mot avait plu, et qu'il s'était répandu comme une traînée de poudre…

Ce qui veut dire qu'on me chambre allègrement, ici et ailleurs. Ici surtout. Tous ces gens seraient-ils jaloux ? Bien sûr, se rassura Obertz, on jalouse ma position. Pourtant, je ne la dois à personne. Je l'ai gagnée dans le bureau de Gillard, entre quatre yeux, en trois minutes.

Le courant est passé. Il a dit : « Vous êtes notre homme. J'attends beaucoup de vous. Ne me décevez pas. »

— Notre parenté intrigue, bien sûr. On y voit la main du beau-père, dit Antoine le plus sérieusement du monde. Mais comment éviter les lazzis ? Vous devrez vous en accommoder, Alexandre, et n'y répondre que par le mépris.

Obertz se mit à réfléchir. Il avait subi d'autres humiliations dans sa vie et d'un tout autre tonneau. Après tout, il se conformerait à l'avis de Gillard, son mentor, qui l'avait élevé à un rang supérieur, d'une pichenette, à un moment de sa vie où il n'espérait plus rien, sinon glisser de disgrâce en disgrâce.

— Soyez franc et direct avec moi, beau-père, étiez-vous pour que j'obtienne ce poste de directeur adjoint ?

— Bien sûr que non, fit Straub, la main sur le cœur. Comment l'aurais-je pu ? Gillard est assez grand pour prendre ses décisions tout seul.

— C'est bien ce que je pensais. Je ne vous dois rien. Je serais même enclin à penser le contraire. Ce mariage à contrecœur, c'est un signe que vous ne me portez pas beaucoup dans votre cœur. Mais cela aurait été trop grave de vous battre contre moi. C'eût été vous battre aussi contre votre fille.

— C'est à peu près cela, confirma Straub. Maintenant, nous allons faire le tour de l'usine. Il vous faut bien apprendre comment elle fonctionne.

14

Très vite, au cinquième mois, le bébé devint l'enjeu d'empoignades verbales entre Elisabeth et Claire, la grand-mère jugeant que l'enfant devait être nourri au sein, comme elle l'avait fait jadis. Mais Claire, dépourvue de lait maternel, avait dû se tourner vers le lait de vache, sur l'avis même du docteur Andrieux, avec toutes les conséquences inhérentes à cette alimentation. Le petit Raphaël était pris de fréquentes coliques, bien que passagères et sans gravité, et Elisabeth accusa sa fille de ne pas faire le maximum pour son enfant, pour lui trouver une nourrice. Mais par ces temps de vives restrictions il était difficile de dénicher cette perle rare. Néanmoins, Claire avait fini par comprendre que son fils s'accoutumerait au lait de vache, bon gré mal gré, et qu'il ne servirait à rien de revenir sans cesse sur le problème. Elle ferma donc sa porte et se claquemura dans son appartement.

Les tensions durèrent jusqu'au retour de Raphaël, le premier Raphaël, celui qui avait connu un destin tragique dans la poche de Dunkerque. Monsieur Straub avait remué le ban et l'arrière-ban de la toute nouvelle administration militaire pour qu'on entreprît enfin des recherches sérieuses sur les soldats enterrés à la hâte pendant les combats de Gravelines en mai 40. Il pensait que c'était un devoir du gouvernement provisoire de rendre aux familles les dépouilles des héros, même si les recherches promettaient d'être longues et fastidieuses.

Le 2 mars 1945, Straub fut convoqué à la caserne Friant, rue du Général-Foy. Il s'y présenta seul, tant il ne désirait en aucune façon y mêler son épouse, dont il craignait encore, après toutes ces années, les réactions de désespoir. Un jeune officier le conduisit dans la petite chapelle jouxtant les grands bâtiments du casernement, austères et froids. Il hésita à franchir le seuil, craignant pour la première fois de toucher enfin au but, approcher ce fils mort qui avait tellement hanté ses cauchemars. Sur un catafalque blanc dressé au centre de la chapelle, dans la lumière vacillante de quatre chandeliers, reposait un simple cercueil en bois clair recouvert d'un drap tricolore.

Antoine s'approcha de la dépouille et souleva le drap pour y lire le nom de son fils gravé sur une plaque en cuivre minuscule.

— Comment s'est-on assuré que c'est bien mon fils ?

Le lieutenant avait l'habitude de ces questions. On les lui posait à chaque fois. Et il répondait, toujours de la même manière et d'un ton monocorde, que les services de l'armée avaient apporté le plus grand soin à l'identification des soldats morts, en s'appuyant principalement sur les plaques d'identité militaire recueillies sur les cadavres.

— Vous avez retrouvé celle de mon fils ? insista Straub. La portait-il sur lui, autour du cou ? Je souhaiterais tellement qu'on me la remette.

L'officier, un jeune bellâtre au crâne rasé, avait le visage de circonstance, ignorant, stupide, borné. Il se contenta de répéter la leçon qu'on lui avait apprise, sans en changer un mot. A vrai dire, monsieur Straub avait compris dès son entrée dans la chapelle que le lieutenant était à cent lieues de ces interrogations et n'avait qu'une hâte, en finir au plus vite.

— Où était-il enterré ? questionna Antoine. C'est trop demander que de vouloir en savoir un peu plus... ?

Le petit lieutenant demeurait immobile, comme la préséance l'exigeait, digne et distant, afin de ne point céder à l'émotion.

— Je comprends votre douleur, marmonna-t-il. Monsieur Straub, je comprends vos réserves, je comprends vos interrogations...

Antoine se prit à sourire en caressant le bois neuf en sapin du Nord, du tout-venant sans doute, épais comme une allumette. Il tapa du poing sur la caisse, qui résonna comme si elle était vide. Et sur l'instant, il eut l'étrange certitude qu'on n'avait pas retrouvé son fils et qu'on lui avait livré un cercueil vide, faute de mieux. Si je m'écoutais, bon Dieu, se dit-il, je l'ouvrirais, cette putain de caisse. Et j'en aurais le cœur net. Même abîmé, je reconnaîtrais mon fils...

— Y avait-il un cimetière militaire à Gravelines ?

— Je ne sais pas, monsieur.

— Qui pourrait me renseigner ?

On le conduisit dans le bureau du colonel. Un homme fort occupé :

— J'ai assez à faire avec les vivants. Alors, les morts ! Vous pensez bien que…

— Mon fils a été tué à Gravelines, sur le quai Vauban, entre le 22 et le 24 mai 40. Voilà les informations que j'ai fournies.

— Bien. Vous pouvez être assuré, monsieur Straub, que les recherches ont été faites sur le secteur et qu'on a bien retrouvé votre fils à cet endroit. Il y a eu un gros bombardement, des trous d'obus gigantesques. Dans ceux-ci, les éléments du Génie ont enseveli les morts. Les civils d'un côté, les militaires de l'autre.

— Comme dans une fosse commune…

— Assurément non. On y a mis quelques soins. Quant aux civils, je ne vous garantis rien.

— Sa plaque d'identité, où est-elle ?

Le colonel parut agacé par l'insistance de Straub.

— Dans son cercueil ? insista celui-ci.

— Non, ce n'est pas l'usage. Elles sont transmises aux archives militaires.

Dans le courant de l'après-midi, une camionnette de régiment sanitaire conduisit Raphaël Straub au cimetière de la Madeleine. Pour la circonstance, Antoine avait acquis une concession dans le plus grand secret. C'est donc au tout dernier moment qu'Elisabeth et Claire furent informées des obsèques.

— Un enterrement civil, n'est-ce pas ? proposa Antoine. A quoi bon compliquer notre cérémonie.

Raphaël n'était pas croyant. Ce serait stupide de nous jouer de lui, de sa mémoire, de ses dernières volontés... bien qu'ils ne les aient jamais rédigées, précisa-t-il.

Elisabeth reconnut que cette décision était de toutes la plus honorable et la plus fidèle à sa mémoire. Alexandre Obertz se proposa d'assister aux funérailles, bien que Claire lui eût laissé le choix de se défiler.

— Après tout, tu ne le connaissais pas, ou si peu. C'est un étranger, pour toi.

Elisabeth jugea la réaction de sa fille d'une dureté sans égale. Mais sur ce point, Antoine partageait cet avis :

— Vous pourriez rester pour garder l'enfant.

Obertz insista :

— J'ai conservé le souvenir d'un garçon de mon âge qui refusait de jouer avec moi, dit-il. Il préférait rester dans son coin pour lire. Je m'étais fait un point d'honneur de lui arracher son bouquin des mains. C'était un jeu, une taquinerie tout à fait innocente. J'aurais tellement voulu qu'il me suive sur le canal pour pêcher la truite.

Lorsque quatre soldats descendirent le cercueil dans la fosse, Elisabeth s'évanouit dans les bras d'Antoine. Puis, après avoir repris ses esprits, elle refusa de se pencher sur la fosse pour un dernier adieu. Au contraire, elle s'en éloigna en criant, comme si soudain elle venait enfin de comprendre que son fils était bien mort et qu'il ne reviendrait jamais, comme elle l'avait secrètement espéré. Monsieur Straub ordonna aux soldats de combler la fosse au plus vite. Alors que ses parents s'étaient déjà retirés, Claire assista à la besogne, jusqu'à la dernière pelletée, puis vint poser ses mains sur la terre jaune qu'elle se mit à pétrir avec douleur.

Plus tard, au milieu de la nuit, Claire raconta à son mari les souvenirs qui avaient émaillé son enfance, ce qu'elle n'avait jamais fait jusqu'ici. Il l'écouta attentivement au début, découvrant au fur et à mesure de son récit à quel point Raphaël avait compté pour elle, bien plus que n'importe qui au monde, et que sa disparition avait constitué une déchirure à jamais irréversible. Il comprit aussi que, même s'il en avait eu le désir, jamais il ne pourrait la consoler de cette disparition. Jusqu'alors, Alexandre Obertz avait pensé que Claire avait fait son deuil, en grande sœur raisonnable et appliquée, du petit héros de Gravelines, même si elle ne ratait jamais une occasion de rappeler combien il avait été studieux dans sa courte vie, acharné à ses ouvrages scolaires, soulignant ainsi que seul le savoir anoblit l'homme.

Alexandre se mit à bâiller d'ennui. On avait assez parlé de Raphaël, tout brillant et doué qu'il fût. Maintenant que son sort était scellé, on devait se tourner vers l'avenir. Il se sentait prêt à relever ce défi, lui, le lointain cousin que la famille Straub avait fini par adopter, afin de courir sur les brisées du petit héros et, qui sait, peut-être le surpasser…

— J'ai toujours détesté les gens qui passent des heures sur un bouquin, reconnut Alexandre. Quel plaisir y trouve-t-on ? Me le diras-tu ?

Elle fixait le plafond de sa chambre, yeux grands ouverts.

— Tu ne peux pas comprendre. Les livres contiennent la quintessence de la réalité. Et sans cette part révérée du rêve le quotidien de la vie nous serait insupportable.

— Je hais le rêve. Je hais l'imagination. Trois phrases lues dans un roman suffisent à m'égarer. Je ne parviens pas à y saisir le moindre intérêt. Peut-être est-ce pour cela, en définitive, que monsieur Gillard me voue une telle considération.

Claire se tourna sur le côté, au bord des larmes.

« Elément plein de bonne volonté, mais dépourvu d'imagination », nota Straub dans son premier rapport au président-directeur. En clair, Antoine le voyait bien, ce petit Alexandre Obertz, exécuter les ordres de ses supérieurs, mais sûrement pas en donner à quelque moment, bien que l'appétit vienne en mangeant, dit-on. Et pour ne pas contrarier Gillard, il omit d'ajouter quelques autres remarques fort judicieuses dans son procès-verbal. Il les réservait pour plus tard, pour l'époque où le jeune homme devrait monter en première ligne. A ce moment, fini de rigoler, pensa-t-il en retirant les pieds de son bureau alors qu'on frappait à sa porte.

Le chef comptable venait lui apporter les premières pièces du bilan de la société. Il feuilleta le rapport jusqu'à trouver la note de synthèse. C'était d'elle qu'il avait besoin, pour se faire une première idée sur les capacités de l'entreprise à monter en puissance.

— Fort approximatif, dit Georges Lemonnier. Une marge de cent mille francs au bas mot.

— Ce n'est pas si mal.

— A la condition de serrer la dépense salariale, comme nous l'avons fait pendant l'Occupation, insista Lemonnier. Ça bouge pas mal dans les entreprises, avec la victoire des gauches aux municipales. Et ici, à Amiens, il ne vous aura pas échappé que les communistes sont remontés comme des pendules. Avez-vous assisté au meeting de Jacques Duclos, le 24 décembre dernier, au cirque municipal ? « On veut bien que les camarades se retroussent les manches pour sortir la France du marasme, mais il faut aussi que les travailleurs aient de quoi se nourrir pour reconstituer leur force de travail ! » a-t-il clamé, de sa voix rocailleuse et bon enfant. Les difficultés du moment, la pénurie de ravitaillement, la pagaille administrative et cette misère qui perdure, favorisent les surenchères. On voudrait que les payes soient plus conséquentes, puisque la guerre est finie. Mais moi, je pense exactement le contraire, que les années qui viennent seront encore plus difficiles pour les Français.

Straub, qui n'avait pas levé les yeux de la note de synthèse, n'en écoutait pas moins attentivement son chef comptable.

— Rude bataille des idées qui s'annonce, dit-il enfin. On ne peut distribuer la richesse avant de la produire. Pour l'heure, tout est par terre. Comme si nous devions repartir de zéro.

Georges Lemonnier hocha la tête, puis rétorqua que ce n'était pas lui qu'il fallait convaincre mais les ouvriers.

— Dans la nouvelle municipalité, nous n'avons pour ainsi dire aucun ami, aucun relais, déplora Straub. Rien. Personne qui puisse nous entendre. Pourtant, il faut reloger la population, construire à la hâte des immeubles… Pour l'heure, on se contente de dresser des baraquements sommaires devant l'hôtel de ville et autour de la rue Abladène…

— On a commencé à dresser la cité provisoire Zamenhof, pour y entasser des familles. Vous devriez y aller, histoire de vous rendre compte par vous-même.

Antoine écarta de la main ce conseil. Il avait autre chose à faire que d'imiter les nouveaux élus républicains faisant jour après jour leur ronde suivis par des bureaucrates notant et chiffrant à la louche les dépenses à engager de toute urgence. La venue du chef du gouvernement étant prévue pour la première quinzaine d'août, il leur fallait bien dresser la liste des besoins les plus criants. Car on attendait des miracles du général de Gaulle, de ses préfets, de ses commissaires de la République.

— Nous, notre rôle, Lemonnier, consiste à fabriquer un outil de production optimal, afin de fournir le moment venu les matériaux dont la ville aura besoin.

— J'entends bien, j'entends bien, répondit le chef comptable. Mais quand disposerons-nous de ces commandes d'Etat ? En août, en septembre ? Est-ce que la municipalité débloquera des fonds d'urgence ? Et encore faudrait-il qu'on veuille bien nous accueillir à leur table... Les Gillard se sont mouillés pendant l'Occupation. Il y a de fortes suspicions de collaboration économique avec l'ennemi. On voudra nous le faire payer. Surtout depuis la victoire de la liste d'Union républicaine antifasciste et laïque, avec les communistes en grand nombre, les socialistes de la SFIO, les radicaux de gauche. Ils ne nous feront pas de cadeaux, monsieur.

— La tradition républicaine avec des communistes puissamment installés n'est pas une nouveauté à Amiens. Déjà, bien avant la guerre, ici, nous avons eu à composer avec les exigences du Front populaire. Qu'espériez-vous de ces scrutins municipaux d'avril et mai ? La victoire du MRP, de la droite ?

Au début de l'entretien, Obertz s'était glissé dans le bureau, bien en retrait, attentif à tout ce qui se disait. Du reste, Lemonnier ne prêta aucune attention à cette intrusion. Il considérait Monsieur Gendre comme quantité négligeable. Il ne comprenait toujours pas les raisons du départ de Desgenette, et pour l'essentiel attribuait cette nouvelle nomination au népotisme de Straub. D'abord le gendre et demain la fille, pensait-il.

Lemonnier parti, Alexandre s'approcha pour prendre connaissance du dossier comptable. Il fit semblant de s'y intéresser, tournant et retournant les pages, sous le regard intrigué de Straub. Il y avait beaucoup de compassion en lui, d'apitoiement même, pour ce garçon qui essayait coûte que coûte de jouer son rôle, sans connaître les règles. Ce serait, pensa-t-il, comme si on l'asseyait à une table de poker sans savoir ce que représentaient les combinaisons de cartes.

— Ne vous souciez pas de cela. Pour l'instant... dit Antoine en récupérant le dossier.

— Comment apprendrai-je, alors ?

— Mais vous avez déjà appris beaucoup de choses. Vous faites de réels progrès, Alexandre. Si j'étais à votre place, je me perfectionnerais en consultant les livres techniques que je vous ai confiés. Une fois ce savoir acquis sur la fabrication des briques et des tuiles, vous vous sentirez plus à l'aise en descendant dans les ateliers. Et il vous suffira de montrer au contremaître et au chef d'équipe que vous en savez autant qu'eux pour qu'ils vous respectent. N'hésitez pas à leur balancer quelques mots savants au passage.

Pour la énième fois, comme chaque fois qu'il en avait le loisir, monsieur Straub descendit dans les ateliers de façonnage et de séchage en compagnie d'Obertz. Il poursuivait ses explications, tenace et opiniâtre, sachant qu'à ce type d'homme il fallait enseigner le b.a.-ba par un rabâchage incessant.

Il le conduisit au four numéro 5, que des ouvriers maçons étaient en train de réparer. Il en profita pour lui expliquer que, désaffecté durant la guerre, il avait servi de cache pour les armes parachutées de Londres.

— Tandis que vous passiez vos jours et vos nuits dans ma cave, je travaillais à réceptionner les containers du SOE que les gens du réseau venaient récupérer. Ce n'était pas notre petite affaire qui me préoccupait le plus à ce moment-là. Je savais que vous vous en tireriez. Les types comme vous s'en sortent toujours.

Alexandre ne sut comment il devait interpréter cette réflexion, mais il en montra aussitôt de l'irritation. Antoine s'en amusa tout en se faisant la réflexion qu'il ne devrait pas le ménager autant, son petit Monsieur Gendre, qu'il fallait au contraire lui cuirasser le caractère.

— J'aurais pu y participer, moi aussi, à la Résistance. Mais personne ne me l'a demandé.

— Croyez-vous qu'il leur fallait une autorisation, à ceux qui sont venus nous rejoindre ? C'était une question de conscience, de morale personnelle.

— Dites tout de suite que je n'en ai point, de cette conscience-là…

— En effet, je pense que vous en êtes démuni. Certes, si je vous avais forcé la main, vous seriez venu avec nous, de la même façon que les recruteurs nazis vous ont forcé la main et que vous les avez suivis aveuglément.

Obertz se trouva pris au dépourvu par cet argument. Il ne répondit rien. Il se borna à visiter le four, en silence, à écouter les explications de Straub sur la manière dont on empilait la marchandise, sur les quantités qu'il pouvait recevoir.

En sortant dans le jour déclinant, fort venteux, ils montèrent vers l'usine dont les installations formaient un vaste rectangle, celui-ci constituant la partie principale, et alentour ses trois ou quatre dépendances avec ses séchoirs et ses tapis roulants qui charriaient à bonne mesure l'argile malaxée.

— Pour l'heure, dit soudain Alexandre d'une voix chagrinée, rien ne m'intéresse plus que le sort de Paulus. Voilà ce qui me préoccupe. Dans sa dernière lettre, il me dit que les « fifis » – c'est ainsi qu'il nomme les résistants – veulent le traduire devant la Cour de justice. Il ne se fait guère d'illusion sur le jugement final. Il prétend qu'on le condamnera à mort. Je voudrais tellement lui venir en aide. Mais je ne connais personne, hormis vous. Peut-être serait-ce trop vous demander que d'intercéder auprès des autorités pour que la sentence soit clémente. Peut-être qu'en définitive Paulus mérite ce qui lui arrive, mais pour ma mère, ma pauvre mère… Je lui dois bien ça.

— Surtout pas, conseilla Antoine. Laissez donc la justice rendre son jugement en toute sérénité. Pour l'heure, Paulus croupit dans une cellule. C'est le mieux qui puisse lui arriver.

— C'est d'un cynisme ! s'écria Obertz. Paulus, tout de même, mon beau-père ! On lui doit cette justice du cœur. Un peu de clémence…

— Votre beau-père a déjà échappé aux exécutions sommaires des premières heures de la Libération. C'est une chance pour lui. Maintenant qu'il a évité une justice sauvage, on lui attribuera un avocat. Et sa peine sera graduée, selon les règles édictées par la nouvelle Cour de justice.

Straub ajouta que dans sa nouvelle fonction il serait préjudiciable pour Alexandre de venir se mêler de l'affaire, au risque de se compromettre définitivement.

— Vous travaillez pour monsieur Gillard, ne l'oubliez pas. Vous devez tenir votre rang, sans en déroger, et le moindre écart, un pas à droite ou un pas à gauche, et nous sommes perdus. Après tout, Paulus n'est rien d'autre qu'un misérable collabo, définitivement perdu, irrécupérable. Se mettre en danger pour un tel individu… ah non, décidément, le jeu n'en vaut pas la chandelle.

Un modus vivendi fut enfin établi entre la mère et la fille pour l'éducation du petit Raphaël. La semaine des jours ouvrés serait réservée à Claire sans qu'Elisabeth s'en mêle à quelque prétexte que ce soit, et les week-ends l'enfant descendrait d'un étage pour se voir confier aux grands-parents. Antoine trouva que c'était un bon compromis, intelligent et rationnel. Sur ce chapitre, Alexandre se montra assez indifférent. « L'éducation des enfants est une affaire de femmes », clamait-il en se caressant la panse et en s'étirant comme un chat repu.

— Que ferons-nous samedi prochain, demanda-t-il, puisque nous avons quartier libre ?

Claire secoua le biberon, jugeant le lait trop chaud. Cette habitude dont elle ne pouvait se défaire l'agaçait et dénonçait, lui semblait-il, son incurie en tant que mère. Certes, elle aurait souhaité, encore une fois, que le lait soit tiède, définitivement tiède, et non frémissant au sortir de la casserole. Mais le médecin avait recommandé pour des raisons d'hygiène évidente de le faire bouillir avant de le verser dans le biberon. Dans l'attente de la bonne température, l'enfant s'impatientait, gigotait, geignait, tant la vue de ce biberon qu'on lui refusait et que sa mère goûtait à la tétine toutes les trente secondes le mettait en colère.

— En y réfléchissant, dit-elle, je n'étais pas faite pour avoir un enfant. Pourquoi m'en as-tu collé un, d'entrée de jeu, alors que nous ne savions même pas si notre amour tiendrait le coup ?

Alexandre détourna la tête. Il faisait le sourd, préoccupé par ses grands projets, étranger à toutes ces contraintes indignes de sa personne. Puis elle poursuivit d'un ton contenu, cachant par cette fausse douceur l'amertume qui était en elle :

— Nous aurions pu attendre avant de l'avoir, ce petit bonhomme.

Il tétait goulûment, les yeux riboulants, serrant le pouce de sa mère. Il y avait une force et une vitalité en lui qui surprenaient tout le monde. Dans la famille, on se dépêchait de faire des comparaisons avec l'oncle Raphaël, qui avait articulé ses premières syllabes à six mois, et avec Claire, qui marchait à dix mois. Autant de prodiges dont on était fiers, chez les Straub. Alors pourquoi ne point imaginer que le petit dernier ne serait pas lui aussi un phénomène ? Toutes ces palabres ennuyaient prodigieusement la jeune mère parce qu'elle n'avait pas choisi son destin et que cet enfant était venu trop vite, sans qu'elle ait eu le temps de réfléchir aux conséquences.

— Tu n'étais pas contre, au début ? tenta Alexandre.

— Je ne me rendais pas compte. Tu m'as cueillie avant que je n'aie pu réfléchir.

Il vint la cajoler un peu, elle accueillit avec froideur ses caresses. Ça contrariait le petit bonhomme, cette agitation autour de lui, et elle écarta son mari pour ce motif. Alors Alexandre prit une chaise et s'assit face à Claire, la mine attristée.

— Tu me désirais et moi aussi je te désirais. L'enfant, je ne sais pas comment il est venu.

— Je te disais de faire attention. Mais tu n'as rien écouté. Un homme doit savoir faire avant d'aimer une femme. Je croyais que tu avais quelque expérience. Je me suis rendu compte trop tard qu'il n'en était rien.

Elle mit tellement de douceur dans ce reproche qu'il ne put imaginer qu'elle lui en voulait vraiment. Et forcément, il s'en amusa :

— Dans le feu de l'action… Il est difficile de réfréner sa vraie nature, se justifia-t-il.

Sa main vint caresser ses genoux, du bout des ongles, griffant un peu sa chair. De la voir ainsi occupée à donner le biberon réveillait en lui le désir. Claire par contre ne ressentait que du dégoût. Il lui semblait que son instinct maternel avait absorbé toute envie de se donner à lui. Et pour que cette chose arrivât le moins possible, elle redoublait de ruse, sous mille prétextes s'éloignait de lui et de ses gestes entreprenants.

— Tu ne voudrais pas m'en coller un autre, dis-moi ?

— Il y a des périodes où on ne risque rien…

Elle ne répondit pas tout de suite, occupée à aider Raphaël à digérer le lait qu'il avait goulûment avalé.

— Je sais comment te soulager, mon mari… Tu t'en contenteras, lâcha-t-elle enfin, sans se soucier de sa réaction.

Elle était devenue experte à ce jeu. Son amie Pierrette lui avait expliqué comment il fallait s'y prendre. « Et une fois qu'il a joui, tu as gagné, ma chère. Laisse-le donc te tripoter à son aise. Ça ne fait de mal à personne. A la condition qu'il n'y mette pas de la brutalité. J'en ai connu un, un sacré oiseau celui-là, qui me mordait les seins jusqu'au sang. Souviens-toi que tu dois rester maîtresse de la situation... »

Claire ne faisait aucun effort pour se rendre désirable. Parfois, au milieu d'un livre, la mélancolie la surprenait, une sorte d'apitoiement sur elle-même, elle s'interrogeait alors sur ce que l'avenir lui réservait. Elle en venait à regretter le temps où elle faisait du secrétariat dans l'usine paternelle, où Odette Blanchet lui racontait ses petites misères.

Un soir, elle demanda à son mari s'il n'y aurait pas une place dans les bureaux pour elle, des dossiers à ranger ou à mettre en ordre. Il ne sut que répondre. Obertz avait réalisé, bien vite, que son travail ne consistait qu'à assister son beau-père, à le suivre comme un petit chien, à obéir à ses ordres. Le temps passait, il ne se décidait pas pour autant à prendre la moindre initiative, craignant sans doute de décevoir.

— Je ne suis qu'un directeur adjoint de pacotille, ironisa-t-il. Parfois, je me demande pourquoi on m'a engagé...

— Tu manques d'ambition, Alexandre. C'est ton problème. Croire en toi.

Il accueillit sa réflexion d'un haussement d'épaules.

— « Monsieur Gendre », c'est ainsi qu'on me surnomme. Te rends-tu compte ? Ça veut tout dire.

Claire s'alarma. Elle se souvint alors comment l'adjoint de son père, jadis, l'avait accueillie, méprisant et hautain. « La fifille au patron »... Le surnom lui était revenu aux oreilles. Et elle avait alors assuré Odette Blanchet qu'elle prouverait un jour de quoi elle était capable. Mais ce jour n'était jamais arrivé.

— C'est un monde cruel que celui des petits patrons, des contremaîtres, et même des ouvriers, dit-il. Un monde où chacun se mesure à l'autre, se juge, se jauge et se critique sournoisement.

— Mais que fais-tu, au juste ? Tu m'as bien dit que Gillard avait de grandes ambitions pour toi ?

— Je n'ai pas revu Gillard depuis le jour où nous avons été convoqués. C'est ton père qui a été chargé de me « cornaquer », comme ils disent. Je rends compte de tout ce que j'entends de-ci de-là. Du coup, on me soupçonne de jouer les espions.

— Ce n'est pas bon, ça, dit Claire. Tu ne devrais pas accepter de tenir ce rôle...

— Quand je descends dans les ateliers, tout le monde se tait. On attend que je passe, que je disparaisse. Personne ne m'adresse la parole. Parfois, je m'autorise une réflexion. On m'écoute, tête basse. On ne répond rien, comme si mon opinion était sans effet.

— Veux-tu que j'en parle à papa ?

— Surtout pas, fit Alexandre. Ça n'arrangerait pas mes affaires.

Claire comprit que son mari ne lèverait donc pas le petit doigt pour lui trouver le moindre travail dans les bureaux, puisqu'il n'y jouait, tout compte fait, qu'un rôle subalterne.

Ce soir-là, elle ressentit pour Alexandre une pitié si profonde qu'elle se donna à lui, comme pour le remercier de sa sincérité. Après quoi, il lui avoua qu'il n'aspirait à rien dans l'existence, qu'il n'avait aucune ambition, sinon être le plus souvent auprès d'elle, marcher dans la rue à ses côtés, aller boire un verre de vin chaud ou une méchante bière rue des Trois-Cailloux, dans une des baraques dressées au bord du trottoir où l'on servait ces breuvages qui portent à la tête. Il était fier de se montrer au bras de Claire, d'écouter les histoires de Pierrette Lameur, de jouer au dandy chapeauté en fumant les gros cigares de son beau-père. C'étaient les seuls moments de son existence où il se sentait important, presque un notable. « J'aspire à devenir un bourgeois », reconnaissait-il volontiers, sans mesurer l'énormité de sa réflexion. Et Claire lui demandait alors s'il l'avait aimée pour accomplir cette seule ambition. Il ne répondait pas. Il se défilait devant ses questions avec une lâcheté sans limites. Un jour, pensait-elle devant ses silences, je cesserai de l'aimer. Et notre couple partira à la dérive.

Pour le coup, il n'était que Pierrette Lameur pour lui trouver des avantages, peu flatteurs en vérité : Un gentil garçon qui porte bien le costume, qui fait illusion, sans méchanceté ; ce n'est pas si mal, se disait-elle. Il est tant d'hommes qui vous gâchent la vie chaque fois qu'ils ouvrent la bouche… Elle pensait sans doute à ses amants express, aussi vite pris qu'abandonnés. C'était une quête épuisante, l'amour et le désamour, une fuite en avant, tandis que le temps s'écoulait inexorablement, sans but.

Monsieur Straub faisait des apparitions éclair dans sa famille, tout entier mobilisé par la refonte de son entreprise. Même les repas, instant convivial et béni chez les Straub, se déroulaient sans qu'il prononçât une parole. Elisabeth s'ennuyait, mais eût trouvé sa situation bien plus ennuyeuse encore si sa fille n'avait vécu sous le même toit. Leur solitude commune les avait rapprochées et, au fil des mois, l'éducation du petit Raphaël ne soulevait guère plus de controverses. Le thé de cinq heures était devenu une habitude ; tantôt la mère montait à l'étage, tantôt Claire descendait au rez-de-chaussée. On évoquait les jours heureux d'avant-guerre, lorsque les Straub habitaient encore en pleine campagne et que les marchés du dimanche regorgeaient de denrées. Parfois, Elisabeth exhumait ses photos, soigneusement classées dans un album selon les périodes de leur existence : naissances de Raphaël et de Claire, repas dominicaux avec leurs tablées de visages enjoués, l'acquisition de la première Torpédo et un petit voyage au Tréport, avec balade sur la plage : Elisabeth relevant sa robe à fleurs pour éviter les vagues, Claire chahutant avec son grand frère, tous deux en maillot de bain en coton, l'enterrement d'une amie de Claire, morte de méningite aiguë… On rouvrit aussi de vieilles lettres, des cartes postales, jusqu'à ce que les larmes montent aux yeux, car tout ce passé ainsi remué dans ses eaux troubles faisait ressurgir des profondeurs de nostalgiques souvenirs.

— Lorsque nous avons quitté la rue Bénard, et qu'il a fallu faire place nette, j'ai regretté de devoir jeter notre vaisselle brisée. Tant qu'elle était encore là, rassemblée dans de vieilles caisses, je me disais que ces objets possédaient une partie de nous-mêmes. Mais ton père a insisté pour que j'en finisse avec ma sensiblerie, que j'enterre tout ça, pour repartir d'un bon pied vers des aubes nouvelles. J'ai feint d'y croire, à cette renaissance. Et aujourd'hui je me découvre démunie. Ton frère dort sous la terre d'Amiens, une ville que je n'aime pas. J'aurais tant voulu que nous l'emmenions reposer à Bray-sur-Somme. Il aimait ce coin de paysage. Il en parlait souvent. Sans doute, là-bas, y a-t-il aimé une fille. Puis il est resté sans nouvelles d'elle, trop longtemps, et il n'a pas voulu la retrouver, par fierté. Puis un jour il s'est résigné à déchirer ses photos et ses lettres. Lui aussi avait fait le premier pas vers son néant. Lorsque les êtres qu'on aime et tout ce qui se rattache à eux disparaissent, c'est une part de nous qui disparaît aussi. On s'en va, emportés, pan par pan, avec l'illusion que tout va recommencer bien mieux encore, mais il n'en est rien. Le temps nous diminue, nous rapetisse, nous amenuise. Voilà la vérité.

Pour combler sa détresse, Elisabeth faisait des gâteaux avec le peu d'ingrédients qu'on trouvait dans les magasins. Mais elle avait l'art de composer avec de petits riens, des frivoles croustillantes et du pain d'épice.

Tandis que les liens entre Claire et sa mère se rétablissaient, il paraissait en revanche se distendre entre son père et elle. Cette froide distance qu'on pouvait constater, jour après jour, tenait sans doute aux préoccupations d'Antoine devant l'avenir, et bien peu à une quelconque et fort hypothétique crise affective. Son amour paternel n'avait jamais failli. Sans qu'on s'en rende compte dans son entourage, tellement l'homme était secret et cultivait cette posture, il s'inquiétait souvent de ce que faisait Claire de ses journées, de ce qu'elle pensait, des livres qu'elle lisait, des gens qu'elle fréquentait. Aussi, lorsqu'elle demanda à le voir en tête à tête, monsieur Straub sauta-t-il sur l'occasion à pieds joints. Ils se donnèrent rendez-vous en terrain neutre, dans un café de la rue Delambre, là où elle avait l'habitude de rencontrer ses amies. Ce choix était guidé par le sentiment qu'il ne fallait surtout pas d'éléments perturbants en vue, Elisabeth ou Alexandre. Elle s'en excusa au moment où ils s'assirent dans l'estaminet, mais Antoine coupa court en disant que c'était mieux ainsi, de se voir en terrain neutre pour discuter de certaines choses.

— Ce n'est pas que je veuille cacher quoi que ce soit à mon mari. Tu comprends ça, papa ?

Il s'en amusa, tout en jouant avec la bordure en feutre de son chapeau. Les relations du jeune couple restaient pour lui toujours une énigme. Il n'avait jamais cru à cette union, sans pour autant se montrer attentif aux petits signes par lesquels l'amour se délite.

— Tout de même, dit-il, tu es autorisée à avoir une idée personnelle et à l'exposer.

Monsieur Straub prit la main de sa fille et la caressa avec tendresse. Cela faisait des mois qu'il n'avait eu ce geste envers elle, se contentant de brefs baisers sur les joues et de réflexions ordinaires et banales sur la couleur du temps. Claire effleura de sa joue la main de son père. Il sentit alors son désarroi, voulut en connaître les raisons :

— Es-tu heureuse ?

— Non, dit-elle.

— Malheureuse alors ?

— Ni l'un ni l'autre.

— Cela ne se peut pas. On penche naturellement vers l'un ou l'autre.

Elle se mit à réfléchir à cette question étrange qui la contraignait à mesurer vers où l'emportait sa vie, le bon ou le mauvais côté des choses. Et elle parut si visiblement embarrassée que monsieur Straub comprit que sa fille n'était pas heureuse, que les engouements du mariage et la joie de mettre au monde un fils s'étaient estompés comme la couleur dans un ciel qui s'obscurcit peu à peu, sans qu'on y prenne garde.

— Que se passe-t-il ?

Elle fixa son père avec des yeux que la tristesse agrandissait.

— C'est de mon mari, au juste, que je voudrais te parler.

Antoine montra sa déception en inclinant la tête, comme pour prendre acte de sa volonté.

— Je croyais que c'était de toi… C'est toi, Claire, qui m'importes. Le sort de ton mari ne mérite pas qu'on s'y attarde.

— Gillard et toi, êtes-vous aussi complices qu'Alexandre le dit ? Une amitié, une vraie amitié, dit-il.

— Nous possédons des vues assez semblables sur le devenir de notre entreprise, dit Antoine négligemment.

— Et plus encore ?

— Que veux-tu dire ?

— Dans la Résistance…

— C'est une question que je ne souhaite pas aborder. Nous en sommes sortis, l'un et l'autre, saufs, et c'est l'essentiel.

— On prétend aussi que Gillard et toi, vous avez fait du commerce avec l'occupant ?

— C'est ton mari qui raconte ça ?

— Il ne faut pas l'en blâmer.

— C'est une affaire tellement compliquée. Si l'on devait évaluer la part du bien et du mal dans cette affaire, je dirais que le bien l'emporte assez nettement sur le mal.

Monsieur Straub se sentit soudain pris d'une grande lassitude, car il eût fallu expliquer comment on avait sauvé des familles juives, épargné l'emploi de centaines d'ouvriers, donné au maquis le moyen de combattre les nazis et de détruire leurs équipements.

La réponse de son père parut lui convenir. Et elle se promit de la livrer telle quelle à Alexandre.

— Ton mari ferait mieux de prendre ses distances avec ces questions… Tout de même.

— Pourquoi ? releva Claire. Il a fait partie lui aussi de la Résistance. Ça lui donne des droits. Du moins celui de s'interroger sur les rôles des uns et des autres…

Antoine montra alors quelques signes d'impatience.

— Tu ne veux rien me dire d'autre ? dit-il.

Claire leva les yeux au plafond où des fissures, traces des bombardements, dessinaient d'étranges continents.

— Gillard et toi, qu'attendez-vous d'Alexandre, au juste ?

— Ton mari s'interroge ?

— C'est moi qui m'interroge, surtout. Parce que, lui, il croit qu'on lui a offert une situation inégalable.

— En effet, reconnut Antoine, énigmatique. Inégalable.

— Lui, il est heureux d'accéder à un poste de responsabilité, poursuivit-elle. Du reste, il ne jure plus que par Gillard, Gillard, Gillard… C'est devenu son maître, son gourou, son protecteur, et que sais-je encore.

Monsieur Straub résistait à l'envie de lâcher quelques informations, mais c'était un inébranlable pacte entre eux deux, Gillard et lui, qui avait été scellé, et qui intimait de faire silence sur le sujet.

Antoine rassura sa fille, tout en restant évasif. Il lui conseilla alors de prendre du champ dans cette affaire, de laisser le temps faire son œuvre. Il admit tout de même que, pour l'heure, Alexandre était en train d'apprendre son métier et de se familiariser avec l'entreprise, et que cette période, tout aussi déconcertante qu'elle soit, durerait peut-être de longs mois encore.

15

Ces messieurs de la Reconstruction et du Remembrement avaient acquis en peu de semaines la maîtrise des chiffres et l'art de leur faire dire ce qu'on attendait d'eux. Ils allaient et venaient parmi les ruines avec leurs dossiers ouverts, suivis par une cohorte de fonctionnaires, d'élus et d'architectes. Nul ne connaissait mieux qu'eux l'ampleur des désastres de la guerre. On avait mis six mois au moins à les peaufiner, ces chiffres, sachant qu'au-delà des estimations tout reposait sur le versement des subsides d'Etat. Commissaire de la République et préfet tenaient les cordons de la bourse. Eux ne communiquaient guère, ignorant jusqu'où l'on irait et pour combien de temps. Tant d'autres autour d'eux, pourtant, s'emballaient sur les prodiges de la nouvelle administration, étalant les plans anciens et les nouveaux. Il s'agissait de bâtir une nouvelle cité et non de la reconstruire à l'identique.

— Faudra trois ans au moins pour sortir du tunnel, pronostiqua le maire, Octave Vatelin, un petit homme trapu à la figure ronde et joviale.

On se mit à hocher la tête autour de lui, en chœur.

— A moins, poursuivit-il malicieusement, que le

gouvernement ne tienne ses promesses. Ce serait alors un miracle. Mais nous ne croyons pas aux miracles. Pourtant, ils seraient les bienvenus, pour une fois. Regardez tous ces gens qui n'ont plus qu'un toit provisoire… Croyez-vous que nous pourrons les faire lanterner longtemps ?

Le préfet Androt se tenait debout sur un tas de gravats. Il paraissait contempler la ligne bleue des Vosges avec sa main en visière. Le soleil d'octobre lui faisait de l'œil entre les murailles dévastées des immeubles écroulés. Il était mince, droit comme un I, portant de grosses lunettes rondes à écailles. Son costume officiel paraissait bien élimé aux entournures. On pensait en le regardant que l'Etat devait être bien pingre pour ne pas lui offrir une tenue digne de la République recouvrée.

— Je sais ce que vous attendez de moi, dit-il.

Il espérait que sa réflexion dériderait un peu le groupe de gens qui palabraient à ses pieds, indisciplinés. A vrai dire, il n'était que le maire et trois ou quatre de ses adjoints qui paraissaient attendre des décisions formelles. Les autres estimaient, pour leur part, que l'essentiel était fait, puisqu'on était en mesure, ô miracle, de chiffrer cette reconstruction.

De mémoire, le préfet répéta quelques chiffres, les mêmes qu'on avait évoqués lors de la visite du général de Gaulle et ensuite du ministre de la Reconstruction, Raoul Dautry. C'était sans doute inutile de les rappeler, mais pour le coup, ça donnait un peu de consistance à la réunion de travail. Ainsi partait-on sur des bases solides, avec le lancement de la première tranche que l'architecte Lefart avait esquissée dès 43.

— Cent cinquante hectares de zone habitée détruits, cinq mille maisons et immeubles dévastés, quinze mille endommagés, dit le préfet d'un ton monocorde.

Peut-être n'était-il point nécessaire d'y mettre trop d'émotion. On avait beaucoup donné dans le pathos jusqu'alors, versé dans la plainte et les lamentations, pour que la population et ses représentants locaux en soient durablement impressionnés. On attendait des actes, promis depuis avril. Quelques baraquements d'urgence s'étaient dressés, du côté du boulevard Faidherbe. Monsieur Androt assortit son bilan d'une longue litanie de chiffres, épuisante énumération qui produisit plus de bâillements que d'applaudissements.

Le maire leva la main comme pour demander poliment la parole. On ne la lui accorda qu'après que le préfet eut terminé.

— En vérité, on manque de matériaux. Et tout ce qu'on nous propose c'est de récupérer dans les décombres les vieilles briques pour en faire du briquaillon. A ce train, nos compatriotes ne sont pas près de se reloger. Comprenez-vous notre angoisse ?

Le commissaire de la République Lanelli vola au secours du préfet :

— Ne sommes-nous pas au pays des briqueteries ? Nous avons sous la main tout ce qu'il nous faut. La première enveloppe a été versée. Mais on ne peut pas la distribuer au petit bonheur. Il faut faire concourir les entreprises et donner les ordres aux plus offrantes. Procédons, îlot par îlot, selon les plans de nos architectes. Tant qu'à faire, reconstruisons une ville moderne, sachant que nous ne retrouverons pas la cité d'avant-guerre. Tordons le coup à la nostalgie. Ça n'apportera rien de bon.

Monsieur Gillard avait envoyé, discrètement, son conseiller favori, Pierre Malbranche, espionner les débats en cours. A son retour, il le fit venir devant le conseil d'administration. Le jeune homme évoqua les projets de cités d'urgence pour loger à la hâte une population sans toit, sur les avenues extérieures et sur le boulevard de Belfort jusqu'au mail Albert-Ier.

— On attend des Américains trois cents maisons préfabriquées, annonça Malbranche.

Régis Gillard éclata de rire.

— Les Ricains ne nous laisseront que leurs rossignols, enfin, bref, tout ce qu'ils ne veulent par rembarquer. Je vous le donne en mille. Et nous, qu'attend-on ? Nos usines sont prêtes à produire. Encore faut-il qu'on nous offre quelques garanties. Je ne veux pas fabriquer de la brique pour des prunes. Tout de même.

— D'autant, renseigna Malbranche, que la première enveloppe a été versée. Le commissaire de la République Lanelli l'a confirmé.

— Et le maire, il n'a pas bronché ?

— Lefart a présenté des projets tout à fait solides. Il y travaille depuis 43.

— Voilà un sacré patriote, releva Gillard. Lui, au moins, il croyait à la victoire.

Une fois de plus, le conseil d'administration quitta la salle sans avoir pris la moindre décision.

Monsieur Gillard fit venir Straub dans son bureau avec Malbranche.

— Je sais ce qu'ils pensent, les élus, fit le président-directeur.

— Moi aussi, dit Malbranche. Mais je n'ai pas osé en parler.

— Vous avez bien fait. S'agit pas de décourager nos collègues. Au contraire, il nous faut faire bonne figure, laisser espérer que les commandes vont venir enfin et que nos usines turbineront à plein.

Les trois hommes s'observèrent en silence, la mine soucieuse.

— Que pense l'Association syndicale pour la Reconstruction ? avança Straub. C'est d'elle, et d'elle seulement, que nous pourrons obtenir des décisions.

— Oui, reconnut Gillard. Mais elle attend le feu vert des élus. Et de ce côté-là, on n'arrive pas à trancher. On voudrait que l'Etat gère les affaires de la ville à la place de la municipalité.

— Il faut les comprendre, admit Straub.

— Quand il y a des dépenses faramineuses à mettre en branle, c'est toujours des autres qu'on attend le premier pas. Vous n'avez pas remarqué ?

Malbranche éclata de rire. Et monsieur Straub comprit à cet instant que le président-directeur et son conseiller personnel s'étaient consultés avant la réunion. Antoine en ressentit de l'amertume. Il se détourna légèrement de côté, un pied en avant, comme s'il s'apprêtait à partir séance tenante. Sa réaction ne passa pas inaperçue.

— Vous avez des fourmis dans les jambes, Straub ? Vous désirez nous quitter au milieu du gué ?

— Il y a quelque chose qui m'échappe. Je n'aime pas ça. Ces cachotteries !...

Le président-directeur se leva et se mit à arpenter son bureau, les mains glissées dans ses poches. Il avait desserré sa cravate et le petit gilet bâillait sur la chemise blanche en soie.

— Nous, les industriels du bâtiment, nous ne sommes pas dignes de confiance pour ces gens-là. Nous représentons des intérêts particuliers. Pas question de confier la reconstruction aux gens de métier. Ce sont ceux de l'association syndicale qui veulent avoir la haute main sur l'affaire, redoutant sans doute que nous organisions un marché noir des matériaux...

— Le commissaire a même évoqué la possibilité de récupérer dans les gravats toutes les brisures de brique pour en faire un briquaillon, comme ils disent, de fortune. C'est un comble ! s'offusqua Malbranche.

— Eh bien qu'ils le fassent ! jura le président-directeur. Je leur souhaite bien du plaisir !

— Nous pourrions y regarder de plus près, dit Straub. Après tout, si c'est la meilleure manière de dégeler la situation...

— Pas question, trancha Gillard. Quand la population descendra dans la rue pour réclamer des logements, ils seront bien obligés de faire appel à nous...

— Quelle naïveté ! lâcha Straub. La population a été accoutumée à la pénurie. La guerre d'occupation a amolli les caractères. Ce sera aisé pour le nouveau pouvoir de tenir les foules. On a livré les collabos à la vindicte. On a tondu des femmes. On a fusillé quelques lampistes. De quoi apaiser les colères. Et du reste, vous le savez aussi bien que moi, quand le peuple crève de faim, il ne se révolte jamais !

— Où êtes-vous allé chercher ça ? s'amusa le conseiller personnel de Gillard.

Malbranche ne croyait pas à ces idées tranchées. Mais il reconnaissait bien là Straub, l'homme qui ne ratait jamais l'occasion de réviser son manuel du petit marxiste illustré. Gillard pour une fois, et jugeant sans doute qu'il fallait préserver son ami de toutes réflexions blessantes, lui fit signe de se taire.

— Dans tous les cas, le statu quo est intenable. Ça ne va pas tarder à bouger. Je vous le promets, conclut-il.

Dans la salle des pas perdus de la préfecture, monsieur Gillard poireautait déjà depuis une heure. Autour de lui, ses collaborateurs faisaient cercle, Straub, Malbranche, Desgenette et Sophie Lestang, la secrétaire de direction encombrée de ses dossiers. On surveillait les va-et-vient, sans trop le montrer, avec une décontraction de façade. Il y avait de petits groupes dans le hall, les briqueteries Laurencin d'Albert et les Surdoire de Péronne, ainsi que des entreprises du bâtiment de la Picardie, intéressées, elles aussi, par les projets de reconstruction de la cité.

Monsieur Gillard fit signe à Desgenette de s'approcher.

— Comment les sentez-vous, les Laurencin ? Inquiets ou sereins ?

— Comme nous, répondit-il, bras croisés.

— Ça me renseigne, ça, railla Gillard.

Desgenette toisa le président-directeur avec un air supérieur. Depuis qu'on l'avait envoyé à Pargny, son caractère s'était révélé, froid et cynique, parfois méprisant.

Monsieur Gillard se tourna vers Malbranche et lui glissa à l'oreille :

— Notre Desgenette ne va pas tarder à nous faire un enfant dans le dos. Je le sens, bon Dieu, oui, je le sens. Ce type est fuyant comme une anguille.

Malbranche se contenta de sourire. Il n'aimait pas les petites haines de circonstance. Celles du président-directeur lui paraissaient, comme toujours, insignifiantes. Et à trop s'y abandonner par courtisanerie, il y aurait décidément plus de coups à prendre que de gestes de gratitude.

— Je me sens seul, parfois, Straub, fit Gillard en passant la main sur son épaule.

— Vous exagérez, rétorqua Antoine.

— Nous allons à Canossa.

— Oui, soupçonna Straub, il ne suffira pas de s'agenouiller devant les gens de la mairie et de la préfecture pour gagner la partie. J'éprouve les mêmes craintes que vous, monsieur le président-directeur.

Le patron des Briqueteries d'Amiens s'approcha de sa secrétaire et chercha dans son sourire un peu d'apaisement. Il en avait assez des mines coincées de ses collaborateurs, de leur suffisance parfois et de ces petits airs de supériorité qui lui laissaient entrevoir que son temps était révolu, que les années de guerre passées dans les louvoiements et les compromis l'avaient usé jusqu'à la corde.

« Faudra rebondir, mon cher papa, lui avait conseillé son fils. Main de fer dans un gant de velours... » Ça faisait plutôt vieillot, comme formule. On avait tant vu ça à Vichy, durant les années noires, que ça dégoûtait tout le monde, cette posture vieille France. Maintenant, pensa Gillard, on porte au pinacle les moralistes de la gauche sociale, les faiseurs de rêves et les bricoleurs de lendemains qui chantent...

Il se prit à sourire, en se cachant derrière ses mains gantées. Le temps n'est-il pas venu de tout envoyer promener et de laisser mon petit Denis jouer dans la cour des grands ? Mais hélas, un peu trop dandy parisien, jugea-t-il, pour discuter avec les nouveaux maîtres. Trop tendre, trop décontracté. Coureur de filles. Dépensier. Tel que je l'ai élevé, mon cher fils, dans l'argent facile. Pas le plus petit galon de résistant en poche pour faire illusion... Rien.

Le secrétaire de la mairie vint annoncer d'une voix morne que le petit séminaire allait se tenir dans la salle d'honneur. On se mit en mouvement d'un pas pressé. Seuls Gillard et Straub se maintinrent en arrière. On voulait voir venir, ne point se précipiter. Mais déjà, aux premières salutations des élus et des fonctionnaires, Straub vit distinctement que les chers collègues de la profession, les dirigeants Laurencin et Surdoire entre autres, se portaient, eux, contrairement à Gillard et lui, aux avant-postes avec mille courbettes.

Octave Vatelin distribuait les poignées de main d'un sourire mécanique, presque glacial. Gillard joua un peu des coudes, au dernier moment, pour occuper une place stratégique à la table. Puis il ordonna à ses collaborateurs de l'entourer, obligeant ses voisins à s'écarter un peu, passant d'une chaise à l'autre en ronchonnant. Patiemment, on attendit la fin des discours, puis la laborieuse explication de Lanelli.

— C'est l'homme du ministre Raoul Dautry, confia Malbranche à son patron. Il a toutes les cartes en main.

— Et les élus ? s'inquiéta Gillard.

Son conseiller ne lui répondit pas et le président-directeur hocha la tête pour se rassurer. Après tout, il valait peut-être mieux que les décisions vinssent d'en haut, de ceux-là mêmes qui disposaient des subsides de l'Etat. La municipalité n'avait rien à mettre dans la corbeille de la mariée. Sinon exprimer des vœux pieux. Ainsi croit-on entretenir l'illusion sur ses réels pouvoirs.

— Nous avons besoin de vous, messieurs du bâtiment, conclut Lanelli. Mais sachez que nous entendons garder la haute main sur les décisions. Apportez-nous de quoi reconstruire la cité, sans exagérer le prix des matériaux. Je suis sûr que nous n'en appellerons pas en vain à votre solidarité. Chacun doit faire des efforts, se montrer raisonnable, et travailler pour le bien commun.

Le maire déclara alors que la situation avait changé du tout au tout, que si les entreprises s'étaient engraissées, hier, sous le régime de Vichy, désormais il leur fallait rendre les bénéfices qu'elles avaient captés, et produire des matériaux de construction à des prix défiant toute concurrence. On ne parla même pas de céder les marchés au plus offrant.

— Qui fixera les prix ? demanda Pierre Laurencin, sans lever la tête de ses dossiers étalés devant lui.

— Nous ! affirma le commissaire Lanelli. Avec des règlements étalés sur quatre, voire six mois. Nos enveloppes sont maigres. Peut-être, avec le temps, les affaires se régulariseront-elles. Mais pour l'heure nous agissons, nous traitons, nous ordonnons dans l'urgence.

— Pourtant, dit Gillard, il faudra bien que nous continuions à payer nos ouvriers, et rubis sur l'ongle. Sinon, la rue donnera de la voix, n'est-ce pas ?

La réflexion du président-directeur des Briqueteries d'Amiens jeta un froid sur l'assemblée. Desgenette baissa la tête, confus.

— C'est une remarque inutilement provocatrice, glissa-t-il à l'oreille de Gillard. Nous avons mauvaise presse, pour ces gens-là. Ils nous voient comme des profiteurs.

Du reste, le maire prit la remarque au bond et répéta d'un ton patelin que les entreprises de la Somme avaient exercé, sous le régime de Vichy, une collaboration économique éhontée, qu'elles avaient gagné beaucoup d'argent, et même constitué un trésor de guerre, et que, désormais, il fallait le rendre.

— Ce ne sera que justice, dit-il. Il serait impensable que vous profitiez de la reconstruction pour vous engraisser, encore et toujours, sur le dos de la République.

Gillard répliqua sur le même ton que son groupe ne s'était point enrichi sous l'Occupation, que ces prétendus profits amassés relevaient du plus pur fantasme.

— La guerre n'a pas de fait de nous des nababs, lança-t-il, rappelant au passage que ses comptes avaient été examinés par les contrôleurs de la production industrielle et qu'aucun fait marquant n'avait été relevé dans sa gestion. Bien sûr, je ne peux pas parler, ici, à la place de mes collègues, mais...

Il connut à ce moment un petit succès personnel en entendant, enfin, Laurencin et Surdoire défendre la même position, que nul ne s'était enrichi scandaleusement sous Pétain dans les briqueteries du secteur.

— Enfin, glissa Gillard à Straub assis à sa gauche, d'une voix chuchotante, je les ai obligés à se découvrir, mes chers collègues. Ça faisait le dos rond, mais ce n'est pas ainsi que nous arriverons à un accord. Un peu de courage.

Antoine posa la main sur celle du président-directeur pour l'assurer de son soutien. Malbranche était dans ses petits souliers, redoutant déjà les conséquences de ce trait d'audace.

— Ils vont nous éjecter de la négociation, voilà tout ce que nous allons gagner, murmura-t-il.

— M'autorisez-vous ? demanda Straub.

Gillard l'observa avec un sourire ravi, au moment précisément où il désespérait d'obtenir quelque soutien de ses proches.

— Bien sûr, Maxime. Dites-leur donc que nous n'avons pas été de sales collabos. Vous, ils vous croiront...

Alors même que monsieur Straub se levait, le commissaire de la République lui fit signe de se rasseoir. A ses yeux, on s'était trop attardé sur les querelles du passé, et il était temps enfin que l'architecte Lefart étale ses plans et évoque la première tranche de reconstruction du centre-ville. Straub ignora son geste et attaqua :

— Ignoreriez-vous, messieurs, que nous avons fourni des armes à la Résistance ? Celles-ci étaient entreposées au sein même de l'usine de Villers-Saint-Charles, dans le four numéro 5 dans les années 43 et 44, à raison de douze livraisons. J'étais chargé des contacts avec Londres, et la procédure des parachutages était décidée en dernière main dans le bureau de Régis Gillard. Comme vous le voyez, messieurs, nous sommes loin de ce misérable petit procès qu'on nous fait. C'est grâce à ce matériel que le réseau Janin a pu mener à bien ses opérations contre les voies ferrées, les entrepôts allemands et les bureaux de la Kommandantur. Interrogez Emile Valin et son camarade Poivrier, qui assurait le lien entre l'usine de Villers et le maquis d'Albert. Emile vous dira qui nous étions et ce que nous faisions à ce moment-là. Les parachutages de Puylaye, c'est nous !

Monsieur Gillard ajouta, en direction du maire :

— Si nous avions été les collabos que vous dites, monsieur Vatelin, le réseau Janin serait tombé. Car nous savions tout sur lui, le nom des agents de liaison et des responsables, les caches, les modes opératoires… Tout, vous dis-je. Janin peut en témoigner, s'il a encore le courage de le faire. Mais moi, si vous le souhaitez, je puis vous donner toutes les informations que je possède sur les activités secrètes que nous avons conduites, Straub et moi, entre 43 et 44, y compris nos relais à Londres, les noms des officiers du SOE et leurs codes. Le fait que nous ayons échappé à la Gestapo ne fait pas de nous des traîtres, n'est-ce pas ? Sinon, tous les résistants survivants seraient aussi des traîtres. Ce soupçon généralisé est une plaie ouverte, conclut-il, qui paralyse les projets futurs.

D'un commun accord, Gillard et Straub quittèrent la salle d'honneur. Les collaborateurs du groupe les suivirent, tête basse.

Plus tard, Desgenette et Malbranche s'accordèrent pour clamer que ce départ était une faute. Le président-directeur les arrêta tout net :

— Que croyez-vous, jeunes gens, on veut nous exclure du marché. Lanelli et Vatelin sont complices. Tout cela est cousu de fil blanc. Qu'ils fassent du briquaillon si ça leur chante, du neuf avec du vieux.

On disait de Straub qu'il eût suivi Gillard en enfer s'il le lui avait demandé. Dans le cercle des dirigeants, on ne comprenait pas cette allégeance, pourtant une part de celle-ci trouvait son explication dans la Résistance elle-même et par-delà, dans une complicité qui surpassait le cadre normal des relations humaines. Duo indestructible, disait Malbranche, dont la jalousie perçait sous le vernis de la bonhomie. Il se rassurait en se disant appartenir à une génération nouvelle, celle de dirigeants et de cadres éduqués dans les grandes écoles, tandis qu'un Straub avait été formé sur le tas.

— Que diriez-vous, si nous allions déjeuner chez Joséphine ?

C'était un petit restaurant de la rue Firmin-Leroux, minuscule, familial, avec une cuisine traditionnelle. Gillard l'avait régulièrement fréquenté, le plus souvent seul ou avec son fils Denis, durant l'Occupation. A l'époque des restrictions, la cuisinière avait contre vents et marées essayé de conserver une table avenante, composée de goûts simples. Une manière de résister aussi, disait Gillard, qui lui eût bien accroché une médaille sur son grand tablier blanc. Mais celles-ci n'étaient distribuées qu'entre gens de bonne compagnie, affidés et autres initiés.

Ils commandèrent des œufs cocotte au maroilles et un lapin à la bière Colvert.

— Ce qui me plaît ici, c'est le petit nombre des tables.

Ils en comptèrent cinq, toutes occupées, et pas une de plus. Autant dire que la clientèle était triée sur le volet : épicuriens, amateurs de bonne chère, gourmets impénitents, qui se fussent damnés pour une carbonade de sanglier venaison au cidre – une spécialité de la maison.

— Pourquoi se cacher ? questionna Straub. A cause des tracasseries parisiennes ? Croyez-vous que vos ennuis avec les épurateurs vous aient suivi jusqu'à Amiens ?

— N'avez-vous pas flairé le coup ? Le commissaire a mon dossier sous le coude. Tant que je n'en sortirai pas blanchi, on me vouera une haine implacable.

— C'est en bonne voie ?

— Ils ne trouvent rien. Rien de plus, du moins,

que chez les trois quarts des industriels français. Mais entre-temps il nous faut mettre notre stratégie en route.

— L'usine de Villers-Saint-Charles est prête à prendre le relais. Nous allons doubler la production.

— Il ne faut plus que mon nom figure dans l'organigramme de cette fabrique, comme si elle n'appartenait plus au groupe Briqueteries d'Amiens.

— C'est fait, confirma Straub, avec un inconvénient majeur, une double comptabilité.

Gillard approuva d'un hochement de tête.

— Aux grands maux les grands remèdes.

Et le président-directeur de resservir d'un élan généreux l'un des derniers Pommard 1938 que Joséphine possédait dans ses réserves.

Au moment de se séparer, Straub avait compris que ces rendez-vous se feraient des plus rares et discrets.

— Comme vous le voyez, Maxime, dit Gillard, on se croirait revenus deux années en arrière.

Sur le trottoir, Antoine le salua en soulevant son chapeau, sans même lui serrer la main, ni le congratuler, comme si, déjà, il lui fallait s'accoutumer à son effacement du jeu.

Deux jours plus tard, le commissaire Lanelli reçut Antoine Straub pour lui faire part de la nouvelle règle du jeu. Et sur un point au moins Régis Gillard avait vu juste, tout industriel ayant travaillé pour l'Allemagne serait irrémédiablement écarté des marchés de la reconstruction.

— Vous vous sentez à l'aise dans cette situation,

soyez franc avec moi. J'ai écouté votre plaidoyer de l'hôtel de ville et reçu la confirmation de votre rôle dans la Résistance. Ça fait de vous un homme honorable, mais sans plus.

— Comment cela, « sans plus » ?

— Certains au sein de l'association syndicale jugent que vous êtes, tout compte fait, un homme ambigu, pour ne pas dire équivoque.

Il cita les noms de ceux qui avaient proféré ces jugements. Straub en éprouva de l'amertume, se souvenant de tous les services qu'il leur avait rendus.

— Le mieux sans doute serait que vous vous teniez à distance, pendant quelque temps, conseilla Lanelli d'un sourire navré, comme si cette décision l'embarrassait bien plus qu'elle ne le satisfaisait.

Le haut fonctionnaire d'Etat avait deux langages, l'un privé qui se voulait apaisé, l'autre public sans concession, carnassier et impitoyable. Par ces temps indécis, cette duplicité lui avait permis de conserver bien des avantages et moult amitiés, tout en fortifiant ses réseaux. En l'entendant ergoter ainsi, tout en douceur et nuances, monsieur Straub comprit qu'il faisait partie de ces gens que le commissaire de la République entendait encore préserver.

— Très bien, admit Antoine. Je vous enverrai mon directeur adjoint. Lui, au moins, on ne pourra pas le soupçonner de collusion avec le régime de Vichy.

— Comment s'appelle-t-il ?

— Obertz. Alexandre Obertz, dit Straub.

16

Monsieur Gendre ne mérita jamais autant son surnom qu'à cette époque particulière où il cessa d'être l'ombre d'Antoine Straub pour accéder enfin à la lumière du pouvoir. Et cette lumière, toute pâlotte et factice qu'elle était et demeurerait longtemps, n'en était pas moins providentielle sur ses petites épaules. Il la portait avec fierté, non sans quelque arrogance, une superbe qui lui allait bien mal dans ce jeu. On se raillait de lui dans son dos, à Villers-Saint-Charles. Et Obertz était à ce point aveuglé qu'il se méprenait totalement sur les visages rieurs qui l'entouraient, n'y distinguant au pire que de pathétiques jalousies. Il s'étourdissait dans cette sarabande, répugnant à entendre les voix discordantes qui voulaient le tirer de son rêve : Claire, Elisabeth, et même Odette, la secrétaire de direction. « On vous fait jouer un bien méchant rôle... » prévenait-elle. Si l'on m'envie autant, croyait-il, c'est que le poste que j'occupe est de la plus haute importance. Incapable de séparer le superflu de l'essentiel, il se méprenait fort sur la question. Il lui suffisait juste de se jeter dans la mêlée quotidienne des affaires pour se croire indispensable.

Son premier contact avec les gens de l'Association syndicale pour la Reconstruction se passa au mieux. Qui eût pu le croire, en observant les va-et-vient de ce benêt prétentieux ? Qui aurait imaginé que, fraîchement intronisé « directeur adjoint chargé des transactions commerciales avec les maîtres d'ouvrage », monsieur Alexandre Obertz s'y montrerait aussi habile ? Un talent naissant, ou un premier coup heureux ? se demanda Antoine Straub après coup. Une rapide analyse de la situation le conforta dans le sentiment que l'innocente candeur de son adjoint avait fait plus que mille discours d'un Gillard aux accents batailleurs.

Le maire, lui-même, reconnut, en l'écoutant débiter ses propositions sur le premier marché portant sur cent cinquante mille briques pleines et cent vingt mille filées verticalement pour une valeur de trois cent mille francs environ, que ce jeune directeur de la briqueterie de Villers-Saint-Charles se défendait bien en jouant franc jeu, sans chercher à entourlouper son client.

— On m'avait dit le plus grand bien de vous, le complimenta Vatelin. Ce n'est pas un jugement usurpé. Ça nous change des Gillard et autres Laurencin, qui ne cessent d'ergoter sur les prix. On leur demande un petit geste et ça prend aussitôt des airs de suppliciés… D'autant, poursuivit Vatelin sous le regard amusé de ses voisins, que ces gens-là n'ont jamais dû discuter le moindre prix avec les boches ! C'étaient les nazis qui les fixaient. Et ça obéissait, la main sur la couture du pantalon. Désormais, nous sommes les maîtres de la situation. Mais ils n'ont pas compris, ou feignent de ne pas comprendre, que c'est nous désormais l'avenir. Alors, oui, fit-il en frappant du poing sur la table, qu'espérons-nous de nos industriels ? Qu'ils nous traitent avec considération. Ne croyez-vous pas ?

Alexandre Obertz hocha la tête avec un sourire sous-entendu, puis s'attarda sur les notes étalées devant lui, afin de vérifier plutôt deux fois qu'une que les chiffres qu'il avait donnés étaient bien ceux de Straub. Une marge de un ou deux centimes, pas plus, avait-il préconisé. Pour l'heure, Alexandre avait accordé à ses clients de l'association syndicale le prix moyen, ni trop haut ni trop bas, la juste moyenne. « De toute façon, avec la dépréciation de la monnaie, nous sommes perdants d'avance », avait reconnu Straub. Mais cet aspect-là des choses lui passait bien au-dessus de la casquette. Pourtant, Antoine lui avait expliqué en long et en large qu'une brique qui valait un franc soixante-dix en 41 ne valait plus aujourd'hui qu'un franc douze…

— Je suis d'autant plus à l'aise sur cette question que je n'étais pas encore dans le métier pendant la période d'Occupation.

— Qu'avez-vous fait, durant la guerre ? demanda François Sandolce, l'adjoint au maire.

— Ce qu'ont fait tous les Français, attendre… répondit Alexandre Obertz.

Un frisson parcourut la tablée. On s'échangea des regards muets. Personne n'osait en vérité prendre le contre-pied, alors que la seule question qui taraudait les membres de l'association et les élus, c'était bien de passer commandes de matériaux pour commencer les travaux. Le fond de la salle était tapissé de plans et de dessins d'architecte. Ces derniers d'ailleurs, Lefart, Fintreni et Berthaut, étaient assis en rang d'oignons, peu intéressés par la conversation. Ils avaient hâte que la première opération du centre-ville démarre enfin.

— Vous auriez pu participer, comme bon nombre d'entre nous, à la Résistance ? s'étonna Sandolce.

Sa grosse moustache taillée à la Joseph Staline lui prêtait un air austère. Il aimait à la caresser du bout des doigts, à la fois un élément essentiel de sa personne et l'expression de sa force intérieure et de sa virile ascendance sur ses voisins. Pourtant, cette autorité lui était tout sauf acquise, et le maire, homme patelin bien enveloppé dans un costume sobre, étiré aux entournures, se méfiait des avis tranchés de son adjoint, nourri aux mamelles du communisme triomphant.

— On ne va pas faire le procès des attentistes, plaisanta-t-il.

Obertz aurait voulu ajouter, pour compléter son explication, que personne ne lui avait demandé de s'engager dans un quelconque réseau. Mais il suivit scrupuleusement le conseil de Straub : pas de discours approximatifs, pas de confessions inutiles, rien que des arguments professionnels. Il répéta les chiffres, en loua l'intérêt. Des matériaux à un tarif défiant toute concurrence, répéta-t-il. Et les architectes reconnurent en chœur que l'usine de Villers-Saint-Charles était bien placée sur le marché et fabriquait des briques de qualité.

Mais Sandolce ne débandait pas sur sa question. Il voulait pousser le jeune Obertz dans ses derniers retranchements. L'exaltation des procès bâclés, des accusations sans fondement, des jugements expéditifs, titillait encore l'adjoint de Vatelin. Pour lui, tout individu qui n'avait pas sa carte de résistant en poche avec deux ou trois faits d'armes était suspect.

— Votre beau-père ne vous a pas incité à rallier le groupe d'Albert ? Là-bas, il y avait un maquis bien organisé.

— Non... commença Alexandre.

Le commissaire Lanelli coupa court à l'interrogatoire de Sandolce :

— Il y a eu les collaborateurs, il y a eu les résistants et puis il y a eu les attentistes... Deux catégories de collaborateurs : des pétainistes par conviction et des miliciens acharnés à soutenir l'Allemagne nazie, n'est-ce pas ? Pour les uns, l'indignité nationale, pour les autres la prison ou le peloton d'exécution, n'est-ce pas ? Deux catégories de résistants : ceux de la première heure et ceux du dernier quart d'heure... Je ne ferai pas un long commentaire sur le sujet. Mais vous m'avez tous compris. Et puis enfin les attentistes, les fameux attentistes, le gros des Français, ceux qui sont restés cachés en attendant que le régime de Vichy s'effondre. Ils n'ont pas été courageux. Plutôt lâches, parfois. Mais du moins n'ont-ils pas porté atteinte à la Résistance. Ils n'ont livré aucun de nos camarades. Ne faisons pas la guerre à ceux qui étaient souvent des pacifistes, des indifférents ou des craintifs... Laissons plutôt monsieur Obertz faire son travail.

Sandolce se renfrogna dans sa petite haine couleur muraille, le front bas, le sourire coincé. Il bouillait intérieurement de ne pouvoir exprimer son opinion sur le sujet. Bien sûr, se dit-il, ça se voit comme le nez au milieu de la figure, Lanelli est devenu gaulliste. Maintenant ça complote, ça nous prépare l'union sacrée dans le pays avec ses amnisties salutaires, ses oublis nécessaires et le retour à une démocratie généreuse...

Le commissaire attendit une longue minute, observant les visages un à un, défiant quiconque de replonger le fer dans la plaie. On baissait la tête, partout, comme si chacun avait compris, ou faisait mine de comprendre, que le temps n'était plus aux règlements de comptes. Puis il revint à la charge sur les prix :

— Faites un effort, quémanda-t-il. L'Etat est exsangue. Un rabais serait le bienvenu et montrerait votre solidarité. Cinq centimes ? Au moins cinq centimes ?

Obertz hésita, cachant son embarras derrière un léger sourire de façade. Il n'avait pas l'autorisation de Straub de descendre plus bas.

— Je vais y réfléchir, dit-il.

— Combien de temps ? demanda Vatelin.

— Vingt-quatre heures.

— C'est beaucoup.

Alexandre se reprit en proposant une remise sur cinquante mille briques d'une qualité inférieure, c'est-à-dire modérément poreuses ou voilées ou incuites.

L'architecte Lefart trouva que cette proposition faussait le cahier des charges. Lanelli insista pour qu'elle fût examinée.

— Ça ne nous empêche pas de signer un accord sur les cent mille briques pleines et cent vingt mille filées. Pour le reste, les cinquante mille de qualité inférieure, nous en reparlerons.

Contre toute attente, le maire se montra plus conciliant que le commissaire de la République. Il fallait selon ses vœux construire des bâtiments dans les règles de l'art. Sur ce point, Vatelin obtint le soutien unanime des membres de l'association syndicale.

— On a perdu assez de temps, conclut-il. Serez-vous en mesure de fournir ces matériaux dans un délai d'un mois ?

Emporté par son premier succès, Monsieur Gendre se montra plus optimiste qu'il n'eût fallu, car l'usine de Villers n'était pas prête pour réaliser la livraison sur un délai aussi court.

— Serez-vous aussi empressé pour le versement ? s'assura Obertz. Nous aussi, nous avons besoin d'argent. Les banques sont tatillonnes en ce moment. Il convient, défendit Monsieur Gendre, que chacun tienne parole, les commanditaires, les fournisseurs, les créanciers…

Alexandre Obertz ne faisait que répéter par cœur une leçon bien apprise, et rabâchée par monsieur Straub. En quelques semaines, il en avait fait un collaborateur docile et assidu, veillant à ce que chacune de ses prestations avec les autorités fût centrée sur l'essentiel. Il possédait une connaissance assez complète de la nouvelle classe dirigeante issue de la

Résistance. Peu aguerrie pour sa plus grande part, assez utopique et foncièrement idéaliste, elle espérait combler les attentes et les manques avec de grands discours. Une manière astucieuse de gagner du temps. Et rien d'autre, car on ne pouvait réellement espérer remettre en marche le pays exsangue, rétablir les filières de distribution des denrées et marchandises, réparer l'outil industriel, seulement en claquant des doigts et en clamant de belles formules. Aussi la classe politique s'abandonna bien vite à ce qu'elle savait le mieux faire, reprendre les joutes et les querelles d'avant la guerre. On voyait donc revenir au galop les bonnes vieilles habitudes, dans le jeu stérile des partis et des factions, en compromis et accommodements sans fin pour sauver des majorités instables.

Monsieur Straub ne prisa guère ce moment de l'histoire, bien qu'il clamât dix fois par jour que c'était plutôt exaltant de naviguer dans ce grand désordre. Mais dans son for intérieur, il eût cent fois préféré en revenir à l'époque du franc Poincaré, lorsque les perspectives économiques se jouaient à la Bourse. Présentement, le franc était à l'image du pays, à reconstruire lui aussi, tant il manquait sur les marchés, tant les banques étaient prudentes et intraitables face à une confiance qui tardait à revenir.

« Nos ouvriers sont prêts à se retrousser les manches, reconnaissait-il. Mais cette belle promesse sera vite dépitée si les salaires n'augmentent pas. Et comment le pourrions-nous ? On nous demande de produire à tour de bras, sans argent, sans crédits, sans aides d'aucune sorte… »

Obertz écoutait en silence, sous le regard intrigué d'Odette. Le jeune homme avait les plus grandes difficultés à se défaire de ses a priori. Il avait toujours cru que les patrons amassaient des bénéfices, sans vergogne, que l'argent coulait à flots et que la guerre avait généré tant de profits qu'on n'en verrait jamais la fin.

En prenant connaissance du bilan de ses tractations, le premier marché signé avec l'association syndicale, monsieur Straub poussa un cri d'effroi.

— Jamais nous ne pourrons livrer dans un temps aussi court ! Il faudrait travailler jour et nuit. Cc n'est pas possible. Pourquoi n'y avez-vous pas songé, Alexandre ?

— Qu'aurait-il fallu faire alors ?

— Demander trois mois au moins de délai.

Obertz se prit la tête dans les mains, découragé.

— J'ai été contraint d'accorder des contreparties, justifia-t-il, sinon, les donneurs d'ordre n'auraient pas signé. Et pour eux, c'est le temps qui compte. Disposer de matériaux au plus vite. Que leur importent nos problèmes de production, ce n'est pas leur affaire.

Il eût voulu ajouter « et la mienne non plus », n'osa pas. Déjà qu'on lui reprochait souvent de se tenir trop à distance des gens de l'atelier et de ne rien comprendre de leurs exigences.

Odette Blanchet calma le jeu. Pour le coup, elle trouvait que le petit Obertz ne s'était pas si mal débrouillé et que c'était injuste de le réprimander.

— Antoine, fit-elle, tu aurais dû monter au créneau à ses côtés.

Monsieur Straub rappela, avec de la tristesse dans

la voix, qu'on lui avait demandé de faire le mort, que son crédit était mis à mal dans ces fraîches instances et qu'il le resterait tant que la lumière ne serait pas faite sur ses agissements dans la Résistance.

— Tu n'as rien à te reprocher, affirma Odette.

— Ce sont les Fouquier-Tinville qui sont aux commandes. Comme sous la Terreur révolutionnaire.

Alexandre se mit à déambuler dans les bureaux, la mine abattue.

— Je ne suis pas fait pour ce travail. Décidément pas. Il n'est pas trop tard. Virez-moi, monsieur Straub. Je vous en prie. Renvoyez-moi dans cette cave d'où je n'aurais jamais dû sortir.

Antoine éclata de rire, puis il alla le prendre par les épaules pour le consoler, son petit protégé.

— Qu'est-ce donc, cette histoire de cave ? demanda Odette.

— Une métaphore, dit Straub.

— Une vieille histoire entre nous, compléta Obertz.

Puis Antoine lui proposa de faire un tour en ville, histoire de se détendre. Alexandre parut reprendre des couleurs. L'audace avait payé, pour une fois. Il lui avait juste suffi de brandir une menace de démission. Comme la vie est simple, pensa-t-il.

— Nous allons trouver une solution, promit Straub. Les livraisons se feront dans les temps. On ne peut pas se permettre de les décevoir, ces gens qui ne comprennent rien au fonctionnement des usines. C'était pareil dans le réseau d'Albert. Les chefs exigeaient des armes, des explosifs et tout le toutim, sans réaliser ce que ça nous demandait, à nous. Risquer nos vies et celles de nos familles. Et nous les trouvions, ces armes, nous les faisions descendre du ciel... La guerre continue. Voilà la morale de cette histoire. La paix, c'est encore la guerre. La guerre sans fin.

En Traction avant, ils traversèrent la ville, en long et en large, s'attardant sur les boulevards, là où les plaies étaient encore vives. Ça faisait peine à voir, tous ces décombres, et tous ces baraquements où l'on servait des repas de fortune. Rue des Trois-Cailloux, il ne restait plus debout que la boutique du chapelier, et, à l'angle de la rue, le café Andrès. Il y avait affluence autour des tables disposées à même le trottoir. La liesse de la Libération, pourtant déjà lointaine, était toujours dans les cœurs. On avait envie de chanter et de s'amuser pour conjurer les jours difficiles.

Par la vitre ouverte de sa voiture, monsieur Straub énumérait le nom des quartiers qui allaient disparaître dans le projet de reconstruction, toutes les ruelles lépreuses d'avant la guerre, avec leurs masures de guingois en torchis, la rue des Francs-Mûriers, la rue Fontaine-et-Job, sans oublier la fameuse rue Quincampoix. Mais cette nostalgie n'ébranlait guère Monsieur Gendre. Il ne connaissait Amiens ni de près ni de loin. Il n'y avait jamais vécu.

Claire avait pourtant essayé de l'intéresser à sa ville, aux quais de Somme, aux hortillonnages, baignant entre le ciel et l'eau dans une exubérante végétation. Mais Obertz ne se souvenait qu'avec douleur et angoisse du long hiver 44, de sa solitude dans une masure humide, enveloppée de brume et infestée par les odeurs de salpêtre. « Mais c'est là que nous nous sommes aimés pour la première fois ! » lui rappelait Claire dans un sourire outré. Alexandre ne répondait pas. L'amour ! Parlons-en de l'amour, se disait-il. Aimer une femme trop belle, sensuelle, si entreprenante, est une aventure aussi scabreuse que le reste, dans la vie, dans cette chienne de vie ! Ça lui rappelait surtout ses éjaculations précoces, dont il avait eu tant de difficulté à se défaire, croyant un temps que ce trouble le posséderait pour le reste de ses jours. « As-tu compris que je ne suis jamais parvenu à t'aimer comme je l'aurais désiré ? Oh bon Dieu, cette impression terrible de ne jamais parvenir à te posséder… » Puis il se taisait, la mine renfrognée, comme s'il lui en voulait, à sa jolie petite femme. Qui était fautif, lui ou elle ? Il aimait à penser que c'était elle, en définitive.

La naissance du petit Raphaël avait été un accident. Il ne l'avait conçu que par inadvertance, cet enfant, et avec le temps il se le reprochait de plus en plus. De son côté, devant cette étrange indifférence, Claire se demandait si son homme, qu'elle aimait toujours tendrement, sans éprouver toutefois la passion des premiers jours, avait jamais éprouvé le moindre sentiment pour elle.

« M'aimes-tu ? » lui demandait-elle en lui apportant son petit verre de porto.

Comme tous les soirs, une dose de porto, parfois mélangée à un jaune d'œuf, et hop, toujours la même question, lancinante. Mais il ne se laissait pas émouvoir pour autant. Il répondait « Oui, bien sûr, oui, sinon que ferais-je ici ? ». Elle l'observait avec défiance, un joli sourire éclairant son visage, parce qu'elle aimait la vie, les petits plaisirs quotidiens, entre de longues plages d'ennui où perçait parfois l'ombre troublante d'un désir qu'elle n'avait pas le courage de nommer, ces temps-ci.

Pierrette Lameur, par exemple, lui reprochait de n'être l'amante que d'un seul homme.

« Ce n'est pas naturel, tout de même, un homme qui ne parvient pas à te donner du plaisir. C'est un naze, un branque. Va voir ailleurs…

— Je ne le pourrais pas. Je suis fidèle.

— Tu es stupide, oui. Franchement stupide. »

Elles se quittaient en froid. Claire se demandait si son amie l'incitait à franchir le pas, l'adultère, parce qu'elle détestait Alexandre, ce mari repu de suffisance.

Ce soir-là, après la visite de la ville dans la voiture du beau-père, Alexandre confia à Claire qu'il était devenu, enfin, le maillon indispensable dans l'usine de Villers. Elle l'écouta, les larmes aux yeux. Elle se sentit fière pour lui. Elle lui avait tout donné, son amour, sa confiance. Elle se disait : Tout de même, je suis pour quelque chose dans ce triomphe. Elle le lui dit, d'une petite voix émue. Il se mit à rire.

— Je ne dois rien à personne.

Dans ces moments d'orgueil et de vanité, Alexandre offrait une image particulièrement détestable de lui-même.

— Gillard m'a mis le pied à l'étrier, c'est vrai. Je le reconnais. Mais si je n'avais fait le reste, on m'aurait congédié aussi vite.

— Papa t'a aidé. N'est-ce pas, Alexandre ? Il a

tout fait pour que tu réussisses. Sois au moins un peu reconnaissant.

Monsieur Gendre fit la moue.

— Je ne peux pas tout dire. Je suis pour la paix du ménage.

— Imbécile ! jura Claire.

Il se fit resservir un verre de porto, le but cul sec. Elle s'enfuit aussitôt dans la chambre rejoindre le petit Raphaël. Elle avait envie de pleurer, de se fourrer la tête sous un oreiller, de déchirer le tissu à pleines dents. C'était une étrange colère que la sienne, sans larmes et sans cris, une rage froide. Mais elle revint bientôt, d'un pas chancelant, la chevelure en désordre.

— Prends garde, Alexandre, le prévint-elle. Parfois l'existence réserve de singulières surprises.

— Que veux-tu dire ?

— Rien n'est jamais acquis, en matière de sentiment. Tout peut être repris à tout moment.

Obertz ne sut que ricaner, en tournant entre ses doigts le verre poisseux de sucre.

— Je sais ce que tu me reproches. Ce malaise entre nous deux, dit-il d'un air soudain malheureux. Mais je ne me l'explique pas. Tu es si belle que je ne peux pas me retenir. Lorsque je suis en toi, tout m'échappe. Je te perds à l'instant où je te prends.

— Arrête ces bêtises, dit-elle. Tu me fais peur. Pourrais-tu parfois essayer de comprendre ? Je ne veux pas avoir un enfant tous les ans.

17

A peine remis en service pour le bal de la Croix-Rouge, les Grands Salons Godbert redevinrent un haut lieu à la mode. On s'y pressait les fins de semaine pour se retrouver entre gens huppés, industriels, médecins, avocats ou commerçants, tout ce beau monde communiait dans un nouveau culte, la charité et la bienfaisance. L'argent collecté servait à financer les soupes populaires, les colis aux défavorisés, la caisse des écoles. Pour les uns, c'était l'occasion de se refaire à bon compte une honorabilité souvent mise à mal par l'épuration, et pour les autres, les victorieux du 31 août 44, de prendre rang dans la société amiénoise. On laissait la politique au vestiaire, c'était la règle. Il n'était qu'un seul habit qui vaille en ces moments de ravissement, le frac, la tenue des grands soirs, avec les dames en chapeau et en cape sur des robes de soie ou d'organdi, à la nouvelle mode parisienne, la robe mi-mollet et le décolleté pigeonnant. C'était un curieux ballet qui s'offrait aux regards, entre ces dames qui avaient conservé le chic et l'élégance de la Belle Epoque et les nouvelles promues, un peu embarrassées dans leurs robes de soirée fraîchement acquises. On montrait du doigt, parfois sans ménagement, comme pour se railler du nouvel ordre social, ces petites femmes qui avaient encore un pied dans la rue et apprivoisaient les parquets cirés dans des valses cahotantes.

— On ne les a pas toutes tondues, apparemment, ces belles au regard blasé, déplora madame Gratien, qui les observait d'un air hautain.

— Mais quelle importance, puisque la coiffure se porte courte, à la garçonne ? répliqua Ghislaine Bérain, l'une des dernières promues au Conseil des femmes françaises.

— Vous voulez dire que ça arrange tout le monde, ce genre garçonne ! ajouta Jeanne Gratien, qui avait obtenu un poste d'adjointe déléguée aux affaires sociales dans la municipalité en place. Le cheveu repousse et ça ne manque pas de charme.

D'un coup de menton, elle désigna sa jolie cible, Ange Lacosteline. On se mit à la bigler avec insistance. Mais la belle se fichait bien de ces péronnelles, elle qui avait traversé la guerre dans son hôtel de la rue Delambre, à festoyer avec l'occupant et à organiser des soirées orgiaques.

— On aurait dû la fusiller, celle-là, reprit Ghislaine Bérain.

— Au moins. Mais le capitaine des FFI, vous savez celui qui porte un bandeau sur l'œil, a dit qu'on n'avait pas assez de balles à gaspiller pour toutes les courtisanes.

— Elle lui aura montré le chemin du septième ciel,

s'amusa madame Bérain. Croyez-vous qu'elle a rouvert son officine ?

— Ne soyons pas médisantes. Pensons plutôt à nos œuvres. Tant de malheureux se débattent dans les queues pour avoir trois cents grammes de viande… C'est une triste époque, déplora Jeanne Gratien.

— Ne gâchez pas ma soirée, protesta Ghislaine Bérain. Courons au buffet. Il paraît que le champagne est tiède…

— Ah, du champagne ! Ils ont fini par en trouver. C'est une bonne action, dit Jeanne Gratien.

Et l'adjointe déléguée aux questions sociales de raconter en sourdine à sa chère voisine que lors de la visite du général de Gaulle, en août 45, on avait dû courir à la sous-préfecture de Saint-Quentin chercher des sous pour offrir au chef de la France libre un repas digne de ce nom.

— Et les cigares aussi, à ce qu'il paraît, et le champagne…

— Tiède, vraiment ? déplora madame Bérain. Ça la fiche mal.

— Les réserves des boches saisies à la Kommandantur ont été bues le jour de la Libération, expliqua la déléguée aux affaires sociales. Nos gars ont fêté ça. N'est-ce pas ?

— Ils auraient bien pu le garder pour la visite du Général.

Elles se mirent à rire à gorge déployée.

— Mais la petite Ange Lacosteline, elle a bien été tondue ? J'ai raté ce grand moment. Où étais-je, au juste ? questionna Ghislaine Bérain, la militante des Femmes françaises.

— Non, répondit la déléguée aux affaires sociales. Miss Lacosteline a été épargnée. Sa belle crinière fauve est restée sur sa tête. Comme vous le voyez, fit-elle en voulant la désigner du doigt à ses amies, ça ne l'a pas beaucoup bousculée... Suis-je bête ? se reprit-elle en la cherchant des yeux sur la piste de danse.

Elle l'aperçut, au bras d'un jeune officier, emportée par une valse, sa robe virevoltant sur ses jolies jambes.

— Elle a livré des noms aux FFI, ceux de grosses huiles mouillées jusqu'au cou dans la collaboration, pour qu'on la laisse tranquille.

— C'est immoral, déplora madame Bérain.

Elles coururent sus au champagne. Les serveurs remplissaient les coupes comme des sagouins, si bien qu'elles n'eurent que de la mousse. Juste de quoi se mouiller les lèvres. On trinqua tout de même d'un joli geste de connivence.

— Croyez-vous, Jeanne, que nous resterons longtemps à la mairie ?

Madame Gratien ne répondit pas. Le maire avait exigé qu'on n'ébruite point les divergences se faisant jour entre les socialistes et les communistes.

— Ça coince sur la démocratie sociale, dit-elle simplement avec un pincement de lèvres. La démocratie politique, ça ne fait pas le compte.

— Et tous ces MRP en embuscade, prêts à reprendre le pouvoir... Ça fait froid dans le dos, ajouta Ghislaine Bérain.

— Savez-vous comment nos camarades appellent le MRP ?

Elle pouffa de rire, savourant à l'avance cette jolie trouvaille.

— La Machine à Ramasser les Pétainistes.

Claire et Alexandre Obertz étaient arrivés en retard à la soirée des Grands Salons Godbert, sur les conseils de monsieur Straub. « Ne jamais arriver à l'heure, c'est une règle, avait-il recommandé. Sinon, ça fait débutant. Et vous ne voudriez pas qu'on vous juge tels ? » Pour une fois, Alexandre avait laissé son costume moutarde au rancart, pour un complet veston gris-bleu. Et en apercevant quelques invités en frac, redingote et nœud papillon, il glissa à sa femme qu'il ne se sentait pas prêt pour ce genre de déguisement. Elle lui retourna un sourire.

— On apprend vite, mon amour.

Il la serra contre lui, mais ce n'était pas une bonne idée, selon elle, de se livrer ainsi en spectacle. Claire était si fière de sa robe de soirée en organdi, serrée à la taille et à manches petits ballons, qu'elle ne voulait pas la froisser. Et peut-être aussi se sentait-elle quelque envie d'émancipation, pour une fois qu'on lui permettait de quitter sa chambre de la rue de l'Oratoire. Officiellement, elle faisait son entrée dans le monde, d'un pas dégagé, sa longue chevelure brune enroulée sous un bibi rose pâle, dans le ton de sa robe.

Une fois entrée, madame Obertz ne se soucia plus guère de son mari. Elle était comme un oiseau dont on venait d'ouvrir la cage, elle allait d'un bout à l'autre du grand salon, les yeux éblouis par les tentures flamboyantes, les vitraux modern style, les scènes bucoliques de Gustave Riquet. Un jeune homme en frac noir, le cheveu gominé, s'approcha pour lui offrir une coupe de champagne. Elle hésita à s'en saisir.

— Je sais qui vous êtes, chère madame.

— Comment donc ? Ce serait étonnant. Je ne fréquente pas ce genre d'endroit. Pour tout vous avouer, c'est la première fois que je viens ici.

— Il faut bien une première fois, dit-il négligemment.

Il retira son gant et prit la main de Claire, comme pour l'attirer vers lui, mais elle se raidit aussitôt, surprise.

— Je ne sais pas danser le charleston.

— Peut-être devrions-nous faire connaissance ?

Elle prit la coupe, y posa les lèvres.

— Vous êtes Claire, n'est-ce pas ?

— Claire Obertz, dit-elle, étonnée.

— Je n'ai pas l'honneur, encore, de connaître votre mari.

Claire le chercha du regard pour le lui présenter. Même si, visiblement, le jeune homme n'avait aucune hâte de faire sa connaissance.

— Denis Gillard, dit-il en lui touchant la main avec délicatesse.

— Le fils de Régis Gillard ?

— Tout à fait.

— Bien sûr que j'ai entendu parler de vous ! Dans notre famille, les Gillard sont des dieux. Mon père ne jure que par votre famille. Il vous dirait, mais je ne suis pas sûre qu'il ait raison sur ce point, que nous vous devons tout.

— Je connais monsieur Straub. C'est un ami de mon père, un bon ami, un précieux ami, dirais-je. Aussi me pardonnerez-vous mon audace. Car je brûlais du désir de faire votre connaissance. Tôt ou tard, nous devions nous croiser. Voici qui est fait. Trinquons donc à ce grand moment.

Il saisit lestement une coupe sur le plateau du serveur.

— Je vis le plus souvent à Paris. Mon père, allez savoir pourquoi, me tient éloigné de ses affaires. Surtout que ces derniers temps il semble empêtré dans des querelles d'un autre temps, comme si ses détracteurs regrettaient presque que la guerre ne continue pas. Nous avons besoin de tourner la page, de respirer un air nouveau.

— Mon père évite d'évoquer les heures sombres. Il dit que ce n'est pas une conversation de mon âge.

— C'est une élégante pudeur. Il y a de l'obscénité à s'en repaître, de ce temps où les Français ne s'aimaient pas.

— Avez-vous connu mon frère ?

— Bien sûr. Raphaël était un excellent ami, un garçon délicieux. Souvent, je songe à lui, à nos soirées du Royal, nos dîners passés à refaire le monde. C'était un cœur trop pur pour une époque où le mépris tenait lieu de religion. Il m'a souvent parlé de vous, Claire... Il était fier de sa petite sœur et se demandait, parfois, la tristesse dans le regard, ce que vous alliez devenir dans ce grand chambardement.

Puis, découvrant sur son visage une émotion à fleur de peau, Denis Gillard l'entraîna dans une valse. C'était ce qu'il rêvait de faire depuis la seconde où il avait croisé le regard avec elle. Raphaël serait tellement heureux de nous voir ainsi, se disait-il en la faisant tournoyer dans ses bras. Claire éprouvait le même sentiment, larmes contenues.

Pendant ce temps, Alexandre avait été happé par les gens de l'association syndicale. On lui faisait boire du champagne, en veillant à ce qu'il fût bien servi, on le congratulait avec de vives claques dans le dos, des compliments à n'en plus finir.

— Vous nous avez sauvé la mise, monsieur Obertz, nous ne l'oublierons pas, dit le maire. J'ai eu raison de miser sur vous. Pourtant, ajouta Vatelin, en saisissant le menton d'Alexandre, on voulait vous éjecter, aussi. Surtout Sandolce. Il me disait sans cesse que vous étiez de la même race que Gillard. Moi non. J'ai compris que vous étiez un petit nouveau dans la profession, sans malice, sans roublardise. Ah, Monsieur Gendre, car c'est bien vous, Monsieur Gendre. Ne le prenez pas en mauvaise part. Ce n'est pas rien d'avoir un Straub pour beau-père. Ah ! Straub… Dommage. Lui aussi, il aura été perverti par Gillard. A trop fréquenter le diable, on devient diable soi-même, n'est-ce pas ? Vous l'avez deviné. Je parie que oui. Je le vois à votre sourire malicieux. Mais il aura eu raison de vous refiler la direction de Villers-Saint-Charles. En jouant réglo avec nous, n'est-ce pas, monsieur Courtevoy, fit-il en prenant à témoin son préposé aux finances, vous ne le regretterez pas. Ce que nous voulons, c'est redistribuer les cartes. Et pourquoi donc ? Pour en finir avec les vieux pétainistes, avec tous ces vieux croûtons qui se sont mouillés, pour ne pas dire vautrés, dans la collaboration…

Michel Courtevoy, le trésorier-payeur de l'association, un grand type plutôt sec, la chevelure aussi noire que drue, et triste comme un jour de pluie, se mit lui aussi à caresser Obertz du geste et de la voix. Pourtant, ce n'était pas dans ses habitudes de faire des ronds de jambes. Mais on sentait à sa manière d'agir qu'il partageait ce faible avec le maire, une forte empathie pour Alexandre, et de fait il avait été un de ses appuis influents pour qu'on lui accorde la confiance.

— Comment cela ? s'étonna Obertz. Vous ne trouvez pas que vous exagérez un peu…

— La commande a été livrée le jour prévu, dernier délai. Pas une seconde de retard. Bravo. Si bien que nous avons pu honorer nos promesses avec les gens du bâtiment. Pourtant, ils étaient nombreux à tenter de nous démontrer que ce n'était pas possible de produire une telle quantité de briques, pour l'usine de Villers-Saint-Charles. Comment avez-vous fait ? Je serais curieux de le savoir.

— On s'est débrouillés avec nos réserves, mentit Obertz. Comme quoi, tout n'a pas été écoulé pendant la guerre avec les boches…

— Ne revenons pas là-dessus, coupa Vatelin.

A la vérité, en infraction avec toutes les règles édictées par l'association syndicale, et en accord secret avec Régis Gillard, l'usine de Pargny avait contribué à honorer largement les commandes, puis les autres du groupe aussi, forcément, pour satisfaire les contrats du deuxième et du troisième marché... A vrai dire, l'affaire s'était révélée plutôt rocambolesque, lorsque les cargaisons chargées dans une noria de camions avaient été acheminées de nuit, tous feux éteints le plus discrètement possible, jusqu'au pied des fours de Saint-Charles. Dans son bureau de la rue des Vergeaux, le vieux Régis avait exulté. « Ah ! Ils n'en voulaient pas de mes briques, eh bien ils les avaleront quand même. Et ce n'est pas fini... La cavalcade ne fait que commencer. Tout passera par Villers, en douce, en catimini, à la barbe des apparatchiks de la Reconstruction, foutredieu, toute notre fabrication, celle des briqueteries et tuileries d'Amiens, de Pargny-sur-Saulx et de Ciry-le-Noble... Outre que ça soulagera ma trésorerie, la plus grande satisfaction, tout de même, sera d'avoir berné Vatelin, Sandolce, et Lanelli. Ah, celui-ci, quel plaisir ça me procure, mon cher Malbranche, vous n'avez pas idée... »

Courtevoy fit signe à Obertz de le suivre, jusqu'au buffet qu'on avait dressé pour quelques privilégiés, une longue table bien fournie au demeurant, avec des charcutailles en pagaille, des quiches et des tartes au maroilles. De quoi oublier les restrictions... Ici nul besoin d'un ticket de rationnement pour se servir. Un rideau séparait pudiquement le buffet du reste des salons. Le préposé aux finances du Comité à la Reconstruction remplit deux verres de rouge, en tendit un à son voisin, puis s'empara de l'autre. Ils trinquèrent.

— Que fête-t-on, monsieur Courtevoy ?

— Appelez-moi Michel. Ce sera plus simple.

— Que me vaut cet honneur ?

Alexandre se souvint alors des conseils de son beau-père, un parmi tant d'autres. Ne surtout jamais s'abandonner à la familiarité avec ses clients. Cette liberté désinvolte trouble la rectitude des affaires, quand elle ne les corrompt pas. Il énonça ce principe straubien dans sa tête, avec un sourire béat. Quand donc vas-tu t'affranchir de ton chaperon ? se dit-il. Après tout, tu n'as plus rien à apprendre de lui. A toi désormais de jouer ta partie, sans rendre compte à quiconque, seul et sans maître.

— D'accord, dit-il.

Courtevoy lui rendit un sourire. L'homme austère – et ce n'était pas seulement une impression – se dégrafait pour une fois.

— Je vais vous présenter mon épouse…

Le préposé aux finances la chercha des yeux dans la mêlée. On dansait des marches, dans un sens, dans un autre, on se suivait à la queue leu leu, en se tenant la taille. Certains mettaient beaucoup d'entrain à ce piétinement, les femmes surtout, en balançant le popotin, tandis que les hommes paraissaient plus empruntés, dans leurs costumes trop larges, mal coupés, grossièrement ajustés. Ça se bousculait dans la chenille, glissant entre les tables, contournant les petits attroupements de notables médusés. C'était la cavalcade des nouveaux arrivants, des parvenus, ceux que la Libération avait projetés aux avant-postes. L'ambiance bal populaire s'était insinuée en force dans les Grands Salons Godbert, avec sous les lambris dorés des guirlandes de drapeaux tricolores.

Une jolie blonde, à la crinière méchée d'accroche-cœurs, s'approcha de Courtevoy. Il la prit par la taille, la fit ployer sous son geste généreux, comme pour montrer un peu intempestivement qu'elle était sa chose à lui.

— Ma tendre moitié, dit-il, ma chère Denise.

Il lui présenta Obertz. Elle tendit la main. Alexandre s'en empara, et ne sut qu'en faire. Elle la retira en posant un regard méprisant sur ce jeune homme qui ne connaissait pas les bonnes manières. Courtevoy n'apprécia guère sa réaction et lui fit les gros yeux. Alors Denise se força à lui parler :

— Nous comptons vous inviter dans la baie de Somme, où nous possédons une longère. Est-ce que vous prisez la chasse, monsieur Obertz ?

— Plutôt la pêche, dit Alexandre.

— Tant pis pour vous, déplora la jolie blonde, mon mari ne vous laissera pas le choix. La chasse ou rien.

— Oui, la chasse. Bien sûr, la chasse, fit Alexandre. Dans la baie de Somme, suis-je bête. Le canard, n'est-ce pas ?

— Ce n'est pas pour améliorer notre ordinaire, se défendit Courtevoy, que nous chassons. Simplement le plaisir de tuer ces ridicules volatiles qui infestent la baie.

— Et vous, Denise, la chasse aux canards vous passionne aussi ?

Elle se mit à rire en pinçant les lèvres et en plissant les yeux. Elle voulait donner l'impression que son existence était bien plus riche, bien au-dessus de ces instincts primaires.

— C'est pour les hommes, n'est-ce pas ?

Michel Courtevoy raconta qu'il avait autrefois connu une Diane chasseresse, fort redoutable, au fusil et au couteau. Elle dépeçait un cerf en un rien de temps, puis aimait à boire le sang chaud de ses proies. Elle disait qu'il n'était rien de plus incomparable que ce breuvage.

Si Denise s'amusait des racontars de son mari, un brin mythomane parfois, le genre à toujours exagérer une situation dans le but d'éblouir son voisin, Courtevoy se délectait de ses plaisirs favoris, la chasse, les femmes, le jeu (poker et baccara), et aussi quelques autres occupations interdites. La période passée l'avait enchanté, bien plus qu'on n'aurait pu l'imaginer, en ce que toutes règles morales se trouvant dévoyées il était possible de satisfaire ses plus bas instincts, sans limites, voler, piller, spolier, dénoncer… Pour l'heure, Michel Courtevoy s'était acheté une conduite en réintégrant les rangs du pouvoir, faisant la cour aux chefs politiques, les assurant de sa loyauté. Ceux-ci s'étaient surtout entichés de ses qualités de gestionnaire et de financier, estimant qu'il n'avait été après tout qu'un pâle exécutant sous Vichy, un de ces innombrables fonctionnaires qui avaient juré fidélité au Maréchal et qu'on retrouvait, désormais, dans la nouvelle administration et aux mêmes postes.

Michel, après avoir fait signe à son épouse de s'effacer, prit Alexandre par la manche de sa veste, l'attirant vers les coulisses, là où l'on ne risquait point de croiser quelque oreille indiscrète. Denise, attentive et soumise à ces règles, avait obtempéré sans sourciller. Elle ne posait jamais aucune question, n'interrogeait pas son mari sur ses activités, sur ses fréquentations, pas même sur ses absences parfois longues.

— Lors de la fameuse réunion sur le premier marché, vous avez dit une chose qui m'a fortement intrigué…

— Quoi donc ? demanda Alexandre.

Cette question le chagrinait car il ne gardait rien en mémoire, comme tous ces imbéciles qui ne se satisfont que de l'apparence des choses.

— Sur le matériau déclassé…

Courtevoy l'observait, attendant qu'il complète sa phrase. En vain. Le regard vide, Obertz paraissait ne plus se souvenir de ce détail. Son argumentaire à ce moment de la discussion suivait en vérité, point par point, les notes rédigées par Straub. Ici l'on doit rester ferme… Là on peut céder un peu de mou… Et ainsi de suite.

— C'est Lanelli qui a évoqué cette entorse au cahier des charges, une livraison de briques poreuses, voilées ou incuites. Vous sembliez prêt à faire une remise sur ce lot. Mais une remise de quel ordre ?

— Je vois… Mais si je me souviens bien, l'architecte s'est opposé vigoureusement à cette sorte de marché, dit Alexandre.

— Ce n'est pas Lefart qui paye les factures. Ce genre d'homme est généreux avec l'argent des autres, nota Courtevoy. Mais qu'importe, cher ami, votre proposition m'a donné une idée.

— Quelle sorte d'idée ?

— Vous pourriez glisser dans les livraisons une forte proportion de ces briques déclassées…

— Non, dit Obertz. Ce ne serait pas sérieux. Le contrat passé se doit d'être respecté.

— Certes oui, j'entends bien. Je vous paierai les briques déclassées au prix des autres. La différence irait dans nos poches. Comprenez-vous, à cinquante-cinquante. Cinquante pour vous, cinquante pour moi. Ni vu ni connu.

— Ça m'obligerait à faire deux comptabilités…

— Certes, et alors ?

— Notre supercherie serait découverte, dit Alexandre.

— Pensez-vous ! Personne ne vérifie les livraisons. Le matériau déclassé passerait avec le reste.

Ils sortirent des Salons Godbert en passant sous la verrière.

— Ordinairement, la brique déclassée va au rebut…

— Vous voulez dire qu'elle ne vaut même pas un clou. Et pourtant, vous espériez nous la refiler à cinquante centimes l'unité…

Courtevoy s'amusa de la réaction de son voisin. En vérité, il le découvrait un peu tendre, novice en diable, ce jeune homme. Il lui donna une tape sur l'épaule.

— Notre intérêt serait qu'elle coûte le moins possible. Me comprenez-vous ?

— Oui, assura Obertz, je pourrais la sortir pour rien.

Le regard du préposé aux finances s'éclaira soudain.

— Eh bien, nous y voilà. Nous nous comprenons

parfaitement. Dès lors, nous avons toutes les raisons de nous entendre, n'est-ce pas ? En glissant cinquante mille briques déclassées dans chacune de nos commandes, nous pourrions ainsi, mon cher, sans lever le petit doigt, nous mettre soixante mille francs dans la poche. En six mois, nous arriverions à trois cent mille. Vous réfléchirez à ma proposition ?

Alexandre était sous le choc. Jusqu'alors, il avait cru le préposé aux finances viscéralement attaché aux intérêts du bien public, défendant bec et ongles la politique de reconstruction, assurément l'un des meilleurs alliés de Lanelli, Vatelin et consorts. Et voici qu'il s'offrait à monter une combine pour détourner de l'argent...

— Qui êtes-vous, au juste ? demanda soudain Courtevoy. Un homme ordinaire avec des besoins financiers... Je suppose que vous gagnez assez peu. Comme moi, du reste. On me paye avec un lance-pierres. Alors que nous sommes des gens de qualité, qui offrons nos compétences et nos talents à une autorité ingrate. Jamais nous ne serons récompensés à notre juste valeur. Moi, je puis être remercié à tout moment. Nos maîtres nous utilisent puis nous jettent. C'est leur morale. Quant à vous, il suffit que, du jour au lendemain, Lanelli décide de vous couper les marchés, l'usine de Villers-Saint-Charles partira à vau-l'eau et les administrateurs vous colleront le désastre sur le dos. Nul n'est sûr du lendemain. Amassons un trésor de guerre pour les jours difficiles. C'est là le choix des esprits supérieurs.

Ils retournèrent dans le grand salon, s'approchèrent

du parterre des personnalités. Il y avait encore quelques fonds de bouteille à écluser. Courtevoy servit son acolyte généreusement.

— Trinquons à notre association, susurra-t-il.

— Je n'ai pas donné ma réponse, lui rappela Obertz.

— Vous me la donnerez. Je suis confiant.

Alexandre chercha Claire des yeux, la vit sur la piste de danse. Je la conserverai, pensa-t-il, si j'apprends à la gâter, sinon je la perdrai. Il n'y aurait que Straub à pouvoir déjouer le coup. Straub et sa secrétaire. En épluchant la comptabilité, ils trouveraient à coup sûr notre supercherie. Et ma position deviendrait délicate. Ai-je raison de jouer cette carte ? Ne risque-t-elle pas de me mettre en péril ? Mais ai-je le choix ? Sinon, refuser cette aubaine, continuer à végéter dans l'ombre du beau-père, à subir ses humiliations. Lui qui m'a percé à jour dès la première seconde où je suis venu frapper à sa porte. Il m'a ouvert, certes, se dit Alexandre, mais pour mieux s'emparer de moi, m'enfermer dans sa cave, et me sortir de la cache sous un nouveau visage, modelé par ses soins. Est-ce donc cela, sa compassion, sa générosité ?

Plus il songeait à sa situation et moins il avait envie de rejoindre Claire, d'être présenté à celui qui lui tenait la main, le fils Gillard, enfant gâté, pourri, couvert de femmes. Il se serait senti si petit à côté de lui, minuscule et insignifiant. D'un seul regard, le fils prodigue l'eût mesuré à sa juste hauteur d'homme, un avorton que son père avait fabriqué en trois ou quatre phrases alléchantes et prometteuses dans son bureau directorial. Puis le seigneur et maître avait passé le relais à son second, monsieur Straub, pour parachever son initiation. « Etes-vous satisfait de votre élève ? » devait-il demander quelquefois à son second de Villers-Saint-Charles. « Est-ce que Monsieur Gendre fait des progrès, oui ou non ? » devait-il préciser en ricanant.

Pendant ce temps, à quelques pas d'Obertz, le préfet Androt pontifiait au milieu de sa cour. Ça jacassait, ça s'agitait, ça s'étourdissait dans une ronde sans fin, sur fond de ritournelle jouée par un orchestre amateur. Le préfet, sans faire montre du moindre sentiment, presque par routine, serrait les mains, distribuait les compliments, rassurait les quémandeurs. Chez certains élus, côté gauche et même très à gauche, il y avait de la fronde dans l'air. On jugeait que les reconstructions tardaient à venir, bien que l'argent fût disponible. Innommables, scandaleuses, ces valses-hésitations, ces mains tendues aussi vite retirées, cette pingrerie de l'Etat...

— Nous ne pouvons pas payer tout et n'importe quoi, se défendait Androt, d'un ton supérieur. Trop de dossiers manquent de consistance. Et les habitudes du passé demeurent. La tentation du marché noir. Y avez-vous songé ? J'ai été un des premiers à mettre en place une commission de contrôle. Evidemment, ça retarde les chantiers, ça décourage les entrepreneurs. Je vous promets de faire un effort.

Monsieur Vatelin s'afficha rassuré. Il ne voulait pas partager en public la fronde de ses adjoints, montrer au représentant de l'Etat qu'il avait cédé, lui aussi, à quelque moment, au dénigrement et aux objurgations. Pour l'heure, l'essentiel n'était-il pas dans l'apaisement ?

Afin d'échapper à la meute de hyènes qui l'encerclait et le pressait à ouvrir son escarcelle, Androt se rapprocha de Lanelli et lui demanda qui était ce jeune homme à côté de Courtevoy.

— Comment ? s'étonna le commissaire de la République. Vous ne le connaissez pas ?

— Non, j'avoue mon ignorance.

— C'est Alexandre Obertz, le gendre d'Antoine Straub. Il a épousé sa fille Claire, cette jolie femme brune qui danse là-bas avec le fils Gillard.

— Le monde est petit.

— En vérité, au moment de la rupture entre Régis Gillard et Antoine Straub, les Briqueteries d'Amiens se sont scindées en deux. Le clan Straub a pris son indépendance.

— Et pourquoi donc ?

— A cause de la collaboration économique. A Paris, nos services sont sur le dos de Gillard. Il a travaillé honteusement avec l'Allemagne, et en particulier avec le docteur Weller, un des proches du Gauleiter Wagner.

— Je vois.

— Et désormais, l'entreprise de Villers-Saint-Charles vole de ses propres ailes. Et depuis peu, Straub a décidé d'en confier la direction commerciale à son gendre.

— Ce garçon a-t-il des dispositions ? A le voir, on pourrait en douter. C'est un petit garçon, tout à fait inodore et incolore, à première vue, non ? demanda le préfet Androt.

— Vous avez raison, ajouta Lanelli. Mais c'est une affaire de famille. Et de mon humble avis, le père Straub doit conserver la haute main sur la briqueterie de Villers-Saint-Charles. Si un jour ça branle dans le manche, vous me pardonnerez cette expression, monsieur le préfet, il reprendra les rênes.

— Me voilà rassuré, concéda Androt.

— Toutefois, le jeune homme doit encore faire ses preuves. En ville, on le surnomme « Monsieur Gendre ».

— Ce n'est pas très respectueux, souligna Androt.

— Obertz a l'air de s'accommoder avec désinvolture de toutes ces railleries dans son dos. Notre petite société est ainsi faite, d'envieux, de jaloux, de tracassins de toutes sortes et de tous acabits. Mais qu'importe, en vérité, son seul avantage à nos yeux n'est-il pas que le bonhomme s'avère propre et net ? Quelle aubaine, un industriel qui n'a pas trempé dans les combines de l'Occupation…

18

Chaque fois que Claire descendait en ville à bicyclette, elle allait rendre visite à son amie Pierrette Lameur. Ça ne l'intéressait guère, en vérité, de flâner dans les quartiers du centre soumis au remue-ménage de la reconstruction. Elles s'étaient donné rendez-vous rue des Trois-Cailloux pour partir, sans attendre, en expédition. En robe à fleurs et coiffées d'un chapeau de paille, elles parvinrent sur les bords de la Somme, du côté de Camon, et parcoururent d'une pédale alerte les chemins entrelacés du marais des Bœufs, mais la forte chaleur d'août les incita à prendre le chemin de halage fort ombragé. Après une petite heure, elles décidèrent une halte et, jetant leur vélo contre un talus, se trouvèrent un tapis d'herbe odorante pour s'y allonger, les yeux égarés dans les hautes frondaisons des ornes et des platanes.

En cet endroit, la Somme s'étirait paresseusement, d'un courant régulier et paisible. Chaque fois, la rivière invitait à y plonger une tête, bien que les bords fussent en quelques lieux profonds et pour ainsi dire peu amènes, avec leurs bardages de fortune installés contre le glissement des rives.

— Une rivière à pêcheurs, dit Pierrette en plongeant une branche morte dans l'eau afin d'en mesurer le fond.

Et il suffisait d'un rien pour faire remonter la vase. Sous sa flatteuse apparence, la rivière paraissait piégeuse, et Pierrette s'amusa à la comparer à ces hommes qui inspirent plus qu'ils ne peuvent offrir.

— Autrefois, tu m'adressais les pages de ton journal, au fur et à mesure ? Quand donc as-tu décidé de ne plus me l'envoyer ? Si je me souviens bien, ça remonte à Alexandre. Le jour où tu t'es entichée de lui, plus de confidences, plus rien. Comme si tu étais entrée dans une autre période de ton existence, celle-ci effaçant les promesses de la précédente.

Claire laissa un sourire se dessiner sur son visage, yeux clos, tandis que les rayons du soleil doraient sa peau. Elle s'abandonnait à la douceur du moment, peu encline à se laisser déborder par des pensées fâcheuses que son amie réveillait soudain.

— Tu n'es pas obligée de me répondre. Après tout, peut-être que nous ne nous connaissons pas assez, insista Pierrette.

Claire ne se laissa pas surprendre par la réflexion, préférant en négliger la part provocatrice.

— Tu n'es pas aussi heureuse que tu veux bien le montrer. Tu n'es pas heureuse du tout. Mais après tout, ça ne me regarde pas, poursuivait Pierrette Lameur. Il n'est pas facile de reconnaître ses méprises, surtout lorsqu'elles vont à rebours des idées du temps où nous étions encore de stupides adolescentes…

Le miroitement de l'eau chatouillait les pupilles, au point qu'on ne pouvait la fixer les yeux grands ouverts. C'était une sorte d'aveuglement qui montait crescendo, imperceptiblement.

— Oui, c'est vrai, murmura Claire, je ne suis pas aussi heureuse que je le voudrais. Mon mariage a peut-être été une erreur, mais c'est ainsi. Que puis-je renier de ma vie ? Le petit Raphaël ? Il m'est venu sans que je le désire vraiment, pourtant.

De la main, Pierrette chassa un insecte qui s'obstinait à folâtrer dans sa chevelure.

— Je t'ai écrit après ma rencontre avec Alexandre, et même le lendemain du jour où nous sommes devenus amants, se rappela Claire. Puis plus rien, c'est vrai.

— Des conversations tout de même, comme chez Paul, le café de la rue des Trois-Cailloux, ajouta Pierrette. Mais ça ne compte pas. Nous nous étions promis des confidences bien plus profondes que celles qui viennent dans la conversation. N'est-ce pas ?

— Comme tu as toujours été une croqueuse d'hommes, dit Claire, j'avais besoin de ton avis sur la question. Mais tu ne m'as rien appris, au vrai. Sinon un étrange conseil, plutôt obsédant dans ta bouche : prendre un nouvel amant.

— Tu ne l'as pas fait. Tu es un peu pétocharde. Tu t'es dit : Je ne peux pas tromper cet homme qui m'a délivrée de ma virginité.

Pierrette éclata de rire. Elle était fière de sa phrase. Elle goûtait fort la réaction qu'elle avait suscitée sur le visage de son amie. Cette impression soudaine de se sentir mise à nu.

— Tu n'as pas à l'en remercier. C'est leur métier de garçon, après tout, de nous déniaiser.

Les joues de Claire rosirent et elle inclina la tête de côté pour se protéger du regard de Pierrette. Dans ces moments-là, il lui arrivait de se demander si son amie n'était pas un peu voyeuse sur les bords.

— Non. Je n'ai pas voulu te raconter tout ça, mes états d'âme. Mes doutes. Mes regrets. Et ce spleen qui nous vient lorsqu'il faut s'allonger auprès d'un homme qui ne va rien faire d'autre que nous prendre. Sans paroles. Sans caresses. Mécaniquement.

— Je vois.

— Au fond, ajouta Claire, pour moi, les hommes sont un problème. Je ne sais pas ce qu'ils attendent de nous. Je n'ose pas imaginer que ce n'est rien d'autre que nous mettre dans leur lit.

Du revers de la main, Pierrette chassa les brins d'herbe collés sur ses cuisses et tenta d'en effacer les marbrures rosacées. Elle avait tendance à la cellulite, et le moindre contact s'y imprimait. Elle se leva, s'ébroua comme un chien, agitant sa lourde chevelure pour en faire tomber les brins d'herbe.

— Il y a des fourmis ici. Je déteste la nature, au fond. Ce contact physique avec le milieu hostile. Tout m'est désagréable.

Claire se leva à son tour.

— Je ne suis pas allergique à tout, comme toi.

— J'aime le confort. Les fauteuils profonds, les canapés moelleux. Et la douceur de la soie sur la peau. Mais je ne suis rien qu'une petite secrétaire. Je n'ai pas les moyens de changer de vie.

— Epouse un homme riche. Tu dois en croiser tous les jours.

— Encore faudrait-il qu'ils me plaisent. Par malédiction, je ne rencontre que des types fauchés.

— Inconsciemment, tu es attirée par eux. Tu aimes les materner, les dominer, boire leurs larmes, essuyer leurs chagrins. Je te connais bien, Pierrette.

La jeune femme remonta sur le chemin de halage pour récupérer sa bicyclette. Claire s'attarda sur le bas-côté, là où le soleil entre deux ornes lui faisait de l'œil.

— Tu es pressée ?

— J'ai soif, dit Pierrette. Une limonade au Pré Porus, ça me tenterait bien.

— Tu as soif de quoi, au juste ?

— De tout ! s'écria-t-elle en riant.

Elles longèrent le pont de Camon, que les résistants avaient fait sauter pendant la guerre. Elles descendirent de vélo pour franchir les décombres. Plus loin, le long du chemin de halage, à travers les saules pleureurs qui formaient un délicat voile de verdure, on distinguait la guinguette du Pré Porus avec ses toits rouges. Elles se hâtèrent en traînant leur bicyclette, jusqu'à l'embarcadère. Des canots en enfilade dansaient paisiblement, à peine s'entrechoquant, sur les courtes vaguelettes de la rivière. Ici, elles venaient juste mouiller la berge. Des enfants jouaient à s'asperger en criaillant. A quelques pas sur la grève, on avait installé des tables sous des parasols bleus et blancs. Un air de musique flottait dans l'air. Et dans l'arrière-cour, sous l'ombrage des platanes et des tilleuls, des couples dansaient sur un parquet de fortune.

La main en visière, Claire observait des canots se poursuivant à courte distance, tandis que les pagayeurs s'apostrophaient dans leur effort pour franchir les premiers la ligne qu'ils s'étaient choisie. Pierrette tira Claire par le bras, vivement.

— Viens vite, on va bien s'amuser…

— Tu crois ? Ça te dirait de faire un tour en barque ? ajouta-t-elle, toujours la main en visière.

La course était sur le point de rendre son verdict. Ça souquait ferme. Dans l'une des embarcations, un type en marinière s'était dressé pour encourager ses équipiers. Il battait des mains, rythmait la cadence de la voix. Rien n'y fit. L'autre embarcation coiffa au poteau sa rivale. Alors le grand type expédia son chapeau de paille au fond de la barque et plongea de déconvenue dans la rivière. On s'amusa de sa réaction en poussant de grands éclats de rire. L'homme voulut agripper le canot de ses adversaires, histoire de le faire gîter fort et peut-être de les faire chuter. Ceux-ci se défendirent en le repoussant de leurs rames.

Le chahut cessa lorsque le plongeur choisit en désespoir de cause de regagner la rive à la nage.

— Non, dit Pierrette. J'ai le mal de mer.

— Sur une petite barque comme celles-ci ? Au milieu d'une rivière, c'est ridicule, dit Claire.

Sa voisine rajusta son chapeau de paille, arrangea sa mise. Sa robe trop décolletée, juste échancrée à la naissance des seins, méritait qu'on en ferme l'avant-dernier bouton. Pierrette avait une forte poitrine, en était complexée. Claire s'amusa de sa réaction.

— Tu devrais plutôt la montrer...

— A qui je veux ! se rebiffa Pierrette. La tienne, oui, tu peux l'exhiber. Ecarte donc moi ça, fit-elle en étirant l'encolure de sa voisine.

Claire repoussa sa main.

— Je suis mariée. Je n'attends rien.

Pierrette l'observa d'un sourire pincé.

— Moi, j'ai envie de danser. Et si je peux m'en trouver un, je ne cracherai pas dessus.

Claire haussa les épaules.

— Comment peux-tu être aussi vulgaire ?

— Je n'ai pas besoin de me forcer. Je sors du petit monde, celui des Trois-Cailloux.

Elles traînèrent leurs bicyclettes jusqu'à la terrasse. Claire s'empressa de s'asseoir à l'une des tables convoitées par de nouveaux visiteurs. Des couples endimanchés en famille avec leur marmaille, mais aussi des amoureux, bras dessus, bras dessous. Elles commandèrent des limonades à une serveuse en corsage blanc et jupe à pois noirs, portant le canotier un peu de travers.

Les flonflons de l'arrière-cour envahissaient l'atmosphère.

— Je ne crois pas que je vais tenir longtemps, avoua Pierrette. Tu m'accompagnes ?

— Non, dit Claire.

— Je ne veux pas te laisser seule, déplora Pierrette. Je ne suis pas une lâcheuse. Et si jamais je rencontre un beau brun, bien bâti, à la moustache aguichante, je ne sais pas si je résisterai. Ça me tient au ventre, cette chose-là.

L'expression amusa Claire, elle que rien, jamais, chez un homme, n'avait tenue à ce point-là.

— Tu n'as jamais été amoureuse.

— Peut-être, reconnut Claire.

Un souffle de tristesse balaya son visage. Puis son regard se déporta sur la rivière. Pierrette avait pris sa main, comme pour l'obliger à la regarder droit dans les yeux. Ce n'est pas suffisant, pensait-elle, d'être amies, de le clamer haut et fort, encore faut-il le prouver par des actes généreux.

— Le temps passe si vite. Il faut profiter de chaque seconde, sinon…

Claire comprit où Pierrette voulait en venir. Elle trouvait même cet argument plutôt simpliste. Nous étions plus originales dans notre journal à quatre mains, songea-t-elle. Elle dit :

— J'ai rencontré un homme…

Ses lèvres tremblaient tant l'aveu lui coûtait, tant elle se faisait violence pour le dire. Mais ses mots tombèrent à plat, et Pierrette les prit à la rigolade.

— De quel homme veux-tu parler ?

— Un homme, répéta Claire. Un homme avec lequel j'ai dansé dans les Grands Salons Godbert…

— Ouah ! s'esclaffa Pierrette. Je ne fréquente pas ces endroits, moi. Un riche, au moins ? Je rêve de me faire un richard. Un qui aurait assez de thunes pour m'embarquer dans un long voyage. Je me laisserais faire. Mon Dieu, oui.

Elle balança la tête d'un air rêveur. Claire la trouva

amusante et se demanda alors si elle devait poursuivre son propos. Car maintenant, en y réfléchissant bien, elle lui paraissait bien innocente, un brin stupide, cette histoire des Grands Salons Godbert.

— Non. Je me fais des idées. C'est mon côté midinette. Je déteste ça.

Pierrette sursauta vivement sur sa chaise.

— Attends... Tu l'as rencontré, oui ou non, ce bonhomme ? Vous avez pris rendez-vous ? Se revoir, quand même ? Ah non ! Je devine. Tu attends qu'il revienne à la charge. C'est ça ? Bien sûr, ça fait jeune fille bien élevée, honnête... Mais parfois il faut forcer la chance. Sans y mettre d'empressement, bien sûr. Juste ce qu'il faut. C'est là que la psychologie entre en jeu. Se faire attendre, se faire désirer, mais à la condition que le fil ne soit pas rompu. Sinon, tu pourrais espérer longtemps, en vain. Tu me donnes l'impression d'une novice en la matière. N'avoir connu qu'un seul homme est un inconvénient...

Claire lui fit signe d'arrêter. Elle connaissait par cœur son opinion sur le sujet. Cent fois rabâchée.

— Si tu ne veux rien me dire de plus, libre à toi, après tout. C'est ta vie, fit Pierrette pour conclure. Mais il ne fallait pas allumer ma curiosité. Tu le sais, je suis une malade de ce côté-là. Faut que je sache tout sur tout le monde. Ça me joue même des vilains tours.

Elle partit dans une explication sur une histoire qui lui était arrivée au bureau, mais Claire ne l'écoutait plus. La péroraison lui faisait comme un bruit de fond. Elle songeait à la scène des Grands Salons

Godbert, une valse endiablée dans laquelle elle s'était laissé emporter sous les yeux de son mari. Pourtant, je n'avais pas l'impression de faire mal, se disait-elle encore. Mais Alexandre, lui, ne l'avait pas pris ainsi. « Tu aurais dû me demander l'autorisation, avait-il dit en la secouant par les épaules, une fois rentrés chez eux. Je me suis trouvé ridicule. Tu as fait de moi un mari floué. “Y aurait-il de l'eau dans le gaz chez Monsieur Gendre ?” Voilà ce qu'on s'est dit en t'observant, toi, dans les bras de ce freluquet... »

— Tu ne m'écoutes pas, déplora Pierrette Lameur.

Chaque fois qu'un garçon passait à sa hauteur, elle l'observait de pied en cap. A son regard chaviré, on devinait que Pierrette avait envie d'en trouver un pour finir la soirée. Et dans ce jeu par trop appuyé, effrontément indiscret, Claire se sentit bientôt de trop.

— Je crois que je vais rentrer seule, dit-elle.

— Pas avant que tu m'aies dit qui est cet homme...

— Ça risque de faire des problèmes. Surtout si tu te mets de la partie.

Pierrette promit un silence absolu, une discrétion à toute épreuve.

— Denis Gillard, lâcha Claire du bout des lèvres, presque comme un murmure.

— Le fils Gillard ! s'écria Pierrette. Mazette ! Tu ne te mouches pas avec le dos de la cuillère. Tu vises haut, ma belle. Crois-tu que ce gibier soit pour toi ? C'est de la haute. De la pure bourgeoisie. Il se paye toutes les femmes qu'il veut. Il a juste à les aligner.

Claire observait le trafic des barques sur la Somme. On s'était donné le mot pour profiter de la douceur d'un jour d'été. Il n'en restait plus une seule à l'embarcadère de la guinguette. Et maintenant, le petit orchestre jouait un air de tango, approximatif en vérité, puisqu'il semblait se répéter sans fin, bégayer en sourdine.

— Tu as peut-être raison, admit-elle.

Pierrette s'était déjà levée pour aller sur la piste de danse. Il lui suffisait juste de traverser la salle du restaurant et de passer dans l'arrière-cour. Elle avait déjà une petite idée de ce qu'elle allait faire. Deux ou trois types lui avaient tapé dans l'œil. Elle allait s'arranger pour passer et repasser devant eux, jusqu'à ferrer un poisson.

— Je ne sais pas. J'ai dit n'importe quoi. Je t'envie, c'est tout, reconnut Pierrette.

Claire descendit sur la rive en trébuchant sur les petits galets. Elle récupéra son vélo et partit sans se retourner.

— D'où sortez-vous, Obertz ? De la dernière pluie ! On ne va pas à la chasse sans son fusil, ironisa le chef de meute devant ses amis, tous en tenue de combat et prêts à mitrailler les volatiles de la baie.

Monsieur Courtevoy tourna le regard dans tous les sens pour scruter les réactions des uns et des autres. Il parut ravi de son petit effet, tandis que les deux épagneuls et les trois labradors jappaient à leur aise, bien à l'écart, tenus en laisse par les gardiens de la Vénerie.

— Si je comprends bien, notre petit nouveau n'a

que sa bite et son couteau, fit Emile Dussautois, un notaire de La Hotoie bardé de fusil, cartouchières et carnier sur son poitrail généreux.

Les autres gars éclatèrent de rire.

— C'est donc vous que l'on surnomme « Monsieur Gendre » ? demanda Libitsch, propriétaire à Amiens d'une bonne douzaine d'immeubles de rapport, qui par chance avaient presque tous échappé aux bombardements.

« Ça sert parfois de prier à la cathédrale Notre-Dame », disait-il pour expliquer ce miracle.

Obertz détourna le regard, faisant mine de ne pas avoir entendu.

— Straub lui a donné sa fille. Vous la connaissez, Claire ?

— Pourquoi ne l'avez-vous pas amenée ? déplora Florence Dussautois.

C'était une fort belle amazone en jupe longue et noire tombant sur ses bottes ajustées au galbe de la jambe, bien faite de sa personne, élégante, un brin sophistiquée même avec ses colliers en or clinquants sur une poitrine bien serrée dans un chemisier gris perle.

— Elle n'aime pas la chasse. Moi non plus, d'ailleurs. Et pour tout vous dire, je me demande ce que je fais ici.

— Mais mon cher Obertz, depuis que vous dirigez les affaires de votre beau-père, dit Libitsch, nous nous intéressons à vous.

— Est-ce que vous détestez ce petit surnom qu'on

vous prête à Amiens dans certains milieux ? demanda Denise Courtevoy.

Elle portait une casquette bombe de sonneur, vert anglais, une chemise en velours du même vert sur un pantalon knickers. Cette tenue de combat ne la mettait guère en valeur, mais c'était son habitude de se déguiser pour une partie de chasse, comme s'il lui fallait en portant le fusil effacer toute féminité. Contrairement à son amie Florence, elle prisait fort la chasse, aimait à tirer les canards et réclamait, neuf fois sur dix, qu'on les lui laissât lorsqu'ils venaient se perdre dans son angle de tir.

La question de madame Courtevoy laissa Obertz sans voix. Il ne possédait pas assez d'esprit pour se défaire de ces piques qu'on lui adressait. Dès lors paraissait-il indifférent, insensible à toutes les railleries, ce qui produisait un effet détestable sur ce petit monde. On eût aimé qu'il fût à la hauteur des responsabilités que Straub lui avait confiées. Car des bruits circulaient, des rumeurs fâcheuses, selon lesquels ce Monsieur Gendre n'était rien de plus qu'un homme de paille, qu'on avait mis sur un piédestal pour remplir une certaine mission et rien d'autre. On pariait même que lorsque Gillard serait sorti de ses procès on le ferait disparaître aussi vite qu'il était apparu.

Courtevoy lui fit apporter un fusil et une poignée de cartouches par un des gardiens de la Vénerie.

— Sait-il s'en servir, au moins ? demanda Dussautois. Je ne voudrais pas ramasser du plomb.

— Ce serait l'ironie de l'histoire, railla Libitsch,

toi qui as traversé cette putain de guerre sans éclats, soigneusement planqué, pour ne pas dire...

— Laisse donc, s'interposa Courtevoy. Je ne vous ai pas invités pour vous chamailler. Chacun a fait ce qu'il a pu, durant cette période. On n'a rien à se reprocher. N'est-ce pas, Gillot ?

Le jeune directeur du Crédit du Nord, un grand sec à la mine austère, s'était jusqu'alors tenu à distance. Il n'aimait pas les conversations inutiles, les railleries gratuites, les saillies vachardes. Et pour le coup, il eût aisément pris la défense d'Obertz, même s'il n'éprouvait à son égard aucune empathie. François Gillot le trouvait insignifiant, sans consistance, tombé du ciel dans un monde qui lui paraissait tellement étranger. Il avait eu l'occasion de travailler avec lui sur un projet d'investissement. Et le jeune directeur avait vite compris que ce Monsieur Gendre était d'une ignorance crasse. Le portier de service projeté malgré lui à un poste de commandement, disait-il.

— Tout le monde ne peut pas avoir cet insigne honneur : son nom inscrit sur les monuments aux morts, dit Gillot.

— Il fallait bien se préserver, n'est-ce pas ? Nous étions indispensables, nous autres, martela Dussautois, pour l'avenir. Nous avons traversé la guerre en pensant à la paix. Ce ne sera pas plus facile de la réussir, cette paix. Elle nous incombe. Ce sera notre héritage, notre responsabilité, relever le pays.

— Et surtout éviter que les communistes nous préparent une nouvelle guerre, sociale celle-ci. Tout aussi scabreuse et massacrante, ajouta Libitsch.

Courtevoy donna le signal du départ vers la ligne de front. Chacun cassa son fusil, y introduisit des cartouches. On marcha d'un pas décidé vers l'une des huttes du Crotoy, perdue entre ciel et terre, au cœur d'une lande indécise chahutée par la mer et les vents.

— Savez-vous au moins comment on tire le canard ? s'inquiéta Courtevoy.

— Ne faisons pas un problème de rien. Je me fiche de la chasse et des canards et de tout le reste. En plus, je déteste la baie de Somme. C'est un marécage putride, une bouillasse sans fin qui insulte tous les horizons du monde. Ici la mer se perd, et la terre aussi, lâcha Alexandre dans une belle envolée dont il n'était pas coutumier. Vous ne voyez pas ? On patauge, patauge. Ça semble sans fin. Je m'ennuie dans cette brume épaisse. Comment faites-vous pour vous repérer, nom de Dieu ?

Une fois dans la place, chacun prit ses aises, selon les bonnes vieilles habitudes, pour une longue nuit de veille.

— Le gibier nous viendra d'un coup, à la première lueur de l'aube, sans se douter que nous sommes là, à l'attendre, expliqua Libitsch.

Dans ces moments, il se voulait aussi lyrique que possible, assis sur son siège confortable, face à la lumière déclinante du jour.

— J'en ai fait dix ou onze, je ne sais plus, la dernière fois.

Il tira de sa poche son petit carnet où il notait page après page ses exploits en style télégraphique.

Obertz avait délaissé son fusil sur le bord de la

meurtrière. Je n'en tirerai aucun, pensa-t-il. Ce sera mon originalité, revenir bredouille.

— Dans ma famille, on chassait le loup dans les Ardennes, dit-il. C'était une affaire terrible, les attendre à l'affût, dans le froid et la nuit noire, avec le vent qui donnait dans les cimes des sapins. On n'avait rien à faire qu'attendre. Et souvent, les loups ne venaient pas, ou on s'endormait au moment crucial. Rien n'est aussi stupide que la chasse aux loups.

— Les canards, c'est un vrai sport, dit Dussautois. Quand ils s'envolent, c'est le moment de les cueillir. On ne sait plus où tirer. Ça vient de partout. Faut du sang-froid, de la méthode. Avoir toujours à côté de soi une canardière prête pour fusiller les retardataires.

La belle épouse écoutait son mari avec ravissement. Elle n'était pas très acharnée à ce sport. Une fois ses deux coups lâchés, elle croyait avoir fait sa dévotion. Elle se retirait vers les commodités, attendant que les pétarades s'estompent dans la fumée âcre de la poudre brûlée.

— Mon mari est un vrai chasseur, dit-elle en tirant sur sa cigarette. Vous, mon cher, dit-elle à Obertz, vous vous en fichez. Qu'est-ce donc qui vous intéresse dans la vie ? L'argent, je suppose.

Monsieur Gendre se mit à rougir comme un enfant. Il ne comprenait pas pourquoi cette bourgeoise s'intéressait à lui, pâle et insignifiant.

— Dites-moi donc ? On a toute la nuit pour converser.

— L'argent, oui. Je crois, l'argent.

Ses yeux pétillaient à l'énoncé de cet aveu, aussi affligeant qu'un gros mot dans une conversation.

— Laissons-les jouer, conseilla-t-elle en prenant Obertz par l'épaule. Il y a un excellent whisky dans les communs.

Elle montra la pièce lambrissée à l'arrière des guignettes, un petit salon avec de confortables fauteuils, et, attenant à droite et à gauche, des lits et quelques rideaux pour se ménager un peu d'intimité.

— C'est un casernement miniature. Le gardien nous a allumé le Godin et apporté assez de bois pour tenir à l'aise toute la nuit, sans se geler. Même à la fin de l'été, savez-vous, il fait frisquet, la nuit, dans cette baie. La brume descend et s'insinue partout. C'est humide en diable.

Florence Dussautois servit des whiskies bien tassés. Ils trinquèrent sous le regard de Gillot.

— Vous n'en prenez pas, monsieur le banquier ?

— Je me contenterai d'un petit bourgogne aligoté.

— Un homme de goût, nota Florence Dussautois. Ténébreux et secret, comme sont les hommes qui attendent de la vie quelque chose qui ne vient jamais, n'est-ce pas ?

Gillot se détourna pour ne pas se laisser accaparer par cette conversation. Il n'aimait pas particulièrement les femmes qui jouent à mettre à nu des proies faciles. Mais lui, pour le coup, il n'était pas un gibier aisé. Je suis, pensa-t-il, comme le canard qui passe esseulé, en bon retardataire, après que toutes les cartouches ont été tirées. Je me sauve et me préserve ainsi. Il alla déboucher son bourgogne et grignoter quelques acras de morue.

Les Courtevoy s'étaient installés à l'entrée de la hutte sur un petit môle et contemplaient la montée du soir en amoureux, serrés l'un contre l'autre. Quant à Libitsch, il nettoyait ses deux fusils, les démontait, les remontait, humait l'odeur de la graisse de phoque. Il avait la passion de ces objets, deux Anson et Deeley avec crosse en palissandre.

— Il n'y a pas de canards ici, en cette saison, c'est un peu tôt, jugea Denise en arrachant sa cigarette des lèvres de son mari.

Courtevoy se mit à rire, à glousser plutôt, en fixant la mer qui s'en revenait sur ses sables noirs, par rouleaux obstinés, reprenant ses domaines sans forcer le silence. C'était une respiration lente et froide qui gagnait la baie, sans que le vent se levât, sans excès. Michel Courtevoy se sentait dans son élément, conforté par cette nuit qui descendait par paliers, tandis que sur la ligne d'horizon un incendie s'allumait sur les eaux, gagnant la mer et le ciel au point de les entremêler puis de les confondre.

— Ils voulaient connaître Monsieur Gendre. Je ne sais pas pourquoi. Florence Dussautois surtout. Cette femme s'ennuie à mourir. Personne ne parvient à la distraire, ni son mari ni ses amants.

— Tu crois qu'elle va mettre la main sur Obertz ?

— Non. Ça n'arrangerait pas mes affaires.

— Une fois que tu as dit ça, mon pauvre Michel… On n'empêche jamais rien, dans les grandes comme dans les petites passions de la vie.

Il en avait assez que sa femme lui prenne ses gauloises au fur et à mesure qu'il les allumait, alors il se mit à en allumer deux à la fois.

— J'ai un projet avec Monsieur Gendre. Je crois que ça va marcher du tonnerre.

— Tu vas te faire un peu d'argent ? N'est-ce pas ? Je le vois à ta manière de me regarder, à la fébrilité de tes gestes, à l'excitation du visage, ce rictus-là ne trompe pas.

Sur la lande, au loin, une lumière dansait dans la nuit. C'était le gardien de Vénerie qui apportait victuailles et vins. Denise se rendit à la hutte, tandis que Michel restait sur le môle à attendre son commissionnaire.

— Des œufs et du lard gras pour faire l'omelette. C'est la tradition, monsieur Courtevoy.

— En effet, Georges.

Le type portait une vareuse de chasse en velours côtelé et sentait la sueur des hommes de peine.

— Et aussi ce que vous m'avez demandé, monsieur Courtevoy, de quoi « saucissonner » à son aise, et puis du bon vin bouché.

— Des pâtés ?

— De la terrine d'agneau de pré salé. De quoi s'en mettre jusque-là. Tout ce que les boches ne nous ont pas pris.

— Oui, Georges, vous avez raison, les fridolins n'ont pas tout emporté.

— P't-êt' qu'on n'en a pas fusillé assez à la Libération, de ceusses qui leur ont donné la main.

Courtevoy tapota l'épaule du gardien de Vénerie et

lui tendit un petit billet pour récompenser sa peine. L'homme allongea la mèche de sa lampe-tempête avant de repartir.

— J'voudrais pas me foutre dans une tourbière, expliqua-t-il. Personne n'y viendrait m'chercher, par une sale nuit comme celle-là.

Il huma le ciel, le petit vent venant de l'estuaire fleurant la marée basse. Les nuages masquaient la lune par intermittence, des flopées de nuées chargées de pluie pour l'intérieur des terres.

Michel apporta le panier dans la hutte et sa femme le vida sur la table.

— Qui fait l'omelette ? demanda Denise.

— Moi, se proposa Dussautois.

— Je suis d'accord pour détailler le lard, de bonnes tranches à faire fondre dans la poêle. Une omelette bien grasse avec deux douzaines d'œufs au moins, bien battus…

— Et là-dessus du gevrey-chambertin, ajouta Libitsch.

Le banquier surveillait les opérations, de loin, de crainte de se salir les mains. A son air lunaire, on se demandait bien ce qu'il était venu faire sur la baie de Somme. Pour l'heure, plus personne ne songeait aux canards, et autres pluviers, bécasseaux, barges ou chevaliers qui volent le long des grèves et qu'il faut surprendre à marée haute en se cachant dans le sable.

Florence s'était mise au whisky depuis longtemps, par désespoir. Elle buvait coup sur coup, parfois cul sec, sans se lasser. On ne l'avait jamais vue ivre. Son alcoolisme était mondain, comme tous ses autres plaisirs du reste. Par périodes, elle collectionnait les amants, sans s'attacher, puis s'achetait une conduite de nonne avec le sentiment de retourner en état de sainteté. Et ce soir son mari avait beau lui faire les gros yeux, ou lui envoyer une vacherie du genre : « Tu ne verras pas la queue d'un canard… », elle continuait à lever le coude, sans vergogne. A la vérité, Dussautois se fichait bien de ce que pensaient les autres, pour la plupart ils connaissaient les penchants de sa femme, sexe et alcool, et n'y prêtaient plus aucune attention. Mais il y avait cet étrange Obertz… Il ne faisait pas encore partie du clan. On l'avait rudoyé un peu, au début, comme une sorte de bizutage, trop peut-être, « la bite et le couteau », ça avait dépassé les bornes. Voici un garçon qui se vengera, à coup sûr. Il ira raconter notre soirée dans le petit monde, les turpitudes de Florence et le reste…

— Vous êtes en affaires avec Michel ? demanda-t-il.

Alexandre eut la sensation d'être tenu au colback, serré de près, le nez de Dussautois à hauteur de sa poitrine, un sourire grimacier, un air matois sur le visage.

— Je vends et il achète pour le compte de la Reconstruction. De la brique, toutes sortes de briques, des pleines, des creuses, des vitrifiées…

— Quelle aubaine, les guerres… Au début on casse tout et après on rebâtit. C'est comme ça que l'économie tourne, mon cher. Comme un compteur qu'on remet à zéro. On solde le passé et on s'accommode avec l'avenir.

Obertz se contenta de sourire. Un peu tristement,

pour le coup. Il avait encore dans la tête le bruit effrayant des sirènes d'Essen, puis, une fois aux abris, l'attente, la peur au ventre, l'arrivée des pilules, le bruit assourdissant des bombes et la montée en température de l'atmosphère saturée de phosphore.

— La crise ne se résout qu'ainsi, mon cher, par une boucherie. Une intense tuerie, avec tous les peuples dans la fournaise. Sauve qui peut. Personne ne peut dire le contraire. Quand ça pète, on se terre comme des rats. La mort des autres nous est indifférente. Il n'est que sa propre vie qui importe. Me soutiendrez-vous le contraire, monsieur Obertz ?

Monsieur Gendre hocha la tête.

— Alors ce soir on fête ce bonheur-là, celui d'être passé au travers. Ne faites pas attention à Florence.

— Oui, monsieur Dussautois. Je comprends.

— « Je comprends et je ne juge pas », compléta Emile. Voilà ce que j'ai envie d'entendre de vous, jeune homme : je comprends et je ne juge pas, répéta-t-il en pointant son index sous le nez.

Il suppliait avec ses gros yeux larmoyants, sa bouille joviale de bon notaire. Dans un sens, il faisait pitié à voir, cet homme floué par une femme trop distinguée, et pour un peu on l'eût pris en affectation, avec ses airs de gros nounours.

— Florence est ce que j'ai de plus cher, poursuivit-il. Il ne me reste rien d'autre. Pas d'enfants, pas de famille. Rien. Que des amis. De bons amis. Seriez-vous prêt à en faire partie, monsieur Obertz ?

— Certes, oui, dit Alexandre.

— Suivez les conseils de Courtevoy. Accordez-lui

votre confiance. C'est un homme qui n'a jamais trahi personne. Et par les temps qui courent, que de mépris, que de haine, que de fiel, dans ce monde ressuscité ! Il faut se serrer les coudes contre tous ces fous qui veulent poursuivre la guerre. Ne voyez-vous pas ? Une autre guerre, plus subtile, celle-ci, les classes sociales dressées les unes contre les autres.

Puis il retourna battre son omelette avec acharnement, jusqu'à ce que les œufs montent en mousse.

Au milieu de la nuit, la petite bande se paya une balade sur la lande, sauf Florence, qui resta au bercail sur un châlit. Puis ils cherchèrent quelque chose à tirer, ombres diffuses, ectoplasmes, et pour le compte quelques malheureuses mouettes égarées. Ça pétarada jusqu'à épuisement des cartouchières. Ça ne faisait rien, puisque les canards ne viendraient pas. L'aube se jouerait sans eux, cette fois encore.

— Nous sommes des chasseurs de pacotille, ironisa Libitsch. Mais qu'est-ce qu'on se marre !

Quand ils furent sur la grève, allongés sur le sable, attendant l'aube, Courtevoy proposa un petit remontant. Une vieille prune alsacienne. On se passa la fiole à tour de rôle.

— Quarante-cinq degrés et toutes ses dents, fit Dussautois.

Le roulement des vagues sur la grève finit par assoupir les chasseurs. On se sentait bien, tassés les uns contre les autres, sous la petite dune dont le vent agitait les élymes des sables avec un bruit métallique.

Plus tard, juste à la pointe du jour, Libitsch et le banquier partirent tirer des lapins dans les genêts. Les coups de feu répétés réveillèrent Dussautois, qui se leva à son tour pour ne rien rater de ce nouvel épisode. Courtevoy fit signe à Obertz de rester sous la dune. Alexandre se rassit dans le sable. Il y avait des nuages au bord de l'horizon, comme des taches d'encre sur un fin voile de pastel. Il pensa à Claire, à leur dernière conversation. « Tu as besoin d'aller au Crotoy avec ces types pour chasser ? C'est ridicule. Chasser quoi, d'ailleurs ? — Des canards... — Et qu'est-ce qu'ils t'ont fait, ces canards ? » Il se prit à sourire à ce souvenir. « J'ai besoin de discuter avec Courtevoy. Nous sommes en affaires. C'est presque un service commandé. » Claire n'avait pas gobé le mensonge. « Papa ne t'a jamais demandé de faire ça. Dis plutôt que ça t'intéresse, ce genre de compagnie minable. »

— Me donnerez-vous une réponse ? dit soudain Courtevoy d'un air distant.

Alexandre hésitait de nouveau. Ça le reprenait, cette sorte d'angoisse sourde qui lui torturait l'estomac. Pourtant, la veille au soir, dans la hutte, il s'était décidé pour un non. Mais alors pourquoi être venu là ? Courtevoy humait l'odeur de la mer à marée haute, attendant une réponse qui tardait à venir. Il se leva, fit quelques pas sur la grève, les mains fourrées dans ses poches.

— Alors, très cher ami, vous allez sauter le pas, franchir le Rubicon, ou me laisser en carafe avec tous ces regrets ? Bon Dieu, s'exclama-t-il, dites quelque chose ! Ne me laissez pas languir plus longtemps...

— Ce serait… trop… balbutia Obertz.

Michel Courtevoy l'interrompit avant qu'il ait prononcé le mot fatidique qu'il sentait poindre.

— Je vous sens fébrile, hésitant… Réfléchissez un peu. Ce n'est pas tous les jours qu'on a l'occasion de se faire autant d'argent facile. Sans risque.

Il y eut des coups de feu, de nouveau, trois ou quatre, puis deux autres à contretemps, et des cris d'allégresse.

— Ils s'amusent comme des gamins. Entendez-les. Tous les coups de fusil qu'ils n'ont pas osé tirer durant la guerre, ils les tirent maintenant. Sans conséquence. Nous n'avons jamais été des héros, ni vous ni moi. Ni les autres, du reste. Et pas des lâches pour autant. Ce serait trop facile. Disons, mon cher Obertz, que nous ne nous sentions pas concernés. N'est-ce pas ?

Alexandre hocha la tête. Michel Courtevoy vint l'observer de plus près, ce jeune homme qui tremblait comme une feuille, la trouille au ventre, le regard perdu, la pâleur de la mort sur son visage.

— C'est à cause de Straub ? Vous craignez de le trahir ? Peut-être votre femme aussi ? Mais dites-vous bien qu'ils n'en sauront rien. Personne n'en saura rien. Notre combine est impossible à démasquer. J'occupe une position forte dans le Comité, si forte qu'on me signe les documents, les yeux fermés. Les politiques, vous ne les connaissez pas, les politiques, ce sont des paresseux, des négligents, des insouciants. Tout ce qu'ils attendent de moi, c'est que je prenne les décisions à leur place. Je leur dis : C'est ainsi qu'il faut faire ! Et ils le font, tout occupés déjà par leurs petites personnes, par leurs alliances, leurs coups fourrés. Rassembler une majorité. Gagner des élections. Piétiner un rival... C'est une course à l'échalote sans fin. Vous n'aurez rien à craindre de Straub. Ni de Gillard, du reste. Ce qu'ils veulent, c'est vendre leur camelote. Et vous, mon cher, vous avez eu les marchés. C'est tout ce qu'ils souhaitaient, remporter la mise. En un sens, vous méritez bien d'en prendre un peu au passage...

— Oui, dit Alexandre. Oui, vous avez raison, monsieur Courtevoy.

— Alors nous commençons quand ?

— A la prochaine livraison.

— Très bien.

Puis ils décidèrent de rentrer à la hutte par l'étroit sentier dans les landes. Les deux hommes se suivaient, à un pas de distance, Courtevoy en tête. Il se servait de son fusil comme d'une canne.

— On ne les attend pas ? s'inquiéta Obertz.

— Laissez-les s'amuser. Et puis, si j'ai un conseil à vous donner, entre hommes, n'est-ce pas, entre hommes : occupez-vous de Florence. Elle vous a à la bonne. C'est une sacrée nature. Une sacrée nature, répéta-t-il.

19

Le mardi, tous les mardis, invariablement, sur le coup d'une heure de l'après-midi, les deux acolytes se retrouvaient dans l'arrière-salle du Royal. C'était une pièce sombre, dont les ouvertures donnaient sur une cour intérieure. On y accédait par un étroit couloir, laissant à droite la salle de billard. « On dirait qu'elle a été faite pour nous, cette pièce, disait Alexandre chaque fois qu'il y pénétrait. Discrète, dérobée, précisait-il avec un air rassuré. Personne ne saura jamais ce que nous y faisons, et pourtant... » Courtevoy faisait mine de ne rien entendre. Les états d'âme ne servent à rien, autant les proscrire par avance, pensait-il en contemplant Monsieur Gendre d'un air condescendant et dédaigneux. Le préposé aux finances le jugeait invariablement d'une niaiserie sans bornes, le méprisait de patauger toujours dans la crainte et l'effroi.

— Jusque-là, ça nous a réussi, notre petite combine, dit Alexandre. Mais jusqu'à quand ? Tôt ou tard, on découvrira le pot aux roses. Parfois, ça me réveille la nuit.

Michel Courtevoy n'osait sourire de ces réflexions inutiles.

— Cher ami, vous ne risquez rien. Combien de fois faudra-t-il que je vous le dise ? Derrière cet air de petit employé de commerce, timide et effacé, qui pourrait croire que se cache un redoutable escroc ?

En disant cela, Courtevoy désignait la sacoche de cuir, le chapeau mou et l'étroit costume gris qu'il portait toutes saisons confondues.

— Ne parlez pas si fort. On pourrait nous entendre…

— Qui donc ? Nos voisins ? Ils se fichent bien de nous. S'interrogent-ils seulement sur nos personnes ? Nous sommes gris muraille, mon cher, comme des ombres. Nous nous faufilons dans les méandres obscurs d'une administration aveugle. Que croyez-vous ? On loue mes services, mon honnêteté, mon sens du sacrifice. Je travaille à la Reconstruction. C'est une grande œuvre salutaire. Les politiciens attendent tellement de moi…

— Quoi donc ?

— Que je fasse des miracles avec rien. Je jongle avec la finance, je compose des montages audacieux, en prenant ici pour mettre là, un trou par-ci un trou par-là. Et lorsque ça devient un peu voyant, mes martingales, je fais mine de m'offusquer, de démissionner, de tout envoyer promener. Mais on me supplie de demeurer à mon poste, parce que personne n'aspire à vouloir se mouiller en lieu et place du malheureux préposé aux finances.

Monsieur Gendre écoutait Courtevoy avec admiration. Au sortir d'une telle conversation, il recouvrait invariablement la sérénité qui lui faisait si souvent défaut.

— Que faisons-nous pour les prochaines livraisons ? Même gymnastique ?

— Trois cent mille francs pour vous, autant pour moi. C'est l'usage. Une habitude qu'il faut conserver. A ce rythme nous nous ferons un petit million, mon cher. Et après, nous pourrons décélérer. Mais pas trop, tout de même, sinon ça se verrait. Vous comprenez ce que je veux dire ?

Alexandre hocha la tête. Depuis qu'il s'était laissé pousser une fine moustache, soigneusement taillée, il n'avait plus à se forcer pour inspirer confiance. On eût abandonné toutes ses économies à cet homme-là pour qu'il en fît des petits, tant son allure sérieuse et posée jouait en sa faveur.

— Les gens du bâtiment n'ont rien vu. Que du feu… C'est incroyable. D'une facilité qui donne le vertige.

— Vous voulez dire la médiocrité de la brique ? C'est l'époque qui veut ça, mon cher. On produit vite et mal. Mais puisqu'il faut rebâtir à marche forcée, qu'importe.

— Je vois, dit Alexandre d'un air rêveur.

Monsieur Courtevoy sortit de sa sacoche de cuir les pièces comptables truquées et les tendit à Obertz.

— Voilà pour les dernières livraisons. Vous me les adressez avec le tampon de l'entreprise, votre signature, et le tout sera réglé selon la procédure habituelle. Ni vu ni connu.

Il se frotta les mains avant de commander du champagne. C'était l'usage. A chaque rendez-vous on buvait du champagne et on se faisait servir, toujours dans le petit salon du Royal, une raie à la moutarde ou un navarin de veau. Alors, d'un commun accord, on ne parlait plus affaires. Place aux futilités de l'existence.

— Avez-vous suivi mon conseil, Alexandre ?

— Quel conseil ?

Monsieur Gendre était ainsi emporté par une étrange propension à l'oubli et à la négligence, peut-être plus par imbécillité que par faiblesse d'âme.

— Florence, voyons !

Et il lui fallut rappeler leur conversation dans la baie de Somme.

— Cette femme me glace, en vérité, avoua Alexandre.

Courtevoy se mit à rire.

— Elle n'attend que ça, vous dis-je, que vous la mettiez dans votre lit. Son mari ne saurait suffire à la régaler. Comprenez-vous ? Ça vous grandirait un peu, d'en faire une maîtresse. Ça pose son homme. Une telle classe.

Le préposé aux finances caressa du bout des doigts le revers du costume de Monsieur Gendre.

— Elle vous attend. Elle se languit, vous dis-je. Mais peut-être auriez-vous quelque scrupule à tromper votre femme ? Cela est une bonne raison.

Monsieur Gendre fit la grimace, se mit à observer les rideaux jaunes des fenêtres, les gravures de la pièce, des scènes de chasse, de pêche, et quelques monuments locaux dessinés à la plume.

— Notre filouterie me tient jour et nuit. Je ne puis penser à autre chose, avoua Alexandre Obertz. Et pour tout vous dire, je délaisse aussi ma moitié. Alors, tel que vous me voyez, monsieur Courtevoy, je ne suis pas exactement préoccupé par la gaudriole.

Le préposé aux finances attendit que la servante eût fini de dresser la table pour lancer, d'un ton perfide :

— Il faut que le poisson change d'eau.

Obertz le fit répéter. La métaphore ne lui disait rien qui vaille.

— Un voyage à Paris, une soirée aux Folies Bergère, dit Courtevoy, et Florence vous tombera dans les bras. Ce sera un moment de pure grâce, à l'hôtel Crillon par exemple. Draps de soie, champagne, caviar, langouste, dessous affriolants... Voilà ce qu'il vous faut, Obertz. Et Florence sera parfaite dans le rôle de la maîtresse. Elle vous donnera bien plus de plaisir que vous n'en aurez jamais connu.

Monsieur Gendre lui reprocha son insistance. Il la jugeait du reste outrageante, lui qui n'avait aimé que Claire Straub, avant de l'épouser.

— Vous avez fait de moi un escroc, et maintenant, vous voudriez y ajouter le débauché... C'est une manie chez vous ? Salir tout ce que vous touchez.

— Quel ton péremptoire ! s'exclama Courtevoy. Je suis de bon conseil. Et voilà comment vous me traitez... Ne sommes-nous point amis ?

— Certes, reconnut Obertz.

— Tous ces plaisirs, voler la République, coucher avec la femme d'un notable, sont exaltants pour un homme moderne. La guerre ne nous a pas assez gâtés, pour que nous nous interdisions quelque turpitude que ce soit. Tandis que la vie passe, qu'elle nous amenuise, il faut risquer de vivre, avant de connaître les regrets.

— Et vous-même, monsieur Courtevoy, êtes-vous l'homme que vous voudriez que je devienne ? Dissolu, si dissolu ?

Du tranchant de son couteau, le préposé aux finances tirait les filets blancs de sa raie, les recouvrait ensuite d'une sauce moutarde un peu trop épaissie, puis les dégustait du bout des lèvres.

— Assurément. Je cache mes tromperies dans les grands hôtels, à Paris, à Marseille, à Bordeaux…

— Vous changez d'eau souvent ?

L'autre se mit à rire et vida d'un trait son ballon de bourgogne aligoté.

— C'est pourquoi je cours après l'argent. Comme un forcené. Mon petit salaire de fonctionnaire dans la Reconstruction n'y suffirait pas. Comprenez-vous ?

— Parfaitement.

— Pendant la guerre, j'ai vendu des sauf-conduits à de pauvres gens qui en avaient besoin. J'ai fait du marché noir en amateur. Désormais que nous courons, vous et moi, vers notre premier million, c'est de la grande œuvre. Nous sommes devenus des princes. Et nous le resterons, tant que le désordre régnera dans ce pays. Voici qui favorise nos ambitions. N'avez-vous pas remarqué cette singulière évidence ? La paix est bien plus exaltante que la guerre.

Monsieur Gendre repoussa son assiette. L'appétit venait de l'abandonner. Je n'ai pas les épaules assez larges ni l'esprit suffisamment perverti pour assumer tout ça, pensa-t-il.

Le mardi suivant, le préposé aux finances de la Reconstruction arriva avec trois quarts d'heure de retard. C'était si inhabituel que Monsieur Gendre soupçonna « une couille dans le potage », comme eût dit le notaire de La Hotoie avec sa délicatesse coutumière. Obertz passa donc par toutes les étapes de l'angoisse. L'escroquerie a été découverte et notre ami est peut-être déjà entre les mains de la police, imagina-t-il. Mais alors, il me faut songer sérieusement à prendre la poudre d'escampette. Il se hasarda à sortir dans la rue, remonta un peu le trottoir jusqu'à l'angle de la rue, puis revint, tremblant, vers le Royal.

— Ça ne va pas, monsieur Obertz ? lui demanda le propriétaire, un gros bonhomme joufflu enveloppé de son ample tablier blanc de maître queux. Voulez-vous un petit remontant ? Ça vous fera attendre...

Il accepta volontiers une petite coupe de bien mauvaise qualité, un perlé de groseille.

— Je crois que je vais aller attendre monsieur Courtevoy dans le petit salon. Et me faire une raison de son retard.

Alexandre avait depuis longtemps repéré le passage latéral qui donnait sur la cour. S'ils viennent me chercher, je m'esquiverai par là, se promit-il en tenant sur ses genoux sa serviette de cuir. Il y avait là, à l'intérieur, largement de quoi l'envoyer aux galères. Et pour le coup, il se demanda s'il ne serait pas plus sage de s'en délester en toute hâte, par précaution, par exemple en glissant le dossier sous le volet métallique de la cheminée. Personne n'aurait l'idée de le chercher ici. Comme il s'apprêtait à le faire, Michel Courtevoy arriva, l'air sombre. Pour une fois, il avait perdu sa verve enjouée, sa bonhomie naturelle, son goût pour les plaisanteries.

— Qu'y a-t-il ?

— Rien. Je ne suis pas dans un bon jour.

— Y aurait-il quelques embûches ?

— Bien sûr que non.

— Vous me diriez, n'est-ce pas ? Que je puisse prendre mes précautions...

Le préposé aux finances haussa les épaules en le regardant avec pitié.

— Je m'ennuie. Tout cela est trop facile.

Monsieur Gendre poussa un long soupir. Et Courtevoy eut l'assurance, sans qu'il fût nécessaire de lui faire un dessin, que son « associé » était un lâche, un imbécile, un crétin de la pire espèce. Et que s'il y avait à craindre, ce n'était que de ce couard à la cervelle dévastée. Mais il reconnut que pour marcher dans une telle combine, aussi minable, on ne pouvait escompter un autre personnage.

— Je souhaiterais vous poser une question qui me turlupine depuis quelque temps déjà...

Obertz s'assit devant son assiette, bien sagement, sa serviette déjà dépliée sur ses genoux.

— Quelles sont vos relations avec Gillard ?

Monsieur Gendre fronça les sourcils.

— Vous m'avez déjà posé la question... Il me semble bien, oui.

— Et que m'avez-vous répondu ?

— Que je ne dépendais pas de lui. En aucune

façon. Vous connaissez notre entreprise. Mon beau-père a gardé sur elle la haute main. Il ne s'occupe que de la fabrication et me laisse toute latitude pour passer les marchés.

Comme la serveuse tardait à venir ouvrir la bouteille de champagne, Courtevoy le fit lui-même, sans se soucier de la mousse qui débordait. Il se servit en premier, but d'un trait et, seulement ensuite, emplit la coupe d'Obertz. Ce dernier voulut trinquer, mais d'un geste Courtevoy s'y refusa.

— Vous le savez, n'est-ce pas, et mettez-vous bien ça dans la tête, Obertz, Gillard est considéré persona non grata dans mon milieu. Son procès parisien s'éternise. Il va finir par tomber. Tel est mon pronostic. Coupez les ponts avec lui. Dites bien, si l'on vous interroge de nouveau, que vous ne le connaissez pas, que vous n'avez jamais eu à faire avec lui.

— Je ne vois pas ce qui peut vous faire dire ça, monsieur Courtevoy ? Ce soupçon me blesse profondément.

— On a vu votre épouse avec le fils du traître, un certain Denis. Un petit play-boy dilettante, coureur de jupons. A mon avis, vous ne tarderez pas à être cocu, mon cher, si ce n'est déjà fait.

Il éclata de rire en voyant le visage de son comparse blêmir.

— Et vous, poursuivit Courtevoy, qui hésitez à mettre Florence Dussautois dans votre lit... Mon Dieu, ce monde est trop compliqué pour vous, mon cher. Qui donc a décidé de vous transformer en chef d'entreprise ? Qui vous a intronisé dans la confrérie ?

Seriez-vous franc-maçon ? Non. Je ne crois pas. On aura donc voulu vous faire jouer un rôle, un temps, un temps seulement, je le crains. Mais après vous, que se passera-t-il ? Tôt ou tard, il y aura une reprise en main. Je connais la musique. Et nous deux, que deviendrons-nous ? Certes, admit Courtevoy, ils ne trouveront rien. Notre combine est bien trop subtile, réglée dans le détail, sans la moindre brèche. Non, se rassura-t-il, ils ne trouveront rien. Sauf si par malheur, vous vous mettiez, monsieur Obertz, à avoir des états d'âme.

On servit un colvert en cocotte. Et tous deux pensèrent en mordant dans une aiguillette à leur fameuse partie de chasse dans la baie de Somme. Courtevoy éclata de rire. C'était un moment inoubliable que cette nuit passée dans la hutte du Crotoy. Mais le sourire de Monsieur Gendre se crispa en imaginant Claire dans les bras du jeune Gillard. Et partant de là, il imagina assez vite que le vieux Straub n'était peut-être pas si étranger à cette liaison. Ce vieux salaud serait bien capable de fourrer Claire dans les bras du fils Gillard. Rien d'étonnant, Antoine et Elisabeth n'ont jamais admis notre mariage.

Alexandre Obertz se découvrit tel qu'il n'avait jamais été jusqu'alors, jaloux, soupçonneux, tourmenté par les propos de son « associé ». Cette phrase terrible : « Vous ne tarderez pas à être cocu, si ce n'est déjà fait... », le poursuivait, jour et nuit. Il ne voyait plus sa femme de la même manière. Il cherchait en elle le petit détail vestimentaire, le mot de trop, le geste compromettant qui authentifierait l'avis de Courtevoy. Et cela ne manquait pas, les indices. Ça sautait aux yeux.

— Pourquoi te maquilles-tu ? Cette poudre de riz, ce vermillon, et là, sur les paupières ce fard ? A quoi ça sert, Claire ? Me le diras-tu ? Alors que tu me plais au naturel, sans ces poudres et ces crèmes. Tu me plais telle que tu es, et je souhaiterais tellement que tu abandonnes tout ça. Si tu m'aimes comme tu le prétends, Claire, il faudrait m'apporter des preuves de cet amour.

Il s'était placé derrière elle, pour bien voir ses réactions dans le miroir de la salle de bains. Elle poursuivit son maquillage, sans lui prêter la moindre attention. C'était tellement insolite qu'il fût ainsi, à ce point collant, dès le matin, au saut du lit, qu'elle finit toutefois par se retourner.

— Tu t'intéresses à moi d'une drôle de façon, dit-elle avec un certain sourire, un sourire de pitié attendrie.

— Pourquoi ne devrais-je pas te donner des conseils ? Entre mari et femme, c'est bien normal.

— Bien inhabituel, le reprit-elle. Que cache cette réflexion ? Que je devrais devenir une bonne ménagère recluse dans sa cuisine, à s'occuper de son fils et à préparer de bons petits plats à son mari ?

— Par exemple.

Claire portait une combinaison en nylon transparent, à fines bretelles, sous laquelle se devinaient des sous-vêtements affriolants, trop de sous-vêtements, de l'avis d'Alexandre, une culotte de soie blanche bordée de dentelle, un porte-jarretelles dont les attaches n'attendaient plus que les bas de soie. Il l'agrippa à la taille, comme s'il voulait qu'elle fût débarrassée de ces attirails, des appâts pour les amants, pensait-il, mais inutiles aux maris. Les maris, se dit-il, n'ont point besoin de ces dessous pour désirer le corps d'une femme qui leur appartient.

— Tu veux te faire désirer ? Avec tout ça ! fit-il en soulevant sa combinaison pour saisir les élastiques de ses jarretelles. Par qui veux-tu te faire désirer ? Je ne te suffirais donc plus ?

Elle se débattit avec rudesse, le repoussant d'un geste décisif.

— Qu'est-ce qui te prend ? Tu deviens fou, Alexandre.

A ce moment le petit Raphaël entra dans la salle de bains et vint se coller contre les jambes de sa mère. Elle se mit à genoux pour le prendre dans ses bras et le rassurer.

— Qui t'a autorisé à entrer dans cette pièce ? Tu sais pourtant bien qu'elle est interdite lorsque tes parents y sont ?

— Laisse-le donc, protesta Claire. Tu vas le faire pleurer, encore une fois, et je vais mettre des heures à le consoler.

Alexandre se tenait contre la porte d'entrée, les bras croisés sur sa poitrine.

— Ce n'est pas une éducation, ça. Te montrer à moitié nue devant ton fils. Tu n'as plus le sens de la mesure.

Claire exigea qu'il sorte aussitôt. Il résista, fronda, tempêta, brisa quelques flacons de parfum et de lotion. Puis il comprit que la tournure que prenait la situation ne jouait plus en sa faveur, qu'elle ne faisait qu'amplifier les cris de l'enfant. Alors il se retira au salon, la mort dans l'âme.

Courtevoy a raison, pensa-t-il en éclusant un grand verre de whisky, elle a un amant. Depuis quand suis-je trompé ? Assurément depuis le fameux bal de la Croix-Rouge dans les Grands Salons Godbert. Ça n'aura pas traîné. Une valse avec l'infâme petit Gillard et la voici en pâmoison. C'est donc qu'elle ne m'était guère attachée. Ces choses, les petites trahisons, s'insinuent dans la vie sournoisement, au moment où l'on y songe le moins, se disait-il tout en se resservant à boire.

Lorsqu'elle entra dans le salon, Claire avait revêtu un complet élégant en satin.

— Ce n'est pas une tenue pour servir nos repas, dit-il en maugréant. Que veux-tu me prouver ?

— J'ai décidé de sortir avec mes amies.

— Sur un coup de tête. Pour me fuir. Pour me punir, pesta-t-il en se frappant le front avec son poing.

Claire l'observa avec une froide distance.

— Que me reproches-tu ?

— Je sais que tu vois un homme. Je ne sais pas encore où en est votre relation, mais celle-ci ne fait aucun doute.

Elle éclata de rire, descendit Raphaël chez sa mère. Ce n'était pas un spectacle pour ce petit garçon, les chicaneries domestiques. Elle remonta aussitôt.

— De quel homme veux-tu parler ?

— Tu le sais bien.

— Comment le saurais-je ? Tu m'apprends que

j'ai un amant. C'est très bien. Si seulement c'était la vérité, je pourrais te donner son nom.

Obertz laissa tomber son verre sur le tapis. Ainsi, les bras pendant hors du fauteuil, enfoncé, rapetissé, vaincu, brisé, il paraissait au bord des larmes. Espérait-il au juste quelque consolation, un brin de pitié, un geste d'apaisement ? En vérité, il se jugeait déjà bien minable dans le rôle du mari jaloux, bien pitoyable avec sa colère impuissante.

— Tu ne vas pas t'en tirer aussi facilement, Alexandre. Tu dois aller au bout de ton accusation.

Il s'abandonna au dossier du fauteuil, les yeux clos. Dans une nuit intérieure où son esprit confus se démenait pour trouver une porte de sortie honorable.

— Denis Gillard, murmura-t-il. Ce coureur de jupons. Tu seras tombée sous son charme. Il les possède toutes, avec son argent, ses beaux costumes, ses grands airs de dandy. J'enrage à l'idée qu'il puisse te posséder…

Claire frappa dans ses mains, puis se mit à rire, d'un éclat forcé.

— Nous avons dansé une fois ensemble, il y a des mois de cela. Et rien d'autre.

— Tu ne l'as pas revu ?

— Non, dit-elle.

— Il ne t'a pas relancée, par hasard ?

— Non, mentit-elle.

Claire n'avait pas donné suite à sa demande de rendez-vous. Désormais, elle se le reprochait, en se disant qu'elle avait fait preuve de trop d'honnêteté, que ses scrupules d'épouse fidèle étaient bien mal récompensés. Elle voulut lui jeter cela à la figure, se retint. Peut-être était-il préférable de se ménager un avenir…

Ce soir-là, Claire ne se rendit pas auprès de ses amies des Trois-Cailloux. Les copines se faisaient régulièrement une séance de cinéma au Cirque municipal, avant de prendre quelques verres au Globe, où l'ambiance était plutôt au jazz. Elle ôta donc sa tenue de satin et se remit en tous-les-jours, comme on disait de ces femmes au foyer qui s'interdisaient toute sortie pour complaire à leur mari.

Alexandre retrouva un peu de sérénité en découvrant que sa crise de jalousie avait fait céder son épouse, que son autorité était entière et que, peut-être, la scène servirait de leçon. Sur sa lancée, le bonhomme entendit s'offrir un petit délassement conjugal.

Claire quitta aussitôt le lit et passa dans la salle de bains. Elle détestait son odeur sur elle, de sueur aigre, ses coups de griffes et ses suçons.

— Je te retrouve, dit-il d'un air de triomphe, coudes écartés et mains sous la nuque. Il nous faut une petite dispute de temps en temps pour qu'on fasse l'amour. C'est un comble.

Enveloppée dans un peignoir, elle était revenue s'asseoir à côté de lui, adossée à la tête de lit. Il voulut éteindre la lumière, mais elle refusa, car elle connaissait la suite du programme : Alexandre s'endormirait aussitôt contre elle, la main plaquée entre ses jambes. Dans ces moments-là, elle se sentait prisonnière, comme une petite chose sans importance dont on pouvait user à satiété. Elle prit un livre pour la forme, histoire de justifier que la lampe de chevet reste allumée.

— D'où sors-tu tout cet argent ? demanda-t-elle soudain.

Obertz poussa un grognement, se débattit un peu dans sa nuit. Il bascula sur le côté.

— Je fais de bonnes affaires...

— De bonnes affaires, répéta Claire. C'est donc cela. Des affaires en dehors des marchés passés, n'est-ce pas ? Est-ce bien honnête ? Je m'interroge.

— Ma pauvre petite, tu n'entends rien à ces choses. Je suis devenu important dans l'usine de Villers. Un élément déterminant. C'est moi qui traite les affaires avec la Reconstruction (il avait l'habitude de nommer ainsi le comité et le syndicat attachés à la réhabilitation de la cité). On m'a confié cette mission. Beaucoup croyaient que j'allais m'y casser les dents. Mais non. Le petit Obertz s'est montré particulièrement habile dans ce jeu. Contre toute attente. Et ton père était le premier à croire que je m'y noierais allègrement. Peut-être le souhaitait-il, du reste ? Qui sait ?

— Tu ne t'entends pas avec papa ? Première nouvelle.

— Tiens donc, par-devant on me fait bonne figure, dans mon dos on ricane. A vrai dire, on ricane de moins en moins. Monsieur Gendre serait-il un benêt ? Un innocent ? Un crétin intégral ? Mais Monsieur Gendre, tout Monsieur Gendre qu'il est, fait tourner l'usine. Il connaît quelques réussites. Sera-ce un feu de paille ? Les mois passent et les commandes affluent.

Pendant cette péroraison, Claire faisait mine de lire *La Peste* de Camus. Elle l'écoutait avec attention et croyait discerner dans son propos une pointe de vanité qui lui déplaisait foncièrement.

— Tu as tellement changé, Alexandre. Si sûr de toi. Ça me fait peur. Ça ne te ressemble pas. Je te connais. Tu n'es pas le géant que tu prétends. Il y a quelques failles dans ton système. Je les pressens avec inquiétude. Car le pouvoir rend sourd et aveugle à l'entendement. On se croit au sommet, mais ce sont les derniers mètres les plus difficiles, lorsquc le sol se dérobe sous les pas…

— D'où tiens-tu ces balivernes ? De ton père, assurément. C'est lui qui est parvenu à semer le doute dans ton esprit. Es-tu de mon côté ou du sien ?

— Parce que la question se pose ainsi, pour toi ? Tu ne serais donc pas de son côté, du côté de l'entreprise ? Mon père est le gardien du bon ordre. Je le sais. Je le connais. C'est un homme droit et honnête, qui n'a jamais failli. Mets tes pas dans les siens. Sinon, il t'en cuira, Alexandre.

Monsieur Gendre arracha des mains de Claire le livre et l'expédia au milieu de la pièce. Elle s'en offusqua. Il voulut la prendre, brutalement, car saisir ce corps rétif lui prouvait qui était le maître dans sa maison. C'était sa manière de conjurer l'angoisse qui le possédait parfois, lorsqu'on venait le sermonner, lui, le petit Obertz. Claire finalement s'abandonna à lui, yeux et bouche fermés.

— T'ai-je donné du plaisir, au moins ?

— Bien sûr.

— Ça manque de conviction.

— Tu voudrais que j'exulte. Encore, encore... Ce que les hommes sont stupides. Je ne soupçonnais pas que ta vanité allait jusque-là.

Elle essuya le sperme sur son ventre, délicatement. Retourna dans la salle de bains. Elle se sentait sale, et laide.

— Maintenant, il faut que tu te reposes, mon mari. Une journée exaltante se prépare. Tandis que moi, je n'ai rien à faire d'autre, n'est-ce pas, que lire des romans et rêver. Mais rêver à quoi ?

Elle fixait le plafond d'un regard triste. Est-ce bien utile de se marier, se demandait-elle, de faire un enfant, de supporter jour après jour, nuit après nuit, un homme que l'on n'aime pas ?

Depuis quelque temps, monsieur Straub avait remarqué dans les livraisons des lots de briques défectueuses. Sur le coup, il attribua ces défauts à une mauvaise cuisson dans un des fours de Villers. Bien entendu, il alla vérifier si cet équipement n'avait pas d'avarie, si le remplissage et les empilements des matériaux se déroulaient bien dans les règles de l'art. Il interrogea deux de ses contremaîtres, en lesquels il nourrissait une pleine confiance. Ceux-ci lui confirmèrent que les déchets n'étaient pas plus importants qu'à l'ordinaire, guère plus de dix pour cent.

— Nous cuisons à une température entre sept cents et huit cents degrés, assura le responsable du four numéro 3. Au-delà, l'argile se transformerait en céramique.

— En effet, dit Straub en examinant attentivement les dernières briques. Ça me paraît correct. D'où vient-il que nous en trouvions dans chaque lot une certaine quantité ?

— Ces dix pour cent, monsieur, sont retirés et jetés au rebut. Le tri est sévère, je vous le confirme, expliqua le second contremaître, responsable du four numéro 4.

Les deux hommes échangèrent un regard de connivence, comme s'ils voulaient cacher au directeur ce qu'ils savaient sur la question. Antoine n'insista pas.

Dans les hangars de stockage, il poursuivit son enquête, allant d'un poste à l'autre. Dans le magasin de comptabilité, il dégota le responsable, celui qui inventoriait les lots et préparait les livraisons selon les bordereaux d'expédition.

— Que fait-on des incuits ? lui demanda-t-il. Où mettez-vous tout ce rebut composé de briques voilées ou poreuses ?

L'homme rabaissa sa casquette sur son front en prenant un air inspiré.

— Je ne sais pas, monsieur. Je ne saurais vous dire.

— Comment ça, vous ne savez pas ?

Le bonhomme fit un pas de côté, avec l'air de vouloir se défiler. Straub le rattrapa par la manche. Il insista, d'une poigne ferme.

— Autrefois, expliqua le magasinier, on les concassait pour faire du briquaillon. Vous voyez ce que je veux dire. Mais on nous a dit qu'il fallait les conserver, les empiler à part, pour des départs je ne sais où...

— Bizarre, fit Straub. Je n'ai jamais donné de tels ordres.

— Cherchez du côté des bureaux. Ça vient de là. Mais moi, c'est pas mon boulot, de consigner ces choses, comme qui dirait le coulage, oui, le coulage. J'ai travaillé à Pargny avant la guerre. Ça se faisait aussi, ces choses, en catimini, sur notre dos. On n'avait qu'un droit, monsieur le directeur, fermer notre gueule. Car un ordre est un ordre. Pour le coup, m'est avis que ça doit intéresser quelqu'un. Par les temps qui courent, on n'est pas trop regardant sur la qualité.

L'homme finit par avouer que cette marchandise déclassée était chargée dans des camions et qu'elle partait sans apparaître dans le moindre registre d'expédition.

— P't-êt' vendue au marché noir, suggéra-t-il. Après tout, ricana-t-il, ça passe avec le reste dans la maçonnerie, n'est-ce pas ?

Straub ne répondit pas. Il tapota l'épaule du bonhomme, comme pour le rassurer sur les suites de cette affaire.

— Y a pas tant de chefs que ça ? ajouta le responsable, dans un geste de lassitude. Autour de vous, monsieur le directeur, tout près de vous, m'est avis que ça doit grenouiller.

A voir monsieur Straub tourner en rond dans le bureau, préoccupé et pensif, Odette Blanchet flaira une embrouille. D'ordinaire, elle s'interdisait de lui poser des questions. On était en froid depuis des mois, depuis que monsieur Straub dirigeait Villers-Saint-Charles en dilettante. Du moins le croyait-elle, dès lors qu'il avait renoncé à se pencher sur les livres de comptes de l'entreprise. En vérité, le patron passait de longues heures reclus dans sa tanière à étudier les nouvelles techniques de fabrication. Monsieur Straub rêvait de transformer son usine en y adjoignant un tunnel dans lequel un brassage de l'air par ventilateurs réduirait l'opération de séchage à quarante-huit heures au lieu d'une semaine, voire dix jours, dans le système actuel. Avec la rotation des wagonnets dans ce futur tunnel, on pourrait ainsi accroître la productivité. Il avait déjà chiffré le coût de l'opération. Celui-ci paraissait faramineux à première vue, comme un saut dans l'inconnu, mais Antoine avait fait ses calculs. En deux années d'exploitation, ses investissements seraient couverts, sans grande perte de bénéfices. Son dossier était fin prêt. Il escomptait le présenter au prochain conseil d'administration, celui de janvier 1947. Ce serait la grande affaire de sa carrière, avant de se retirer définitivement du circuit.

— Aurais-je commis une faute ? demanda Odette.

— Pourquoi cette question ? Vous ai-je reproché quoi que ce soit ?

— Je connais ce regard ténébreux, pesant, soupçonneux…

Straub s'empara d'une chaise et la traîna devant son bureau, s'y assit à califourchon, bras croisés sur le dossier.

— N'avez-vous rien noté dans la comptabilité ? Une anomalie ?

— Non, se défendit-elle d'un coup de menton. Tout est en ordre. Depuis que nous ne dépendons plus des Gillard, tout me passe entre les mains.

— A propos des commandes du Comité à la Reconstruction ?

Elle alla chercher les trois gros dossiers et les jeta devant lui. Il les repoussa d'un geste d'agacement.

— Je ne vous comprends pas, dit-elle d'un ton pincé. Demandez au chef comptable d'éplucher tout ça. Vous en aurez le cœur net.

Antoine se prit la tête dans les mains.

— Je crois avoir deviné...

Il sortit aussitôt d'un pas décidé, entra dans son bureau, en claqua la porte. Dix minutes plus tard, il fit appeler son gendre.

— Bonjour, monsieur le directeur adjoint, fit-il en le recevant.

Obertz pouffa de rire.

— Depuis quand ces manières obséquieuses ?

— Depuis que vous volez mon entreprise... Depuis que vous trafiquez les comptes... Depuis que vous vous faites de l'argent sur des matériaux déclassés... Il faut bien que vous ayez un complice quelque part. Dans le comité, n'est-ce pas ? Qui est-ce ? Qui est ce salaud ? Je veux son nom. Vous ne sortirez pas de ce bureau tant que vous ne me l'aurez pas donné.

A la grande surprise de monsieur Straub, Obertz fit front avec un aplomb désarmant :

— Je n'ai rien à vous dire. Je mène les affaires de

l'usine comme je l'entends... se défendit-il d'un ton rogue.

— C'est ce qu'on verra, répliqua Straub.

Les deux hommes se fixèrent des yeux, avec insistance, chacun se refusant à baisser la garde.

— Vous ne m'aimez pas, dit Obertz. Vous ne m'avez jamais aimé. Ce mariage, vous l'avez exécré. Sans doute rêviez-vous pour votre fille d'un parti plus honorable. Mais quoi ? Ne suis-je pas un homme honorable pour vous ? Si ce n'est la faute commise durant la guerre, qu'ai-je fait d'autre ? Monsieur Gillard m'a propulsé à de hautes responsabilités. Contre votre avis, je présume. Ai-je déçu ? Jamais. Les marchés avec la Reconstruction, je les ai conquis de haute lutte. Sans aide aucune. On m'a envoyé au casse-pipe. Je m'en suis sorti honorablement. Bien plus qu'honorablement, à vrai dire. Avec brio. N'ai-je pas participé au redressement de l'usine de Villers ? Vous l'aviez laissée en déshérence, n'est-ce pas ? Petits trafics avec les Allemands. La peur d'un procès vous a incité à prendre du champ. Ça, monsieur mon beau-père, ce n'est pas honorable.

Straub se tenait, bras croisés, debout derrière son bureau. Il avait décidé de l'écouter jusqu'au bout, jusqu'à ce que son gendre se trouvât à court d'arguments. Et, en effet, sa verve s'épuisa d'elle-même ; son système de défense étant assez court, il lui restait à répéter, répéter, sans cesse les mêmes mots, à tourner en rond dans son petit jeu d'homme indispensable, honorable, estimable.

— Vous n'êtes qu'un petit imbécile, vaniteux, prétentieux, ignorant, je dirais même d'une crasse ignorance, lui asséna Straub. Le peu que vous savez sur le fonctionnement d'une entreprise, c'est de moi que vous le tenez. Vous en rendez-vous compte ? Il me suffirait d'un geste, d'une pichenette, pour vous faire tomber. Mais je n'ai pas l'intention de le faire, présentement, car cela nuirait à l'entreprise. Nos ennemis seraient trop contents d'un scandale.

— Vous perdriez les marchés, n'est-ce pas ? releva Alexandre. Le comité mettrait Villers-Saint-Charles sur la touche. Adieu, les affaires florissantes...

— Mon Dieu, que de bêtises ! Qu'y gagneriez-vous ? Votre avenir dépend de notre entreprise. Si elle est touchée, vous l'êtes aussi. Moi, j'ai d'autres cordes à mon arc, mais vous, aucune... Réfléchissez une seule seconde, si vous avez un peu de cervelle ? Cette arrogance dont vous faites preuve, Alexandre, ne gifle que le vide. Le vide autour de vous, Obertz. Vous connaîtrez la disgrâce, tôt ou tard. Je vous la promets. Même si je ne ferai jamais rien pour que ça arrive.

Alexandre Obertz éclata de rire. Straub est-il aussi démuni face à moi, impuissant à m'atteindre ? se demanda-t-il. Alors qu'il ne pouvait, un seul instant, imaginer, bien au contraire, que Straub le ménageait eu égard à Claire, à son petit-fils, aux liens familiaux qui les liaient l'un à l'autre et au désastre que ce scandale eût immanquablement engendré à Amiens. Mais rien ne pouvait interrompre l'orgueil démesuré, jubilatoire, qui s'était emparé d'Alexandre. Je suis indéboulonnable, se dit-il en rêvant au moment où, par la grâce de Gillard – croyait-il –, il conquerrait la direction de l'usine de Villers-Saint-Charles, sans partage.

20

De retour chez lui, rue de l'Oratoire, Antoine Straub évoqua devant Elisabeth un différend avec Alexandre. A son air ennuyé, l'épouse comprit que l'affaire était sérieuse et qu'elle allait bouleverser bien des habitudes.

— Tu n'as pas pu t'en empêcher… C'est malheureux tout de même, t'attaquer à ce pauvre garçon.

Monsieur Straub se laissa tomber d'une masse sur son divan et s'y abandonna, presque voluptueusement. Il était partagé entre la colère et l'indifférence. Après tout, l'abcès est percé, se dit-il. N'est-ce pas l'essentiel ?

— J'avais mes raisons, répondit-il à Elisabeth.

Elle ne cessait de lui toucher l'épaule pour obtenir une explication. Elle savait en tout état de cause ce qui allait advenir les jours prochains, au plus fort de la crise. On lui confierait implicitement la mission des bons offices : apaiser la discorde, recoller les morceaux, pour que tout redevienne comme avant.

— De quel différend s'agit-il ? Je parie que ce n'est pas si grave. Une affaire entre hommes. Une incompatibilité d'humeur. Sentirais-tu que ce jeune Alexandre veut te pousser vers la sortie ? Oh mon Dieu, ce serait une raison suffisante. Je te connais, Antoine. Tu es un atrabilaire. Longtemps tu prends tout sur toi, jusqu'à ce que ça te mine l'intérieur. Puis, un jour, la digue se rompt. C'est bien ça, n'est-ce pas ?

Straub balança la tête de droite à gauche.

— Je ne peux rien dire…

— Bien sûr, se rebella-t-elle, une femme n'est pas digne de comprendre ces choses compliquées.

Avec douceur et tendresse, Antoine caressa le visage de sa femme. Il s'agissait pour lui, plus que tout, de la tenir hors des affaires de l'usine, comme il l'avait toujours fait, afin de lui préserver une existence paisible.

— Non, n'insiste pas. Je ne dirai rien.

Elle partit se réfugier dans la cuisine en claquant la porte. Alors, monsieur Straub alla se servir un porto en marmonnant. Je le savais, se dit-il, qu'Obertz n'était rien d'autre qu'une petite frappe. On ne se rend pas ainsi, dans la vie, à la première sollicitation, sans combattre. Ne serait-ce que pour son honneur personnel. Monsieur Gendre, se dit-il en ricanant, est prêt à toutes les compromissions. Après avoir signé son engagement dans la Waffen-SS, voici que maintenant il escroque sa propre entreprise, sans vergogne, sans éprouver le moindre remords. Et que devrais-je dire et faire ? Fermer les yeux ? Me réjouir d'avoir pour gendre un garçon sans scrupules ? Où va le monde ? Dans la guerre comme dans la paix, l'honneur se défend. S'il en coûte plus de le conserver dans l'adversité, il n'en est pas moins précieux dans la prospérité. Moi qui n'ai jamais failli, me voici résigné à courber l'échine, à taire mon horreur. Parce que je ne veux pas perdre l'amour de ma fille. Se pourrait-il un jour qu'elle comprenne ce que vaut l'homme qu'elle a épousé ? Lui dire la vérité ? Elle ne l'entendrait pas. Alors, il lui faudra la découvrir par elle-même. Ce sera ma dernière espérance.

Le lendemain, aux aurores, Claire demanda à voir son père. L'entrevue se fit à l'usine, contre toute attente, alors qu'il eût suffi qu'elle descendît d'un étage.

— En terrain neutre, dit-elle. C'est mieux ainsi.

— A cause de ta mère ? Tu crains ta mère, encore, à ton âge ?

— Que n'iras-tu pas inventer, mon cher papa ? Mais le mieux est de laisser maman en dehors de tout ça.

— De quoi s'agit-il ? demanda Antoine avec malice. De ton mari ou de moi ? Qui vient-on juger ?

— Toi, bien sûr.

Il se leva de son bureau pour aller fermer la porte. Par la même occasion, il tourna la clé de la serrure.

— Tu te caches ? Ce n'est pas dans tes habitudes. Nous ne sommes pas au temps de la Résistance, où les murs avaient des oreilles.

— Les murs ont toujours des oreilles et de vilaines bouches médisantes.

Claire était élégamment vêtue d'un tailleur parisien à la dernière mode. Elle portait un foulard de soie noué autour du cou, un chapeau feutre à large bord. Aucune faute de goût. Il lui en fit la remarque. Elle se sentit flattée, n'en revint pas moins à sa colère sous-jacente, qu'on devinait prête à se déverser, à sa manière de taper du talon sur la moquette. Il y avait de la nervosité dans son allure, elle si douce autrefois. Il lui trouvait même une dureté sur le visage, des traits affirmés, un regard froid.

— Je savais que ça finirait par arriver, dit-elle en se posant dans un fauteuil proche du bureau, jambes croisées, mains jointes, buste raidi.

— Quoi donc ?

— Ne fais pas celui qui ne sait rien. C'est ridicule, papa.

Monsieur Straub s'assit sur le coin de sa table de travail. Il voulait se montrer sous ce jour-là, plutôt décontracté, à l'aise.

— Vous vous êtes querellés, Alexandre et toi.

Antoine confirma d'un mouvement de tête.

— C'est à propos de l'usine. Une affaire qui ne concerne que lui et moi.

— Je ne suis pas d'accord, se défendit Claire. Tu l'as soupçonné de détourner de l'argent. C'est stupide. Un poste de directeur adjoint, ça rapporte douze mille francs mensuels. Il ne vole pas cet argent, semble-t-il.

— Ce n'est pas son salaire qui m'importe. Nous en avons fixé les modalités d'un commun accord.

— Alors où se situe le problème ?

— Ton mari fait du commerce sur le dos de l'entreprise.

— C'est un débrouillard.

— Oui, on peut nommer les choses ainsi, mais…

Elle se leva, s'approcha de son père, posa la main sur sa cravate, voulut en resserrer le nœud, qui était un peu lâche. Il retint son geste en lui serrant le poignet. Elle sentit une certaine violence dans sa réaction, blêmit.

— Tu as changé, papa. Tu vieillis mal. Navrée de te dire ça.

— Oui, convint-il. C'est dur à entendre.

— Alexandre aime l'argent. Est-ce un défaut ?

Monsieur Straub ne répondit pas. Il se sentait piégé. Le petit malin a pris les devants, pensa-t-il. Comme quoi l'attaque est la meilleure défense. Et il a compris qu'en dressant ma fille contre moi il m'obligerait au silence sur la question.

— Nous voulons acheter une villa en bord de mer. C'est un de ses rêves d'enfance. Au Tréport, je crois. Qu'en penses-tu ? Il se donne à fond dans son travail. Ce n'est que justice.

— Je n'en pense rien, répondit Straub.

— Il dit aussi que tu n'as jamais accepté notre mariage, que tu ne l'as jamais considéré comme un membre à part entière de notre famille.

Antoine baissa la tête. Il se sentit blessé, arracha d'un geste vif sa cravate. Puis il se mit à arpenter la pièce de long en large.

— Nous devrions cesser cette conversation, proposa-t-il. Car nous pourrions nous dire des mots irréparables.

— Je t'en supplie, papa… Est-ce que tu penses ça

de lui ? Et de moi ? Que penses-tu, au juste, de moi ? Que je n'aurais jamais dû me marier avec Alexandre ?

— Tu l'aimes, n'est-ce pas ?

Elle détourna le regard et se rassit bien sagement devant le bureau.

— Je crois que je l'aime… Oui, fit-elle en jouant avec ses doigts, qu'elle croisait et décroisait, nerveusement.

Monsieur Straub sentit sa fille dans un tel embarras qu'il revint à la porte de son cabinet et tourna la clé dans l'autre sens, puis l'entrouvrit.

— Tu ne veux plus que nous en parlions ?

Il se mit à réfléchir, gravement.

— Nous reprendrons cette conversation une autre fois. Peut-être que le temps nous apportera quelque éclairage. Il ne faut pas s'enfermer dans des certitudes.

Elle voulut lui faire préciser sa pensée, il s'y refusa.

— Consentirais-tu à lui faire quelques excuses ? Ça pourrait…

— Non, dit-il. Je n'ai pas à faire d'excuses.

— Alors, dit Claire d'un ton décidé et ferme, nous allons quitter la maison. Nous ne pourrons plus vivre sous le même toit.

— C'est la volonté de ton mari ou la tienne ?

Claire hésita à donner une réponse. Il insista, lui demanda de se montrer franche et directe, en lui assurant qu'il n'en tirerait aucune conséquence affective.

— Alexandre m'a demandé de le suivre. Je n'ai pas le choix.

— Merci, dit-il, la voix troublée.

— Pourquoi ce « merci » ? C'est idiot, dit-elle.

Ils sortirent ensemble, lui tenant sa fille par l'épaule. Elle passa devant Odette en se remémorant le temps de ses premiers essais sur le clavier de l'Underwood. Pour lui montrer qu'elle n'avait pas perdu l'habitude, elle s'arrêta, se mit à tapoter une phrase qui lui passait par la tête. Odette lui demanda si elle voulait reprendre du service. Claire parut surprise par sa question et déclina l'offre d'un sourire courtois.

— Suis-je bête... dit Odette.

Monsieur Straub lui fit les gros yeux et elle refoula la réflexion qui lui venait, qu'une femme de directeur adjoint ne se pouvait abaisser au rôle de petite dactylo.

Alexandre Obertz s'occupa personnellement du déménagement. Sur ce sujet douloureux – elle ne cessait de répéter à sa mère qu'elle n'avait pas eu d'autre choix – Claire n'eut pas droit au chapitre. Et bien qu'elle insistât pour que la location se trouve à proximité de la villa de ses parents, son mari ne l'écouta pas et même lui rit au nez effrontément : « Crois-tu que je serai assez stupide pour t'écouter ? »

L'affaire fut rondement menée, en moins de vingt-quatre heures, ce qui incita Claire à penser que le coup était prémédité de longue date, qu'il avait attendu son heure pour imposer sa décision. Sans doute lui en garderait-elle rancune, de cette affaire comme des autres. Un coup d'épingle supplémentaire dans le contrat de mariage, pensa-t-elle avec amertume, tandis que les déménageurs emportaient les caisses de livres, les meubles et la penderie. Le petit Raphaël pleurait déjà de voir sa grand-mère s'éloigner, bien qu'Elisabeth lui eût promis de venir le voir deux fois par semaine. « Ton devoir est de suivre ton mari, ma petite », disait-elle. Car Elisabeth en vérité n'en voulait qu'à Antoine ; elle le jugeait responsable de cette rupture, et d'autant plus qu'il s'était refusé à donner le motif de leur algarade.

Les Obertz prirent donc possession d'une coquette villa rue Saint-Roch, au-dessus de la gare, proche de la place du Marché-aux-Chevaux. Raphaël trouva sa chambre spacieuse et confortable, en oublia bien vite son chagrin, surtout lorsque son père lui promit qu'une employée de maison viendrait s'occuper de lui.

En vérité, il n'y avait qu'un petit kilomètre entre la rue de l'Oratoire et la rue Saint-Roch. « Bien assez proches », déplora Alexandre. Il craignait dans son for intérieur que ses beaux-parents ne s'en reviennent à la charge trop souvent.

Dans cette grande maison, Claire trouva de quoi se faire un espace bien à elle, avec ses livres, ses carnets personnels, où elle notait à toute heure les mille idées qui lui passaient par la tête. C'était un mélange étrange de faits hétéroclites, souvent datés heure par heure, et entre ceux-ci, laconiques et concis, elle exprimait les attentes et les doutes d'une existence sans histoire, sans relief, sans passion, avec seulement des rêves qui la hantaient, des désirs impossibles à rassasier.

En observant de sa fenêtre le passage des gens le long de la rue Saint-Roch, elle entrevoyait son avenir en gris. Ma vie serait-elle finie ? N'y aura-t-il pas une séance de rattrapage ? Mais un mariage est ainsi, une porte fermée, verrouillée. Mon Barbe-Bleue seul en possède la clé. Sans son autorisation, je ne puis vivre et respirer.

L'homme, le mari, l'épuisant mari, l'agaçant mari, boursouflé de certitudes, entrait à la nuit pour se mettre les pieds sous la table. L'employée faisait les repas, les courses, amenait Raphaël à l'école, puis allait le chercher. C'était une vie réglée comme par un métronome. Claire eût pu, certes, en dérégler le rythme, en prenant pour elle quelques tâches domestiques, mais elle s'y refusait, comme une sorte de révolte intime. Alexandre déplorait l'oisiveté de sa chère épouse. Il aurait tant voulu, lui, qu'elle s'impliquât dans la vie conjugale, autant dans la cuisine que dans la chambre. Mais elle était aux abonnés absents, sans envie, sans désir. Il lui faisait l'amour. Elle l'accueillait par obligation, pour avoir la paix, écrivait-elle. Ces confidences ne sortaient pas de la maison, puisque, ses amies des Trois-Cailloux, elle ne les voyait plus, malgré leurs sollicitations. Souvent, Pierrette lui proposait une sortie entre copines, selon la formule consacrée.

« Allons danser au Pavillon Bleu, c'est un lieu chic dans le parc de La Hotoie. Tu connais le jazz ? Et le rock and roll ? Encore une musique que les Américains nous ont apportée. Ça fait des soirées du tonnerre, tu peux me croire. On y danse jusqu'à l'aube... »

Claire écoutait son amie avec des yeux ronds, allant d'étonnement en étonnement. Puis son regard chavirait dans une langueur étrange en mesurant la distance qui la séparait de Pierrette.

« C'est trop tard. Trop tard », répondait-elle.

Sa visiteuse n'osait lui demander des nouvelles du jeune Gillard. Car, chaque fois, Claire entrait dans une colère violente, se reprochant d'avoir un jour au Pré Porus eu cette légèreté extrême de seulement le mentionner. Peut-être, cette colère, se l'adressait-elle à elle-même. Dans la vie, pensait-elle, on se trouve devant une infinité de choix. Ceux-ci nous captivent un temps, lorsqu'on a encore assez d'illusions pour croire qu'on les tient d'une poigne ferme. Tendre illusion de la liberté. Mais le chemin qu'on finit par prendre se révèle, hélas, celui de la facilité, dans une paresse des sentiments qui conforte notre vide et notre ennui. Mon mariage, mon fils, mon existence réglée, voici le choix qui m'a tenue en laisse, sans désemparer.

Dans ses moments de lucidité, Claire se sentait envahie soudain par un sentiment de panique irrépressible. Elle allait d'une pièce à l'autre, caressait les objets amassés durant sa courte vie, parfois en faisait disparaître un ou deux, qui ne représentaient plus rien à ses yeux, des photos, des souvenirs de voyage à l'île d'Oléron, à Bonifacio, à Collioure, où les Straub avaient l'habitude de se rendre avant la guerre. Elle se disait qu'elle ne voyagerait plus, qu'elle ne quitterait plus la villa de la rue Saint-Roch, à l'image de sa mère qui, jadis, s'était habituée à ne vivre que par procuration à l'ombre d'un mari trop occupé.

Serait-ce possible qu'en épousant Alexandre j'aie voulu inconsciemment reproduire le destin médiocre de mes parents ? se demanda-t-elle un jour, au paroxysme de l'angoisse.

Claire descendit dans la rue avec le sentiment d'avoir vécu recluse de longues semaines, se risqua jusqu'au café de la Gare pour y prendre un thé à la menthe. Et maintenant, pensa-t-elle, si tu allais à Paris, ma petite, comme ça, sans rien dire, comme on se sauve ? Ça serait une chic idée. Le soir, mon mari, en entrant, découvrirait la maison vide. Peut-être serait-ce plus honnête de laisser un petit mot sur la table de la cuisine, bien en évidence. *Je suis allée prendre l'air passage Choiseul. Ne m'attends pas. Claire.* Si simple, en vérité. Passage Choiseul, une vieille histoire…

A l'âge de treize ans, Claire avait surpris son père avec une cocotte, attablés tous deux dans le passage, au petit bar Sainte-Anne. Alors elle les avait suivis, lui et l'étrange dame aux curieuses manières. Et plus tard, retrouvant son père à l'hôtel Vivienne où la famille Straub était descendue, elle lui avait dit : « Tu vas aller vivre avec cette dame, papa ? Tu vas donc nous quitter, Raphaël et moi, nous abandonner ?… » Son père l'avait prise dans ses bras. « Mais non, quelle idée, quelle drôle d'idée. Tu es fantasque, ma petite. Bien sûr que non. Je ne vous quitterai jamais. » Antoine avait ajouté, après un long silence :

« Promets-moi de ne rien dire à ta mère. Sinon, ça ferait un drame. Un drame inutile. Parce que les hommes parfois, c'est ainsi, ils sont lâches, inconséquents, volages. Un jour, ma petite Claire, tu comprendras ces choses compliquées, délicates, pleines de contradictions affligeantes... » Et il lui avait offert une glace chez Angelina pour acheter son silence.

De la brasserie Strogoff, où Obertz avait l'habitude de prendre ses déjeuners, il téléphona à Courtevoy. On mit longtemps à le lui passer, au point qu'il crut que son correspondant se défilait, mais, à force d'insistance, Alexandre l'eut enfin au bout du fil.

— Il faut qu'on arrête tout.

— Comment ça ? Tout arrêter. Vous me prenez pour un idiot ou quoi ? s'écria Michel Courtevoy.

— Je ne peux pas m'étendre au téléphone. Mais le pot aux roses est découvert.

— Par qui ?

Après quelques hésitations, Alexandre finit par donner le nom de son beau-père, d'une petite voix embarrassée et craintive.

— Venez dîner chez Joséphine, vous savez, rue Sire-Firmin-Leroux.

Courtevoy ne se souvenait pas de l'y avoir jamais entraîné, car le préposé aux finances avait plusieurs vies mondaines, séparées les unes des autres par des parois étanches. Il entretenait ainsi le mystère autour de sa personne, par cette manière de cloisonner ses relations ; les uns il les voyait à la Petite Venise, les autres à la Taverne Molard, quant à son cher associé il ne l'avait invité qu'au Royal, pour y faire entre deux plats les comptes de leur petite carambouille.

— Je n'ai pas le cœur à sortir. Ce serait peut-être mieux que je passe à l'hôtel de ville. Je monterais directement à votre bureau…

— Jamais. Au grand jamais, vous m'entendez, le contra Courtevoy. Si vous n'en saisissez pas les raisons, c'est que vous êtes vraiment idiot, bien plus idiot que je ne l'imaginais.

Et à l'instant de raccrocher, le préposé aux finances ajouta simplement :

— Venez seul. Surtout seul. Laissez votre épouse en dehors de tout ça.

Claire ne s'étonnait plus des sorties de son mari. Ça fait partie du métier, se disait-elle chaque fois, en se refermant sur elle-même comme une huître. Et elle se sentait, pour le coup, libérée d'un poids, n'être point obligée de se coucher tôt pour satisfaire son mari sur le bord du lit, en deux temps trois mouvements, et ensuite devoir rester à ses côtés, à attendre qu'il s'endorme. Car telle était la règle.

Pourtant ce soir-là, elle fut surprise qu'il se mette en beauté, complet-veston, nœud papillon et chapeau feutre. Claire lui demanda, sans malice, quel était l'homme important qu'il honorait de la sorte en habit de gentleman. Monsieur Gendre se mit aussitôt en colère :

— Devrai-je justifier chacun de mes faits et gestes ? Aurais-tu oublié qui je suis ?

— Le directeur adjoint chargé des opérations commerciales à la briqueterie de Villers-Saint-Charles, débita Claire d'une voix saccadée.

Il comprit que sa chère et tendre se moquait de lui, le persiflait, plutôt gentiment en vérité. Mais Alexandre le prit en mauvaise part. Et leva la main sur elle. Elle esquiva son geste en se dégageant vivement.

— Tu es devenu idiot ou quoi ? Tu ne comprends rien à la plaisanterie... Tiens ! fit-elle en se ruant sur lui pour lui arracher son nœud papillon.

A vrai dire, elle réussit assez bien son coup. Mais cette scène anodine, cette chicanerie qui eût dû finir en franche rigolade, prit soudain un tour inattendu. Obertz gifla sa femme, si violemment qu'elle tomba à la renverse sur le fauteuil voisin qui lui tendait les bras.

— Tu es devenu con, mon pauvre Alexandre.

Et elle se retira dans la salle de bains. Il courut derrière elle, frappa à la porte pour qu'elle lui ouvre. Elle n'en fit rien. Il voulait s'excuser, lui dire que son travail en ce moment lui causait tellement de souci et d'inquiétude qu'il n'était plus lui-même, maître de ses nerfs. Claire aurait bien voulu pleurer, mais elle ne le pouvait pas. Elle se sentait forte. Pourquoi me suis-je résignée à n'être qu'une épouse au foyer ? se reprocha-t-elle. Sans trop avoir réfléchi à la question, elle en voulait à son père. Il m'a faite ainsi, résignée. Sauf au début de mon adolescence, lorsque je suis entrée en rébellion contre lui. Puis j'ai eu le malheur de descendre dans la cave... Il faudra bien que j'en sorte un jour, de cette cave, et que je me mette à vivre mes envies et mes désirs, d'un cœur léger.

Michel Courtevoy avait retenu une table chez Joséphine, dans un endroit discret, avec un paravent pour se préserver des regards. Tout ce petit monde, le préposé aux finances, son épouse en robe rouge et ruban de velours noir près du cou, Florence Dussautois en tenue de soirée mousseline couleur pelure d'oignon et sans son notaire de mari, se croyait tellement important, des notabilités dont on eût dû selon toute logique surveiller les moindres faits et gestes, qu'il en était ridicule de suffisance et de bouffissure.

Après les escargots, le rôti de sanglier et le paris-brest, d'un geste énergique Michel Courtevoy conseilla aux dames d'aller faire un tour du côté du bar. Des coupes de champagne les attendaient, servi bien frappé.

— Pourquoi ton mari est-il si désagréable ? C'est son nouveau genre ? demanda Florence.

— Les hommes ont leurs petits secrets que nous, pauvres femmes, nous ne saurions partager.

— Serait-ce parce que les femmes n'ont pas encore atteint l'âge adulte ? s'inquiéta Florence.

— Leurs affaires paraissent tout aussi tumultueuses que les nôtres, dit Denise. A la différence que les leurs sont essentielles et que les nôtres sont insignifiantes.

Elle se prit à sourire en allumant une cigarette.

— Il faudra bien un jour que nous échappions à

ce rôle futile qu'on veut nous faire jouer sur tous les tons, dit Florence.

Elle piocha dans le paquet de Lucky Strike de son amie. Florence fumait avec un air lascif, le nez en l'air, les lèvres tendues, comme si elle attendait un baiser, puis laissait échapper un rond de fumée bleue.

— Tu n'as personne en ce moment ? questionna Denise.

— Non, je suis dans l'attente. Mon mari se demande ce qui se passe. Ça l'inquiète.

Elles se mirent à rire ensemble, en se poussant du coude.

— Méchamment, ajouta-t-elle, il me dit que j'ai cessé de plaire. Tu le crois ?

Denise haussa les épaules. Elle aurait voulu avoir la sveltesse et la ligne élancée de son amie pour les faire tomber tous, mais, hélas, elle se trouvait un peu ronde, ce qui lui ôtait toute confiance.

— Non, je ne le crois pas. Mais tu es trop compliquée, ma pauvre Florence. Les hommes, il faut les bousculer jusque dans leurs derniers retranchements.

Par-dessus leurs assiettes, Courtevoy et Obertz devisaient à voix basse avec des airs de comploteurs.

— Straub est piégé, mon cher, il ne dira rien.

— Vous voulez dire qu'il ne lèvera pas le lièvre ?

— Nenni. Personne ne pourra vous reprocher quoi que ce soit. Et encore moins Straub. Certes, il a compris que vous en croquiez au passage. Mais après tout, vous êtes son gendre. Faire éclater un scandale, ce serait jeter aussi sa fille dans le pétrin. Bien joué.

Pour ce coup-là, bien joué. Je le savais que vous étiez mon homme providentiel.

Courtevoy se frottait les mains de contentement.

— Et Gillard ? C'est lui dont je tiens mon pouvoir, bien plus que de mon beau-père...

— Ah ça, c'est une révélation. Même si je m'en doutais un peu...

Le préposé aux finances essuya la sueur sur son front avec sa serviette de table. Dans ces moments de forte excitation, le sang lui fouettait le visage, lui prêtant une mine d'apoplectique.

— Gillard ! bougonna Courtevoy. Hors jeu, pour l'instant. Et puis, mon cher, n'ayez pas de complexe, il a fait sa pelote avec les Allemands. C'est le genre qui ne laisse pas passer les plats sans se servir. Vous voyez ce que je veux dire...

Monsieur Gendre ouvrait de grands yeux. Il n'arrivait pas à croire que Régis Gillard avait pu fricoter avec les boches, ce grand patron dont on disait qu'il avait été un résistant hors pair, un homme de réseau au Carlton Gardens. Qui saura jamais la vérité ? se dit-il en reprenant peu à peu des couleurs.

Courtevoy acheva de servir le vosne-romanée. Il n'aimait pas se lever de table sans que les bouteilles aient été éclusées, une vieille manie de pauvre.

— S'il est un danger à craindre dans notre combine, mon cher, il ne peut venir que de mon entourage, des commissaires du peuple qui surveillent mes comptes. Mais ce sont des jocrisses à la solde de Joseph, aveuglés par leur idéologie.

— Joseph ?

— Staline, bien sûr ! Le parti est aux ordres du petit père des peuples. On est entré dans une autre sorte de guerre, plus sourde que la dernière, contre l'ennemi américain, le grand capital et tutti quanti.

Ils burent en chœur, se dressèrent en chancelant. Michel Courtevoy chercha même à s'appuyer sur l'épaule de son associé. Ils traversèrent la salle du restaurant, se dirigèrent vers le bar où les femmes les attendaient, bien sagement.

— On vient vous déranger, dit Courtevoy, piétiner vos plates-bandes.

Il fit signe à Obertz de venir se placer à droite de Florence. Il s'exécuta après quelques hésitations. Le préposé aux finances le trouvait plutôt empoté son associé, timide même, voire d'une niaiserie sans bornes. Va-t-il finir par s'occuper d'elle, notre belle Florence, ou la laissera-t-il là, en plan ? se demanda-t-il.

Courtevoy commanda une nouvelle bouteille de champagne. Les femmes s'opposèrent à cette idée en disant qu'on n'aurait pas le courage de la boire, que ce serait du gaspillage. Mais il insista, rien que pour montrer qu'il avait les moyens d'arroser avec largesse ses invités. Pour le coup, Alexandre se sentit chagriné de n'avoir pas commandé la seconde bouteille à la place de son associé. Ça la fiche mal, se dit-il. J'ai l'air radin. Mais trop tard. Alors, à son tour, il insista pour que le champagne ne soit point servi. Mais Courtevoy renversa sa coupe vide pour montrer qu'il n'avait plus rien à boire. Sa femme lui céda le fond de la sienne, et Florence aussi. Courtevoy regarda Obertz en se penchant sur le comptoir.

— Ce sont des femmes admirables. La mienne, insista-t-il, je ne suis pas le moins du monde surpris. Elle se couperait en quatre pour m'être agréable. Quant à Florence, c'est une sacrée affaire, dit-il. N'est-ce pas, Obertz ? Belle, intelligente, racée, généreuse, sensuelle...

Elle se mit à rougir de honte en entendant ces louanges mi-figue, mi-raisin.

— Je crois que je vais vous laisser là, en plan, dit la jeune femme, un brin chagrinée.

Denise et Michel Courtevoy protestèrent, mais rien n'y fit. Elle sortit aussitôt en passant par le petit salon.

— Ne la laisse pas partir ! s'éleva Courtevoy. Suis-la, ordonna-t-il à Obertz. Allez ! Du cran, que diable ! De l'audace, de l'audace...

— Surtout n'allumez pas la lumière. Je ne suis pas regardable. Un peu ivre... Et vous ?

Alexandre se tenait devant elle, debout, immobile. Il ne répondit pas. Florence se renversa sur le côté du lit en s'enroulant les jambes dans le couvre-lit.

— Qu'est-ce que je fais là, avec vous, Alexandre ? Me le direz-vous ? Je n'aurais jamais dû vous suivre dans cette chambre d'hôtel...

Obertz s'assit à côté d'elle. Il posa la main sur son corps couvert du couvre-lit. Elle ne sursauta pas.

— Vous le regrettez ? Il n'est pas trop tard pour faire machine arrière, dit-il.

Elle se mit à ricaner, doucement.

— Monsieur Gendre est un drôle de garçon, ajouta-t-elle d'une petite voix éteinte, comme si le sommeil la gagnait déjà. Monsieur Gendre a eu envie de se payer la femme d'un notaire, mais hésite au moment crucial. Comme je le comprends, Monsieur Gendre. Je ne suis pas une femme pour lui. A tout bien réfléchir, je lui poserais plus de problèmes que je ne lui apporterais de satisfactions. N'est-ce pas ? Mais peut-être que Monsieur Gendre n'écoutera pas mes conseils.

Obertz ôta le couvre-lit et se glissa sur elle, écartant ses jambes. Elle se mit à gémir, se débattit un peu.

— Monsieur Gendre manque de délicatesse, murmura-t-elle. Mais il sera pardonné. Pourquoi suis-je ainsi ? dit-elle encore. Volage, infidèle et d'une futilité sans bornes ?

Après coup, Alexandre se laissa glisser sur le tapis, le temps de recouvrer une respiration normale.

— T'es un sacré sauvage, reprocha Florence. Quelle curieuse façon d'aimer les femmes !

A son tour, elle s'allongea sur le sol à côté de son amant. Puis elle se mit à caresser ses cheveux. Ce n'était pas raisonnable à ses yeux de se donner à un homme qui n'offrait en retour aucun geste de tendresse et tellement peu de douceur. Elle posa ses lèvres sur les siennes, mais il lui parut si détaché, si éloigné d'elle, qu'elle en éprouva une sorte de malaise étrange.

— Je n'insiste pas, dit-elle.

21

Ce fut un bref message adressé par un jeune commissionnaire à bicyclette, un petit bristol glissé subrepticement avec ordre de le remettre en main propre, qui bouscula, soudain, l'existence de Claire Obertz. Elle donna une pièce au jeune homme et remonta aussitôt dans sa chambre. En tirant le carton de son enveloppe, elle vit tout de suite qu'il portait le nom de Denis Gillard. Elle poussa un petit cri de surprise, se regarda dans son miroir suspendu au-dessus de la commode où des livres étaient entassés, si haut qu'ils masquaient en partie celui-ci. Déjà le feu aux joues, nota-t-elle. Puis elle se tapota la peau du visage, comme pour éteindre cette émotion qui s'était emparée d'elle. Car elle tressaillait d'émoi, à la pensée que Denis Gillard avait pris de son temps fort occupé pour lui adresser quelques mots. Mais quels mots ? Mystère. Il lui plaisait de se torturer, de faire durer le suspense.

Elle se recula jusqu'à venir s'asseoir au pied du lit. Tu ne dois rien en attendre. Même si tout porte à croire que c'est une main tendue vers toi, un geste d'espérance. Non, il ne faut pas. Elle baissa la tête, contemplant ses chaussures jaunes avec un petit toupet sur le dessus. Une décoration ridicule. Chaque fois, en les enfilant, elle était tentée de leur faire un sort d'un net et vigoureux coup de ciseaux. Claire tenait le bristol assez éloigné pour s'interdire d'en déchiffrer les mots. Elle ne voulait pas se laisser guider par ses sentiments, ni trop tôt ni trop vite, bien qu'elle fût déjà amoureuse de ce garçon, et ce dès la première seconde où leurs regards s'étaient croisés.

Aurais-tu le courage de le jeter sans même en prendre connaissance ? Te voici au pied du mur, se dit-elle. Puis elle le tourna au verso, s'attendant peut-être à ce que le carton fût vierge. Mais non, il était empli aussi de ce côté-ci, jusqu'au bas, d'une écriture fine, minuscule, élégante, à l'image du personnage, compressée pour contenir tout ce qu'il avait à dire.

Cher Denis Gillard, se dit-elle, vous n'avez rien à m'imposer. Et encore moins à me dicter la marche à suivre. Je ne vous écouterai pas. Auriez-vous oublié que je suis mariée, que j'ai un fils ? En un mot, cher Denis Gillard, se dit-elle encore, je ne suis pas libre. Sinon à risquer de tout compromettre. En valez-vous la peine ? Seriez-vous assez honnête et loyal pour ne pas jouer avec moi un jeu dangereux ? Aimer et me perdre, ou aimer et atteindre le bonheur ?

A bout de patience, elle lut le message, enfin, puis le relut, dix fois au moins. Le jeune homme lui avouait ses sentiments, l'assurait d'un amour profond et désintéressé, d'autant plus profond et désintéressé qu'elle n'était pas disponible pour une telle passion. Mais il avait désiré plus que tout qu'elle sût l'amour qu'il nourrissait secrètement à son égard. Pour lui écrire, il avait dû se faire violence, dépasser sa peur du ridicule. *Peut-être vous ferais-je sourire, Claire, et alors commencerait mon tourment. Mais je n'ose imaginer que la flamme dans votre regard, la flamme que j'ai vue, n'était qu'une illusion, une trompeuse apparence née de mon imagination.* Enfin, Denis Gillard lui disait sa hâte de la revoir. *Une infernale attente commence*, écrivait-il. *Je comprendrais que vous vous défiliez, si ma supplique vous paraît inconvenante ou à tout le moins insensée. Je comprendrais aisément que, parfois, un amour n'est point partagé.*

Claire se sentit envahie par un sentiment d'orgueil. Comment se peut-il que moi, je puisse inspirer une telle passion chez un Denis Gillard ? se demanda-t-elle en piétinant dans sa chambre, en proie à une excitation qui la transportait. Puis elle n'y tint plus et descendit dans la rue, courut vers la gare où elle avait ses habitudes. A son tour, elle entreprit d'écrire une réponse sur la table du café. Mais c'eût été s'offrir trop vite, s'abandonner sans réserve, courir vers un appel dont elle avait toutes les raisons de douter. Elle déchira ses essais, se persuada, dans l'heure, de ne rien faire, de rester dans la sécurité du silence. S'il m'aime, il me relancera, pensa-t-elle. Il viendra à moi, un genou à terre…

Et elle rentra, comme s'il ne s'était rien passé. Un mari à servir. Une couche à partager. Des caresses à honorer. Et l'espoir qui s'insinuait, peu à peu, en elle.

— Que se passe-t-il ? Je ne te reconnais plus, s'inquiéta Alexandre.

— Ce n'est rien. Un peu de spleen, dit-elle.

Puis au cœur de la nuit elle se leva, en proie à l'angoisse. Un homme couvert de femmes. Un dandy. Un coureur de jupons. Telle était la réputation du jeune homme qui lui avait fait sa déclaration. Ne serais-je que la dernière en date, parmi tant d'autres, flouées et déshonorées ? se demandait-elle.

— Pourrais-tu vivre sans moi ? demanda-t-elle à Obertz en lui servant son petit déjeuner.

Il l'observa, incrédule.

— Pourquoi cette question ? Tu veux me quitter ?

— Non, dit-elle. Mais on ne sait jamais. Ce sont des choses qui arrivent, avec le temps.

— J'en mourrais, dit-il. J'ai tellement besoin de toi. Je n'ose imaginer la vie sans ta présence.

Alexandre ne pensait à cette seconde qu'à Florence, à cette liaison qui avait commencé. Se pourrait-il que Claire ait deviné ma trahison ? Il baissa la tête d'un air coupable. Ou alors, se dit-il, la guerre a commencé chez les Straub. Le beau-père travaille sa fille pour que notre mariage se déchire. Une guerre sourde, secrète, véhémente. Pour me perdre. Bien sûr, me perdre. Moi, qui ai eu l'extrême audace de tromper sa confiance, de défier son pouvoir...

— Tu ne dois pas croire ce qu'on te raconte sur moi, dit-il énigmatique.

Claire parut abasourdie par sa réflexion. Elle tombait comme un cheveu sur la soupe, sans raison ni logique.

— Et qu'est-ce donc qu'on raconte sur toi ?

— Tu le sais bien... Ne fais pas l'innocente. On

jalouse ma position dans l'entreprise. On voudrait me couvrir d'opprobre qu'on n'agirait pas autrement.

Elle éclata de rire. Et cette seule réponse réveilla sa colère. Comme à son habitude, il se montra belliqueux, insultant, méprisant.

— Tu ne m'aimes pas, Claire. Du reste, m'as-tu aimé un jour, une seconde ?

Elle ne répondit pas, changea de sujet. C'était sa seule échappatoire.

— Je me fiche bien de tes histoires à l'usine. On le sait, que tu gagnes de plus en plus d'argent, que tu dresses contre toi le personnel, que tu es jalousé, que tu es le meilleur des directeurs au monde. Je ne participe pas à ces comédies. Je suis en dehors, loin, si loin, mon pauvre Alexandre. Quand le comprendras-tu ?

— Alors, il y a autre chose, vraiment autre chose, répéta-t-il. Une crise en suspens.

Le feu aux joues, elle l'observait, tentant de garder un air détaché. Je mérite mieux que cette farce conjugale. Je m'étiole. Je meurs à petit feu. Mon existence est trop étroite, se dit-elle en allant à la fenêtre, observer, comme sa mère le faisait rue Bénard, la triste animation de la rue.

Alexandre Obertz médita de longues journées la question de Claire : « Pourrais-tu vivre sans moi ? » Pour la première fois, peut-être, il comprenait qu'aucun destin n'est tracé d'avance et que ce qui paraît le plus établi dans une existence peut être remis en cause à tout moment.

Cette réflexion l'amena aussi à mesurer un autre aspect de son existence qui ne lui avait jamais sauté aux yeux jusqu'ici, l'immense solitude dans laquelle il baignait depuis de longues années. Personne à qui se confier, personne qui soit susceptible de l'entendre, pas même sa mère, qui n'avait jamais répondu à ses lettres depuis que Paulus était en prison. A la vérité, il avait tout misé sur Claire et l'influence de son père, tout risqué sur cette famille. Et de ce point de vue, l'affaire lui avait plutôt bien réussi. Il avait même allègrement profité des largesses et des bontés du clan Straub. Mais il lui en coûtait de l'admettre, il lui coûtait de reconnaître que, quelque part, il leur était redevable.

Ne serait-ce pas précisément mon indifférence, se demanda-t-il, qui éloignerait Claire de moi ? Mais tel était Monsieur Gendre, incorrigible, oublieux et velléitaire, une petite alarme ne pouvait le changer du tout au tout. On tient les femmes par l'amour et l'argent.

Question amour, Obertz ne se jugeait pas trop doué, et son potentiel était plutôt négligeable. Quant à l'argent, c'était la grande surprise de sa vie, la maestria avec laquelle il avait fait prospérer son pécule. Mais à quoi me sert-il, cet argent, s'interrogea-t-il, si je n'en tire pas quelques satisfactions, outre celle de l'amasser sans limites et d'aller lui rendre visite en me prosternant devant les deux coffres loués au Crédit du Nord. L'heure est venue de donner de la consistance à ma fortune, se dit-il, voici qui rapprocherait Claire de moi.

Obertz s'en ouvrit à Courtevoy. Ce dernier lui avait conseillé de ne surtout pas se trahir par des dépenses extravagantes. Règle numéro un : rester modeste, discret, effacé, surtout en cette époque où la couleur de l'argent suscitait tellement de convoitise.

Le préposé aux finances lui demanda ce qu'il comptait faire de son petit million. Monsieur Gendre rechignait à lui répondre. Il eût préféré sans doute qu'on ne lui posât pas la question.

— Combien puis-je sortir ?

— Combien, combien… Je ne sais pas, moi, fit Courtevoy avec irritation. Qu'est-ce que vous comptez dépenser et pour quel motif ?

— Devrais-je répondre ? C'est indiscret, tout de même.

— Mon vieux, nous sommes sur la même galère. Si vous tombez, je tombe. Et ce n'est pas le moment d'attirer l'attention sur nous. Déjà qu'elle devient soupçonneuse, cette putain d'administration…

— Que dites-vous ?

— Rien que de très ordinaire. On joue aux gendarmes et aux voleurs depuis la nuit des temps. Sauf durant l'Occupation, où les voleurs traquaient les gendarmes.

Il se mit à rire.

— Je vous l'avais dit que la paix ne serait pas de tout repos.

— Satisfaire un vieux rêve… dit Obertz.

— Oh je n'aime pas ça, fit Courtevoy, perplexe.

— Une villa au bord de la mer. A Fort-Mahon, par exemple.

Il décrivit d'un geste la falaise surplombant la mer, et sa future acquisition dressée tout au bord, face à l'immensité du large. Il jubilait d'avance à la perspective d'annoncer la nouvelle à Claire. Voici qui gommerait bien des malentendus.

— Ça devrait aller chercher dans les six cent mille francs… On s'interrogera, à coup sûr : « Mais où a-t-il trouvé tout cet argent aussi vite ? » Pour votre beau projet, Obertz, le mieux serait d'attendre deux ou trois ans. Entre-temps, si vous prisez à ce point le vent du large et la musique déprimante des brisants, louez donc une de ces vastes demeures rococo. Voudriez-vous que je vous aide à trouver la perle rare ?

Monsieur Gendre ne comprenait décidément pas pourquoi il ne pourrait pas dépenser son argent comme bon lui semblait. Quel intérêt, de l'amasser dans un coffre ? De le cacher à la vue de tout le monde ? Le plus grand de tous les plaisirs qu'offre la fortune n'est-il pas précisément d'en montrer la couleur, de susciter des convoitises, d'exciter les jalousies et peut-être aussi inspirer quelque admiration ?

— Vous avez peut-être raison, dit Alexandre en quittant son associé. Je vais renoncer à mon idée pour un temps.

Avant de se quitter, ils mirent au point les dernières livraisons. L'un et l'autre convinrent des chiffres qu'ils feraient figurer sur les deux comptabilités. Il y apparaissait que le volume du déclassé était de plus en plus important, comme si l'on se hâtait de faire fructifier l'escroquerie avant que la tournure des événements ne rende impossible de la poursuivre plus longtemps.

Les conseils de Courtevoy furent sans effet sur Obertz. Son rêve était plus fort que la raison, plus fort que ses craintes. Il lui fallait éblouir Claire pour la reconquérir, ou sinon la perdre, la voir s'éloigner, insensiblement.

Maître Dussautois lui dénicha ce qu'il cherchait enfin, une villa 1900 en briques roses avec des parements de pierre taillée en bossage, assez vaste, bien trop vaste du reste, dix à douze pièces dont un salon en rotonde avec des baies donnant directement sur la mer. Sans doute Monsieur Gendre eût-il dû s'assurer de quelques conseils avant de prendre acte sur un prix singulièrement alléchant, car la falaise sur laquelle ce bijou avait été construit étant de nature friable, roche crayeuse, sensible aux érosions de la mer, il devrait sans nul doute être abandonné, dans vingt ou trente ans, corps et biens, à la grâce des éléments. Maître Dussautois s'était bien gardé de prévenir son client : il avait toutes les raisons du monde de lui nuire, depuis qu'il avait découvert la liaison que Florence entretenait, fort épisodiquement du reste, avec le jeune bellâtre.

Après une visite sommaire des lieux, et surtout alléché par le prix de cette villa de Fort-Mahon, Alexandre conclut son affaire en promettant au notaire chargé de la transaction qu'il paierait en cash dans la semaine de Pâques 1948. On signa d'un commun accord une promesse de vente, sans que maître Dussautois exigeât la moindre avance.

De retour à Amiens, Obertz jubilait déjà à la perspective d'annoncer la grande nouvelle à Claire.

Jusqu'alors, il ne lui avait parlé de ce projet qu'évasivement, pour lui mettre l'eau à la bouche et, peut-être aussi, jauger sa réaction. A première vue, elle avait montré quelque intérêt. « Mon pauvre chéri, tu te donnes tant de mal pour me combler... » lui avait-elle dit en ravalant la suite de sa réflexion, qu'elle n'aurait pas la cruauté d'énoncer : « Mais n'est-ce pas trop tard ? »

Ce soir-là, Obertz entra les bras chargés d'une gerbe de fleurs. Claire courut dans le salon chercher un vase, sans même s'interroger sur ce qui avait suscité une telle attention chez un mari qui, d'ordinaire, ne se souciait guère de cette sorte d'hommage. Jamais un bijou, jamais un parfum, rien qui fût susceptible d'entretenir la flamme des passions conjugales.

— Je me suis souvenu que tu aimais les roses, dit-il.

Elle ne répondit pas, se contentant juste d'arranger son bouquet pour l'aérer et le rendre harmonieux au regard.

— Il y avait plein de rosiers autour de la bicoque, rue des Archers. Tu te souviens ?

— Oui, c'étaient des roses sauvages, toutes petites et très odorantes. Celles-ci n'ont pas d'odeur, dit-elle en se penchant pour humer le bouquet.

— Pourtant, je les ai payées une fortune.

— Je veux bien le croire. Mais ce n'était pas nécessaire de faire une telle dépense.

— Bien sûr que si, affirma-t-il en l'obligeant à se tourner vers lui.

Il la prit par la taille et se colla à elle avec force.

Claire parut touchée par cette soudaine tendresse. Que cachait-elle, au juste ?

— Aurais-tu quelque chose à te faire pardonner ?

— Mais non. Quelle drôle d'idée. Bien au contraire. Je viens d'acheter une villa, une somptueuse villa, à Fort-Mahon.

Claire se prit la tête dans les mains et poussa un cri d'effroi. Alexandre la regarda, interloqué.

— Cette nouvelle ne te fait pas plaisir ? Moi, qui croyais que tu allais exulter ? C'est le monde à l'envers.

— Ça me fait peur, si peur, murmura-t-elle, comme si elle se parlait à elle-même.

Si bas qu'Alexandre ne comprit pas, à peine un souffle de voix éteinte. Elle songeait à Denis Gillard, à l'inéluctable instant où tout son être se porterait vers lui, bien qu'elle s'en défendît avec énergie. A mesure que le temps s'écoulait, toute résistance s'annihilait en elle. Poison étrange que celui de la passion, s'insinuant par degrés dans sa chair et son âme… Elle se disait que rien ne serait pire que le statu quo, cette trompeuse sécurité du mariage dans laquelle elle s'était laissé prendre après un premier amour, ou du moins ce qui lui ressemblait et dont elle n'était plus sûre. Claire n'imaginait plus son avenir avec Alexandre, comme s'il lui avait tout donné d'un coup, et si peu en vérité, et que ce pâle amour l'avait dévorée comme un feu de paille. Déjà au sortir de la petite maison de la rue des Archers, et encore pendant l'installation dans la grande villa de la rue Saint-Roch… Ces délogements s'étaient opérés à reculons. Et Fort-Mahon, désormais…

— Que fuyons-nous ensemble ? demanda-t-elle. Peut-être nous manque-t-il l'essentiel pour que tous ces beaux rêves que tu me proposes soient effectifs ?

Alexandre Obertz poussa un cri de colère.

— Je ne sais pas ce que tu attends de moi !

— Rien. En vérité, rien. Voilà ce qui est désespérant.

— Un autre homme, n'est-ce pas ?

Claire ne voulait pas se laisser enfermer dans cette explication simpliste, qui l'eût réduite à se justifier, avouer sa faute, expier, et ces autres joyeusetés de la petite dramaturgie des couples ordinaires.

— Qu'importe, s'exclama-t-elle, qu'il y ait un homme ou qu'il n'y en ait pas, ce qui m'arrive en tout état de cause dépasse cette simple question !

Il lui avait donné rendez-vous au café Zimmer, place du Châtelet, et il était arrivé bien avant l'heure fixée, s'était installé tout au fond, sur une banquette d'où l'on jouissait d'une vue d'ensemble sur l'établissement.

Pour ne pas donner l'air de quelqu'un qui attend la personne à qui il a donné rendez-vous, il avait commandé un thé Earl Grey, et s'était versé une tasse à moitié pleine, conservant le reste dans la théière. Il but une gorgée, déplia *Le Monde*, chercha la page consacrée aux marchés financiers. C'était barbant d'éplucher toutes les cotations et de pointer celles que le père Gillard prisait en priorité et pour lesquelles il nourrissait une confiance aveugle. Malgré tous ses efforts, Régis n'avait pas réussi jusque-là à lui insuffler cette passion. « Si tu ne boursicotes pas un peu, mon cher petit, jamais tu ne deviendras un capitaine d'industrie », lui répétait-il à satiété sans provoquer du reste le moindre assentiment de sa part. Menace à peine voilée qui pouvait signifier que le vieux patron confierait ses valeurs à d'autres, des étrangers peut-être, qui sait ? Car d'une déception peuvent naître les pires injustices.

Il y eut un arrivage de visiteurs non loin de lui, et Denis Gillard chercha parmi les visages celle qu'il attendait, fébrilement. Rien encore. Il consulta sa montre, calcula qu'elle avait vingt minutes de retard. Il se resservit une tasse et trouva le thé trop infusé, chargé d'amertume. Il replia son journal, en ouvrit un second, qu'il avait aussi l'habitude de lire. Même si *Le Parisien* était à ses yeux une feuille de chou, farcie de potins et de rumeurs sur le Tout-Paris, il correspondait à sa vision du petit monde ressuscité de la guerre, ivre de liberté et d'insouciance. On y brocardait les politiciens, en insistant surtout sur les socialistes et les radicaux faisant la danse du ventre aux portes des ministères.

A la page des scandales, son regard se porta machinalement sur un article rédigé par un correspondant d'Amiens. Amiens, ma bonne ville, se murmura-t-il en allumant une cigarette. On y évoquait un trafic de matériaux dans la reconstruction de la ville. Une coquette somme détournée tout de même, près de deux millions de francs. Pour l'instant, le rédacteur se montrait assez vague sur les auteurs du détournement de fonds publics : un sous-directeur d'entreprise, un responsable financier du Comité à la Reconstruction, mais sans avancer le moindre nom. Une enquête était en cours, disait-on. Mais dans la suite de son papier, le journaliste se montrait assez sceptique quant à l'issue de la fameuse enquête. *Gageons que l'autorité fera le nécessaire pour étouffer l'affaire, comme elle l'a fait dans l'affaire du camp de la Chauvinerie...*

Puis elle apparut, dans une robe bustier fourreau à plissés roses et chapeau bibi serre-tête dans le même ton. Denis Gillard soupira si fort qu'elle ne pût s'éviter de regarder sa montre.

— Je suis navrée. Tout ce temps pour venir. Paris est étourdissant, pour une provinciale comme moi.

— N'exagérons rien, dit Gillard.

Il lui prit la main, comme il l'avait fait dans les Grands Salons Godbert, d'une manière si équivoque qu'elle crut qu'il voulait la porter à ses lèvres.

— Après votre message, j'ai longuement hésité, avoua-t-elle, le rose aux joues.

Il la fit asseoir en face de lui, commanda aussitôt en claquant des doigts.

— J'ai craint que vous ne me fassiez faux bond, dit-il.

Claire l'observa un peu en dessous, le visage crispé. Elle avait tellement imaginé cette seconde qu'elle s'en était fait une montagne. Peut-être sera-ce un voyage pour rien, un faux pas de plus.

— Je n'aurais pas dû venir. Qu'allez-vous penser de moi ? dit-elle. Je me sens fautive.

— Pourquoi donc ? Etrange idée.

Elle tourna la tête de tous côtés, comme si elle craignait qu'on ne la reconnût. Mais c'était une angoisse stupide. Personne, ici, au café Zimmer ne la reconnaîtrait.

— N'est-ce pas naturel qu'un homme invite une femme pour laquelle il éprouve de la sympathie ?

— De la sympathie ? releva-t-elle d'un sourire malicieux.

Puis elle éclata de rire.

— Ce n'est pas le mot juste. En effet. Il ne recouvre pas ce que je ressens pour vous, Claire.

— Auriez-vous déjà oublié ce que vous m'avez écrit ? Il est vrai qu'on se sent plus hardi à distance, n'est-ce pas ? Pourtant, fit-elle en tirant de son petit sac le fameux bristol, je n'ai pas rêvé.

— Non, Claire, vous n'avez pas rêvé, reprit-il. Je suis stupide. Et savez-vous pourquoi ? Je suis stupide parce que je ne sais pas me comporter naturellement avec vous.

— Pourtant, vous m'avez invitée à danser. Et j'ai accepté. J'aurais pu tout aussi bien refuser. Mais je ne l'ai pas fait. Et voici qui vous a encouragé à poursuivre cette rencontre.

Il prit sa main, la baisa du bout des lèvres. Elle se sentit rougir jusqu'à la racine des cheveux.

— J'ai compris à la seconde où nos regards se sont croisés que nous étions faits l'un pour l'autre, dit-il.

Le silence les enveloppa, un engourdissant silence que rien ne pouvait tempérer. Denis Gillard essayait de discerner dans le mouvement des paupières, le plissement des lèvres, le glissement du regard, le relâchement du corps, le moindre signe qui l'eût définitivement rassuré. Mais Claire était beaucoup plus forte et maîtresse d'elle-même qu'il ne l'avait imaginé.

— Ignoreriez-vous tout le mal qu'on dit de vous, Denis ?

— Quel genre de mal ? Entre les petites vicissitudes de l'existence qui vous poussent parfois à prendre des chemins de traverse et le mal absolu qui me rangerait parmi l'espèce des hommes prédateurs, il y a une marge. Où me situez-vous ?

— On dit que vous êtes, cher monsieur, un coureur de femmes. Ce serait même votre principal défaut. Et je n'aimerais pas faire partie de votre collection. Une de plus ou de moins…

Claire montra sous cette douceur apparente quelque flamme dans le regard.

— On me prête beaucoup d'exploits de ce genre, mais n'en croyez rien.

Elle resta dubitative et il sentit qu'elle avait besoin de paroles rassurantes. Il mesura alors ce qui séparait les hommes et les femmes, ces deux planètes qui se cherchent dans le vaste monde des sentiments, se frôlent, se fuient, se rapprochent.

— Je suis irrésistiblement attiré par vous, avoua-t-il.

Il scruta dans son regard un signe d'acquiescement, une réciproque pensée. Elle ne lâcha rien, pas un mot, pas un soupir qui eussent pu l'inciter à quelque espoir.

— Et vous ne me laissez rien, qu'un désir sans fond. Alors que je pourrais tout vous offrir…

— Je ne suis pas libre, dit-elle d'une voix fluette où perçait l'ombre d'un regret douloureux.

— Rendez-vous libre pour moi. Et nous nous installerons à Paris. Votre passé ne viendra point vous importuner, dit-il, j'y veillerai.

Il l'emmena vers les quais de Seine, sur la rive gauche, aux terrasses des cafés fleuries de monde. Au début, ils marchèrent côte à côte, se frôlant quelquefois, maîtrisant chacun leur désir de se prendre dans les bras. Claire oscillait entre deux sentiments, se jeter dans la passion, sans frein, sans limites, et celui de fuir à toutes jambes, sans rien dire, pour quelque honneur que personne ne lui reconnaîtrait. Puis l'homme se montra entreprenant en la serrant par la taille. Elle se laissa conduire ainsi, à pas accordés. Rue Bonaparte, il se décida enfin à la prendre dans ses bras, comme on se jette à l'eau, emporté par un désir irrépressible, sachant qu'il pourrait la perdre d'un coup à ce jeu. Mais elle se laissa embrasser, longuement. Et Denis lui dit qu'il l'aimait, qu'il avait le désir de vivre avec elle, que tout ce tumulte autour de lui n'était qu'une farce d'ombres sans consistance, qu'il se sentait prêt pour une nouvelle vie. Elle lui demanda un temps de réflexion, un sursis. Il le lui accorda de bonne grâce, bien que cette parenthèse lui parût bien cruelle.

— Je ne vous lâcherai pas aisément, promit-il. Je saurai vous arracher à votre existence grise et triste. Je sais ce que vous ressentez. Alors que vous vous interdisez de l'admettre.

Il caressa son visage, baisa son front en écartant

sa chevelure que le vent embrouillait. Il la sentait si proche de lui que les larmes lui vinrent aux yeux.

— Si vous m'abandonniez maintenant, Claire, ma vie redeviendrait vaine et médiocre.

— Soyez raisonnable, dit Claire, que cette ivresse des sens avait émue, elle aussi, jusqu'aux larmes. Un peu de patience.

— Puis-je espérer ? Tout de même. Voyez comme je suis ? Ne me laissez pas dans le doute.

Elle se jeta dans ses bras, une dernière fois, puis partit d'un pas rapide, sans se retourner, vers la place Saint-Sulpice. Il la regarda s'éloigner, bras croisés, pensif.

22

— *Le Phare de la Somme* a soulevé un lièvre…

— Quel lièvre ?

— Vous ne vous en doutez pas, Obertz ? Petit Obertz, ajouta Courtevoy. L'homme le plus stupide que j'aie rencontré… c'est vous, vous, nom de Dieu, et il a fallu que je tombe sur vous. Mais hélas, je n'avais pas le choix. Il m'aurait fallu un « associé » à la hauteur, à ma hauteur, d'une pointure supérieure. Mais voilà, vous n'êtes qu'un médiocre. Nous ne nous sauverons pas ensemble. Je vous préviens, Obertz. Ne comptez pas sur moi. Quand le bateau coule, sauve qui peut.

Le préposé aux finances arpentait le petit salon du Royal avec vivacité, le nez en l'air, tout excité par la tournure des événements.

— Je ne comprends rien à ce que vous dites, fit Alexandre, assis dans un fauteuil, le chapeau enfoncé jusqu'aux oreilles.

Courtevoy fit volte-face, soudain, d'un pas martial, pour se placer juste devant lui. Et de la poche intérieure de son veston il tira un journal, l'ouvrit du bout des doigts avec dégoût comme s'il se fût agi d'un papier souillé. Et il le lui mit devant le nez. Obertz parcourut la page, avec l'air égaré de quelqu'un qui ne lit jamais aucun journal.

— C'est une question que je me pose aussi.

— Quelle question ?

— Vous ne le voyez pas, sur trois colonnes, ce bel article vous concernant ?

Alexandre détourna les yeux ostensiblement. Je ne m'intéresse pas à ces choses-là, se persuada-t-il, et vu la position que j'occupe, c'est une règle, on doit se moquer de ces histoires de journalistes. Bien sûr, à ma façon, je suis célèbre. Dans les instances de la ville, on parle de moi journellement, on me jalouse, on me critique, on me loue parfois. C'est le jeu. Voilà, se dit-il, agacé devant l'insistance de son associé.

— « Qui est l'énigmatique Monsieur Gendre ? » Tel est le sujet de l'article. Vous devrez le lire ou je vous le lirai, moi. Vous n'allez pas vous défiler.

Michel Courtevoy reprit le journal et lut d'une voix forte, en articulant chaque mot :

— « Nous lui posons cette simple question : où étiez-vous, Alexandre Obertz, durant la guerre ? Qu'avez-vous fait ? Quelles étaient vos activités ? »

Alexandre baissa la tête, son front soudain emperlé de sueur, les mains tremblantes. J'avais bien raison de ne pas lire ce torchon, pensa-t-il. On ne peut pas m'obliger à subir ça, cet interrogatoire...

Il voulut se rebeller :

— C'est une honte. En quoi mon passé intéresse-t-il ces gens ? Cette partie de mon existence m'appartient. Et ce n'est point en vérité que je veuille faire des secrets, mais tout homme a droit à sa part intime...

Michel Courtevoy se sentait las, d'un coup, de devoir se lancer dans des explications qui tombaient sous le sens.

— Vous êtes un homme public. Dans votre cas, comme dans le mien, on ne peut empêcher les suspicions. Nous avons tellement de détracteurs. Dans notre domaine, là où nous exerçons le pouvoir, mon cher, nous faisons la pluie et le beau temps. Il y a des gens au sein de la Reconstruction qui voudraient nous savoir aux cinq cents diables. De ce point de vue, je crains que nos jours ne soient comptés. On cherche le moyen de nous évincer parce qu'on nous soupçonne d'en croquer au passage…

— Mais c'est honteux ! s'écria Obertz. Moi, j'ai fait mon devoir. Les bâtisseurs n'ont jamais attendu mes matériaux. J'ai livré en jour et en heure et…

— Allons, fit Courtevoy, du calme. Nous sommes compromis jusqu'au cou. Auriez-vous oublié ?…

Il se mit à rire, se baissa pour tapoter l'épaule de son associé.

— C'est une idée à vous, Courtevoy, se défendit Alexandre. Vous m'avez entraîné dans cette sale affaire. Comment se fait-il que je sois si faible ? Que je me laisse embobiner avec autant de facilité ? marmonna-t-il en se prenant la tête dans les mains.

— Voilà une part d'ombre enfin élucidée, plaisanta le préposé aux finances. L'énigmatique Monsieur Gendre est un chef d'entreprise faible et corrompu. Nous allons dire cela à François Pourcelle, railla-t-il. Il se fera un plaisir de narrer tout ça dans sa prochaine édition…

— Vous n'y pensez pas ?

— C'est une boutade. Du reste, si vous preniez le temps de lire la suite du papier vous sauriez que ce journaliste prend quelques précautions : « On nous objectera que notre souci de vérité est une obsession du moment, un péché de notre époque, où l'on soupçonne la traîtrise à chaque coin de rue. Néanmoins, pourquoi s'interdirait-on de poser ces questions à toutes les personnes projetées sur le devant de la scène ? Eclairez-nous sur votre passé, monsieur Obertz, franchement, honnêtement, sincèrement, et nous vous laisserons tranquille. Promis, juré, craché. »

— Je ne dirai rien. Parce que je ne peux rien dire, ajouta Obertz, défiguré.

Il paraissait si désemparé que Courtevoy crut un instant le voir s'écrouler en larmes.

— Et pourquoi ne pas dire où vous étiez ? Un petit Français comme les autres, ni lâche ni héros, soucieux d'épargner sa peau. Il n'y a pas de mal à avoir été modestement lâche et imperturbablement indifférent. Comme moi, du reste. Ou alors, se demanda-t-il dans un éclair de lucidité, il y a une autre raison…

Alexandre releva la tête, fixant son associé d'un regard douloureux.

— Vous étiez un petit salaud… ? Un collabo. Un collabo, n'est-ce pas ? Ou pire encore, un exécutant de basses œuvres ? Non, je n'ose l'imaginer. Vous n'avez pas le profil. (Il pouffa de rire.) Qu'avez-vous fait, durant ces années ?

Michel Courtevoy entraîna son associé dans le boudoir, où il fit en sorte de s'assurer que personne ne viendrait surprendre leur conversation. C'était une minuscule pièce encombrée de nappes et de serviettes entassées dans de larges panières, sans doute destinées au repassage. Courtevoy expédia quelques coups de pied dans cet encombrement pour se faire un passage, rageusement.

— Confessez-vous à moi. Je dois tout savoir.

Le préposé aux finances le tenait par le revers du veston d'une poigne ferme. Obertz sentit dans sa détermination qu'il ne le lâcherait pas tant qu'il ne serait pas passé aux aveux.

Alors, la mort dans l'âme, il raconta son histoire d'une voix monocorde. Il n'omit aucun détail, son engagement dans les Waffen-SS, sa désertion, la planque dans la cave des Straub… Courtevoy l'écoutait attentivement, sans un cillement du regard. Parfois il intervenait, lorsque Obertz se perdait dans des détails du genre « Je n'ai jamais porté atteinte à la vie de qui que ce soit… », destinés à faire accroire que son engagement dans la brigade Frankreich lui avait été imposé.

— Comment ça ? On vous aurait embarqué de force en Allemagne ? Moi je crois plutôt, mon cher Obertz, que vous avez accroché vous-même le collier à votre cou.

Michel Courtevoy, jugeant qu'il en savait assez désormais, le pria soudain de se taire. Il avait besoin de réfléchir à la situation. Il prit l'air grave d'un juge avant l'énoncé de la sentence, sourcils froncés, front plissé, petits yeux de rapace impitoyable.

— Ensuite, on vous a taillé un costume de héros. Il le fallait bien, pour être présentable dans notre comité où la moindre intelligence avec le boche était motif d'évincement. Qui a décidé ça ?

— Régis Gillard, avoua Alexandre.

Courtevoy hocha la tête.

— Je comprends tout. Le vieux vous a fait endosser le rôle du petit innocent drapé de lin blanc et de probité candide. J'ai pitié de vous, mon pauvre vieux. Le journaliste du *Phare de la Somme* va sortir l'affaire dans un jour ou deux, ou peut-être trois. Qui sait ? L'épée de Damoclès est sur votre tête. Et l'on vous éliminera du marché. Et puis on verra revenir le vieux Gillard à la table du comité. Chacun fera son mea culpa : Bien sûr, camarades, nous nous sommes trompés sur le citoyen Gillard. Faut réparer notre erreur. Surtout que les juges épurateurs n'ont rien trouvé, sinon de petites peccadilles, du pipi de chat. Parce que personne, bien entendu, ne fera jamais le lien entre vous et le grand patron des Briqueteries d'Amiens...

— Que dois-je faire alors ? supplia Obertz.

— Allez voir Gillard... Posez-lui la question. Peut-être qu'il vous récupérera dans une de ses usines, bien éloignées d'Amiens. Car ici, à mon humble avis, vous êtes grillé, mon vieux. En tout cas, moi, je ne vous connais plus.

Pris d'affolement, Alexandre Obertz demanda à entrer en contact avec Régis Gillard au plus vite, mais le grand patron lui fit savoir qu'il n'était pas disponible. Il insista en passant par Odette Blanchet, croyant que celle-ci obtiendrait un meilleur résultat que lui. Mais elle traîna les pieds, prétextant que rien ne se pourrait tenter sans l'avis d'Antoine Straub.

Qu'espérait-il d'un tel rendez-vous ? Un soutien ferme de l'industriel pour services rendus ? Monsieur Gendre se berçait d'illusions sur l'importance de sa propre personne. Personnage négligeable, insignifiant, dérisoire, tels étaient les mots qui venaient à l'esprit en le voyant se démener.

Dans l'entreprise de Villers-Saint-Charles, il n'échappait à personne que son travail avait été mâché dans le moindre détail, et sans doute sans qu'il en eût pris conscience à quelque moment que ce soit. Straub avait téléguidé chacune de ses décisions en le persuadant qu'elle venait chaque fois de lui.

Alors Obertz décida d'aller trouver le grand patron dans son entreprise même, rue des Vergeaux. Il alla d'un bureau à l'autre pour trouver quelque appui auprès des membres du personnel à qui il avait eu à faire. Au fur et à mesure, les portes se fermaient devant lui.

— On ne vous connaît pas, ici, lui dit même un appariteur. Qui êtes-vous ? D'où venez-vous ? De l'usine de Villers-Saint-Charles ? Mais monsieur Prince (c'était le directeur du personnel des Briqueteries d'Amiens) n'a jamais entendu parler de vous. Quant à monsieur le président-directeur, il est trop occupé pour vous recevoir. Cela vous a été dit, déjà, me semble-t-il.

Ainsi repartit-il bredouille, mesurant déjà combien sa disgrâce était profonde, simplement sur les dires d'un article du *Phare de la Somme*. En désespoir de cause, il imagina même rencontrer le rédacteur du fameux papier, l'homme qui avait signé *François Pourcelle*. Mais au moment de franchir la porte du journal, au 25 de la rue de la République, il hésita, se perdit dans une longue réflexion. Ce serait se jeter dans la gueule du loup. Pourcelle me demandera de répondre aux questions posées dans l'article : où étais-je durant la guerre ? Et je ne pourrai rien répondre, sinon exprimer des mensonges qui ne feront qu'aggraver mon cas…

Ce soir-là, Obertz n'osa même pas rentrer chez lui, rue Saint-Roch. Il craignait les questions de Claire, imaginant qu'on lui avait mis *Le Phare de la Somme* sous les yeux et qu'elle lui poserait, elle, avec force et détermination, la terrible question à laquelle il ne pouvait répondre. Il rejoignit Florence à l'hôtel de la Paix, rue Duméril. Il la trouva recroquevillée sur le lit, les yeux rougis par les larmes.

— Surtout ne m'approche pas ! lui cria-t-elle. Je ne sais pas pourquoi je suis venue ici pour te voir de nouveau. J'aurais mieux fait d'aller me pendre.

L'expression amusa Obertz. Dans ces moments de grande confusion, il paraissait ne plus posséder le sens commun de l'entendement. Il lui demanda quelle mouche l'avait piquée.

— On ne s'aime plus, alors ? Pourtant, ânonna-t-il d'une voix mielleuse, nous avons fini par nous apprivoiser l'un et l'autre…

Il voulut s'approcher, elle sursauta en mettant une main en avant. Il resta à distance, sans comprendre.

— Ton mari a découvert notre liaison ? Il n'y a que ça qui peut te mettre dans ces états. Ce n'est pas si grave. Tu dis toi-même que Dussautois te néglige. Une si jolie femme, aimante et passionnée…

Elle recula vivement dans le lit. Il fut surpris de la voir encore vêtue, car d'ordinaire elle se dévêtait entièrement sitôt arrivée, pour ne pas perdre une minute.

— Je vois que c'est fini entre nous, marmonna-t-il.

C'est alors qu'elle déplia la une du *Phare de la Somme*. Un gros titre en barrait la page. Il voulut lui prendre le journal, mais elle le plaqua contre elle des deux mains sur toute sa largeur. *Enfin toute la vérité sur l'honorable Monsieur Gendre : membre de la Waffen-SS et escroc notoire.*

— Tu me dois des explications ! Voilà l'homme avec lequel je me suis montrée en ville. Je suis éclaboussée, moi aussi. Pourtant, bon Dieu, qu'ai-je fait de plus que coucher avec cet énergumène !

Obertz s'assit sur le lit, abattu. Il peinait à retrouver sa respiration.

— Il a osé, ce salaud ! dit-il enfin.

— Est-ce la vérité, oui ou non ?

— C'est la vérité, dit Alexandre d'une voix indifférente.

Cette réponse lui coûtait si peu, s'agissant de Florence qui n'était rien pour lui, sinon un délassement, et pire encore il n'éprouvait que mépris pour cette femme de notaire, bourgeoise jusqu'au bout des ongles, qu'il aimait baiser à la va-vite et qui le faisait jouir précisément pour toutes ces raisons.

— Je vais m'en aller. Nous ne nous verrons plus, dit-il en se levant.

Elle le laissa sortir sans un geste, sans un mot,

refermer la porte et disparaître. Puis elle poussa un long soupir d'ennui, entra dans la salle de bains pour se refaire une beauté.

— Je m'en remettrai, murmura-t-elle, en se poudrant le visage pour atténuer les traces d'un chagrin déjà lointain.

Au sortir de son domicile, rue de l'Oratoire, Antoine vit son gendre fondre sur lui en faisant de grands moulinets avec les bras.

— Straub ! s'écria-t-il. C'est vous qui avez lancé ce pavé dans la mare ? Ça vous démangeait tant que cela, de m'envoyer au tapis ? Que vous ai-je fait, nom de Dieu ?

Antoine lui fit signe de monter dans sa voiture. Obertz semblait vouloir poursuivre sa harangue dans la rue, au milieu des passants attirés par les éclats de voix. Il lui intima de se faire discret, arguant que cette démonstration publique n'apporterait guère de crédit à son histoire. Alexandre s'assit enfin dans la Licorne récemment acquise, noire et rutilante. Antoine démarra aussitôt.

— C'est vous, n'est-ce pas, repartit Obertz, qui leur avez donné cette information ? J'ai bien réfléchi à la question, personne d'autre ne connaissait mon histoire allemande. Comment ce journaliste aurait-il pu le découvrir ? Je n'en ai parlé à personne. Personne, asséna-t-il. Vous lui avez tout donné, point par point, en omettant tout de même de signaler au passage mon séjour dans votre cave, rue Bénard…

Obertz martelait ses propos de vifs coups de poing sur la garniture du tableau de bord. Sa colère n'en finissait plus d'enfler et, stoïque au volant de sa voiture, monsieur Straub restait silencieux, roulant avec prudence, sans paraître autrement affecté par ce débordement.

— Et mon passage dans la petite maison de Gillard... Là aussi, on s'est bien gardé d'en parler au fouille-merde. Mais il n'est peut-être pas trop tard pour vous mouiller, vous et le président-directeur. Comme ça, je ne me sentirai pas seul à prendre des coups. Il suffit juste que je me confesse au rédacteur du *Phare de la Somme*. Je vois d'ici le titre : « Scandale dans les milieux d'affaires : Monsieur Gendre a bénéficié de complicités pour échapper à la vérité... »

— Reprenez vos esprits, le coupa enfin Straub. Ce ne sont que des articles. Fâcheux, certes. Mais nous en avons vu d'autres. Et dans ces cas-là, croyez-en mon expérience, il faut faire le gros dos et attendre que la tempête s'apaise...

— Vous en avez de bonnes, cher monsieur Straub ! On voit bien que ce n'est pas votre pomme qui est au cœur de la tourmente.

En prenant le grand boulevard qui conduisait vers Arras, Antoine se mit à accélérer. Une certaine impatience commençait à le gagner. Après tout, se disait-il, je ne suis pas responsable des inconséquences de mon gendre. Je n'ai fait que lui venir en aide. En s'exposant trop dans la lumière, en jouant les fanfarons dans certains milieux, en prenant pour maîtresse l'épouse d'un notable, Monsieur Gendre n'a fait que précipiter le mouvement. Tant de gens, en vérité, ont eu envie de se venger.

— Pourquoi cette exécution ? lui demanda Alexandre d'une voix plaintive.

Sa colère, peu à peu, laissait place à une lamentation chagrine. Straub éprouva un sentiment de pitié. Il ne comprenait pas d'où elle lui venait, soudain, cette compassion pour un garçon qu'il n'avait jamais porté dans son cœur. Mais on ne doit point s'acharner sur un homme à terre, se disait-il. Cette fois, hélas, je ne pourrai rien faire pour le relever.

— Pourquoi avez-vous fait ça ? insista Obertz. Pour reprendre votre fille ? Quelle étrange mesquinerie, pour un homme comme vous, que de vous venger de la sorte. Vous venger de quoi, au juste ? Certes, je le confesse, j'ai pris quelques libertés avec les commandes. Mais après tout, cet argent détourné ne sert qu'à nous mettre à l'abri, votre fille et moi.

Straub ne put réfréner un léger sourire.

— Je n'ai jamais rencontré l'auteur de ces deux articles. Ce n'est pas mon genre de faire des coups en dessous. Si j'avais voulu me débarrasser de vous, Alexandre, il aurait suffi que je vous dénonce à mes camarades de la Résistance. Entre leurs mains vous auriez été jugé à la va-vite et passé par les armes. Mais je comprends votre colère. L'erreur aura été de vous envoyer en première ligne. C'est une idée de Gillard, et je m'en veux de l'avoir écouté, d'avoir entériné sa décision. Mais je ne pensais pas alors que cette histoire finirait aussi mal. Ces épurateurs sont féroces. Ils n'épargnent personne. Même quatre ans après la

Libération. Il vous faudrait peut-être jouer franc jeu, dire que ce passage dans la brigade Frankreich n'était, somme toute, qu'une erreur de jeunesse. Après tout, vous n'avez jamais porté les armes contre quiconque, puisque vous avez déserté ensuite, après avoir mesuré l'énormité de cet engagement.

Monsieur Straub s'arrêta à une pompe à essence pour faire le plein. Au vu des discussions avec le pompiste, Alexandre comprit qu'il achetait son carburant au marché noir. Le bonhomme en voulait tirer le maximum et Straub essayait de le raisonner. Au bout de dix minutes, on le servit enfin. Antoine retrouva le volant de sa voiture en maugréant.

— Le rationnement, je commence à en avoir plein le dos. Ça fait trois ans que la guerre est finie, et le pays n'arrive toujours pas à se relever. Tout le monde veut rouler son voisin. C'est une situation détestable.

Obertz se mit à rigoler.

— Mon cher beau-père, vous ne vous attendez pas à ce que je vous plaigne ?

— Non, dit Straub. Vous me détestez trop pour cela.

En quittant la ville, vers Villers-Saint-Charles, on ne croisait guère d'automobiles. Mais le nombre des cyclistes incitait à la prudence, sur ces longues routes droites. Pourtant, monsieur Straub avait envie de pousser sa vitesse. Il avait hâte de rentrer dans son bureau feutré, un sanctuaire où les conversations scabreuses étaient étouffées par le capiton des portes et des cloisons.

— Vous m'imaginez, cher beau-père, faisant ma

contrition, me battant la coulpe, la main sur le cœur ? J'ai assez donné. Gillard ne me connaît plus. Quel misérable ! Il refuse de me recevoir.

— Je sais, dit Straub.

— Il a sauvé sa peau, poursuivit Alexandre, devant le Comité d'épuration parisien, alors maintenant, blanchi, lavé de tout soupçon, il ignore ou méprise ce qu'il a adoré hier.

— Vous faites fausse route, Alexandre. Gillard n'a jamais été un collabo. Du reste, ses détracteurs n'ont jamais rien pu prouver. On ne refait pas sans cesse les procès pour convenances personnelles. Il vous plairait bien qu'il fût un traître et un salaud. Mais hélas, non. Nous avons été irréprochables, lui et moi. Et pour le reste, j'imagine que vous êtes devenu à ses yeux un personnage encombrant, un homme avec qui il vaut mieux n'avoir plus rien à faire.

— Alors que vais-je devenir ?

— Ce que vous n'auriez jamais dû cesser d'être, avant que la folie des grandeurs ne vous gâte l'esprit. On vous trouvera une petite place de simple ouvrier. Quoi ? Il n'y a pas de honte à ça. Estimez-vous heureux qu'on ne vienne pas vous demander des comptes sur l'argent détourné. Deux millions au moins… Vous rendez-vous compte ! Quant à votre complice, ce petit comptable des services de la Reconstruction…

— Michel Courtevoy, dit Obertz avec amertume. Il fut mon mauvais génie. C'est lui qui m'a entraîné sur la mauvaise pente.

— Il a pris la fuite, forcément, avant qu'on ne le recherche. Si d'aventure on tente quelque chose contre lui… J'en doute fortement. Car les estimables personnalités qui l'ont intronisé à ce poste sans jamais vérifier ses comptes ont quelques responsabilités dans l'affaire. Mais ça voudra se préserver en taisant le scandale, n'est-ce pas ?

Straub et Obertz montèrent dans le bureau par l'entrée des ateliers, sans passer devant les administratifs. On se voulait le plus discret possible. On rechignait à se faire apostropher.

Monsieur Straub expédia son chapeau sur l'un des fauteuils, passa la main dans sa chevelure, desserra sa cravate. Il se sentait las, usé, rompu. Il avait hâte, lui aussi, de prendre ses distances avec la briqueterie de Villers-Saint-Charles, car il n'imaginait pas que Monsieur Gendre soit démis de son poste de directeur adjoint sans qu'il ait à l'accompagner dans la démission. Il fallait donc s'y préparer, sans regrets ni remords, la conscience en paix.

Au soir, Claire passa voir son père, rue de l'Oratoire. Elle le trouva avachi dans un fauteuil, en train de fumer et de boire un cognac. Elle fit le tour des pièces, alla embrasser sa mère qui écoutait de la musique dans la cuisine, l'oreille collée à la membrane du poste de TSF. On y donnait un concert, les *Kindertotenlieder*[1]. Elle avait des larmes sur le visage. Elle pensait à son fils, sous la terre rude du petit cimetière de la Madeleine.

1. Gustav Mahler.

Du musst nich dir Verschränken,
Musst sie ins ewge Licht versenken[1]...

Elle articulait d'une voix blanche ces deux vers, accompagnant le timbre grave et pénétrant de Kathleen Ferrier.

Claire se retira sur la pointe des pieds, revint dans le salon.

— Puis-je te parler, papa ?

Antoine observa sa fille d'un regard las. Elle vint poser un baiser sur son front. Il poussa un soupir, condescendit à se lever en grimaçant.

— Allons dans le bureau, dit-il.

— Tu t'attendais à ma visite ?

— Oui, fit-il d'un hochement de tête.

— Tu en as deviné les raisons ?

Dans la bibliothèque, tout était encore sens dessus dessous depuis leur déménagement. Il n'avait pas trouvé le temps et la force de remettre ses livres et ses dossiers en place. Mais ça lui allait très bien, au fond, ce désordre.

Ils s'assirent l'un en face de l'autre, leurs genoux se touchant. Il fixait le tapis entre ses jambes. Il attendait la suite, assuré par avance de se montrer avare de paroles, puisque, tout compte fait, il n'y avait plus rien à dire.

— J'ai toujours cru qu'Alexandre était un des

1. « N'enferme pas la nuit en ton cœur, / Plonge-la dans la lumière éternelle » (poème de Friedrich Rückert).

hommes des réseaux. On m'a menti. Pourquoi m'as-tu laissée dans cette illusion ?

Antoine posa la main sur l'épaule de sa fille et lui fit signe d'approcher son visage. Puis il l'embrassa tendrement, comme autrefois.

— J'ai été stupide, durant toutes ces années, à magnifier un héros qui n'existait pas. En ne disant rien, tu as entretenu ce malentendu terrible. Te rends-tu compte ? Comment pourrai-je jamais te pardonner ?

Monsieur Straub se prit la tête dans les mains.

— Je ne suis jamais arrivé à te dire la vérité sur Obertz. Tu paraissais l'aimer tellement, ce garçon. Alors je t'ai laissée à tes illusions de petite fille. Tu as toujours été fantasque, ajouta-t-il. Ton goût pour le roman t'incitait à rêver les êtres et les choses plutôt qu'à les voir dans leur réalité crue.

Claire s'ébouriffa les cheveux par un accès d'agacement.

— Tu aurais dû t'opposer au mariage…

— J'avais peur de te perdre, dit Antoine. A ce moment-là, tu m'en aurais voulu de t'ouvrir les yeux. J'ai pensé, sans doute à tort, qu'il valait mieux que tu découvres la vérité par toi-même.

Un long silence les gagna tous deux, tandis qu'au bout du couloir on entendait l'un des chants pour un enfant mort, le martèlement du piano en sourdine et la voix ensorcelée de la contralto.

Puis Elisabeth parut, dans l'encadrement de la porte.

— Je vais demander le divorce, annonça Claire.

— Que vas-tu devenir ?

Elle ne répondit pas, mais son visage affichait une forte détermination, si forte en vérité que monsieur Straub en fut dans l'instant rassuré.

— Je me remarierai très vite, mon petit papa. N'aie crainte.

Il hésita à lui demander qui était l'homme avec lequel elle voulait refaire sa vie. Mais Claire devança sa curiosité :

— Denis, fit-elle. Denis Gillard.

Elisabeth poussa un petit cri à l'annonce de la nouvelle. Elle détestait voir le monde se recomposer sous ses pieds.

— Tu es sûre, Claire ? Es-tu si sûre de toi ? Tu me fais peur.

— Il m'attend pour une nouvelle vie. Après tout, je n'ai que vingt-six ans, fit-elle, enjouée.

— Je n'arrive plus à suivre. Trop vieille, sans doute, marmonna Elisabeth.

Monsieur Straub la regarda avec tendresse.

— Ton père et moi, nous allons partir dans le Midi, nous installer à Cassis. C'est décidé.

Antoine approuva d'un mouvement de tête. Et Claire reconnut que c'était une excellente idée, que parfois il fallait savoir tourner la page.

— Depuis que nous nous connaissons, ton père et moi, nous ne faisons que ça, tourner la page.

Elle retint quelques larmes qui lui venaient au bord des yeux. Elle voulait paraître digne et volontaire. Mais ce n'était qu'un masque de plus sur ce visage lisse où la moindre émotion s'incrustait comme une flétrissure.

— Ce qui me désespère, c'est que nous allons laisser Raphaël à Amiens, dans cette sale terre ingrate, fit-elle.

— Pourquoi « ingrate » ? s'étonna Claire.

— Depuis que nous vivons ici, toutes ces années interminables, il n'est arrivé rien de bien, rien d'intéressant, seulement une succession de malheurs.

Antoine alla prendre son épouse dans ses bras et la serra contre lui.

— Les morts survivent en nous par la mémoire et le souvenir que nous conservons d'eux. N'est-ce pas l'essentiel ? Le reste est sans importance.

Le lendemain, Claire passa en coup de vent rue Saint-Roch pour récupérer son fils et une grosse valise. Ce fut tout. Comme Alexandre Obertz avait bu plus que de raison, il se montra odieux, surtout contre les Straub. Il ne parvenait pas à se défaire de l'idée que sa belle-famille avait travaillé en sourdine pour faire échec à son ménage.

Au moment de franchir la porte, pour la dernière fois, Claire posa son regard sur lui avec une cruauté sans égale.

— Monsieur Gendre est devenu monsieur Rien-du-Tout. Plus exactement, se reprit-elle, l'honorable Monsieur Gendre est devenu le détestable monsieur Rien-du-Tout…